莫言

研究

年编

（2015）

张清华 ……………………………………………… 主编

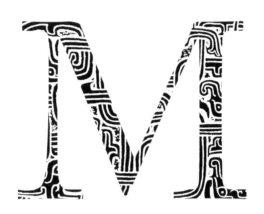

北京师范大学出版集团
BEIJING NORMAL UNIVERSITY PUBLISHING GROUP
北京师范大学出版社

例　言

本年编始自 2012 年莫言获诺贝尔文学奖，原因有二：一是莫言研究更突显出其重要性；二是研究成果更多，水平更高。及时将这些资料予以搜集和整理，可以为莫言研究，乃至中国当代文学研究提供更多便利。

关于本书的体例，有以下几点需要说明：

一、以 2012 年这一特殊年份为起点，以编年的形式对莫言研究资料进行整理汇总。

二、力求从不同侧面，以不同形式体现资料的性质和来源。2015 年卷内容共包括"莫言声音""诺奖反应""莫言研究""媒体声音"四个部分。其中，"莫言声音"是莫言先生获奖后发表的演讲或文章；"诺奖反应"是来自学界内外有关莫言与诺奖的思考；"莫言研究"集中专业性的研究或批评；"媒体声音"则更多地选取来自社会层面的普通受众的声音。访谈则收入"附录"部分。

三、四部分均按时间顺序编排，同月发表则期刊先于报纸。

四、编选原则提倡百家争鸣，不避讳不同观点和思想倾向。

五、编选强调资料的准确性，所有的资料均以公开发表为准，并以原初发表的刊物为底本，编选人尽量不对原文做任何增删（原文为节选除外）。

之前，本年编已由生活·读书·新知三联书店在 2017 年集中出版了 2012 卷、2013 卷、2014 卷，此次将由北京师范大学出版社集中推出 2015 卷、2016 卷、2017 卷。限于水平、时间和精力，疏漏之处难免，欢迎方家和读者批评指正。

北京师范大学国际写作中心的宗旨和职能之一，就是开展莫言研究，借此机会，我们谨向所有莫言作品的研究者、批评者和诠释者致以敬意，向为本书提供资料的朋友们表示衷心感谢。

目　录

四、媒体声音

附录：莫言访谈

一、 莫言声音

幻想与现实①

莫 言

　　20 世纪 80 年代，我曾经幻想着有朝一日能到加西亚·马尔克斯的祖国哥伦比亚看看，现在，这个幻想变成了现实。21 世纪初，我曾经幻想在某次国际文学会议上与加西亚·马尔克斯见面，并且想好了见到他时要说的第一句话，但因为他身体欠佳，没有参加这次会议，这个幻想没有变成现实。

　　拉丁美洲文学对于我们这批 20 世纪 80 年代开始写作的中国作家，是异常辉煌又分外亲切的文学现实。那时大量拉美文学被翻译到中国，我和我的同行们如饥似渴地阅读，受到了很大的启发。我当时的感受和马尔克斯当年在巴黎的阁楼上初次读到卡夫卡的小说时的感受是一样的：啊，原来小说可以这样写啊！

　　1987 年，我写过一篇题为《两座灼热的高炉》的文章，讲述了加西亚·马尔克斯和美国作家福克纳带给我的启发和诱惑。他们启发了我可以怎样写，但他们也诱惑着我像他们那样写。我在文章中表达了想要摆脱他们、创造一种具有鲜明民族风格和个人独特风格的文学的幻想。30 多年来，在中国作家的共同努力下，这个幻想也基本上成了现实。

　　文学幻想展现了人类对幸福和美好未来的向往，幻想可以使得文学更加逼近现实。当然，无论多么神奇的幻想，也是建立在现实的基础上的。中国清代的文学家蒲松龄的短篇小说集《聊斋志异》中，很多情节荒诞不经，但却让人不觉其虚假，原因在于大量富有现实生活气息的细节。譬如其中有一篇小说讲某次雷雨过后，天上掉下了一条龙。我们都知道龙是一种根本不存在的动物，但蒲松龄写这条龙身上落满了苍蝇，不胜烦扰。龙将身上所有的鳞片张开，让苍蝇钻进去，然后它猛地闭合鳞片，将苍蝇消灭。后来，

---

　　①　本文是 2015 年 5 月 22 日作者在"中国—拉丁美洲人文研讨会"上的发言。

天降大雨，雷声隆隆，龙呼啸一声飞到天上去了。这样的细节，让龙这种虚幻的动物获得了艺术的真实性。又如我们熟悉的《百年孤独》中有这样一个细节：霍塞·阿卡蒂奥中弹身亡，他的血沿着大街小巷曲曲折折，一直流到了母亲乌苏拉的厨房里。乌苏拉循着血迹，来到出事地点。通过这个细节，母子深情，得到了集中而强烈的展示。这些极尽夸张的故事，因为来自于现实生活细节的真实，以及作家讲述时的高度自信，从而产生了巨大的说服力，并形成了独特的艺术魅力。

最近30多年来，中国社会发生了令世界瞩目的巨大进步和变化，当年我们幻想的事情，今天已经成为现实，当年我们做梦都没想到的事情，今天已经变成，或正在变成现实。

前不久我回故乡高密，遇到了一个90多岁的老人，他谈到了40多年前我与他一起在村子里干活时的一些往事。当时我是一个懒惰的儿童，他是一个勤奋的干农活的好手。我曾经跟他说：将来，割麦子、掰玉米、摘棉花，这些沉重的农活，都可以用机器代替。他讽刺我说：将来还会有一种机器，一按电钮，包子、饺子、鸡鸭鱼肉都会热气腾腾地冒出来，你等着吃就行了。这次碰到他，他说：大侄子，你了不起啊，你能预知未来！你当年说的都成了真事了。我说，大伯，那些事，都是我从报纸上看到的。他说：你再给我预言一下，再过30年，还会有什么变化？我说，大伯，我真的不知道30年后会是什么样子，连三年后的事我都不知道。但您当初说的那种一按电钮，各种好吃的好喝的都会冒出来的机器，从技术上来讲，完全可以变成现实。

中国社会的发展和进步，是中国作家面临着的现实，是我们文学艺术最宝贵的创作资源，也是我们的艺术幻想的根基。我当年坐在时速50千米的火车上，幻想着自己是骑着一匹骏马在田野里奔驰，现在我坐在每小时300千米的高铁上，幻想着自己是骑在一枚火箭上向月亮飞驰。现实变了，幻想也会变。不了解现实，幻想的翅膀就无法展开。因此，作家必须与时俱进，才能写出富有时代气息的作品。即便写的是历史题材的作品，如果作家能以最新的现实为立足点，也会使古老的故事产生新意。

我曾经想好的见到马尔克斯时要说的第一句话是：先生，我在梦中曾与您喝过咖啡，但哥伦比亚咖啡里有中国绿茶的味道。

（原载《文艺报》2015年6月3日）

创新，让交流历久弥新

莫　言

　　现在中国乃至全世界的各行各业都在讲创新，文化领域、艺术创作同样如此。然而，假使我们不认真分析，创新就会变成一句空洞的口号、一个招牌，使得很多创新不过是在复旧，缺乏新意。

　　无论哪方面的创新，都必须从本民族、自己国家的传统文化中汲取营养，寻找灵感。前几天我读到一则新闻：驻中国30多个国家的大使到广州参观一家只有几十人的小企业，因为这家企业的产品是青蒿素。有一位非洲国家的大使甚至说，是青蒿素挽救了他们国家的命运。青蒿素挽救了成千上万的生命，因此中国科学家屠呦呦教授获得了今年的诺贝尔医学奖。她正是从传统文化中找到灵感，然后创新，为人类健康做出了巨大贡献。艺术家、科学家应该从本国的历史文化里寻找灵感，并进行创新。因为，只有创新基础上的文化交流才是历久弥新的，也才能让我们的生活每天发生变化。

　　创新还应该具有强烈的学习意识。亚洲很多国家的生活习惯不一样，思维方法也各有差别，它们的产生与当地历史、风土人情、大自然，甚至空气和水密切相关。各个国家的艺术形式，以及这些艺术形式所包含的深刻思想内容，都值得我们学习。"他山之石，可以攻玉"这一古老说法，依然是一条金科玉律。

　　我们还要向当下的生活学习。如果不能深入地投入到生活中去，不能与老百姓心心相印，不能准确地把握住时代的跳动脉搏，我们的写作就是无根之木、无源之水，就会脱离时代，不能感动自己，更不可能感动读者。深入当下的日常生活里去，是创新的基本保证。

　　向中国学习、向外国学习，乃至向生活学习时，还应该有一双善于观察的眼睛和高度敏感的艺术神经，足以发现生活细节中包含的文化意义和历史渊源。一些来自生活的细节，有深厚的文化历史渊源，出现在艺术创作里会极富生命力。我在韩国与朋友饮酒，酒过三巡，韩国朋友会把自己喝过的酒杯推到我的面前，把我的酒杯推到他的面前，这就是中国成语里的推杯换盏。这个在今天中国已然消失的行为，却在友好邻邦被很好地保存下来。我们应该时刻观察，吸取文化交流积累下来的成果，为新的文化创造提供具有说服力的细节。

文化交流还可以与经济贸易、政治对话融为一体。我们在克罗地亚举办了一个文学论坛，该国总统讲到一个细节，让我非常震撼。他说在 10 分钟前，他跟克罗地亚北部的一个首领通了电话，双方商定停火 24 小时。可见，文化的某些力量是纯粹的政治对话所难以产生的。

我希望，亚洲各国之间的各种交流被当作一个整体来考量。因为无论政治对话还是经济贸易，最终目的还是文化上的共同繁荣。一个国家真正的繁荣昌盛，不是 GDP 有多高，而是它的人民灵魂有多么丰富，艺术有多么灿烂。

（原载《人民日报》2015 年 11 月 11 日）

二、"诺奖"反应

我说莫言①

贾平四

中国出了个莫言，这是中国文学的荣耀。百年以来，他是第一个让作品生出翅膀，飞到了五洲四海。

天马行空沙尘开，他就是一匹天马。

我最初读他的作品，我不是评论家，无法分析概括他创作的意义，但我想到了少年时我在乡下放火烧荒的情景。那时的乡下，冬夜里常有戏在某村某庄上演，我们一群孩子就十里八里地跑去看。那是我们最快活的事，经过那些收割了庄稼的田地或一些坡头地畔，都是干枯的草，我们就放火烧荒。火一点着，一下子就是几百米长火焰，红黄相间，顺风蔓延，十分壮观。这种点荒是野孩子干的事，大人是不点的，乖孩子也不点的，因为点荒能引燃地里堆放的苞谷秆，还可能引发山林火灾。但莫言点了，他的写作在那时是不合时宜的，是反常规的，是凭他的天性写的，写得自由浪漫，写得不顾及一切。自他这种点荒式的写作，中国文坛打破了秩序，从那以后，一大批作家集合起来，使中国文学发生了革命。

莫言一直在发展着他的天才，他的作品在源源不断地出，在此起彼伏的鼓声中，当然也有指责和谩骂，企图扼杀。但他一直在坚挺着，我想起了野藤。在农夫们为果园里的果树施肥、浇水、除虫、剪枝的时候，果树还长得病病蔫蔫的，果园边却生长了一种野藤，它粗胳膊粗腿地长，疯了地长，它有野生的基因，有在底下掘进根系吸取营养的能力，有接受风雨雷电的能力，这野藤长成一蓬，自成一座建筑。这就是猕猴桃，猕猴

---

① 本文为 2014 年 10 月作者在北京师范大学国际写作中心举办的"讲述中国与对话世界——莫言与中国当代文学国际学术研讨会"上的发言。

桃也称之为奇异果，它比别的水果好吃且更有营养。

读过了他一系列作品，读到最后，我想得最多的是乡间的社火。我小时候在我们村的社火里扮过芯子，我知道乡间最热闹的就是闹社火。各村有各村的社火，然后十点开始到镇街上集合游行，进行比赛。我扮的芯子是桃园三结义中的关公，六点起来，在院子里被大人化妆，用布绑在铁架上，穿上戏装。当社火到了镇街，那是人山人海，红旗招展，锣鼓喧天，相当地狂欢。莫言的作品就是一场乡间社火，什么声响都有，什么色彩都有，你被激荡，你被放纵，你被爆炸。

我也想过，莫言给了我们什么启示？

一、他的批判精神强烈，但他并不是时政的，而是社会的人性的。鲁迅的批判就是这样的批判。如果纯时政的，那就小了，露了，就不是文学了。他的这种批判也不是故意要怎么样，它本身就是不合常规的，它是以新的姿态新的品种和生长而达到批判力量的。这如桑麻地里长出的银杏树，它生长出来了它就宣布这块土地能生出银杏树。

二、他的传统性、民间性、现代性。传统性是必然的，他是山东人，有孔夫子，这是他的教育。民间性是他的生活形成。现代性是他的学习和时代影响。传统性和现代性是这一代作家共有的，而民间性是各有而不同的，有民间性才能继承传统性，也能丰富和发展现代性。

三、他的文取决于他的格，他的文学背后是有声音和灵魂的。

四、他成功前是不可辅导性，成功后是不可模仿性。

莫言是为中国文学长了脸的人，应该感谢他，学习他，爱护他。祝他像大树一样长在村口，使我们辨别村子的方位。

二〇一四年十月十八日

（原载《东吴学术》2015 年第 1 期）

莫言与中国当代文学的理想性之三思

张志忠

文学与现实的区别之一，就是它的理想性。现实是包容万物，美丑善恶、虚实真伪并存的，艺术之反映或者反应生活，却是有选择性的，依照一定的价值观进行取舍。俄国著名马克思主义理论家和美学家普列汉诺夫，在《没有地址的信》中，曾经引用英国学者罗斯金的话说明艺术的价值选择性："一个少女可以歌唱她所失去的爱情，但是一个守财奴却不能歌唱他所失去的钱财。"①这样的法则，可以从大量的文艺作品中得到证实。古今中外赞颂美好爱情的情歌，从《诗经》中质朴风趣的《关雎》，到电影《泰坦尼克号》中那首脍炙人口的《我心飞扬》，都是广泛流传而受人们喜爱的；莎士比亚的《威尼斯商人》，莫里哀的《吝啬人》，巴尔扎克的《高老头》，则以鄙视、嘲笑的方式，尽情地揭示作品主人公的贪婪无耻，使之成为守财奴的典型形象而走遍世界，任人嘲骂。

现实生活混沌嘈杂，文学却需要谨慎选择。因此，诺贝尔文学奖非常强调文学的理想主义。瑞典发明家、实业家阿尔弗雷德·诺贝尔在他的遗嘱中写道："一部分奖金赠予在文学上创造出具有理想主义倾向的最出色的作品的人。"而在海内外，自从莫言获得诺贝尔文学奖之后，一直有人指责莫言没有表现出理想主义倾向，不配荣获诺奖。

著名文学评论家李建军就直言不讳地批评莫言的作品缺乏理想主义：莫言的创作并没有达到我们这个时代精神创造的最高点。他的作品缺乏伟大的伦理精神，缺乏足以照亮人心的思想光芒，缺乏诺贝尔在他的遗嘱中所说的"理想倾向"。他的写作固然也表达了他对生活的不满，甚至恨意，但是，在这种常常显得极端的情绪性反应的背后，你看不到多少升华性的力量，反而看到了对性、暴力、恋乳癖等消极心理和行为的渲染。在

---

① ［俄］普列汉诺夫：《没有地址的信》，225 页，北京，人民文学出版社，1962。

他的作品的内里，总是漫卷乖戾情绪的乌云，总是呼啸着诡异心理的狂风。他的作品也许不缺乏令人震惊的奇异效果，但是，缺乏丰富而美好的道德诗意，缺乏崇高而伟大的伦理精神，缺乏普遍而健全的人性内容。①

李建军的批评，是非常有代表性的。那么，应该如何理解莫言和中国当代文学的理想主义倾向，还是像有些人那样，指责莫言的创作丧失了理想主义呢？相关联的问题是，中国当代文学，在纷纷扰扰的当下，果真失去了主心骨，失去了理想情怀吗？

我以为，判断诺贝尔文学奖与莫言的关系，判断莫言和中国作家的理想之有无，不是简单的一个裁决就可以完成的，也不是一种黑白二元对立的思维就能够说服人的。这要从三个方面来进行思考，所谓三思是也。

一、判定作家是否具有理想主义，需要谨慎对待、深入论证

先从诺贝尔文学奖（以下简称"诺奖"）和理想主义的纠缠讲起。许多责难诺奖评委会眼界有限乃至经常有误的论者，都会讲到一些例证，如托尔斯泰和左拉在其有生之年，都是诺奖的有力竞争者，但是都因为"缺乏理想"而被拒之门外，却将诺奖奖给了若干平庸的作家。而且，关于托尔斯泰被摒除在诺奖之外的原因，网络上流传着各种混乱的版本，文字错舛，语义含混。比较贴切的是如下的描述：

> 20世纪最初的十年，在诺贝尔奖的历史上又被称为"威尔森时代"。时任瑞典皇家科学院常务秘书的曼·威尔森（Carl Dav-idaf Wirsen）将诺贝尔遗嘱中的"富有理想倾向"解释为"高尚和纯洁的理想"，强调获奖者的作品"不仅在表现手法上，而且要在思想和生活观上真正具有高尚的品德"。因此这一时期的评奖既"基于作品内容的理想，也基于形式的理想"。诺贝尔奖没有授予托尔斯泰，原因是《战争与和平》（尽管存在"宿命论的特征"）和《安娜·卡列尼娜》固然具有较高的艺术价值，但是他在《黑暗势力》里的"可怕的自然主义描写"和《克莱采奏鸣曲》中体现的"消极禁欲主义"，使评奖的院士们望而却步，托翁对国家体制和《圣经》的批评让评委会的院士们更是无法接受。②

诺奖评委会对托翁的评价，成为诟病诺奖的重要例证。《战争与和平》中对俄罗斯民

---

① 李建军：《直议莫言与诺奖》，载《文学自由谈》，2013（1）。

② 王孟举：《诺贝尔文学奖的"理想倾向"原则》，http：// www. chinawriter. com. cn/bk/2005-12-27/23047. html，2015-01-18。

族抗击强敌的伟大精神的赞颂，《安娜·卡列尼娜》中对安娜·卡列尼娜为了追求爱情不惜抛弃无爱家庭的勇气和因为爱情幻灭而自杀的描写，《复活》强调的忏悔、赎罪与人道情怀，何尝不是一种气象磅礴的理想主义呢？

值得回味的是，托尔斯泰自己遭受的指责——"非道德""反宗教"，也曾经被托翁用来严厉地指责莎士比亚的作品《李尔王》。哈罗德·布鲁姆在《西方正典》中，直接将托尔斯泰划入他所憎恨的"憎恨学派"，并且引用了托尔斯泰《莎士比亚与戏剧》(1906)中的文字为证："莎士比亚声誉的基本内因过去和现在都在于，他的戏剧迎合当时和今日上层阶级的非宗教和不道德的心智架构。"哈罗德·布鲁姆却也不无认同地指出"托尔斯泰对《李尔王》这出非道德非宗教的悲剧从心底感到厌恶。我宁可容忍这种厌恶也不赞成企图把莎士比亚刻意写作的前基督教戏剧基督教化，托尔斯泰很准确地看出作为戏剧家的莎士比亚既非基督徒也不是道德家。"①在托尔斯泰眼中，莎士比亚是一个野蛮人，缺少精神的追求，也就是缺少理想气息。让他始料不及的是，这两项罪名也最终落在他的头上。理想主义的纠葛，如此巧合，又如此吊诡！

在中国现当代文学史中，理想主义也是个费人索解的词语。在鲁迅笔下，子君死了，魏连殳死了，祥林嫂死了，阿Q、华小拴、孔乙己都死了。鲁迅超越了五四新文化运动同人的简单直观的乐观主义和理想主义，在"呐喊"的同时，也暗寓了内心的"彷徨"，在奋力前行中，又自嘲为在"鲜花"与"坟场"、"黑暗"与"光明"间穿行的"过客"，"昨天"与"明天"之间的"历史的中间物"。在《呐喊·自序》中，鲁迅这样写道：

> 在我自己，本以为现在是已经并非一个切迫而不能已于言的人了，但或者也还未能忘怀于当日自己的寂寞的悲哀罢，所以有时候仍不免呐喊几声，聊以慰藉那在寂寞里奔驰的猛士，使他不惮于前驱。至于我的喊声是勇猛或是悲哀，是可憎或是可笑，那倒是不暇顾及的；但既然是呐喊，则当然须听将令的了，所以我往往不恤用了曲笔，在《药》的瑜儿的坟上平空添上一个花环，在《明天》里也不叙单四嫂子竟没有做到看见儿子的梦，因为那时的主将是不主张消极的。至于自己，却也并不愿将自以为苦的寂寞，再来传染给也如我那年青时候似的正做着好梦的青年。②

同时期有一批具有真情实感的作家，虽在认知的深度上与鲁迅有较大的距离，但他们的切身体验使然，这种内热外冷式的，或者低调感伤的写作，在五四新文学运动初期，具有相当的普泛性，如叶绍钧笔下中小学校教师的灰暗人生，郁达夫笔下黯然自怜

---

① ［美］哈罗德·布鲁姆：《西方正典：伟大作家和不朽作品》，45页，南京，译林出版社，2005。
② 鲁迅：《呐喊·自序》，见《鲁迅自传》，325页，南京，江苏文艺出版社，2012。

的"零余者"，黄庐隐笔下悲哀失路的青年女性。这些和郭沫若凤凰涅槃式的激情燃炽，湖畔诗人"一步一回头地瞟我意中人"的爱情袒露，冰心、王统照等对爱与美的咏赞一道，构成了新文学的多重风景。但是，从"革命文学"论争始，在激进理想狂烈地燃烧的革命文学家眼中，作家如何处理黯淡的现实生活，就成为一个严肃的问题。描写"老中国的儿女"（茅盾语）的鲁迅，不但与时代的理想大相径庭，而且被判定为过时落伍，是封建阶级的残渣余孽，是"二重的反革命"。杜荃（郭沫若）的《文艺战上的封建余孽》，说鲁迅"他是资本主义以前的一个封建余孽。资本主义对于社会主义是反革命，封建余孽对于社会主义是二重的反革命。鲁迅是二重的反革命的人物。以前说鲁迅是新旧过渡期的游移分子，说他是人道主义者，这是完全错了。他是一位不得志的法西斯谛！"[①]。与此同时，茅盾因为《蚀》三部曲所表达的对大革命时代及其失败的幻灭感而遭受严厉抨击；"革命文学"的倡导者和践行者蒋光慈，也因为《丽莎的哀怨》之婉转低回，遭受残酷批判。此沉痛教训，不可不察也。

二、要看到作家成长和蜕变的艰辛历程，看到其丰富性和复杂性

莫言等一批作家出道的 20 世纪 80 年代，是理想主义高扬的年代。有一首唱响全国的歌曲《在希望的田野上》，歌唱土地承包责任制给乡村带来的新气象；还有同样流行的一首歌《年轻的朋友来相会》，从今天的快乐相会憧憬未来的再度重逢；有一部轰动一时的话剧——赵梓雄的《未来在召唤》，站在历史的除旧布新的转折点上，切入思想解放运动的壮阔波澜，畅想未来的宏伟远景，攻势凌厉地破除现实中的僵化保守思想以推进改革。

说起来，在文坛上"小荷才露尖尖角"的一群青年作者，大都是以其清新稚嫩而充满朝气的作品脱颖而出的，涌荡着的是改革开放的新时期带给人们的理想气息和浪漫色彩。

贾平凹的《第一堂课》，写山村新来了一位刚刚从师专毕业的年轻女老师俊秀，她第一次走上讲台，在清晨给学生们上第一堂课，这不仅是她和学校的重要事件，也是山村中的重大新闻，给孩子和他们的父母亲带来了美好的希望，以至于村支书都坐到教室里听她上课，以至于村民们从学校外边经过都屏声静气，悄无响动。按捺不住激动的心情，俊秀在下课后立即写成的一封信中写道："天呀，我不知道我是怎样走上去！刚一上讲台，同学们就站起来，说：'老师早！'老师，第一次有人叫我老师了！我惊喜，却

---

① 杜荃（郭沫若）：《文艺战上的封建余孽》，见《中国文学史资料全编·现代卷》，201 页，北京，知识产权出版社，2010。

不自然起来：老师，这是多么崇高的称号！怎样才能不辜负这个'称号'呢？我打开讲义，眼光向下一看，呀，满满一教室，是无数的眼睛！那眼睛像山泉里冒起的无数水泡，像夜空中闪现的无数繁星，全放着光芒，交织起来投向了我"①。

铁凝的《哦，香雪》，与之异曲同工。《第一堂课》写了陕南山区初出茅庐的女老师《哦，香雪》把镜头对准了保定地区山村的一位专心向学的女孩子。一个藏在大山皱褶里的小村子台儿沟，因为新开通一条铁路，每天有一趟列车经过并且进站停车一分钟，虽然短短片刻，却给天真活泼的少女们带来无尽欢乐。作品的主人公香雪，专心向学，一心要用一篮鸡蛋换取一个非常新奇的带磁铁的铅笔盒，而误了下车，要在夜色中步行30里路走回家，却仍然高兴不已："她站了起来，忽然感到心里很满意，风也柔和了许多。她发现月亮是这样明净。群山被月光笼罩着，像母亲庄严、神圣的胸脯；那秋风吹干的一树树核桃叶，卷起来像一树树金铃铛，她第一次听清它们在夜晚，在风的怂恿下'豁啷啷'地歌唱。她不再害怕了，在枕木上跨着大步直朝前走去。大山原来是这样的！月亮原来是这样的！核桃树原来是这样的！香雪走着，就像第一次认出养育她长大成人的山谷。台儿沟呢？不知怎么的，她加快了脚步。她急着见到它，就像从来没有见过它那样觉得新奇。"②

王安忆的《雨，沙沙沙》中，返城回到大上海的女知青雯雯，在夜雨中错过了最后的公交车，但是，她并不失落，而是像戴望舒的《雨巷》所描写的那样，憧憬着在沙沙的雨声中，有一个浪漫爱情的邂逅"她不知道爱情究竟是白云，还是红帆。但她肯定爱情比这些更美、更好。无论是在海上，还是天边。她相信那总是确确实实地存在着，在等待她。爱情，在她心中是一幅透明的画，一首无声的歌。这是至高无上的美，无边无际的美，又是不可缺少的美。"③而且，她的向往并没有落空，她遇到了骑在自行车上的"浪漫骑士"，搭载她回家。

莫言的小说处女作，也是在霏霏夜雨中展开的。胶东半岛的夜雨，和上海街头的夜雨一样多情，而且多了一些热烈率性。《春夜雨霏霏》，热情地咏赞一位守卫在海岛上的军人的妻子，一位乡村少妇的美好爱情。非常巧合，她也在回忆春雨濛濛中坐在新郎自行车上的新婚之旅"你笑了笑，就一手扶了车把，一手牵着我，慢慢地向前走去。小路曲曲折折，路两边是一排排婀娜的杨柳，柳芽儿半开不开的，柳枝条上泛着鲜嫩的鹅黄色。咱们村是有名的桃林庄，隔老远就看到了一片粉红色的彩霞溶在时疏时密的、如烟如雾的雨丝里。绿柳、红桃、细雨，还有我们俩，和谐而融洽地交织在一起，分也分不

---

① 贾平凹：《第一堂课》，见《写作词典》，161页，南昌，江西人民出版社，1983。
② 铁凝：《哦，香雪》，见《铁凝小说精粹》，345页，成都，四川人民出版社，1998。
③ 王安忆：《雨，沙沙沙》，22页，天津，百花文艺出版社，1981。

开，割也割不断……"

这样的作品，充满青春气息，恰如孙犁评价《哦，香雪》时所言"这是一首纯净的诗，即是清泉。它所经过的地方，也都是纯净的境界。……我也算读过你的一些作品了。我总感觉，你写农村最合适，一写到农村，你的才力便得到充分的发挥，一写到那些女孩子们，你的高尚的纯洁的想象，便如同加上翅膀一样，能往更高处、更远处飞翔"①。

为了更好地印证这种纯净、纯洁，让我们做一点必要的比较。同样是写学校的教师和学生，刘心武的《班主任》，就远比《第一堂课》和《哦，香雪》要复杂凝重得多；同样是借雨抒情，叶楠编剧的《巴山夜雨》，比起《雨，沙沙沙》和《春夜雨霏霏》，其悲凉峻切，不可同日而语。青春的抒写，也有北岛《回答》式的绝地抗争。但这一时期的许多青年作者，他们特有的浪漫情怀，对未来的瞩望，和时代的理想主义主潮相互呼应，却是不容置疑的。

进入 20 世纪 90 年代，市场经济的兴起，价值观念的嬗变，对中国当代文学产生了很大的冲击，文学向商业化写作靠拢，著书都为稻粱谋，不为罕见。从当年的东拼西凑"剪刀加糨糊"的畅销书，到现今一年写作几百万字的网络写手，都是明证。以黑幕加绯闻和"厚黑学"为主题的官场小说，随着现实中的贪腐现象而升温热炒。抄袭、仿制、续写等也都是短平快地获得经济效益的"法宝"。市场经济对文化的冲击来势凶猛，作家的被边缘化，也曾经造成作家的普遍困惑。已故的公刘先生称之为"消化打败了文化"，学者王晓明等疾呼"人文精神"遭遇危机，作家张承志挺身而出"抵抗投降"，抵抗拜金主义大潮对文学和理想的消解。莫言、贾平凹、铁凝、王安忆和同时期的许多作家，都因此出现过创作的和精神的焦虑和危机。尽管每个人的表现各有差异，但也有着某些共同的面相。

莫言得风气之先的小说，发表于《人民文学》1989 年第 6 期的《你的行为使我们感到恐惧》，是从艺术需要不断创新的压迫下发出的惊恐的呼叫。20 世纪 80 年代中期，正值文学创新潮流涌荡，当此之时，人人自谓握灵蛇之珠，家家自谓抱荆山之玉，争奇斗艳，竞逐风流。著名学者黄子平曾经戏言，创新这条狗，追得作家连停下来小便的机会都没有。浮躁凌厉，物极必反。在莫言这里，创新变成一条疯狗，逼得作家要自戕了。作品中从乡村走出来的歌手"驴骡子"——吕乐之，曾经有过舞台演出一鸣惊人的辉煌，但是，在变动不居的时风流转中，他很快失去了耀眼的光环而黯然失色。在焦虑和恐惧中，吕乐之变成了"吕苦之"，为了改变音色再创新奇，他竟然进行自我阉割——这样的行为确实让人恐惧，却也不是凭空妄想，在意大利歌剧艺术产生的早期，就是由被阉割的少年来模拟女声。莫言如此下笔，让我们想到，在得到普遍好评的《透明的红萝卜》和《红高粱》之后，莫言的新探索《欢乐》和《红蝗》，遭到了很多的批评指责；同时也可以看

---

① 孙犁：《读铁凝的〈哦，香雪〉》，见《孙犁作品精选下：诗歌散文》，257 页，桂林，漓江出版社，2004。

到，经过几年的创新竞赛，此时的先锋文学，在社会环境和文学语境的影响下，已经是强弩之末，它所占据的文坛最耀眼的地位，开始被"新写实小说"取而代之。莫言为了探寻新的创新之路，产生强烈的困惑迷惘，事出有因；但是，采用如此暴烈的自我阉割方式，使其更具有心灵的震撼力。今日回眸，《你的行为使我们感到恐惧》就是 20 世纪 80 年代文学精神终结的宣告，惜乎其时正是多事之夏，文学已经失去人们的关注力，莫言的苦心示警，在文坛内外没有产生任何回响，但他的敏锐洞察和自省能力，由此得到印证，却是可以肯定的。

接下来是市场化时代的到来。北京是反应最敏捷的大都市，作家们闻风而动。莫言曾经加盟"海马工作室"，与王朔、海岩、苏童、刘震云、马未都、刘毅然等一道，决心要在影视圈闯出一条名利兼收的路子来。电视系列剧《海马歌舞厅》就是他们的代表性作品。但是，在当时，电视剧创作处于初兴时期，运作很不规范，作家触电未必就能致富。据担任过"海马工作室"秘书长的马未都所言"那时待遇不算好，写的剧本要播出后才给稿费，一集 300 元。《编辑部的故事》都是摞了两年后才播出来的。"①对于莫言来说，他还有自己的反思："《酒国》写完以后，我搞了一段时间影视，当时也是出于经济的压力，要养家糊口。我很快就感到后悔，固然可以赚钱，但丢掉了很多人的完整性。"②对于什么是写作的完整性，莫言没有深谈。从《海马歌舞厅》的编剧风格来看，非常"前卫"，它选取现代大都市中热衷于娱乐消费的、在当时刚刚兴起的歌舞厅，和出入其中的红男绿女都市青年为表现对象，以闹剧和轻喜剧为主，充满肥皂剧的泡沫，这和莫言的写作路子相去甚远。不但如此，莫言后来任职《检察日报》，为了职业需要写作反腐题材电视连续剧《红树林》，随即将其改编为长篇小说，这也是奉命而作，勉为其难，如其所言，没有找到感觉。还有更重要的一条，影视剧作和小说的共同点在于其叙事讲故事，不同点则是各自有自己的语言，以及叙事特征——小说家的语言丰富多彩，影视剧的剧本语言相对简单，更多的是靠演员的表演；小说的叙事千变万化，影视剧为了顺应观众，大都是从头到尾顺时针展开。对于讲求艺术风格的作家，能否放弃自己的个性追求而接受影视剧创作的"收编"，是一道难以迈过的门槛。好在莫言迷途知返，迅速地回到自己的高密东北乡，写出《丰乳肥臀》和《檀香刑》，再次引起文坛的震荡。

鲁迅先生评价《红楼梦》说"悲凉之雾遍被华林，然呼吸而领会之者，独宝玉一人而已。"③理想轰毁的幻灭感，在贾平凹的《废都》中表现得淋漓尽致。如果说作品中所写的西京城的四大文化名人的没落，展现了市场化浪潮中西京城积淀深厚的传统文化的风化

---

① 马未都：《如何规划人生，细说人生"三个圈"》，载《扬子晚报》，2009-05-09。

② 莫言、王尧：《莫言王尧对话录》，159 页，苏州，苏州大学出版社，2003。

③ 鲁迅：《中国小说史略》，168 页，北京，人民文学出版社，1958。

瓦解，那么，写在《后记》中的一段文字，就凸显了作家的内心悲凉和万念俱灰：

> 这些年里，灾难接踵而来，先是我患乙肝不愈，度过了变相牢狱的一年多医院生活，注射的针眼集中起来，又可以说经受了万箭穿身；吃过大包小包的中药草，这些草足能喂大一头牛的。再是母亲染病动手术；再是父亲得癌症又亡故；再是妹夫死去、可怜的妹妹拖着幼儿又回住在娘家；再是一场官司没完没了地纠缠我；再是为了他人而卷入单位的是是非非中受尽屈辱，直至又陷入到另一种更可怕的困境里，流言蜚语铺天盖地而来……我没有儿子，父亲死后，我曾说过我前无古人后无来者了。现在，该走的未走，不该走的都走了，几十年奋斗的营造的一切稀里哗啦都打碎了，只剩下了肉体上精神上都有着毒病的我和我的三个字的姓名，而名字又常常被别人叫着写着用着骂着。①

同样地表现理想与现实的巨大冲突，表现作家对现实的困惑和无力感的，还有铁凝的《小黄米的故事》和《无雨之城》，有王安忆的《叔叔的故事》和《长恨歌》。关于铁凝的两部作品的评析，我在《1993：世纪末的喧哗》中有所论及，此处不赘。② 需要补充的是，青年女性，往往是最虔诚的理想主义者，她们的美好想象的破灭，具有最强烈的毁灭感。而王安忆的《叔叔的故事》揭示的是曾经被划为右派而落难的作家"叔叔"，在其复出文坛并且声名大振之后，为自己做了最炫目的美化包装，俨然是落难的普罗米修斯和俄国遭流放的十二月党人，但作为下一代的"我"，却无情撕去其假面具，揭示其真实中的种种不堪。对"叔叔"的理想化形象的毁弃，表达了对文学与理想的幻灭。到了《长恨歌》，上海市民社会排除了理想情怀后的务实与精致，在动荡岁月中的静处应变，王琦瑶穿越政治风浪喧嚣而静水深流的日常生活，成为其表现的主要对象。但是，王琦瑶的意外死亡，给她的平淡生命，平添了凄惨的震撼，也动摇了其用一生勾勒出的小市民风景线的"安稳"，无意中透露出作家对柴米油盐过日子的"新理想"的某种自我解构。

理想的沦丧，当然不能责怪作家。从20世纪90年代的"十亿人民九亿商，还有一亿在帮忙"，和著名诗人、杂文家公刘所言"消化打败了文化"，到当下现实中的种种弊端，权钱勾结的巨贪腐败，明目张胆的掠夺和名目繁多的欺诈，价值底线的崩塌与民间戾气的涌荡，以及思想文化领域的乱象，触目惊心，不容忽视，"老吾老以及人之老"的

---

① 贾平凹：《废都·后记》，见《文章四家》，316页，北京，文化艺术出版社，2010。
② 参见拙著《1993：世纪末的喧哗》（山东教育出版社，1998）之《半边风景：女性文学的散点扫描》。又及：此书的几个板块，对于文学的理想主义的讨论，关于人文精神的论争，围绕王朔之"躲避崇高"展开的纷争，围绕顾城之死所辨析的"诗人之死"，其实都是在20世纪90年代前期的新语境下对文学应该如何选择的种种表现。

古训荡然无存，连老人在街头摔倒要不要去扶，都成为社会争论的热点。而传播最广、受众最多的电视剧，问题更多，恰如著名编剧海岩所言："中国现在的电视剧没有情怀，都在提倡'术'，告诉大众怎么去斗争。你看屏幕上，多是办公室斗争、宫廷斗争。很多老外看中国的电视剧，都问：'中国人怎么那么坏啊？'你看美国的影视作品，无论是《阿凡达》还是《拆弹部队》都很干净，你能读出美国人的正义和情怀。中国的当代作品传达给世界的多是阴暗和丑陋。这是人心问题。中国人现在都不快乐：受益的和非受益的，男人和女人，城里人和乡下人，有文化的和没文化的，都是满肚子牢骚，人心无所归依。"①

我们所讨论的这些作家，以及他们的同代人，在20世纪90年代前期，在即将或者已经进入"不惑之年"时，大都遭遇了时代的和个人的精神危机，对于现实中和文学中的理想主义情怀，都有着痛苦的失落与迷茫。令人欣慰的是，他们还年轻，有足够的生命能量，有足够的时间财富，经得起心灵的熬煎和挫败，具有很强的自我修复能力。在经历了短暂的低迷和幻灭之后，作家们又重新建构起文学的新的标高，从精神的低谷挣脱出来，再次攀登文学的高峰；经历过浴火重生的理想，才格外的可贵。中国当代文学的理想主义，并没有衰减，而是以新的方式得到张扬——这种张扬，可能是旗帜鲜明的，也可能是润物无声的，而两者，都需要仔细辨析。

比如说，在《废都》(1993)问世之后数年，贾平凹写出《高老庄》(1998)，与《废都》中颓唐失落魂不守舍的庄之蝶相对应的，是在重返故乡搜集乡村的碑刻文字等文化资料，承担一个从农村走出来的知识分子的责任的子路。从"庄生晓梦迷蝴蝶"的庄之蝶，到"知其不可而为之"的孔子的高足子路，作品的人物命名有深意藏焉。贾平凹的《古炉》(2011)，写了在"文化大革命"的动乱嘈杂中，在众人皆醉陷入迷狂中，一个持守传统儒学的善恶理念的善人，他的言行有些怪异，有些陈腐，但是，他的存在，为古炉村的动荡现实，添加了一个恒定的砝码，一条做人的底线。他的《带灯》(2013)，正面强攻地歌颂了一个以自己的微薄之力，在大量的官民冲突中周旋奔波，缓解和调谐民间积怨的乡镇信访工作者，这位年轻女子的名字"带灯"，就是萤火虫，以萤火虫一样微弱的光，在夜间给人们以些微的光亮。如同陈晓明所指出的，带灯是一个具有理想主义和实干精神的"社会主义新人"形象——

> 带灯这个基层女干部，她可能是在建设社会主义新农村的某种召唤下来到樱镇，她还显得稚嫩，甚至有些孤傲，她还穿着高跟鞋，在贫瘠荒凉的乡镇，无疑落

---

① 张卓：《海岩在"审丑时代"》，载《中国周刊》，2010(9)。

落寡合。但贾平凹此番并不想去表现她与环境有多么深入的冲突，甚至男女私情都不落墨。她只能在具体的基层工作中成长，磨砺自己。总之，贾平凹讲述一件件故事、一次次遭遇，她是在行动着的人。她柔弱又刚强，犹豫又执着，她能与村民打成一片，靠的是她的用心和真诚。她的综治工作如此繁杂，如此琐碎，看似无关紧要，杂乱且平常，却无比重要……带灯看上去在不停地调解平息，但能感受到她的身边危机四伏。今天乡村中国并不平静，欲望机遇，利益争执，宗族敌视，贫困与不公是其根本问题。带灯终于面对一次大规模的恶性群体事件，她自己也因此遭遇沉重的身体创伤和精神打击。这个柔弱的小女子，如萤火虫般飞到这个小镇，她要在黑夜里给自己带来一盏灯，也想点亮一丝希望，结果她失败了，她已经气若游丝，但她的精神却是熠熠闪光，至少她曾经闪亮过，发出过正能量的光。带灯这个形象体现的，正是党的基层干部的优秀品质。这样的形象在中国激进现代性的进程中，并没有被完整塑造起来，现在贾平凹倾注笔力要创造带灯这样的人物，其积极意义当然不能被低估。①

王安忆的《启蒙时代》(2007)与《古炉》异曲同工，表现"文化大革命"中的上海青年的思索和觉醒，他们从多种来源中汲取精神资源，小老大充满感性生活的沙龙，基督教关于"光与真理"的信条，老牌的资本家讲述的靠勤奋和智慧创业的历史，都促成他们在红卫兵运动浪潮消退之后的自我反思，而马克思的《路易·波拿巴的雾月十八日》成为他们思想转换中的精神指南。铁凝在2000年和2005年，先后推出了《大浴女》和《笨花》，前者是从对长辈的清算(《玫瑰门》)和对男性的批判(《无雨之城》)转向对自我的省思和忏悔，在精神的炼狱中涤罪重生；后者则是在抗战爆发、民族危亡之际，寻找和歌颂蕴藏在乡村大地的民族精神。由解构转向建构，具有普泛性。张炜的《你在高原》，以浩瀚的篇幅，叙写当代的精神生活史，寻找和摹写精神的高原之风景。毕飞宇的《推拿》，写一群自强不息的盲人按摩师，他们各自有不同的人生经历，生活远远不能说是圆满，结局也未必欢喜，但是他们为自己争取工作和生活的权利的过程如此动人。刘醒龙的《天行者》，是把乡村民办教师这种在新世纪逐渐消失的职业，作为自己的讴歌对象，"穷且益坚，不坠青云之志"是对这些"最后的民办教师"的恰当评判。

三、具体问题具体分析地考察理想主义的丰富内涵和不同表现

莫言的理想主义精神，似乎表现得更为复杂，更值得仔细辨析。

---

① 陈晓明：《贾平凹〈带灯〉的文学史的和现实的意义》，载《当代作家评论》，2013(3)。

莫言对曾经有过、当下也没有真正去除的"两套话语体系"的憎恶，对廉价理想的倡导和说教抱有深深的警惕："因为我想我们生活的环境，实际上是在一种双重话语里面。在'文化大革命'前后，也就是说在20世纪80年代之前的二三十年之间，中国人都有两套话语体系：一套是在外面的时候，对着社会讲的，这都是假话、套话，都是豪言壮语，都是口号；另外一套就是在家里面讲的，父母教育子女的时候讲的，或者是夫妻之间的对话。当然有时候到了十分极端的时候，夫妻之间也不敢说真话。因为刚刚说了真话，第二天就被老婆告了。儿子跟父亲之间也不敢讲真话了，搞不好父亲刚讲的真话马上被儿子出卖了。"①"村里开批斗大会的时候，我的父亲也都慷慨激昂，用非常原始的诅咒的方式来进行革命。我作为一个十几岁的儿童，也深切地感觉到，大人们都是戴着一副面具的。而小孩如果在外面敢于说真话，回家马上就会受到惩罚。"②这样的经历，对于历史的过来人都不陌生，莫言对此的深恶痛绝，溢于言表。

因此，在许多场合，莫言似乎羞于谈及文学的理想而更强调文学的批判性。2002年，日本作家大江健三郎，莫言荣获诺奖的有力推动者，专程访华会见莫言，与莫言有深入的对话，两个人的互动非常成功。但是，当大江健三郎谈到"文学应该给人光明"——这个话题如此重要，被对话的翻译者毛丹青整理成文时，它成为全文的标题——，莫言却有点"顾左右而言他"：

大江健三郎：我觉得文学应该从人类的暗部去发现光明的一面，给人以力量。我今年67岁，直到今天我仍然顽强地认为小说写到最后应该给人一种光明，让人更信赖人。在你早期的短篇小说里，那种对原始生命的讴歌与赞美都表达了这样的主题。而我在小时候就想过，无论文学描写了多少人类的黑暗，一边写那深夜中河水流逝的令人胆寒的声音，一边要思索写到最后，展现于人类面前有多少欢乐？这几乎是我文学创作的核心。我一直有这样的想法，文学是对人类的希望，同时也是让人更坚信，人是最值得庆幸的存在。对此，你在小说里是怎么表达的呢？相信人和表达人都是小说的写法，同时也是作家在社会中应该发挥的作用。

莫言：我是从乡村出发的，也坚持写乡村中国，这看起来离当今的现实比较远，如何把我在乡村小说中所描写的生命的感受延续到新的题材中来？因为我写的是小说，不是写大批判的文章，后来我在《天堂蒜薹之歌》中找到一个诀窍，这就是把我要写的内容全部移植到一半虚构一半真实的高密东北乡来。《天堂蒜薹之歌》本来是发生在山东西南地区的一个故事，后来我把它放在我的家乡来写，一下子找到

① 莫言：《莫言自述文学路》，载《北京青年报》，2012-10-14。
② 莫言：《莫言自述文学路》，载《北京青年报》，2012-10-14。

了感觉，儿时那种对生命和大自然的感受在这种政治题材的小说中得到了延续。①

在这里，大江健三郎明确地谈论的，是文学应该给人光明，让人更信赖人。"光明"一词反复出现。莫言回应时，没有用到一次"光明"。他谈了自己如何将现实政治色彩极强的蒜薹丰收反而伤农的事件，通过将其同化和纳入高密东北乡的文学版图，通过艺术感觉的张扬，将一部本来意义上的政治小说脱胎换骨地升华为一部艺术作品；他谈到自己如何将"为老百姓写作"改造为"作为老百姓而写作"，确信写出个人"灵魂的痛苦"也就写出许多老百姓的"灵魂的痛苦"。两位作家的阐述有着明显的差异，耐人寻味。

2005 年，在香港公开大学授予莫言荣誉博士学位仪式上的演讲中，莫言如是说：

> 我有一种偏见，我认为文学作品永远不是唱赞歌的工具。文学艺术就是应该暴露黑暗，揭示社会的不公正，也包括揭示人类心灵深处的阴暗面，揭示恶的成分。所以我的小说发表以后，有的读者不高兴，因为我把人性丑的部分暴露得太过厉害，把社会上一些地方暴露得太真实了。对于这些触及人类灵魂、暴露人类灵魂丑恶的作品，他们觉得很受刺激。

> 我最近写了一部长篇小说，《后记》的最后一句话就是"哪怕只剩下一个读者，我也要这样写。"我不可能因为某些读者不喜欢我这样的写法，就改变我自己的文学主张。②

对文学要给人以"光明"和文学要弘扬"理想"的有意规避，在中国作家中其实不乏其人。只是莫言因为荣获诺奖，而被推到聚光灯下被细加考察。其实，正如陈思和教授所言，文学家对于理想，有两种不同调式但并行不悖的行为方式："两种对理想的不同演绎可以同时存立：前一种理想倾向于人类对于美好未来的勇敢追求和斗争精神，而这个美好未来的标准既是人类理性选择的结果，也是外在于人的生命的一种被确认的原则，在多元角逐的国际政治斗争中，这一原则在不同政治语境下也被赋予了多元的解释；而后一种理想倾向于对于人的生命元素及其文化历史的追寻和发现，歌颂人的生命力量，并通过对人性的深刻描写来认识人性，充分肯定人应该通过自身的力量来掌握自己命运，而不是消极地被拯救，这种追求更多地倾向于人文的理想和文学的理想……莫言的创作无疑是属于后一种理想倾向的传统。我这样来区分理想的内涵，并非认为作家只能选择其中的一种理想标准来作为自己安身立命的追求目的。如果有作家同时承载了两种

---

① 毛丹青：《文学应该给人光明——大江健三郎与莫言对话录》，载《南方周末》，2002-02-28。
② 莫言：《自述文学路》，载《北京青年报》，2012-10-14。

理想的责任，并在文学的创造中开拓新的艺术境界，这当然是最好的状态。但是在充满冲突误解和社会异化的当今世界，企图真正做到两者的完美结合并非一厢情愿的事，尤其是在中国特殊而严酷的现实环境之下。莫言的选择，我以为是一种长期在苦难和屈辱的环境下心灵压抑的必然结果，也是中国作家的生存智慧和岗位意识所决定的。作为写作者，他把一切内心的痛苦、抗议和挣扎统统融入虚构的文学世界，极其丰富地创造了中国现实的真实场景和人性力量的复杂内涵"。①

我赞同陈思和的如上论断。在文坛上，不乏以"斗士型"的姿态出现，议论风生，纵谈天下，把犀利的目光投向社会生活的方方面面，利用自己的社会影响力，干预现实，敢为人先的仁人志士（如白居易），也需要为艺术而艺术的文学殉道者，以生命为诗，呕心沥血（如李贺），甚至还需要那种自命不凡、超然物外，独与天地精神往来的狂狷之士（如李白）。当然，这三种类型不是截然分开的，而是互相渗透的。李白被称为"谪仙人"，"李白斗酒诗百篇，长安市上酒家眠。天子呼来不上船，自称吾是酒中仙"，却也有投身永王李璘麾下，"为君谈笑静胡沙"的治世理想。

我把莫言的理想主义称作具有农民本色的"生命的理想主义"，"生命的英雄主义"。从其成名之作《透明的红萝卜》发端，经由《红高粱》《丰乳肥臀》，到后来的《檀香刑》《生死疲劳》和《蛙》，这种理想情怀是从最初的炫奇归于质实，从最初的有限时段向宏阔的历史时空拓展的。尽管说，在90年代初期，对文学的理想主义，他也有过低迷和惶恐，但他很快重新振作起来，将自己，也将中国当代文学的理想追求，带到新的境界。

中国的漫长历史中，会有将人们逼到无法生存的死角，进而迸发自救本能的事儿，这些人在自我拯救的同时，也改变了中国历史的走向，成为中国社会自我净化、自我更新的推动力之一。如陈胜吴广起义，司马迁在《陈涉世家》中所记载，并非他们对秦王朝的暴政有多少理性的自觉，也不是为了践行"楚虽三户，亡秦必楚"的信念，而是因为在奔赴服劳役地点的途中，连日大雨阻路，耽误了行期，按照苛刻的秦律要被处死，所以才有揭竿而起的大泽乡起义。他们动员同伴们参加起义，也不是发表号令天下的讨秦檄文，不是张扬其"鸿鹄之志"，而只不过是实话实说，两害相权取其轻，置之死地而后生："召令徒属曰：'公等遇雨，皆已失期，失期当斩。藉第令毋斩，而戍死者固十六七。且壮士不死即已，死即举大名耳，王侯将相宁有种乎！'徒属皆曰：'敬受命。'"②20世纪70年代末、80年代初的安徽凤阳小岗村的农民，对马克思的生产资料所有制理论和按劳分配的社会主义原则，未必有多少心得，更不会料想到，他们的一个举动，竟然

---

① 陈思和：《在讲故事背后——莫言〈讲故事的人〉读解》，载《学术月刊》，2013(1)。
② （汉）司马迁：《史记·陈涉世家》，见《新编中国古代史教学参考资料》，377页，厦门，厦门大学出版社，1999。

会为中国的土地制度变革和改革开放的历史进程奠定一个里程碑；他们秉持的就是一个诉求，为了家家有饭吃，为了人们愿意在自己的土地上干活，对自己的劳动所得有一定的支配权，把劳动积极性和个人收益结合起来，而甘愿冒绝大的风险，签下生死文书，自作主张地实行包产到户的生产责任制。最质实的，最勇敢无畏；最卑微的，最高远；最原生态的存在和奋斗，也最终成就了一个个形而上的时代理想。群体性的求生的意志，群体性的改变自身命运的努力，永远蕴藏在最为普通最为底层的中国农民身上。

莫言笔下的人物，就是这样的既具有强烈的个性，又满身泥土气、地瓜味的农民群像。《红高粱》中，余占鳌发起墨水河大桥伏击战，不曾讲述什么保家卫国的大道理，也未必与时代政治有多少关联——作品中曾经出现过一个具有知识分子气质的外来人任副官，他教他们唱"高粱红了，鬼子来了"的抗日歌曲，教育余占鳌的队伍要遵守军纪爱护百姓，迫使余占鳌枪毙了强奸民女的余大牙。担任副官在作品中稍纵即逝，因为擦枪走火而身亡。余占鳌与日军不惜血拼到底，是因为前一天日军血洗村庄，余占鳌的第二个妻子和他的女儿都死得惨不忍睹。《生死疲劳》中的蓝脸，一个心心念念要守住自己的一亩三分地的人，熬过了合作社和人民公社时期，不是他有什么远见卓识，懂得什么生产资料所有制的高深理论，而是一种纯朴而直观的人生态度使然；作品中的另一个主要人物西门闹，不仅是"人活一口气"，做了鬼，也要"鬼活一口气"，一腔冤屈不肯轻易忘却，带着惨痛的记忆一次次地经历六道轮回，就为了等待沉冤昭雪的一天。他们的目的很简单，但坚守自己的目标的过程，艰难至极，不是理性的坚强，而是生命的最低理想和生命的最高显现。因为其低，低到尘埃里，也就无所顾忌，不可扑灭；因为其高，就具有了激励人心、净化世界的重大作用。而且，从《丰乳肥臀》开始，莫言逐渐地变得有了温馨，有了关爱，有了对人性和历史的洞达宽容。在接通了《透明的红萝卜》和《红高粱》时期的浪漫、理想情怀的同时，其历史视野更为广阔，而源自乡村的原生态的蓬勃生命力，也在更为质实的情景中，得到了新的展现。

而且，莫言对"理想"和"光明"的回避，是有意的，也是有条件的，在许多场合，他对文学应当承担的理想，对做人的理想，有着明确的表达。2010年，在成都举行的"亚洲文化艺术界高层学术论坛"上的一次发言中，莫言就明确提出："我们要创作出世界文学之一环的亚洲文学，首先要使我们的文学包含着能为世界各国人民所能接受和理解的普遍价值。我们的文学作品所塑造的人物，应不仅仅能感动我们本国的乃至亚洲的读者，而且也应该能够感动全世界的读者。这样的文学是超越时空的，是永恒的。这种普遍的永恒的价值，就是人道主义的精神，就是平等、自由、博爱，就是宽容、理解和善良，就是慷慨、勇敢和坦荡，就是勤劳、诚实和纯朴，就是人类的美德和对违背这些美德的恶行的批判。"①由此可以见出，此时的莫言，已经超越了几年前的自己，敢于直言不讳地宣讲自己的文学理想，就像他敢于在贝多芬和歌德之间公开宣称自己的选择一样。他对韩国青年访华团的几次演讲——《东北亚时代的主人公》《大学生是朝阳》，从演讲题目也可以看到进入"知天命"之年后，莫言对年青一代的关爱和期盼。这些篇目，都是我们在讨论莫言与理想时，不容忽略，却又被许多人所忽略的。

（原载《山西大学学报》2015 年第 1 期）

---

① 莫言等：《如何避免文化的趋同性》，载《人民日报》，2010-05-27。

中国当代文学经典化的国际化语境
——以莫言为例

孟繁华

    2014 年 10 月 24 日，北京师范大学国际写作中心主办了"讲述中国与世界对话：莫言与中国当代文学"国际学术研讨会。这是大学正常的国际学术交流活动。但是，当我看到法国汉学家杜特莱，日本汉学家藤井省三、吉田富夫，意大利汉学家李莎，德国汉学家郝穆天，荷兰汉学家马苏菲，韩国汉学家朴宰雨以及国内诸多著名批评家和现当代文学研究者齐聚会议时，我突然意识到，莫言获得"诺奖"是一个庞大的国际团队一起努力的结果。如果没有这个国际团队的共同努力，莫言获奖几乎是不可能的。这个庞大的团队还包括没有莅临会议的葛浩文、马悦然、陈安娜等著名汉学家。因此，当莫言获奖时，极度兴奋的不仅是中国文学界，同时还有这个国际团队的所有成员。这时我们也就理解了陈安娜在莫言获奖时的心情——2012 年 10 月 11 日 19 时 30 分，在瑞典文学院发布莫言获奖的消息后，陈安娜仅在新浪微博上发了两个表情，一个太阳和一只蛋糕，对莫言的获奖表示祝贺并晒美好心情。这条微博被网友大量转发，许多中国网友向她表示感谢。当晚，陈安娜又发表微博表示"谢谢大家！请别忘记，莫言有很多译者，文学院也看了不同语言的版本：英文、法文、德文等。大家都一起高兴！"这当然是一个重要的时刻。莫言获奖不仅极大地提升了中国文学在世界文学总体格局中的地位，同时，这一消息也告知我们中国当代文学经典化的国际化语境业已形成。这个语境的形成，除了文学的通约性以外，与冷战结束后新的国际环境大有关系。试想，如果在索尔仁尼琴或帕斯捷尔纳克的时代，西方汉学家如此积极地译介莫言，莫言的命运将会如何？冷战结束后，中国文学悄然进入了世界的"文学联合国"。在这样一个"联合国"，大家不仅相互沟通交流文学信息，相互了解和借鉴文学观念和艺术方法，还要共同处理国际文学事务。这个"文学共同体"的形成，是一个不断相互认同，也不断相互妥协的过程。比如文学弱势地区对本土性的强调和文学强势地区对文学普遍价值坚守的承诺，其中有相通的方面，因为本土性不构成对人类普遍价值的对立和挑战；但在强调文学本土性的表述里，显然潜隐着某种没有言说的意识形态诉求。但是，在"文学联合国"共同掌控和管理文学事务的时代，任何一种"单边要求"或对地缘、地域的特殊强调，都是难以成立的。这是文学面临的全新的国际语境所决定的。这种文学的国际语境，就是我们今天切实的文学大环境。这个环境告知我们的是：当下中国文学处在我们正在经历的变化之中。

一、当代文学创作外部资源的变化

在相当长的一段时间里，当代文学一直存在一个"单边交流"的缺陷，或者说，当代中国文学发展过程中的外部资源是极其有限的：苏俄文学几乎是我们唯一的样板和参照。在当下仍然有人奉苏俄文学为唯一的圭臬。这种状况有深刻的历史渊源。苏联是社会主义成功的范本和榜样，早期共产党人是把俄国人的道路作为梦想追随的。社会主义苏联首先创造了具有社会主义典范意义的文学和理论，在文艺创作和理论上向苏联学习，是一种合乎逻辑的选择。据《中国新文学大系史料索引》和《翻译总目》记载，"五四"后的 8 年间，187 部单行本的翻译作品中，俄国就有 65 部。《新青年》《晨报》译介的各国小说中俄国小说的数量均占第一位。在中国的读者中，普希金的《驿站长》，莱蒙托夫的《当代英雄》，果戈理的《钦差大臣》，屠格涅夫的《父与子》《猎人笔记》，契诃夫的《樱桃园》，奥斯特洛夫斯基的《大雷雨》《钢铁是怎样炼成的》，列夫·托尔斯泰的《复活》《安娜·卡列尼娜》，高尔基的《母亲》，法捷耶夫的《毁灭》等作品，几乎被长久地阅读着。20 世纪 20 年代，当马克思主义在中国进一步传播时，在文艺领域是伴随着对苏联文学创作和理论介绍同时进行的。1928 年 12 月起，陈望道主编的"文艺理论小丛书"开始印行，其中就收有苏联的文学论文；1929 年春，冯雪峰主编的"科学艺术论丛书"也开始出版，鲁迅为这套丛书翻译了卢那察尔斯基的《艺术论》《文艺与批评》和苏联的《文艺政策》；冯雪峰也翻译了卢那察尔斯基的《艺术之社会的基础》、普列汉诺夫的《艺术与社会生活》、伏洛夫斯基的《社会的作家论》等书。鲁迅后来又单独译出了普列汉诺夫的《艺术论》《没有地址的信》）。从这个时代起，苏联文学作为重要的资源已经开始影响和渗透中国文学的建设和发展，闪耀着社会主义文学的巨大光芒和魅力。

中华人民共和国成立后，对苏联文学和理论的介绍，更显示出了空前的热情。短短几年的时间，就有上千种苏联文学作品介绍到我国，《青年近卫军》《真正的人》《早年的欢乐》《士敏土》《不平凡的夏天》等，迅速被我国读者所熟悉，它们被关注和熟知的程度，几乎超过了任何一部当代中国文学作品。高尔基、法捷耶夫、费定、奥斯特洛夫斯基成了最有影响的文化英雄，保尔·柯察金、丹娘、马特洛索夫、奥列格成了青年无可争议的楷模和典范。同时，从 1950 年到 1962 年的 12 年间，我国还翻译出版了苏联文艺理论、美学教材及有关著作 11 种，普列汉诺夫、列宁、斯大林、高尔基、卢那察尔斯基等论文学艺术的著作 7 种。这种单边的文学交流，直至"文化大革命"也没有结束。"文化大革命"期间供内部批判交流的"黄皮书"也不乏《带星星的火车票》《州委书记》《多雪的冬天》《叶尔绍夫兄弟》等。无论是学习还是批判，我们的文学与苏俄结下了这样的不解之缘。

真正结束这种单边文学交流历史的，是 20 世纪 80 年代兴起的现代主义文学运动。这一文学运动曾在地下潜伏已久。"文化大革命"期间的"黄皮书"是最早的当代启蒙读物。塞林格的《麦田里的守望者》等作品，早已在青年中流行。后来一些写进文学史的重要作品，在那一时代就是用"手抄本"的形式完成并传播的。有一篇考察和总结现代主义名称和性质的文章开篇曾写道"文化地震学试图记载艺术、文学和思想史上经常发生的感情变化和转移，这种变化和转移在程度上惯常分为三个大级度。在刻度的始端是那些时尚的震动，它们似乎有规律地随着时代的更迭而稍纵即逝，十年是测量其变化曲线的一个恰当周期，这些曲线从始动发展到高峰，随后便逐渐消失。第二种是较大的转移，其影响更深、更久，形成长时期的风格和感情，这些是用世纪为单位来加以有效测量的。第三种则是那些剧烈的脱节，那些文化上灾变性的大动乱，亦即人类创造精神的基本震动，这些震动似乎颠覆了我们最坚实、最重要的信念和设想，把过去时代的广大领域化为一片废墟，使整个文明或文化受到怀疑，同时也激励人们进行疯狂的重建工作。"①而现代主义文学无疑属于第三种，它的出现，使文学"与一切传统猝然决裂"就欧洲而言，它"五个世纪努力的目标公然被放弃了"②。现代主义改变了文学的秩序。它的意义被刘易斯做了如下描述：见代主义的出现，是"西方人整个历史上最伟大的时代划分——比过去把黑暗时代同古代分开、或把中世纪同黑暗时代分开的那种划分更加伟大——乃是把现代同简·奥斯汀和沃尔特·司各脱的时代划分开来"。这些作品，"在我们这个时代这样新颖得令人震惊，令人困惑。……比起任何其他'新诗'来，现代诗歌不仅具有更多的新颖色彩，而且还以一种新的方式表现出它的新颖，几乎是一个新维度里的新颖"③。而罗兰·巴特从另一个角度高度评价了它，认为它是"新阶级和新交流方式

① ［俄］马尔科姆·布雷德伯里、詹姆斯·麦克法兰：《现代主义的名称和性质》，见马尔科姆·布雷德伯里、詹姆斯·麦克法兰编：《现代主义》，胡家峦等译，3 页，上海，上海外语教育出版社，1992。
② ［英］赫伯特·里德：《现在的艺术》，《现代主义》，4 页。
③ C. S. 刘易斯：《时代的描述：就职演讲》，《现代主义》，4 页。

的演变中产生的世界观的总和"并将其时间设定于"1850 年左右"①。现代主义经历了一百多年的发展演变后，其遗风流韵仍在发挥着巨大影响。从 70 年代末期始，它在中国极其艰难地再度形成潮流，但由于中国独特的历史处境，它的"合法性"地位一直在争论之中，因此，从其孕育到衰落，也只有短暂的 15 年左右的时间，但它产生的革命性震荡，则令所有经历了那场文学运动的人记忆犹新。

另一方面，我们必须承认，20 世纪 80 年代之后，中国文学界对包括世界文学在内的文学经典，有一个再确认的过程，曾经被否定的世界文学经典重新被认同。莫言说"从 80 年代开始，翻译过的外国西方作品对我们这个年纪的一代作家产生的影响是无法估量的，如果一个 50 岁左右的作家，说他的创作没受任何外国作家的影响，我认为他的说法是不诚实的。我个人的创作在 80 年代中期、90 代中期，这十年当中，是受到了西方作家的巨大的影响，甚至说没有他们这种作品外来的刺激，也不可能激活我的故乡小说，看起来我在写小说，但是外加的刺激让我产生丰富联想的是外国作家的作品。"②"魔幻现实主义对我的小说产生的影响非常巨大，我们这一代作家谁说他没有受到过马尔克斯的影响？我的小说在 1986、1987、1988 年这几年里面，甚至可以说明显是对马尔克斯小说的模仿。"③批评家朱大可在揭示这一现象的同时，也措辞严厉地批评说"'马尔克斯语法'对中国文学的渗透，却是一个无可否认的事实。长期以来，马尔克斯扮演了中国作家的话语导师，他对中国当代文学的影响，超过了包括博尔赫斯在内的所有外国作家。其中莫言的'高密魔幻小说'，强烈彰显着马尔克斯的风格印记。但只有少数人才愿意承认'马尔克斯语法'与自身书写的亲密关系。对于许多中国作家而言，马尔克斯不仅是无法逾越的障碍，而且是不可告人的秘密。"④无论如何，世界文学与中国当代主流文学的关系就这样缠绕在一起。

但是，任何一种域外的思潮、现象，几乎都是伴随着误读被我们接受的。魔幻现实主义是 20 世纪 80 年代进入我国读者视阈的，尤其是随着马尔克斯在坊间的流传，我们也便有了属于自己的解读和变体。"寻根文学"无疑是其中最具代表性的一支。而"寻根"这个词，最早可以追溯到 20 世纪二三十年代，适值"宇宙主义"和"土著主义"在拉美文坛斗得你死我活。宇宙主义者认为拉丁美洲的特点是它的多元，这种多元性决定了它来者不拒的宇宙主义精神。反之，土著主义者批评宇宙主义是掩盖阶级矛盾的神话，认为宇宙主义充其量只能是有关人口构成的一种说法，并不能解释拉丁美洲错综复杂的社会

---

① ［法］罗兰·巴特：《写作的零度》，《现代主义》，5 页。

② 《著名作家莫言做客新浪网实录》，http://book.sina.com.cn/41pao/2003-08-06/3/13818.shtml，2003-08-06。

③ 同上。

④ 朱大可：《马尔克斯的噩梦》，载《中国图书评论》，2007(6)。

现实及由此衍生的诸多问题。在土著主义者看来，宇宙主义理论包含着很大的欺骗性，它拥抱的无非是占统治地位的西方文化，而拉丁美洲的根恰恰是被西方文化所阉割、遮蔽的印第安文明。这颇能使人联想起同时期我国文坛的某些争鸣。世界主义者恨不得直接照搬西方，甚至不乏极端者梦想扫除国学、抛弃汉字；而国学派尤其是其中的极端者则食古不化、抱"体"不放。从某种意义上说，两者的胶着状态至今未见分晓。前卫作家始终把走向世界、与世界接轨的希望寄托在赶潮与借鉴上，而乡土作家却认为最土的也是最民族的，最民族的就是最世界的。而"寻根"这个概念正是拉美土著主义者率先提出的，它经现代主义（形形色色的先锋思潮）和印第安文化（其大部分重要文献于20世纪30年代后陆续浮出水面）及黑人文化的洗礼，终于催生了魔幻现实主义。然而，翻检我国介绍这个流派的文字，跃入眼帘的大多是"幻想加现实"之类的无厘头说法，或者"拉丁美洲现实本身即魔幻"一类不着边际的说法。哪有不是"幻想加现实"的文学？谁说"拉丁美洲现实本身即魔幻"呢？马尔克斯倒是说过，"拉丁美洲的神奇能使最不轻信的人叹为观止"；他故而坚信自己是现实主义作家，而不是所谓魔幻现实主义代表①。陈众议对拉美文坛内在矛盾的揭示，仿佛就在说我们自己的事情。

但是，不管我们从哪一个角度接受来自域外的文学观念或思想，都从一个方面改变了我们"自说自话"、自以为是的"天朝"心态。在已经形成的国际文学环境的大趋势下，中国文学便无条件地成为这个"文学联合国"的当然成员。这与80年代初期我们用"让中国文学走向世界"这样的祈使句表达的弱势文学心态已经完全不同。

二、文学经典建构的国际化环境

文学经典的建构，从某种意义上说应该是文学批评或文学研究的核心问题。在古代社会虽然也一直存在经典的不断颠覆和重建，存在着确立经典和"反经典"的"斗争"，但相对来说还是简单些。古人虽然也无可避免地受制于文学作品自身价值品质的规约，受到时代审美风尚、作家与批评家的阐释、类书和选本选择等的规约，但是，这些规约毕竟还限定在本土版图范围之内，还是"自家对话"的结果。比如，有了董仲舒为首的汉儒的努力，孔子就可以成为经典；有了萧统主编的《昭明文选》，先秦至南朝梁代八九百年间的经典诗文作品，基本就没有大的问题了；比如《唐诗三百首》，入选的作品除了伪作之外，其经典地位也日久天长。

这种由国人自己指认经典的情况，一直延续到现当代文学。比如中国现代文学的经

---

① 陈众议：《莫言与世界文学》，见北京师范大学国际写作中心编《讲述中国与世界对话：莫言与中国当代文学国际学术研讨会论文集》，2014。

典作家，在王瑶的《中国新文学史稿》中就已经被确认："鲁郭茅巴老曹"不止经典地位难以撼动，就连排名顺序也经久不变；当代文学没有这样的经典作家，但"三红一创保山青林"①八部经典作品的地位至今仍然固若金汤。我们知道，社会主义初期阶段的文学和社会主义道路一样有一个"试错"的过程，或者说，刚刚跨进共和国门槛的部分作家，特别是来自"国统区"的作家，并不明确如何书写新的时代，并不了解文学实践条件究竟发生了怎样的变化。因此，在"试错"的过程中，制度化地建构起了文学规约和禁忌。规约和禁忌的形成，也无形中树立起了文学界的绝对权威，比如周扬。他作为毛泽东文艺思想的权威阐释者，对某些思潮、现象以及作家作品，就有"生杀予夺"的权力；他肯定或否定的某些作品，在当代文学史上的地位或价值就有了基本评价的依据。又如茅盾，如果没有他对《百合花》的肯定，不仅不能终止对《百合花》的质疑或批评，就连《百合花》在它的时代究竟是怎样性质的作品恐怕还是个问题。

　　无论是现代文学经典还是当代文学经典，在改革开放之前，权威话语的拥有者可以一家独大地指认。我们也从来没有产生怀疑，甚至没有怀疑的意识，因为文学史家的权威性与政治领袖的权威性在那个时代是一种同构关系。后来事情起了变化，这个变化发生于1985年第5期《文学评论》发表的黄子平、陈平原和钱理群的《论20世纪中国文学》的文章。文章改变了百年中国的文学史观和文学史的编撰方法；1988年，陈思和、王晓明发起的"重写文学史"运动，强化了这一观念并且诉诸批评实践。但是，在这样的批评实践背后，同样有一个重要的国际背景，这就是夏志清的《中国现代小说史》被中国学者的接触和接受。1961年由耶鲁大学出版社出版了夏志清的英文著作《中国现代小说史》，这是重写中国现代小说史的一部著作。作者以其融贯中西的学识、宽广的批评视野，探讨了中国新文学小说创作的发展路向，尤其致力于优美作品之发现和评审，发掘并论证了张爱玲、张天翼、钱锺书、沈从文等重要作家的文学史地位，使此书成为西方研究中国现代文学史的经典之作，并产生了深远影响。《中国现代小说史》是"重写文学史"运动最重要的灵感来源和理论资源。尤其一直被认为是通俗小说家的张爱玲，在批评家眼里她几乎难登大雅之堂，但夏志清在小说史中给予张爱玲的篇幅比鲁迅还要多一倍，这对当时的中国文学界不啻八级地震。

　　《中国现代小说史》英文版两度再版，由刘绍铭、夏济安、李欧梵、水晶等众多港台一流学者翻译的中译繁体字本于1979年、1985年和1991年分别在香港和台湾出版，2001年又在香港出版中译繁体字增订本，由复旦大学推出的中文简体字版是这部文学史著作问世四十多年后。20世纪80年代末期已经接触过这部著作的学者揭竿而起，要重

---

　　① 指的是"十七年"的八部文学经典：《红日》《红岩》《红旗谱》《创业史》《保卫延安》《山乡巨变》《青春之歌》《林海雪原》。

新确立新文学的经典。但是，这一多少有些冲动的行为并没有取得预想的成果——那"翻烙饼"式的批评方式，只不过是逆向地评价了现当代重要的作家作品，而思维方式并没有发生革命性的变化。但是，这一误打误撞的文学行为，却也从某一方面鼓舞了中国的批评家——文学的历史是可以重新书写的。

1996年，谢冕、钱理群主编的《百年中国文学经典》，谢冕和我主编的《中国百年文学经典》出版。缘于这两套百年文学经典的出版，1997年集中爆发了关于经典的讨论，《文艺报》《作家报》《文学自由谈》《光明日报》《中华读书报》《大家》等一百多篇文章参加了讨论。大家尤其对当代作家作品各执一词，不可能达成共识。但是，讨论的背后却隐含了一个重要的信息：即便是中国当代文学，由中国批评家自己指认经典的时代已经成为过去，不仅国际文学界难以认同，即便是国内同行也不能完全接受。

这种局面的出现，除了当代文学时间距离的切近和当代文学生产的特殊环境外，也与对世界不同文学观念的接受和影响大有关系。关于经典的争论，在1985年的西方已经开始：牛津大学和剑桥大学的师生们发起了一场激烈的争论，争论的问题是"英语文学"教学大纲应包括什么内容。它的连锁反应便是对文学价值、评价标准、文学经典确立的讨论。激进的批评家发出了"重新解读伟大的传统"的吁请；而大学教授则认为传授和保护英国文学的经典是自己的职责。这一看似学院内部的争论，却被严肃传媒认为是半政治性半学术性的。类似的讨论西方其他批评家也同样在关注。比如当代美国极富影响力的文学理论家、批评家哈罗德·布鲁姆，著有《西方正典：伟大作家和不朽作品》，旨在寻找并论述西方文学的经典。布鲁姆选择并品评了二十六位作家，指出其伟大之处乃"是一种无法同化的原创性，或是一种我们完全认同而不再视为异端的原创性"并且说"传统不仅是传承或善意的传递过程，它还是过去的天才与今日的雄心之间的冲突，其有利的结局就是文学的延续或经典的扩容"[①]。而卡尔维诺也认为，经典作品是一些产生某种特殊影响的书，它们要么自己以难忘的方式给我们的想象力打下印记，要么乔装成个人或集体的无意识隐藏在深层记忆中；经典作品是这样一些书，它们带着先前解释的气息走向我们，背后拖着它们经过文化或多种文化域只是多种语言和风俗时留下的足迹；一部经典作品是这样一个名称，它用于形容任何一本表现整个宇宙的书，一本与古代护身符不相上下的书。

由此可见，西方对文学经典也没有一个一成不变的理解。一般来说，学界讨论什么问题，就是对什么问题感到焦虑或遇到了麻烦。2008年，《南方都市报》上曾讨论过"伟大的小说意识"。这一问题的提出者是美籍华裔作家哈金。他认为中国要写出伟大的小

---

① [美]哈罗德·布鲁姆：《西方正典：伟大作家和不朽作品》"序言与开篇"，江宁康译，南京，译林出版社，2011。

说，必须要有"伟大的小说意识"，就像美国有一个普遍被认同的小说意识一样。他认为美国有这样的伟大的传统，而中国从来就没有这样的传统，从《红楼梦》到鲁迅，都被他否定了。他认为《红楼梦》只是那个时代的好作品，而鲁迅只写了七年小说，七年时间连小说技巧都不可能掌握，怎么会写出文学经典？哈金是著名小说家，曾经获过美国重要的文学奖项，但他这样评价中国的经典作家作品，我们只能对他的勇气表示惊讶。因此，也不是所有来自西方的文学观念都没有问题，都可以接受。这也正如德国汉学家顾彬对中国当代文学只是"二锅头"的轻慢和蔑视一样。

但是，文学评奖，尤其是国际文学大奖，是文学经典化重要的形式，这是没有问题的。因为国际社会的认同是有说服力的形式之一。在中国，这一形式的权威性要更为突出。比如电影界的张艺谋、陈凯歌、姜文、贾樟柯等，他们获得的国际电影奖项几乎改变了他们的命运。文学界的情况也大致如此。比如余华、李洱、阎连科、姜戎等，因获国际文学奖而极大地提高了知名度，并在读者那里获得了更高的可信度，这也是不争的事实。莫言当然也是这样。对莫言的阐释和评价不仅来自中国的作家、批评家，同时也来自国际文学界。而国际文学界对莫言的评价，甚至会深刻地影响到国内批评界的态度和看法。比如，莫言的有些作品因某种批评和阐释曾使他一度陷于危机之中，他曾被质疑："莫言在小说中的政治倾向已很鲜明，他的投枪、匕首既然已掷出，我们怎能沉默？而且他的描述已对一些不了解革命历史的年轻人产生了极坏的影响！"[1]但是，这只是评价莫言的一种观点，不仅国内批评界有更多不同的看法，同时，国际文学界对莫言的阐释也多有不同。比如德国汉学家郝穆天把《丰乳肥臀》和圣母玛利亚的哺乳联系起来，他用大量的图片展示圣母玛利亚哺乳的场景，通过西方文化来阐释东方文化，在互证中得出的结论是"我这次故意用我欧洲宗教背景讲到丰乳肥臀的一个解释，这个巨作无疑的是世界文学。"[2]类似的评价还有很多。而莫言获"诺奖"之后，不仅否定性批评的声音越来越少，而且，莫言因获奖而急剧增大的体积和抗击打能力，也使那些极端化的批评声音变得似是而非、无足轻重。

透过这些貌似的"东方奇观"，西方读者在莫言作品中看到的是另外一些东西，也是更重要的东西。这些东西就是莫言在"诺奖"获奖演讲中提到的，比如感恩、悲悯、同情、孤独、自信、坚持、学习等与人生、与人的内心事务相关的基本价值和观念。比如他讲过跟着母亲去集体的地里拣麦穗并被没收的故事，还有母亲将自己的饺子给了要饭人的故事，这种宽容、悲悯和同情，显然与西方的宗教情怀有关，同时也是普遍的人

---

① 彭荆风：《莫言的枪投向哪里？——评〈丰乳肥臀〉》，载《红旗文稿》，1996(12)。

② 郝穆天：《关于莫言和茂腔的相关研究》，载《讲述中国与世界对话：莫言与中国当代文学国际学术研讨会论文集》。

性。因此，这显然不只是"中国经验"，它蕴含的恰恰是人类的普遍价值。这样的价值观与文学说来才事关重大。因此，在为莫言写的颁奖词中，我们还是能够看到其中的差异。"茅盾文学奖"给莫言的颁奖词是这样的：

> 《蛙》：在二十多年的写作生涯中，莫言保持着旺盛的创造激情。他的《蛙》以一个乡村医生别无选择的命运，折射着我们民族伟大生存斗争中经历的困难和考验。小说以多端的视角呈现历史和现实的复杂苍茫，表达了对生命伦理的深切思考。书信、叙述和戏剧多文本的结构方式建构了宽阔的对话空间，从容自由、机智幽默，在平实中尽显生命的创痛和坚韧、心灵的隐忍和闪光，体现了作者强大的叙事能力和执着的创新精神。①

这里更多强调莫言讲述故事的方法以及修辞方面的技巧及风格。"诺奖"的颁奖词是：

> 莫言是一个诗人，一个能撕下那些典型人物宣传广告而把一个单独生命体从无名的人群中提升起来的诗人。他能用讥笑和嘲讽来抨击历史及其弄虚作假，也鞭笞社会的不幸和政治的虚伪。他用嬉笑怒骂的笔调，不加掩饰地讲说声色犬马，揭示人类本质中最黑暗的种种侧面，好像有意无意，找到的图像却有强烈的象征力量。②

这里强调的是莫言小说思想的深刻性以及作品的社会价值和功能。这一视角表达了西方阅读莫言与我们的区别。因此，在国际化的语境中，不同的视角发现了评价莫言更多的可能性。或者说，西方的声音或尺度，已经进入莫言经典化的过程中。这种情况当然不止莫言一个人。一个例子是李洱的小说《石榴树上结樱桃》。这当然是一部非常重要的小说，它曾荣获2007年"华语图书传媒大奖"，即便如此，小说在图书市场或大众传媒那里并没有成为炙手可热的追捧对象。但是，当德国总理默克尔将这部小说的德译本送给当时的国务院总理温家宝后，出版商在腰封中标示出"德国总理默克尔送给中国总理温家宝的书"，媒体和读者对这部小说燃起的热情达到一个高潮。类似的情况还有《狼图腾》的作者、获过亚洲"曼·布克奖"的姜戎，《受活》《四书》《炸裂志》的作者，获过"卡夫卡奖"的阎连科等。

这些情况都在表明中国当代文学的经典化已经无可避免地进入了国际化语境。从某

---

① 《第八届茅盾文学奖作品授奖词》，http://www.chinawriter.com.cn/bk/2011-09-19/56286.html，2015-01-15。
② 莫言：《盛典——诺奖之行》，142页，武汉，长江文艺出版社，2013。

种意义上说我们仍然属于文学弱势国家，西方强势文学国家的评价尺度和发出的声音对我们仍然具有较大的影响力，它甚至比我们自己批评家的声音更容易找知音或信任感①。

但是，任何事物都具有两面性，国际化语境背后隐含了一个悖谬的现实：一方面，我们的文学希望被世界承认，或者说被世界强势文学国家承认，因为真正的文学经典必须是世界性的；另一方面，经典的标准究竟由谁制定？如果这个质问成立的话，那么，就文学的范畴而言，面对强大的西方文学，我们仍然不能摆脱"跟着说""接着说"而难以"对着说"的命运。如果是这样的话，我们要想成为一个强大的文学国家，成为一个对世界文学能够产生巨大影响力的国家，道路确实还很漫长。

三、中国在世界文学格局中的新形象

毋庸置疑，中国文学形象的改变并不始于莫言，有研究者发现，从 20 世纪 80 年代起，中国文学一直在西方汉学家的视野中②。也正是这一过程的积累，使莫言在 2012 年大获成功。尽管在葛浩文看来"诺奖"的价值和意义在中国被放大了："这么多人对这个奖如此痴迷地关注令我感到不安。对于中国和韩国等国家的人来说，是否获得此奖已经关乎整个民族获得承认或者遭受轻视的地步。其实，这只是一个关于某位作家或诗人作品的奖项。"③但是，不仅中国人不这么看，事实上整个国家社会也不这么看。比如，莫言获奖之后，我们在不同的新闻中看到了这样的景象：

> 10 月 12 日上午，北京最大的书店之一西单图书大厦里，写着获诺贝尔文学奖的作家莫言作品专架的图书已销售一空，该专架在 11 日晚莫言获奖消息传来后刚刚摆上。④
>
> 自从中国作家莫言获得了 2012 年诺贝尔文学奖以后，全世界都掀起了一股莫言热。据俄罗斯媒体报道，今年年底将出版莫言的两部作品《酒国》和《丰乳肥臀》。而在瑞典，当地的媒体书店也都把视线对准了莫言，他的作品也成为了人们追捧的焦点。由于获得了诺贝尔奖，莫言的名字开始在当地广泛传播。记者在采访中了解

① 一个典型的例子是，当葛浩文、杜特莱、叶果夫等重要的汉学家都称赞《酒国》是莫言最好的小说，或"小说中的小说"之后，国内一些批评家也大多认同了这个看法。有的批评家此前并不这么看，西方汉学家的看法显然极大地影响了他们的看法。

② 参见毕文君：《小说评价范本中的知识结构——以中国八十年代小说的域外解读为例》，载《当代作家评论》，2015(1)。

③ 林振芬：《专访葛浩文：爱上萧红，爱上东北》，载《生活报》，2013-10-15。

④ 《把自己当罪人写，希望读者看到灵魂深处的东西》，载《东南商报》，2012-10-12。

到，越来越多的读者开始知道莫言，并希望能够读到他的作品，瑞典的各家书店都在积极备货。瑞典最大的报纸之一《地铁报》当天不仅用大量的篇幅介绍了莫言及其文学生涯，而且还报道了瑞典人对莫言作品的追捧。①

莫言引起了整个世界的关注，包括傲慢的俄罗斯。中国文学的形象在世界文学格局中发生了巨大变化。表面看来，新闻报道里的莫言已经是来自中国的文化英雄，他开始被世人瞩目。一个新的莫言在这样的境况中诞生，但是，这背后隐含了太多的文化密码。或者说，如果没有几十年同西方文学界的交流，没有文学基本观念的沟通和共识，这个结果是不能出现的。近些年来，"中国经验"的话题被一再提起，似乎"中国经验"是中国文学走向世界的神秘武器，是中国文学引以为傲的全部资本。其实，这一观念与"越是民族的就越是世界的"的观念一脉相承。事实是，"中国经验"必须为人类基本价值观念照亮才会焕发出"世界文学"的光彩。经验固然重要，但是如果经验不被思想或价值激活，也只是一堆毫无生机等待书写的材料而已。在这个意义上，思想、观念是文学的魂灵，有了这个魂灵，文学才会飞翔。因此，莫言的成功与其说是中国本土经验的成功，毋宁说是莫言小说价值观的胜利。

莫言的创作得到了普遍认同，也得到了国际文学界的尊重。法国艾克斯——马赛大学教授杜特莱是法国著名的汉学家、翻译家，他曾将中国新时期作家阿城、韩少功、苏童、王蒙、莫言等人的大量作品译成法文，并多次获得重要翻译奖项。杜特莱教授称20世纪80年代开始接触莫言作品，后来翻译了《酒国》等作品。由于杜特莱等人的努力，莫言的作品有十五部被翻译成法文，《丰乳肥臀》《檀香刑》《酒国》等都在法国产生了很大影响，他的《酒国》被法国媒体誉为"小说中的小说"。这些作品也让莫言在法国享有极大声誉，使他的作品成法国人阅读中国作家作品之最②。意大利汉学家李莎在《接触莫言：一位翻译的珍贵训练》中说："可以说莫老师陪伴过我将近十二年的翻译生涯，并无意识地塑造我的灵魂，给我的生活增加无数内容以及培养了我的耐力和我对工作的谦虚感。"她称莫言是她"最敬佩的老师"③。李莎对莫言由衷地膜拜，毫不夸大地说是一个重要的文化事件。20世纪80年代以降，中国作家的导师都是欧美作家，只有中国作家不断向欧美作家致敬。但是，是莫言改变了这样的局面。

俄罗斯汉学家叶果夫如此评价莫言：2012年10月以前，除了一些研究当代中国文

---

① 张浩：《莫言获奖后作品销售一空》，http：//www.chinanews.com/tp/2012/10-12/4243619.shtml，2015-01-12。

② http：//culture.china.com/zx/11160018/20141027/18901168.html。

③ 李莎：《接触莫言：一位翻译的珍贵训练》，见《讲述中国与世界对话：莫言与中国当代文学国际学术研讨会论文集》。

学的汉学家以外，谁也不认识这位著名的作家(莫言)，他获得诺贝尔文学奖以后，俄罗斯人对他作品的兴趣陡然变大，尤其是他的第一部俄译长篇小说《酒国》就在这个时候面世了。莫言像一颗闪亮的星星冲进了俄罗斯文学苍穹。大量各种各样的反响几乎爆棚了。一位俄罗斯博主对莫言作品《酒国》做出了如下的评语"毫不夸张地说，这部小说是文学的一个新现象，没有类似的。也许这部小说是非常中国化的。事实上，俄罗斯读者不认识中国当代文学作品，没有可与之相比较的。《酒国》这部小说需要长期认真的阅读与深思熟虑的读者。"①他还说：莫言的声望在俄罗斯越来越大。俄罗斯文学短评里《丰乳肥臀》位列前十，还入选"2013年五部最有趣味的作品"。《丰乳肥臀》从2013年年初以来一直是畅销书。总的来讲，在俄罗斯，全国各地都开始认识莫言②。美国汉学家葛浩文在一次接受采访中，被问到最喜爱莫言的哪部作品时说"这就像是要我在自己的孩子中选一个最喜爱的一样难。《酒国》可能是我读过的中国小说中在创作手法方面最有想象力、最为丰富复杂的作品，《生死疲劳》堪称才华横溢的长篇寓言，《檀香刑》正如作者所希望的，极富音乐之美。我可以如数家珍，不过你已经明白我的意思了。"③

这些毫不掩饰的赞誉，都发生在莫言获奖之后。因此说，莫言获"诺奖"确实是中国文学标志性的历史事件，中国文学的形象从此得以改变。过去向西方致敬的悲怆的挫败感终于成为历史，在文学领域，我们终于可以和西方强势国家平等地交流对话——这就是中国文学新的历史。

(原载《文艺研究》2015年第4期)

---

① 叶果夫：《莫言的作品：文化差异和翻译》，http：//www.chinawriter.com.cn/2014/2014-08-26/215873.html，2014-03-25。

② 同上。

③《莫言获奖，别忘了他的翻译葛浩文》，http：//www.360doc.com/content/12/1014/18/5032677_241444337.shtml，2015-02-03。

"美学信念"与"道德感"
——论欧美汉学界对莫言获奖反应的文艺评判标准

王晓平

海外汉学界对莫言获得 2012 年诺贝尔文学奖反应不一。大多数给予热烈赞扬，但也有为数不少的反对意见。这些讨论对于文学批评自身的标准、对于文学和政治的关系、对于文学欣赏标准的确立，都提供了颇具启发性的参照系。而分析这些不同的反应，对于我们认识今天中国文学和文化在世界的地位，甚至包括"中国崛起"本身在世界的形象和地位，进而对于"中国形象"的塑造和中国文化软实力的建设，都具有重要的借鉴意义。

因此，不同于主流媒体上褒扬观点的介绍，本文侧重于探索那些不为报道注意的批评意见中的得失。首先分析批评意见中常出现的要求文学作品需要具有"美学信念"和"道德感"，认为其中有一种非历史性的本质论倾向；进而讨论一些意见中体现出的文学写作和政治倾向的复杂关系；最后进一步探讨莫言获奖的意义与中国文化软实力目前面临的问题。

一、"美学信念"与"道德感"：何为文学性的评判标准

赞誉之外，对于莫言获奖的质疑从一开始就不绝于耳。这之中最有学术论证系统性的是资深文学季刊《凯尼恩评论》(The Kenyon Review)上发表的孙笑冬(Anna Sun)的长篇文章《莫言的病态语言》。[①] 这篇文章试图阐述莫言的小说在艺术上的弊病，以及它为

---

① 参见 Anna Sun, "The Diseased Language of Mo Yan", *The Kenyon Review*，Fall 2012.

什么不配获得诺贝尔文学奖。孙女士现任俄亥俄州凯尼恩学院的助理教授，社会学与亚洲研究的专业之外，也是短篇小说作家。她并没有对莫言的某部具体作品进行描述或阐释，但认为莫言作品的语言充满了烦乱，是各种不同语源的大杂烩：翻开莫言的任何一部小说，每一页的语言都"混杂着农村方言、老一套的社会主义修辞和文学上的矫揉造作。它是破碎的、世俗的、可怕的，以及矫饰的；它令人震惊地平庸。莫言的语言重复、老旧、粗劣，最主要的是没有美学价值。"她认为，莫言的语言脱离了中国文学过往的数千年历史，不复优雅、复杂与丰富，而是一种染病的、"重复啰嗦"和"可预见"的现代汉语。而病源在于长期盛行的工农兵的政治语言。当代作家之中，也有许多人或努力重建与汉语传统的联系，但他们多不为西方世界所熟知。她的要求是"对作家的最高诉求是，不事道德说教而拥有道德力量，并以得自其道德承诺的美学感受来从事写作。莫言及其他成长于文化大革命的同代作家，已尽力来实现这种诉求。"①显然她认为，至少莫言还做得不够。孙女士最后说，要写出伟大的中国小说"作家必须始终沉浸于更为纯净的中国文学传统的溪涧，这是一条长河，即使遭逢最荒芜的环境，也从未断流。"

针对孙笑冬所说 1949 年后对传统的拒斥导致莫言语言的衰亡的论断，美国纽约圣若望大学历史系教授金介甫(Jeffrey C. Kinkley)做了有力的反驳："对中国文化传统的拒斥早在 1949 年前的几十年里就开始了。反偶像在过去两千年来也一直是中国文学和文化里重要的、如果不总是主要的潮流。"②此外，如何定义"文学语言"是个值得讨论的问题，因为这个概念本身被非常不严谨地运用。而更值得注意的是，美国弗吉尼亚大学中国文学讲座教授罗福林(Charles Laughlin)在《纽约时报》上专门撰写了一篇长文《莫言的批评者们错在何处》，对莫言的一些批评者做了集中回应。其中也对孙笑冬批评莫言作品缺乏道德观念做了详细回答：

> 　　对一个 21 世纪的作家做出这样的评价是很奇怪的。一个世纪乃至更长时期之前的英语作家无疑可以通过单一的道德或文化观念照亮自己的世界。然而这正是工业革命兴起，以及帝国主义世界的道德基础崩塌所带来的后果。意识流或心理现实主义这样的先锋创作技巧思潮的崛起(包括托马斯·曼［thomas Mann］、弗吉尼亚·伍尔芙[IVir-ginia Woolf]和詹姆斯·乔伊斯[Dames Joyce]等作家)是在"一战"之后，这些技巧被作家们用来书写历史创伤；而弗兰兹·卡夫卡(Franz Kafka)、

---

① 罗福林指出，"(孙笑东)并没有提出哪位中国作家可以取代莫言，更值得被诺贝尔奖考虑，到文章最后，她不仅质疑莫言的获奖资格，而且似乎觉得这个奖根本就不应该颁给中国作家。"参见罗福林：《莫言的批评者们错在何处》，载《纽约时报》(中文网)，2012-12-17。

② 这是金介甫在 2012 年 12 月 30 日在 MCLC 邮件群里发的邮件里的话。

乔治·奥威尔(George Orwell)和豪尔赫·路易斯·博尔赫斯(Jorge Luis Borges)等作家则用里程碑式的荒诞主义来对抗官僚主义与异化的幽灵。①

而针对孙笑冬判定莫言的语言是病态的"割裂说"，罗福林的回答是：

> 她对那种传统的阐释只局限在其极度抒情的一面(《诗经》，李白、苏轼等诗人、明朝汤显祖浪漫主义风格的杂剧《牡丹亭》以及清朝曹雪芹关于爱情与礼仪的杰作《红楼梦》)；但却没有提及司马迁的史诗性巨著《史记》以及《水浒传》、《西游记》等冒险、大胆而幽默的小说……但中国文学史上存在抒情和史诗这两大潮流却是被公认的。孙刻意无视了许多中国文学中广为人知的巨著，而它们显然是莫言作品中想象力与风格的源头之一。莫言是在文化大革命期间长大成人，但当他成为作家，进入 20 世纪 80 年代时，无疑可以接触到中国文学的抒情和史诗两大传统，也能读到福克纳和加夫列尔·加西亚·马尔克斯(Gabriel García Márquez)作品的翻译，更不用说狄更斯和哈代。②

然而罗福林认为，孙笑冬论断的最大问题是否认了现代中国作家的创造力。她认为新中国对中国语言的摧毁是难以挽回的，渗透到它的美学术语、概念与基本观点当中："孙笑冬认为这种摧毁显然是在 20 世纪 40 年代的某个时刻一举发生的。事实上，自从'第一次世界大战'之后，中国现代文学在语言与文化上打破了旧有的偶像度出现繁荣美妙的盛况……以孙的标准而言，就连鲁迅这样的文化偶像，乃至茅盾和吴组缃等著名作家也受到这种病态语言影响。"罗福林还针锋相对地提出"孙笑冬把莫言的病态语言归结为受中国共产党和毛主席的影响，这个结论非常讽刺——'毛文体'(MaoSpeak)这一概念正是由莫言这一代作家在 20 世纪 80 年代所提出的，是他们这一代新文学作家所抨击的对象。总之，莫言的小说……把视角放在更广阔的历史与文化背景之中，而不仅仅局限在改革开放的社会主义文化之内。也正是因为这样，他的小说才显示出多种多样的语言来源。"孙笑冬对于莫言文学语言的衡量，实际上是建立在一种理念预设上，这一点在她所谓的"美学信念"上见出。她提出虽然莫言小说中的现实或许确为诺贝尔委员会所言的"幻觉现实"，而人们也常拿他与狄更斯、哈代和福克纳等人进行比较，但莫言的语言缺乏上述作家共有的某种重要的东西：美学信念(aesthetic conviction)。孙女士说："这些作家的审美力量实系火把，为我们照亮黑暗与痛苦的人性真相。而莫言的作品并没有通

---

① 罗福林：《莫言的批评者们错在何处》，载《纽约时报》(中文网)，2012-12-17。

② 同上。

过娴熟克制的技巧为读者照亮什么，而是充满迷失和沮丧，这都是因为他缺乏前后连贯的美学思想。在莫言的幻觉世界里充满混沌的现实，但却没有光芒照耀其上。"要想有力量去呈现近世的动荡，必须"用一种可以烛照人心的、高尚的审美确证，去书写我们共有的人类境况之悲与美。"而莫言是在"破碎的、世俗的、可怕的"人间中讲故事，欠缺伟大的视野。

那么，什么是这种"美学信念"呢？要回答这个问题，我们还需要从与"审美力量"等同的"照亮黑暗与痛苦的人性真相"的"火把"说起。有意思的是，这种"火把"的意象和原在波士顿大学、如今在香港科技大学的刘剑梅教授的《文学是否还是一盏明亮的灯？》异曲同工：

> 虽然莫言这一代的小说家们……在成功地解构了这些主流意识形态之后，他们的小说是否除了虚无就是虚无，是否还能够提供一些关于心灵救援的力量？当文学在人们心中的地位变得越来越微弱时，有的作家认定文学应该"回避崇高"不必再谈"教育""拯救""责任感"等；也有些作家认为，文学能"自娱""自乐""自救"即可，完全不必奢谈救人、救国、救治灵魂。这样，文学是否还有广泛的社会意义便成了一个问题。这个问题用意象表述，便是文学是否还可以成为照亮社会的一盏灯？①

这样的批评似有道理，但这种对于"文学的救赎意义"的要求是一种不自觉的非历史主义的宣导。我们无法得知卡夫卡式的黑色冷酷(而非幽默)、詹姆斯·乔伊斯的难解的《尤利西斯》是否给人这种"救赎"的力量，这种"救赎"的要求实际上来自现代中国的传统，只不过由现代中国民族危亡前景下的"涕泪交零"的"救人、救国"变成"救治灵魂"，由他们曾经否定的文学是"人类灵魂的工程师"(这其实是社会主义文学的要求)变成要求是"照亮社会的一盏灯"(这其实是资本主义社会下批判现实主义写作的要求)。而要求文学只能有一种功能，即只应该有一种写作形式，舍此都是不合法的，至少是不高尚的。这些学者没有自省的是，这种反历史、非历史化的态度，与他们批判过的卢卡奇要求资本主义社会作家只能有一种写作形式，而如卡夫卡这样的现代主义作家都是堕落的、颓废的写作形式与那种过左的、非历史性的批评异曲同工。

这种姿态同时是精英主义的，这体现在刘剑梅对于鲁迅选择的评价：

> 作为一个启蒙者，鲁迅的姿态是高于大众的，正因为这一"高"姿态，他才在

---

① 刘剑梅：《文学是否还是一盏明亮的灯？》，载《当代作家评论》，2013(2)。

《狂人日记》的结尾发出"救救孩子"的呐喊，才在《热风》中明确提出，文学应当成为引导国民前进的"灯火"。①

这种"救赎情怀"要求"姿态"高于大众，其实是要求延续作家作为社会性领导者的角色。但自从 20 世纪 90 年代中国社会市场化、非政治化后，这种角色已经无可避免地失落。这种非历史化的倾向还表现在对于文学功能转向的去政治性的分析上："在 20 世纪下半叶，文学的社会功能被畸形膨胀了。文学岂止可以救救孩子，而且可以改造中国改造世界，作家可以充当'灵魂工程师'，可以当'号角''旗帜''阶级斗争晴雨表'正因为过分夸大、过分膨胀，所以才出现相反的思潮，认定文学的救赎功能纯属妄念，'救救孩子'的呐喊纯属'空喊'，文学的救治意义被悬搁了。比如，许多先锋小说更关心的是语言和技巧的更新，而不再关心文学的救赎意义。"社会转向导致的文学功能的变异被认为是"过分夸大、过分膨胀"的后果。其实，先锋小说的去政治性的"语言和技巧的更新"背后恰恰蕴含丰富的政治性。② 但这种要求充当领袖与启蒙者地位的呼吁，以及孙笑冬要求"美学信念"的"道德感"，却再清楚不过地表明文学与政治、文艺创作者与他们所信奉的政治观念之间，存在不可割舍的联系。

二、写作与权力：奖赏背后的文化政治

其实，莫言获奖的效应无论如何不能不被视为有关文化政治。罗福林直白地说："诺贝尔文学奖经常授予那些强烈反对政治压迫的作家。如果一个获奖作家来自那些最近卷入政治斗争的国家、受到独裁统治压迫的国家或社会主义国家，其作品的文学价值所受到的关注往往会和他的名声不成正比。就算委员会把诺贝尔文学奖颁给来自政局稳定、经济发达国家的作家，也往往倾向于授予那些代表着全新的、受压迫，或是被边缘化声音的作家，而不是单纯地从文学价值角度出发。因此很多观察者认为诺贝尔文学奖是'政治化'的。该奖很少授予来自社会主义国家并和当局保持良好关系的作家；除了莫言，我想只有 1965 年获奖的苏联小说家米哈依·肖霍洛夫（Mikhail Sholokhov）是个例外。"他还耐人寻味地说"如果这个奖是文学奖，那么，莫言是个拥有众多拥趸的高产作家，这样不就够了吗？文学作品本身不就足以说明问题了吗？莫言在斯德哥尔摩的获奖演讲中也表示自己希望由作品来说话。"而与此期待相反的现象表明了另类事实的存在。

其实，尽管莫言自己希望强调诺贝尔文学奖的评选标准就是文学标准，没有那么强

---

① 刘剑梅：《文学是否还是一盏明亮的灯？》，载《当代作家评论》，2013(2)。
② 参见王晓平：《八十年代先锋小说的历史经验和形式实验》，载《中国现代文学研究丛刊》，2012(10)。

烈的政治观念影响，但包括 2003 年诺贝尔文学奖得主 J. M. 库切在内的人都认为，"尤其是在诺贝尔文学奖早期，政治的影响还是存在的、易见的。比如说'人类的进步''最伟大的贡献'这类授奖辞体现了诺奖最主要的标准，这个标准也是明显的政治表达。有时候，瑞典文学院即便不愿意这么想，也还是会受到政治变动影响，比如丘吉尔获奖就与冷战有关。"①而且，获奖者"必须是和诺贝尔本人世界观相容的作家。"这个世界观就是怀抱"理想主义"。他说"皇家学院努力把即便并非理想主义者的作家也要在授奖词中将他们划入理想主义者。"他举了三个例子："2004 年获奖的耶利内克，2001 年的奈保尔和 1969 年的贝克特……皇家学院下决心从他们作品中看到光明的一面，其实他们每部作品都是相当黑暗。"②

不管莫言本人是否抱有"理想主义"，早在 10 月 11 日获奖当天《纽约时报》的报道第一句就指出他并不被外界视为"异议作家"。但文章随之仍强调莫言的作品在对当代中国社会的批评方面，被广泛认为是具有挑战性和颠覆性的（subversive）。对这样的报道，一个研究中国社会的意大利社会学家（Sabrina Merolla）立刻表达了不满，声明人们不能因为官方是否喜欢莫言而忽视作家自身的价值，或者因为人们通常喜欢挑战当权者的立场而把他看作属于此类；虽然一个作家应该对社会的阴暗面和人性的丑陋表达批评和愤怒，但这种表达不应该只有一种形式。美国俄亥俄州立大学教授邓腾克（Kirk Denton）则指出这种将作家与政府关系作为评判标准的做法是一种简单的政治还原论（reductionism），而莫言作品在处理社会和政治问题上是新鲜的、具有想象力的、大胆的，甚至深具挑战性的；他的文章是叙述实验、故事讲述、社会政治参与的良好结合。③

第二天《纽约时报》再次刊出长篇评论，这次是名叫塔罗（Didi Kirsten Tatlow）的记者所写的名为"作家、国家和诺贝尔奖"的通讯。她描述了 2009 年莫言参加法兰克福书展配合官方的表现，对莫言响应官方，在一些"异见者"获奖时与其他代表团成员集体退出现场提出质疑：（这一）事件提出了关于写作和权力（关系）的关键问题，甚至几乎是哲学性的话题：在一个管理严格的一党统治国家里，能真正自由地表达吗？"她还引用了高行健对莫言获奖的评论。后者认为，在严格审查的条件下，作家不可避免地受到影响，一个作家需要"完全的"自由以创作具有"永久价值"的文学；在官方和文学之间没有任何关联，有的话只能是官方文学，而这是可笑的。因此文学不能被官方组织认可。文章结尾最后问道："问题是：伟大的、持久的文学能从（中国）那儿来吗？诺贝尔委员会认为可以。你们认为呢？"

---

① 石剑峰：《库切与莫言谈诺奖的政治标准》，载《东方早报》，2013-04-03。

② 同上。

③ 两位学者的反应，以及下列未注明出处的学者言论，均出自 MCLC 电子邮件群里的讨论。

这一文章在美国最大的中国现当代文学研究团体的邮件群 MCLC-List 里发出，立刻引起了美国现代文学研究界的强烈反应。现任南加州大学东亚系主任的唐小兵教授尤其愤怒，他认为这一批评实际上是对诺贝尔委员会的攻击，他模仿作者的语气讽刺道："你们怎么能把这样的荣誉授予仍然生活在中国的中国作家？一个不是坐牢或被禁的，而是拥有声望和官方地位的中国作家？天哪，你们怎么不懂得，问题的核心与他作为作家写些什么毫无关系，而是一切和他作为中国作家所具有的政治象征意义相关，甚至和诺贝尔文学奖的政治目的相关。"唐小兵的话指出了这篇通讯的脱离文学的政治偏向性。他还指出：这些批评者实质上是"从根本上不能接受一个多彩的、创造性的、有自身活力的主流中国文学，而这是当代中国文化重要的一部分。他们不知道今天的中国社会是一个有着许多机制的活生生的复杂系统。因为他们根本上不能接受中国政治秩序的合法性，他们拒绝相信那儿的许多文化实践和体制在结构上发挥的功能是和一个西方民主国家相对应的。他们仍然把中国看作一个异端，最终是个具有威胁性的秩序，因此他们热切地寻找和支持任何他们喜欢的迹象，将他们不喜欢或不懂的任何对象看成是怪异和无趣的。"他愤怒地抗议道："当你们不喜欢一个作家的政治或政治立场时，你们用纯文学或永恒文学的修辞来贬低他；当你赞同一个作家的政治时，你们表扬他勇敢、与我们时代相关。这个双重语言源自在塔罗全心信奉的自由主义视野里内在的盲点。"华盛顿大学东亚系比较文学教授柏右铭教授（Yomi Breaster）也认同唐小兵的观点："塔罗在《纽约时报》上对莫言的攻击在许多方面是令人诧异的，如果不说令人反胃的话"；虽然"创作确实总是具有政治性，但一个作家无论如何不必回答（有关）他的政治（的问题）。"英国伦敦大学亚非学院中文系教授贺麦晓（Michel Hockx）则认为，塔罗的文章是一个"长篇攻击性演说"（tirade）；而对于她所提出的问题只有一个回答："是的，伟大、永恒的文学可以从那里发生"。他的理由是，在过去几个世纪以来"永恒的文学"曾经在"压迫性的环境"中产生。他举的例子是莎士比亚，他写作的时候英国的审查制度很严。而更切题的回答则是，有足够的证据显示在过去二十多年里莫言和他的作品在全世界范围内被众多读者所欣赏。他可能是活着的中国作家里作品被翻译得最多的人，而关于他的西方研究论文也非常之多。因此，值得从他的作品中重建文学美学的评判标准。Wooster 大学中文系主任王汝杰教授发出的回应邮件则"以毒攻毒"："不管回答是对还是错，问题本身对我来说让人诧异。我们难道会因为雅典民主只允许成年男性公民有权选举，而后者只占希腊城邦百分二十的人口，并排除了奴隶、自由民（被释放的奴隶）和女性就质疑苏格拉底、柏拉图、欧里庇得斯（希腊的悲剧诗人）和亚里士多德作品的质量吗？我们难道因为波、爱默生和梭罗这些早期美国作家因为属于一个特殊阶层，并恰巧生活在一个土著美国人被从他们的土地上被赶走、奴隶贸易是合法的时代而视他们的作品是不伟大和不永久的吗？……难道我们会因为圣经包含有反同性恋的段落而把他们从书架拿下吗？"王汝杰有理有据的反驳显然使得批评者毫无招架之力。

俄克拉荷马大学英语系副教授 Jonathan Stalling 也在当天的回应邮件里指出，文学的价值在于创造性的劳动，而写作耸动性的作品，将作家当作国际政治棋局上简单的棋子，则会让致力于这种创造性劳动的人泄气。而罗福林则在题为《政治化莫言的反讽》的邮件中提出，"莫言的批评家期待他以文学和影响力来做出正确的政治上进步的姿态，而（他们反对的）毛泽东同样也如此要求作家的政治服从和他们服务于国族政治良心的责任。但莫言和大多数中国作家已经从这个负担中解放出来。今天中国的作家获得他们应有的国际承认，只是因为他们把自己的灵魂完全奉献给文学艺术。"

然而，出于不同的文学创作观、价值观，但更重要的是历史观和政治观念的不同导致贬抑和诋毁莫言的学者和作家也大有人在。比如 2009 年的诺贝尔文学奖得主、罗马尼亚裔德国女作家赫塔·米勒（Herta Mueller）在接受瑞典《每日新闻报》（*Dagens Nyheter*）采访时表示，莫言获诺奖对她来说不啻为一种"灾难"，当她得知评委会的这一决定时"差点没哭出来"。柏右铭指出，米勒对政治采取了粗鲁的态度，对任何与共产主义相关联的东西一概拒绝，而这是在罗马尼亚移民中常见的现象。而米勒也承认她对莫言作品的文学价值不感兴趣"没有任何美学能正当化莫言的选择，他甚至无法说出他想要什么。"

文学和国家以及广义上的政治的关系显然在这里被抬上台面。对于一些人认为的文学与国家（官方）应该毫不相干而应该"完全彻底独立"的论调，邮件群转载的一篇由住在香港的作家和翻译家 Nick Frisch 在《大西洋报》上撰写的评论里，有一段精彩的关于作家和国家（官方）关系的说明："不要说唐代大文豪李白和杜甫，或者历史学家司马迁，兼为画家、诗人和书法家的苏东坡和欧阳修，11 世纪致力于公共利益的改革者的包拯，或者公元前二世纪的著名反腐斗士屈原。更不用说流浪哲学家孔子"，他们的文学都"不朽而且永恒"。这显示"在中国传统里，文学并不是一个在国家之外的领域存在的。"几千年来的科举考试"更进一步建立了在小部分的文学精英、政府服务部门和儒家正统政治思想经典之间的关联。"①这种基于历史性的解释使得批评者哑口无言。

实际上，这种批评呈现出对于文学（性）、对于文学和国家以及官方的关系，我们应该秉持历史主义的态度。西方一直强调的作家应该具有"独立人格"，实际上只是工业革命以来，随着资本主义社会异化程度加深，西方知识分子不认同当局，但又无力对社会施加影响，对于席卷一切的商业化环境又无可奈何，因此采取了"不合作"的埋头于书斋的行动。而对于中国知识分子而言，几千年来的传统历来是要求文人身怀家国情怀，即

---

① Nick Frisch，"Mo Yan：Frenemy of the State"，http：//www.theatlantic.com/international/archive/2012/10/mo－yan－frenemy－of－the－state/264233，2014-07-05。

使不能入仕经世济民，也要对国家命运百姓疾苦牵挂于心。而近代以来中国特有的苦难也加深而非弱化了这一传统。当然，随着 20 世纪 80 年代以来去政治化浪潮，认为有一种"纯文学"的思想也曾一度流行，要求文学脱离（狭义的）政治的呼声也不绝于耳，但中国社会还远未达到西方的异化程度。即使是躲避国家政治的知识分子也不会与社会完全脱离。实际上，这些西方学者要求的"独立"毋宁说是反叛，要求莫言持有鲜明的异见者立场。①

而自由主义知识分子的另外一个信念则以高尚的言辞本质化文学的功用，实质上是再度要求文学的政治性干预。一个海外媒体工作者连清川在《我为什么不为莫言获奖感到自豪》中说："文学乃是一种灵魂拯救的事业，尤其是高尚的文学……对于文学的近乎常识的判断是：它必须具有这个社会基本的道德勇气……我们之所以（对莫言获奖感到）失望与无奈，恰恰在于莫言这个具体的文学从业者，这个小说家，他所缺乏的，恰恰是这个民族得以珍视与荣宠的精神与灵魂象征……他习惯性地沉默于国脉与民瘼，游离于灾难和压迫，失语于公义和良知。他并不是一个施害者，但是他是一个袖手者，甚或有时候是一个共谋者……莫言和他的文学，并不代表中华这个民族的文学精神和灵魂。这只是一些并不体认中国特有的苦痛与拯救道路的人们的一次他者的名利游戏。"②王汝杰教授对此反驳说："我不知道为什么一个好的作家必须表现被认为是他的民族的精神和良心，（因为）另外一个诺贝尔奖获得者（高行健）已经警告过人们（这样的不值）。"的确，这样再次"以子之矛攻子之盾"也运用得颇为精彩。

如上所述，更多学者试图区分文学和政治，将作为艺术家的作家和世俗的本人的日常言行相区分。比如，德国汉学家顾彬把莫言比作海德格尔，宣称作品的美学价值不能和本人的政治观点相联。有意思的是，其他一些"自由派"学者在此不可遏制地暴露了其真面目，即要求政治性。美国普林斯顿大学东亚研究系教授林培瑞（Perry Link）对记者明确说道："我不认为可以把文学和政治剥离开来，不论是政治还是文学都是人类的生活。在中国，这种政治性比其他大多数国家更甚。一个作家假装不具有政治性，这只是一种'政治性'的假装。莫言是一个很有天赋的作家，但他不是我所喜欢的。我认为他很好地意识到了中国的问题，但是却用玩笑和幻想的态度来对待它们，并不有助于读者们正确地看待它们。"③

林培瑞还在《纽约书评》发表了《这个作者有资格拿诺贝尔奖吗？》（Does This Writer

---

① 比如一个中国文化翻译家 Martin Winter 针对罗福林的评论说道："作为民族的政治良心"不同于"政治上的服从"，而是相反，因为在中国，由于中国作家的政治顺从，他们不能成为民族的政治良心。

② 连清川：《我为什么不为莫言获奖感到自豪》（Why I am not proud that Mo Yan won the［Nobel］prize），载《纽约时报》，2012-10-17。

③ 赵妍、赖宇航：《外媒热情关注莫言获奖》，载《时代周报》，2012-10-18。

De serve the Prize?)的长篇文章，系统地阐述了自己的观点。① 和孙笑东一样，他也认为莫言的语言是病态的，而且上升到一定高度："但是，更深层次的问题在于，作家的创作怎样乃至在多大程度上受到政治体制的影响，以及他或她如何对此进行调整。这个问题既微妙又关键，莫言提供了一个很有用的例子。"他认为这种影响是"一种深刻的、心理学上的痛苦，甚至有些作家需要同汉语彻底一刀两断才能摆脱"。为此旅美中国作家"哈金走了不寻常的一步，不仅离开了中国，而且离开了汉语；他只以英文写作，部分原因是为了让潜意识的影响也不能干扰他的表达。"罗福林对此在他的回应文章《莫言的批评者们错在何处》中回应道"我还无法确定这就是哈金以英文写作的主要原因，但如果作家在面对母语中意识形态的包袱时竟会那么脆弱，以至于不能以母语创作出健康的文学语言，这实在是太可悲了。"

林培瑞认为一些敏感的历史时刻，比如大跃进之后的饥荒和"文化大革命"时期导致了意识和语言的扭曲，这主要表现在这些时刻"用一种犬儒主义和深刻的不信任毒化了民族精神，直到今天都没能完全恢复"。如莫言这样的作家反抗压抑、大声发言的天性被环境所破坏，变成一种犬儒主义的表达，把这些历史悲剧用幽默的方式平庸化。针对此，罗福林的回答令人深思：历史创伤必须被记录和铭记，但是文学和艺术，特别是自从 20 世纪的那些创伤之后的文学艺术，并不是简单地记录人们的经历而已。和大多数当代中国作家一样，莫言主要为中国读者写作，而不是向外国读者介绍中国历史上的悲剧。莫言的目标读者知道大跃进导致了灾难性的大饥荒，对历史创伤的任何艺术化处理都会有自己的变化和扭曲，莫言之所以选择书写那些年代，正是因为它们是创伤的记忆，而不是因为它们是欢乐的；基本上，他那一代的所有作家都在书写这个主题。林对这个问题的阐释是一种令人困惑的流于表面的理解，好像他希望文学创作在处理历史悲剧主题时应该采取忠实纪录的形式，还要附上统计数字、图表和大量叙事者的哀悼。② 虽然罗福林的观点是保守的自由主义观点，并举出那些自由主义作家的例子为证："20 世纪一些最重要、最有趣的中国作家并不认为文学要为民族觉醒这个目的而服务（周作人、梁实秋和张爱玲）"，但他也指出一切文学都有政治性，但每个作家都以不同方式体现政治"：所有文学都有政治意义。没有任何文学成就是建立在纯粹美学价值上的。我无法想象一部道德上站不住脚的小说称得上艺术杰作。莫言充满人性与良心地描绘了中国社会的紧张局面，以及中国共产党所犯的悲剧性错误，虽然他没采取让自己被流放或进监狱的写法。我不同意林培瑞和许多莫言批评者们对文学和政治关系的看法。他们希

---

① Perry Link, "Does This Writer Deserve the Prize?", *New York Review of Books*, Dec. 6, 2012.

② 罗福林：《莫言的批评者们错在何处》，载《纽约时报》（中文网），2012-12-17。

望要么一切，要么全无。①

同理，瑞典人美国俄亥俄州立大学教授、《中国现代文学与文化》期刊主编邓腾克 (Kirk Denton)也表示"在西方有些人批评莫言并没有坦率地说出他对中国政府的批评，但这也反映出了西方大众传媒狭隘的政治偏见。"

三、 "活力、 动力和创造力"与"混乱、 愚昧、 充满暴力和极左政治"

回到莫言作品本身，再次省察其内容与呈现的中国社会给予外界的观感。美国圣路易斯市华盛顿大学(Washington University)东亚语言文化系主任、迪克曼比较文学讲座教授与中国文学教授何谷理(Robert E. Hegel)注意到莫言作品对中国形象的影响，认为莫言的作品题材多元，同一部作品中讲述的议题也不只一样，而作品中的"男性"形象似乎重新定义了20世纪80年代至90年代里正在崛起的中国力量。纽约大学东亚系主任张旭东则认为在莫言小说里"中国语言所负载的巨量的信息和情感交流，包括这个过程中的损耗、污染，显示出当代中国语言的惊人的包容能力、吸收能力、夸张变形能力，戏仿或'恶搞'能力，这种史诗性的综合包含着巨大的张力。莫言的小说就像是这种语言活力的'原浆'其浓度、烈度和质地高于从其他管道（比如互联网）所接触到的新奇语言现象，因为它们被组织进一个系统。这种震撼力对西方读者的影响不可低估。他们会感觉到20世纪中国的创造性，莫言的作品再现或者折射了整个中国社会内在的活力、动力和创造力"。②

的确，莫言获奖，对于提高中国文学在西方人心目中的地位有不少帮助。德国现年53岁的最具影响力的文学批评家之一、德国巴赫曼文学奖的评委会主席伊利斯·拉迪施(Iris Radisch)在《时代周报》上发表了题为《这是世界文学!》的评论文章"那些原始朴拙、绚烂多彩、惊心动魄的作品完全打破了西方既有的区分现代与前现代、新潮与落伍、精英与大众的文学观念"。评论者往往惯于把他与世界文学名家做对比，也提高了中国当代文学的知名度。比如耿德华认为，莫言和卡夫卡的相同点，就是作品都在描绘人类的无情、残酷，不论书写的对象是个人、家庭，或国家的不公，并从怪诞情节下彰显出作品的独特魅力。而两人的差异点，则在于卡夫卡的作品更多超越了任何理性或有意义的秩序，而莫言的作品则比较多涉及人类美感与同情的能力。而将莫言的作品与马尔克斯

---

① 罗福林：《莫言的批评者们错在何处》，载《纽约时报》(中文网)，2012-12-17。

② 张旭东、莫言：《我们时代的写作：对话〈酒国〉〈生死疲劳〉》，304页，香港，牛津大学出版社，2013。

(Gabriel Garcia Marquez)的名作《百年孤独》、他的"幻觉现实主义"和后者的"魔幻现实主义"相提并论也为人熟知。而且莫言在魔幻现实主义再创造的过程中融入的中国民间文化因子，最终成就了他自己的"幻觉现实主义""必将汇归世界文学的海洋，成为增进跨国交流、拓展人类经验的公共文化资源。"①

这些认识对于打破西方中心论当然有一定好处。拉迪施称，莫言小说中的肉体横陈、鲜血淋漓的刺激性场景鲜见于植根于基督教文学传统的西方现代文学范本。此中的文化差异，美国作家约翰·厄普代克(John Updike)曾经做出过解释：中国小说家没有经历过维多利亚时代关于礼仪和教养的驯化。读莫言的作品，时常要闭上眼睛、屏住呼吸。许多荒诞滑稽的情节(如《酒国》)、野蛮残暴的画面(如《檀香刑》《天堂蒜薹之歌》)并不符合西方人惯常的轻描淡写、冷嘲热讽的阅读口味。此外"小说中的鬼气森森、远非田园风光的乡村世界。而更令熟悉柏林、巴黎和纽约都市背景的欧洲读者感觉自己仿佛一个被遗弃的孩子，光着屁股站在中国的红薯地里。"尽管如此，拉迪施还是认为：莫言的小说是卓越而奇特的："取材于中国民俗文化的写作内容据莫言推测很难受到西方文学爱好者、尤其是高级知识分子的喜爱。但他错了：莫言百无禁忌的书写将我们带回那段被人遗忘了的，充满惊悚、魔力和无休无止的故事的生命。"她认为"莫言给了西方读者当头一棒，同时令人感到一种不可理喻、不知所措、痛并快乐着的感官折磨和恐惧。"②

尽管莫言的作品随着获奖广泛流传值得欢喜，但认为莫言获奖就对中国形象在西方的改观和文化软实力的提升有莫大助益，却是过于乐观的想法。首先，虽然这次获奖"毕竟是一个挟显赫传统与世界性威望的文学奖第一次克服西方人种种政治的、意识形态的、文化价值上的偏见而授给了一位在中国生活和写作的中国作家"，③但诺贝尔奖作为西方授予的奖项，它的西方中心思想无法根本免除。美国杜克大学东亚文学系教授刘康就曾谈到："毫无疑问，莫言的写作手法、思考角度是非常西化的，他受拉丁美洲的魔幻现实主义文学影响很大，受诺贝尔文学奖获得者、哥伦比亚作家马尔克斯《百年孤独》的影响尤甚。他的作品写的是中国人和中国故事，所透出来的是通过西方话语过滤的普世价值。"④这当然并非全是坏事，比如："作为一个世界级的文学奖，它的标准就是作品应关心人类命运。而莫言的作品，则恰恰很好地体现出了对文学本身及人类共同命运的关怀。"⑤但另一方面，这表明话语权和标准仍然在西方手里；而且实际上他们并没

---

① 亚思明：《莫言获诺奖分裂德国文坛》，载《中华读书报》，2012-12-05。

② 同上。

③ 张旭东、莫言：《我们时代的写作：对话〈酒国〉〈生死疲劳〉》，4 页，上海，上海文艺出版社，2013。

④ 刘康：《从莫言得奖看普世价值与中国特色》，载《联合早报》，2012-10-13。

⑤ 同上。

有真正认识中国文学的价值和独特性。① 虽然林培瑞的言论常有偏颇，但作为中国文学研究专家，他的一些话在这点上还是很有道理的：

> 说莫言是"魔幻现实主义"是给他贴"外插花"，很表面，也带有西方中心主义的色彩。是的，莫言本人提过以马尔克斯为师，但这也是常规。中国作家，从80年代以来，常常喜欢说拜读过西方某某的作品，深受过谁谁的影响，但这些话得一一地分析，不能全盘接受。中国作家觉得沾点国际的"光"有一定的时髦价值，同时外国人的虚荣心也得到满足……②

其实，从学院表达有关莫言获奖的理由也可以看出这一点，莫言"将现实和幻想、历史和社会角度结合在一起。他创作中的世界令人联想起福克纳和马尔克斯作品的融合，同时又在中国传统文学和口头文学中寻找到一个出发点"。"中国传统文学和口头文学"在这里一定意义上只是一个陪衬，这表明了一个由他者给予合法性命名的尴尬。③

其次，不能说诺贝尔奖这次授予莫言就丝毫没有"政治正确性"的考量。尽管瑞典文学院常任秘书彼得·英格伦在接受媒体采访时称："基本上，选莫言得奖的理由非常简单。我们颁发的是文学奖，所以关注的是文学价值。任何政治辐射和影响都无法左右它。"但他坦然地承认："当然这并不是说我们将文学视为独立于政治之外，或者今年的

---

① 刘康就此指出："瑞典的评委看中国的现当代文学，视角仍没有太大变化，他们并没有认识到中国文学的复杂性，比如贾平凹、陈忠实这些立足中国本土的作家，不那么主动地关注西方或世界的文学思潮，一心植根中国广袤的土地，因此不太可能获奖，因为他们'太中国'。中国的文明有其特殊的东西，中国太复杂了，这是西方人难以理解的。"

② 林培瑞：《答客问——莫言的写作风格及其他》，载《纵览中国》，2012-12-10。其实，莫言自己也承认，"我认为魔幻现实主义，拉美有拉美的魔幻资源，我们东方有东方的魔幻资源，我使用的是东方自己的魔幻资源。比如说轮回，这些佛教的范畴，实际上已经变成了中国老百姓的日常生活经验的一部分，而且变成了老百姓解脱、表达情感的一部分，他们的思想方。"见张旭东、莫言：《我们时代的写作：对话〈酒国〉〈生死疲劳〉》，178页，上海，上海文艺出版社，2013。

③ 其实，有些汉学家指出莫言作品中中国因素是更多的，如林培瑞指出，"莫言说故事的来源更容易在中国传统找到。山东老百姓说书，向来有夸张、虚构、神话的传统，挺好玩的，把这些因素骂为'迷信'可以，把它比作'魔幻现实主义'也未尝不可，但毕竟不是外国的东西。中国书面文学传统里头有《聊斋志异》之类的'现实主义里头出现不现实的东西'的现象；又比如，莫言喜欢的血腥描写，残酷武打，《水浒传》很容易找到，"水浒"也属于山东的文化遗产。为什么不用"聊斋"或"水浒"来套莫言呢？非要说他是'魔幻现实主义'反映一种崇洋媚外的态度，不必要……但莫言的超现实与马尔克斯的超现实是不同类型的。马尔克斯更抽象，更概念化；莫言更具体，更个别。马尔克斯让读者怀疑自己的宇宙观的框架；莫言请读者欣赏一些怪现状。"见林培瑞：《答客问——莫言的写作风格及其他》，载《纵览中国》，2012-12-10。

获奖者不写作政治文学。"他继续解释:"你打开任何一本莫言的小说,就会发现他对于很多中国历史以及当代中国的批评。我只能说他其实是一个批判体制的批评家,只不过身处于体制内。"①表面上,这是否认政治考量干预文学,实际上不可脱离的最后一句仍然表明"批评体制"是委员会授予文学奖的一个重要考虑因素。

正是在这里,我们对于莫言创作本身的问题需要给予正面的审视。莫言作品本身的中国读者并不多,在这个意义上他并不是中国的"主流作家"。为何他的小说不很受普通读者欢迎?这当然和中国人的审美趣味有关系。在这个意义上,莫言西化的语言和文学想象方式让中国人不觉得十分亲切。在此看来,甚至那些苛刻的批评也不无道理,比如现在旅居纽约的文学评论家李劼发表的《莫言诺奖:吻合西方想象的中国农民文学》以极为苛刻的语言评论莫言小说里的"屁股意象",指认它所提供的隐喻"毫不讳言地指向生存的焦虑、物质的匮乏、动物性甚至生物性的挣扎"。由此,他认为:"以屁股为主体的身体器官,既成了莫言小说的主要叙事对象,也成了莫言小说的基本故事内容。这种意象的隐喻特征在于:既没有精神内涵,也了无头脑之于诸如存在、自由、人性、人格之类生命意义的思考。类似陀思耶也夫斯基小说里那种灵魂的挣扎被全然付阙。"这种以他国历史与文化传统来要求莫言作品也要普世性地进行"灵魂的挣扎",无疑带有批评者本人所批评的西方中心主义。但他的下列言论看来具有部分合理性:"莫言获得诺奖,乃是莫言小说那个野蛮、愚昧、落后的中国屁股意象与汉学家心目中的中国主义之间的一拍即合。"②

那么为何莫言小说经常具有这种"屁股意象"?对于莫言的获奖,瑞典皇家学院的理由是莫言用幻觉现实主义,将民间故事、历史与现实融合起来。而这里的"历史和现实"则是中国过去百年来的社会变迁和农民的日常生活。学者在分析他的作品时,大多认为它们"充满了'我'与家族乡里在共产中国大历史中的小故事",属于"典型的国家寓言"。因此"要理解莫言,便要把他放回到说书人的处境中去看"。他是以"地方传统"来进行"由官方限定,破碎又不完全驯服的庶民想象"③。这种"受困或依仗于'地方传统'"对国族历史进行说明的"诠释者"笔下充满中国人"生存的焦虑、物质的匮乏、动物性甚至生物性的挣扎",如何能对外提高中国的形象和文化软实力?

我并非说莫言叙述民族的苦难不正当。其实,民族的苦难史从中华人民共和国建立以来就不断被叙述。但为何当时的民族苦难叙述能振奋国人的民族自信心和自豪感,而今天的叙述却无法让人有同样心情?这个问题值得深思。其实,莫言对于历史的认识和

---

① 赵妍、赖宇航:《外媒热情关注莫言获奖》,载《时代周报》,2012-10-18。

② 李劼:《莫言诺奖:吻合西方想象的中国农民文学》,载《纽约时报》(中文版),2012-12-08。

③ 叶荫聪:《说书人还是知识分子?——莫言获奖后的争议》,载《明报》,2012-12-31。

90年代以来文化界对历史的流行看法别无二致。但反讽的是，莫言仍然被讥讽为"没有思想"。比如德国汉学家顾彬在《德国之声》的访谈中说："莫言的主要问题是，他根本没有思想。他自己就曾公开说过，一个作家不需要思想。"稍后，他又在接受《时代周报》采访时重申："莫言描绘了他的心灵创痛，他描绘了过去的三十年、五十年、一百年，他笔下的群像画廊令人眼花缭乱，总是那么恢宏霸气的场面。公平起见，我必须承认，他的确有一批读者，但马丁·瓦尔泽称他是现世最伟大的小说家，我无论如何也不能苟同。"①针对莫言的叙述方式，顾彬说道："莫言是一个传统主义者，他所采用的叙事模式早在1911年中国大革命时期就已多见，同时也受到了加西亚·马尔克斯的启示。"虽然这种见解十分苛刻，否认了莫言创作语言的独创性，但他认为莫言在现代小说技法上所做的实验性探索极为有限，其社会批判题材也并未超出鲁迅二十年代的窠臼，却也有一定道理。

那么，莫言的问题在哪里？在我看来，莫言创作的问题更多不是他个人才华的问题，而是时代思潮面临的问题。顾彬对于莫言的批评在于他不够具有现代心智（modern mind），而在我看来，是对历史的认识，由于过去十几年来历史虚无主义盛行的否定中国近现代以来主要历史经验的倾向，导致人们的认识产生了混乱——当下中国文化界不少人（包括莫言自己）对中国近现代历史，尤其是革命史的认识，和西方那些苛刻批评他的学者几无差别，这尤其反映在莫言对于土改历史中偏差现象的"暴露性"（往往以变形的非直接方式）书写趋向于流行观点的单向度演绎；② 而对于当代现实的反映而言，他所反映的是"后社会主义中国的诸种碎片化现实"，后者"常常栖身于眼花缭乱的暧昧性、过剩、亵渎'无意义'的形式中"。诚如张旭东所言"对于一个缺乏'社会—历史构架'和'道德—政治构成'的时代来说"，莫言作品是"20世纪90年代中国诸种失了根的、无家的、彷徨的经验、意象、记忆与幽灵的'象征性落座'"。③ 在作品中，他对于人性的演绎，是基于80年代开始、90年代后加剧的去政治化的解释，即去除阶级性的"人道主义"。④ 在这种视野下，他所力图呈现的"我心目中的历史"，用小说来"填补被过去革命

---

① 顾彬：《莫言的主要问题是，他根本没有思想》，载《德国之声中文网》，2012-10-12。
② 莫言自己承认，"我写的时候是心目中的历史，我想象的历史；依托的当然是历史当中许许多多的真实的细节，但总体上是按历史的轮廓，假如说历史是线条勾成的图案的话，里面的色彩全是我涂上的，我可以涂五彩斑斓的，也可以涂单调的，个人的情感、主观意图来填补、填满了历史的大的空间。"参见张旭东、莫言：《我们时代的写作：对话〈酒国〉〈生死疲劳〉》，176页，上海，上海文艺出版社，2013。
③ 张旭东、莫言：《我们时代的写作：对话〈酒国〉〈生死疲劳〉》，2~3页，上海，上海文艺出版社，2013。
④ 莫言说："人道主义超越了阶级性。很多东西是大于阶级的，人性是大于阶级这是我们一直不敢承认的。"张旭东、莫言：《我们时代的写作：对话〈酒国〉〈生死疲劳〉》，230~231页，上海，上海文艺出版社，2013。

战争文学、革命历史小说所忽略掉的人的情感这部分"就带有一定倾向性。① 这种描写在有利于当下人认同的"文学性"的同时，只是强化了西方读者对现当代中国是"混乱、愚昧、充满暴力和极左政治"的历史，现代中国人生活苟且、肮脏、愚顽的刻板形象。即使是在单纯的文学技巧上，也有一定负面作用。比如，他承认：

> 我小说里戏谑的东西很多，所谓拉伯雷式的那种狂欢的、广场的东西我特别偏爱。很多动物描写，经常出现狂欢场面大段大段的描写，像它和习小三月下的那场鏖战，唱着《草帽之歌》。这个细节完全不真实的，20世纪70年代那会日本的电影《人证》里的草帽歌，根本没在中国放，但是猪王就唱着草帽歌。这种我认为很拉伯雷，这是我个人写作的倾向性，说是弱点也可以。②

这也是林培瑞指出的莫言写作语言中"主要的问题是语言粗糙，写得太快，不小心，语病多，比喻先后不配合"。③

四、结语

对莫言获奖，刘康认为他的作品"呈现了本土文化与西方文化积极融合的努力"。面对"当今世界的主流文化软实力或普世价值，依然是为西方所掌握的"的局面，他认为"中国特殊论与（西方主导的）普世价值之间的矛盾与冲突，应该努力化解……从这个意义上说，莫言获诺贝尔文学奖也是中国积极建构人类共同价值的一个成功。"④但这个说法似乎把普世价值的拥有权拱手让给西方，而中国曾经拥有过的主导世界话语权的历史被有意地遗忘了。

针对莫言作为一个作家获得的荣誉，中国文化界普遍认为，和莫言的创作水平在同一水平线上的中国作家还有不少，甚至有些作家可能还另有特色。这次获奖最多只表明了西方对于当代中国作家文学创作水平的肯定，这可以坚定我们不妄自菲薄的信心，但对于让西方人更为客观、准确地认识现当代中国和中国人，建立正面的中国形象和文化

---

① 他说："经济的、政治的、重大的历史事件仅仅是我的人物存在和发展的背景。"见张旭东、莫言：《我们时代的写作：对话〈酒国〉〈生死疲劳〉》，215页，上海，上海文艺出版社，2013。

② 张旭东、莫言：《我们时代的写作：对话〈酒国〉〈生死疲劳〉》，227页，上海，上海文艺出版社，2013。有意思的是，尽管莫言对历史的认识与西方批评者并无太大差别，但顾彬仍认为他的主要问题根本没有思想。

③ 参见林培瑞：《答客问——莫言的写作风格及其他》，载《纵览中国》，2012-12-10。

④ 刘康：《从莫言得奖看普世价值与中国特色》，载《联合早报》，2012-10-13。

软实力的吸引力，则作用不大。中国人自己需要做的事情还很多。首要的问题是中国人要对自己的历史有辩证、全面的认识，而非一概否定和漫画化。如何去除一度流行的否定近代以来中国革命史的历史虚无主义，中华人民共和国成立前后三十年的"连续性"，树立文化自信，建立经济全球化时代中国人的文化（政治）认同，或许是当前中国的文化界在莫言获奖引起的热潮后需要思考的问题。

（原载《烟台大学学报》2015 年第 3 期）

"诺奖"前莫言作品在日韩的译介及影响

杜庆龙

2012 年 10 月 11 日，瑞典皇家学院宣布中国作家莫言获得本年度诺贝尔文学奖，这个时间无疑成了中国当代文学历史上的重要标记，同时这也是国际社会对中国当代文化给予的最高评价。其实在获得诺贝尔文学奖之前，莫言已经斩获许多有名的国际文学奖项；据笔者统计，其中国际获奖包括法国儒尔·巴泰庸外国文学奖、意大利诺尼诺国际文学奖、日本福冈亚洲文化大奖、美国纽曼华语文学奖、韩国万海大奖等多个奖项，这从侧面说明他的文学作品不仅在国内拥有广泛的读者，国际上也获得了越来越多的认同。

同时，莫言研究随着其获得诺贝尔文学奖成为研究热点，但对于莫言的海外研究比较缺乏，已有的海外研究文章多是莫言作品在欧美的研究，亚洲的研究则相对不足，与莫言研究不太相称。就日本、韩国而言，日本莫言海外相关研究文章屈指可数，有《文艺报》上的《莫言作品在日本》①和新发表的《莫言在日本的译介》②莫言的韩国海外研究仅有一篇《扎根异土的异邦人一莫言作品在韩国》③发表在《作家》上，他们仅仅作了初步的介绍和归类工作，深入分析不多，将二者联系的研究更是没有。可以说，研究才刚刚起步。本文针对莫言作品在东亚研究的不足，将日韩联系起来，以莫言获得诺贝尔文学奖前在日韩所得的奖项为线索，拟对莫言作品在日韩的基本概况进行一次总体梳理，并通过其作品在日韩的译介情况，尝试从不同层面评价其影响，探究其背后的动因，以期

---

① 卢茂君：《莫言作品在日本》，载《文艺报》，2012-11-14。
② 朱芬：《莫言在日本的译介》，载《中国比较文学》，2014(4)。
③ 朴明爱：《扎根异土的异邦人——莫言作品在韩国》，载《作家》，2013(7)。

在"中国文学走出去"的背景下，提供一点思考。

一、莫言日韩所获奖项

莫言作为作家其创作力十分旺盛，迄今已经发表了长篇小说 12 部，短篇小说 60 多篇、中篇小说 30 多部①，成了海外文学界阅读、研究和翻译的重要来源。随着莫言的文学作品在国外翻译和出版的日益增多，在日本和韩国，其作品也越来越受到文学界和大众的关注和欢迎，莫言分别在 2006 年 7 月获得日本第十七届福冈亚洲文化大奖，在 2011 年 7 月获得韩国文坛最高奖万海文学奖。这两个奖项本身也成为莫言文学作品在日韩得到认可的明证。但学界对亚洲的这二个文学奖项介绍不多，比较陌生，本文稍做介绍②。

"福冈亚洲文化奖"是 1990 年日本福冈市为保护和发展亚洲文化而设立的奖项，其目的是通过表彰为亚洲独特多样文化的保存与创造取得杰出成绩的个人或团体，促进亚洲人民的相互学习和广泛交流。该奖项分为大奖、艺术文化奖和学术研究奖三项。其中分量最重的是大奖，其评审要求获得者必须在文化艺术领域面向全世界展现亚洲文化的价值，为亚洲独特多样文化的保存和创造做出极大贡献，并以其国际性、普遍性、群众性、独创性来向全世界揭示亚洲的文化意义。2006 年，莫言获得第十七届日本福冈亚洲文化大奖，也成为继巴金之后第二位获奖的中国作家。

作为韩国最有影响的荣誉奖之"万海奖"，是 1997 年万海精神促进会为纪念万海的思想和精神而设立的，其获奖者均在传播高尚思想和造就人类发展方面做出突出成绩或贡献。它主要奖项设置包括和平奖、社会奉献奖和文学奖。而万海文学奖一直被认为是韩国文学的最高奖项，该奖项特别关注对亚洲文学和社会价值传播做出突出贡献的文学作品，其获得者是文学方面有突出成就的人士。比如其文学奖得主有科威特女诗人苏阿德、韩鲜文豪洪锡中、被誉为韩国小说界现实主义美学顶峰的作家黄皙暎等。这两个奖项在韩国和日本有比较高的知名度，每年颁发一次，并举行相应的文化纪念活动，对于推广亚洲文化或亚洲文学交流具有十分积极的意义。

二、莫言作品的译介

获得日韩文学大奖，本身说明了莫言作品在日韩的影响。本部分拟对莫言的作品译

---

① 叶开：《莫言的文学共和国》，297~300 页，北京，北京大学出版社，2012。

② 此 2 个奖项主要参考网站 http://fukuoka-prize.org/和 http://manhae.com/。

介情况进行梳理和探讨。首先，针对日本情况，其作品译介基本情况如下：莫言最早的日文翻译作品是 1989 年和 1990 年分别出版的《红高粱》和《红高粱家族》，译文收录于《现代中国文学选集》中，由德间书店出版，译者为日本中央大学文学部教授井口晃。莫言的中篇小说《牛》和《筑路》2011 年由日中友好话剧人社事务局长菱沼彬晁翻译，并由岩波书店出版①。莫言自传中篇小说《变》于 2013 年由长堀祐造翻译并由明石书店出版。

日本东京大学文学系藤井省三教授也翻译了莫言的几部作品，比如 1991 年由宝岛社出版的《来自中国农村——莫言短篇集》就是他最早的翻译作品；次年，JICC 出版局出版了他翻译的另外一部小说集《怀抱鲜花的女人》。1996 年岩波书店出版了他翻译的莫言的长篇小说《酒国》，其最新翻译的《透明的红萝卜——莫言精美短篇集》由朝日出版社 2013 年 4 月出版。

莫言作品翻译最多的也为大家熟知的是日本中国文学翻译家、佛教大学的吉田富夫教授，他第一部翻译作品是莫言的长篇小说代表作《丰乳肥臀》，该作品由平凡社于 1999 年出版发行之后便一发不可收拾，他 2002 年翻译《师傅越来越幽默——莫言自选中短篇集》同样由平凡社出版，2003 年翻译的《檀香刑》由中央公论新社出版。2004 年又翻译了《白狗秋千架——莫言自选短篇集》，由日本放送出版协会出版。2006 年中央公论新社出版他翻译的《四十一炮》，2008 年将莫言的《生死疲劳》译为《耘生梦现》由中央公论新社出版。2011 年他翻译了《蛙》，2013 年翻译的《天堂蒜薹之歌》由中央公论新社出版。如上所述，莫言作品的日译比较全面，包括长篇小说 9 部、中篇 3 部和短篇小说集 5 部，体现莫言的文学成就的大部分长篇小说都已经被翻译为日语，并介绍给了日本读者，受到很好的评价。值得一提的是，《蛙》在中国出版仅仅 18 个月后，就有了日译本，不能不说日本学界翻译和出版非常迅速，几乎和中国出版界保持了同步。

在韩国，莫言作品的翻译作品也不在少数。到 2012 年已经翻译主要作品如下，1993 年《透明的红萝卜》由李庆德翻译②，作为知名翻译家和小说作家的朴明爱女士也是莫言作品的主要翻译和介绍者。她翻译莫言的一系列作品，2003 年翻译《檀香刑》由韩国中央 M&B 出版社出版，同年《酒国》的韩文译本由韩国书世界出版社出版。2004 年《丰乳肥臀》翻译并由韩国的间屋出版社出版。《红高粱家族》2007 年由韩国的文学与知性社出版，该社于次年又出版了《四十一炮》韩译本。

其他翻译作品还有，2007 年韩语版的《天堂蒜薹之歌》由朴明爱翻译，由间屋出版社出版。同年，《生死疲劳》由金再旭翻译并由出版社出版。同年，韩国济州情报大学的前校长、著名翻译家沈揆昊教授翻译的《莫言中短篇作品精选集》和《蛙》由韩国民音社出

---

① 宁明：《海外莫言研究》，146～147 页，济南，山东大学出版社，2012。

② 郑娜：《莫言小说在海外的传播与接受》，载《重庆邮电大学学报》，2014(1)。

版。虽然翻译比日本相比晚了一些，不过从 2007 年以后作品翻译呈迅速增长的势头，到 2012 年，莫言大部分主要长篇作品基本被翻译，短篇和中篇也有涉及。

从日韩译介过程中可以看出，日本不仅比韩国早译介莫言作品，日本也是世界上最早译介其作品的国家；韩国稍晚，但 2007 年后迎头追赶，与日本不相上下。在具体选择作品上虽有些差异，但总体而言，日本和韩国译介情况相似之处更多，首先，他们翻译作品都比较多，类型比较全面，都包括短篇、中篇和长篇，而且都以长篇小说为主要译介对象。其次，翻译家比较固定，翻译长篇占到 80％左右，远高于欧美世界，而且莫言作品仍在译介的过程中，莫言长篇作品在韩日全部翻译指日可待。再次，从其单行本出版情况看，除新近出版的翻译作品外，其他主要日韩译本均有再版情况，其中尤以《红高粱》为最。这也从侧面反映了莫言作品在日韩的受欢迎程度。

三、莫言作品的影响评价

针对莫言作品译本的影响及评价，本部分拟从专业奖项层面、主要文学家、翻译家层面、专家教授层面、媒体、出版社层面等加以探讨。

首先，就其影响来看，毋庸置疑，日韩颁给莫言的文学奖项本身就是极好的证明。具体而言，委员会评审后所写的获奖介绍词也比较客观地对莫言作品的影响力进行了中肯的评价。

日本福冈文化大奖在其介绍词中说："莫言先生是当代中国文学的代表作家之一，作品被译成多种语言。莫言先生的作品引导亚洲走向未来，他不仅是当代中国文学的旗手，也是亚洲和世界文学的旗手。"[1]同样，韩国万海文学奖对莫言也作了如下的解说："莫言是中国当代文学具有代表性的国际知名小说家。韩国人熟悉其作品，几乎他所有的主要作品已经被翻译成韩语。他作为全球最有潜力的华人作家，为世界范围内引入亚洲文学做出了巨大贡献。"[2]这两个奖项在评价的话语中不约而同地指出了莫言在中国当代文学的代表性地位，更进一步认可了其作品在亚洲文学方面的突出贡献。

其次，在文学家层面，诺贝尔文学奖获得者日本著名作家大江健三郎是在亚洲，特别是东亚文学界较早发现莫言的文学价值并极力推荐的作家之一。他 20 世纪末评价莫言时，就认为莫言是中国极其优质的作家，21 世纪的文学就是属于像莫言这样的中国作家。中国如果有作家能得诺贝尔文学奖，那就是莫言。可以说给予了莫言极高的评价；而随着莫言 2012 年诺贝尔文学奖的获得也验证了大江的说法，生动地体现了大江先生

---

① 李桂玲：《莫言文学年谱》（下），载《东吴学术》，2014(3)。

② 参见网址 http://manhae.com 和 http://manhae.com/sub6.html。

极具国际水准的文学鉴赏水平和其敏锐的洞察力。

再次，从莫言作品的翻译家们来看，其评价也不可忽视。由于他们亲身参与了莫言作品的翻译，他们更具有发言权，他们的评价也更具有说服力。在日本，藤井省三一开始就对莫言的文学作品从文学价值给予了很高评价。他认为莫言是中国有代表性的作家，在超越中国传统文学方面功不可没。他首次对莫言作品评价中提出"中国农村的魔幻现实主义"①一说，与后来的诺贝尔文学奖评价基本相似。莫言文学作品的主要翻译者吉田富夫也认为，莫言的作品刻画了农民的灵魂。他不是站在农民的立场替农民说话，而是他自己作为一个农民在说话，② 这深刻指明了莫言作为老百姓写作的立场。他还说，莫言的作品追求的是人的内心的东西③。韩国有名的小说家和翻译家朴明爱如此评价莫言，"莫言是尊重小说本灵的作家，他正直地履行着小说家的本职，通过小说中的人物表现出深刻、正义、具有良心的世界观，具有纠正当今扭曲的价值观的力量"④。她从社会精神道德层面深刻洞悉了莫言小说的社会思想价值。

在专家教授来看，日本汉学家谷川毅表示，莫言几乎可以说是在日本代表着中国当代文学形象的最主要人物之一。无论是研究者，还是普通百姓，莫言都是他们最熟悉的中国作家之一。⑤ 国际日本文化研究中心的井波律子教授说："莫言作品最精彩的就是将埋在中国近代史底层的黑暗部分，用鲜艳浓烈的噩梦般的手法奇妙地显影出来。"⑥他认为《生死疲劳》巧妙地描述了半个世纪以来中国的变迁。韩国汉阳大学文化创意系教授安昶炫对记者表示，随着近年来中韩两国的交流日益频繁，中国当代文学作品越来越受到韩国读者的青睐。在这样背景下，莫言的作品进入韩国读者的视野并逐渐受到其欢迎。韩国文学评论家、首尔大学中文系教授全炯俊说，莫言的作品使得韩国的中国文学读者数量增加，口味也更加多样化。⑦ 不言而喻，专家教授感到了莫言作品在日韩所受到的欢迎。

就媒体层面而言，由于大江健三郎 90 年代的评价让莫言成了日本媒体的焦点，从1992 年起日本的《读卖新闻》《文学界》《昂》等多家报刊也曾做过专访和推介⑧，围绕莫言的个人经历、文学创作和作品研究等方面进行了详细报道和介绍。21 世纪初期，随着其《丰乳肥臀》《檀香刑》《酒国》等一系列作品的翻译，在日本一度引起了一阵"莫言旋风"，

① 莫言、藤井省三：《〈压抑下的魔幻现实特集〉：中国当代文学的旗手连续访谈》，载《昂》，1996(5)。
② 舒晋瑜：《十问吉田富夫》，载《中华读书报》，2006-8-30。
③ 同上。
④ 朴明爱：《扎根异土的异邦人——莫言作品在韩国》，载《作家》，2013(7)。
⑤ 高晓春：《莫言：高密东北乡走出国门》，载《全国新书目》，2010(1)
⑥ 宁明：《莫言海外研究述评》，载《东岳论丛》，2012(6)。
⑦ 彭茜：《余华、莫言、苏童——中国当代文学的韩国版图》，载《国际先驱导报》，2014-06-26。
⑧ 晏阳红：《莫言在日本的全方位评价研究》，载《湖北职业技术学院学报》，2014(2)。

特别是在 2003 年莫言访问日本时，引起了日本公众广泛关注。日本放送协会（NHK）曾邀请大江健三郎远赴莫言故乡高密采访莫言，并专门制作了关于"莫言文学"特辑的电视节目，收到很好的反响。随着媒体的关注和介绍，当时的莫言在日本读者众多，很受欢迎。

就韩国而言，韩联社认为中国作家莫言是一名具有代表性的"知韩派"人士。[①] 他于 2005 年参加首尔国际文学论坛并首次访问韩国，在此次文学论坛上，莫言被韩国媒体誉为"不仅在中国拥有广大的读者，在海外也是中国最有才气和趣味的作家之一"[②]。《国际先驱导报》谈到，在韩国出版市场最受关注的是余华、苏童和莫言，他们是作品被译介到海外最多的中国作家。[③]

出版社方面，出版莫言翻译作品的，均为日韩比较出名或重要的出版社。日本有影响的大出版社岩波书店的销售记录显示，莫言的作品在日本一直卖得不错。前日本驻华公使井出敬二也认为，在日本书店，很少有机会看到中国作家的作品，但莫言是个例外。[④] 韩国民音社的著作权部理事南有宣说，中国出版商和作家的联系并不容易，但多年来我们一直致力于寻找中国作家撰写的经典纯文学小说。民音社相继出版了中国作协精选的《中国现代小说选》和莫言的《蛙》。《蛙》出版后好评如潮，销售一空，打算再版。南有宣表示，民音社未来计划出版更多莫言和韩少功的小说和作品，并就其作品出版和汉学翻译家们已经达成了合作意向。[⑤]

总之，从专业文学家同行到专家教授，再到媒体出版，都不同程度地反映了莫言作品在日韩文学界的美誉度和在大众中的影响力。

四、原因探讨

如上所述，莫言作品的影响力可见一斑，那为什么莫言在日韩受到了如此广泛的关注并得到大众的欢迎呢？分析其背后原因，笔者认为主要有以下几方面：

第一，电影改编的助力

电影《红高粱》的原作者，是日韩读者认知莫言的重要标签之一。1988 年 2 月 23 日，张艺谋导演的《红高粱》同名影片在第三十八届西柏林国际电影节上荣获金熊奖。次年又

---

① 姜智芹：《他者的眼光莫言及其作品在国外》，载《中国海洋大学学报》，2006(2)。

② 同上。

③ 彭茜：《余华、莫言、苏童——中国当代文学的韩国版图》，载《国际先驱导报》，2014-06-26。

④ 晏阳红：《莫言在日本的全方位评价研究》，载《湖北职业技术学院学报》，2014(2)。

⑤ 彭茜：《中国当代文学书香飘韩国》，http://www.chinawriter.com.cn/2014/2014-06-20/208429.html，2014-06-20。

获布鲁塞尔国际电影节青年评委最佳影片奖。正是因为影片在国际影坛的多番获奖，使得外国观众对被改编的文学原著产生了浓厚兴趣。《红高粱》的原作者也随之引起了大家的关注。莫言本人也承认电影对于其作品的推动作用。他承认中国文学走向世界，张艺谋、陈凯歌的电影起到开路先锋的作用。① 可以说，是电影把莫言带进了日韩，电影的成功改编引发的巨大影响迅速地推动了文学作品的翻译，也使得莫言越来越受到日韩文学界的关注，为莫言作品的海外传播奠定了基础。

第二，翻译家的功劳

在其改编的电影推动文学作品的翻译的过程中，莫言作品受日韩读者大众欢迎的很重要的一点就是翻译质量。而莫言作品翻译质量很高的原因在于他的翻译者的固定。从单行本的译者角度看，莫言作品主要日语译者吉田富夫和藤井省三，韩语翻译则主要是朴明爱、沈揆昊等。他们都是母语为译入语的翻译家，同时又是学者或教授。他们了解两国的语言文化差异，又兼有良好的母语写作水平，这都成为翻译质量的保证，同时也有利于保持作品翻译的风格的连续性。另外，翻译作品的成功也和翻译家付出的努力分不开。在翻译过程中，他们的翻译态度严谨，翻译策略得当，都使得莫言作品很快得到读者的认同，其翻译也得到了莫言的肯定。比如，吉田富夫在翻译中特别注意读者的理解和接受，他在《丰乳肥臀》翻译中，每一章节后都添加了副标题，并加注释说明每一章节以便于读者理解小说的历史背景。翻译的《檀香刑》用了日本和歌的五七调，使得日本读者更方便理解作品的音乐性。正如莫言在不同场合下表示的那样，其作品的成功，翻译家功不可没。② 在出版过程中，他们也付出了自己的努力。韩国主要翻译者朴明爱为翻译作品的出版积极奔走于各出版社，花了 7 年时间才将早已译好的《红高粱》顺利出版。《酒国》翻译 1 年多出版。沈揆昊翻译《蛙》用了近 2 年的时间。

第三，访问交流和媒体出版的推动

正如前面所讨论的，媒体采访和出版社的推广活动也有力推动了莫言作品被读者接受和流传。另外值得一提的是，莫言对于日韩的参观访问，在日韩进行与公众面对面的演讲与交流无疑也促进了大众对他及其作品的进一步了解。据笔者统计，在获得日韩文学奖前，莫言同日本韩国的交流已有多次。日本交流比较早，韩国相对晚一些。在日本，早在 1999 年，在日中关系学会组织的日本访问，莫言参观访问京都大学和日本驹泽大学并作了演讲。以后于 2003 年 9 月、2004 年 12 月和 2006 年③三次再次访问日本，

① 刘江凯：《本土性、民族性的世界写作——莫言的海外传播与接受》，载《当代作家评论》，2011(4)。

② 参见沈晨：《莫言指出翻译的重要性》，http：//news. sina. com. cn/c/2012-12-08/012525759229. shtml，2012-12-08。

③ 张秀奇：《走向辉煌：莫言记录》，56～58 页，太原，山西人民出版社，2013。

并做了关于其作品和创作主题的演讲，促进了和日本大众的交流。

对于韩国，最早始于 2005 年 5 月，莫言应邀赴韩国参加第二届首尔国际文学会议，并在"东亚文学大会"上作讲演。后于 2007 年 10 月、2008 年 4 月和 2008 年 10 月先后访问韩国并就其作品的理解和专家及普通读者做了交流。[①] 这些莫言本人与日韩民众的面对面的交流无疑对其作品在韩日的传播起到了推动作用。

第四，莫言作品的自身特性

莫言作品受到异国大众的欢迎并获得国际奖项并非偶然，其根本原因在于莫言作品具有自身的独特性。其一，莫言小说中具有的独特的中国经验和他为老百姓写作的创作立场使其小说显得与众不同。莫言在其作品中对中国现实的介入和对中国历史的个人化思考，都激发了读者了解、探寻现代中国历史与文化的强烈欲望。许多读者关注中国文学作品是渴望了解真实的中国，希望看到更多可以反映真实中国的作品，而不是单纯地歌颂和赞美。而在莫言的小说中，无论是《酒国》《丰乳肥臀》《蛙》，还是其他作品，都在展示着真实的中国变迁的历程。这也一定程度上满足读者了解中国社会的愿望。其二，莫言独特的语言魅力和叙事手法等。文学的主体就是语言。莫言小说创作具有独特的语言魅力。莫言与传统的作家有很大不同，他从不拘泥于传统的模式和规范，对语言不加节制甚至有意冒犯。陈晓明教授曾说，莫言的叙述充满着任意挥洒的快感，语句不只是为了讲故事表达思想，而是给予语词追求自身的快乐自由。[②] 莫言在小说语言及叙事上都喜欢创新，大胆突破思维定式，追求与众不同，运用其超常的文学想象力并以先锋化的叙事，使他最大限度地打破成规达到了随心所欲无拘无束自由不羁的境界，这种魅力使得其作品持续地吸引着国外读者。

第五，亚洲文化的共性

除了作品本身的艺术品质、作家表现出来的艺术创新精神、作品中丰富的内容等因素外，从亚洲来看，中日韩的文化交流环境也是不可忽视的重要因素。随着中日韩文化交流日益频繁，文学阅读交流在大众中也变得越来越普遍。虽然中国古典文学在日韩仍受读者推崇，但总体趋势正呈现式微的状态，越来越多的读者更喜欢阅读一些与现实生活联系紧密的当代文学作品，而此时莫言的作品正好符合大众的阅读倾向。而对于莫言作品在日韩译介及影响如此之大，笔者认为，有一点不可忽视，那就是亚洲文化的共性。日韩和中国均属东亚，文化上都同属于汉字文化圈，文化和历史上都有着悠久的渊源。与西方相比，三国间的共性较多，他们都有着深厚的农业文明基础，共同耕作着亚洲这块土地，都经历了农业文明向现代文明蜕变的发展历程。这些因素使得日韩读者很

---

①　同上。

②　陈晓明：《在地性与越界——莫言小说创作的特质和意义》，载《当代作家评论》，2013(1)。

自然地理解莫言反映中国农村现实与变化的作品主题，对中国农民阶层与命运的抗争和追求生存权利的渴望也很容易产生共鸣。这大概是莫言的作品受到日韩读者普遍欢迎和高度评价的主要原因。

五、结语

莫言作为一位在海内外享有较高声誉的中国当代作家，其文学作品的海外译介与传播一定程度上代表了海外学界对中国当代文学的评价方式和认知程度。从莫言在日韩的流播到日韩获奖的情况来看，其大致经历的路径如下：首先是电影带动作品的外译，经由固定译者的高水平翻译，然后到媒体或出版的推动，作家访问交流的加深再到外译作品影响的扩大，最后获奖水到渠成，当然这些首先要基于作家作品质量过硬的前提。莫言获得诺贝尔文学奖的过程也大致经历了如此的路径；可以说，莫言在日韩的获奖，证明了其作品在东亚的影响力，这也许可视为其获得诺贝尔文学奖的前奏。这对其他作家作品在亚洲乃至世界的传播和接受提供了十分有意义的启示。

（原载《华文文学》2015 年第 3 期）

"90后"大学生对莫言作品接受情况的调查报告
——以中西部五所高校为调查对象

王凤俊　孙小芳

莫言，中国获得诺贝尔文学奖的第一人。从他的创作经历来看，曾因发表长篇小说《丰乳肥臀》遭人讥讽，但他有着坚定的文学信仰与毅力，终于取得了骄人的成绩。由于百年来中国人的诺贝尔奖情结，使得他成为时下最受人关注的人物之一。在书店，他的书几乎一上市就被一抢而空；在文学界，他的作品以及本人成了学者重点研究的对象；在思想界，引发了关于中国文学如何走向世界的大讨论。中国传媒大都还不能太乐观地认为中国文学已被世界文坛接纳。① 尽管如此，在笔者看来，莫言的获奖实际上是对国外一些汉学研究者无视中国当代文学成就的一次有力反驳与讽刺。

为探讨"莫言热"这一独特的文化现象对"90后"大学生产生的影响，引导大学生正确看待文学与人生的关系，笔者在中西部五所高校的大学生中进行了问卷调查。具体情况如下所示：学文学院张鸿声教授指出："该奖项认可了莫言的文学成就，在调查中，我们发现了几个问题，就这些问题我们进行了以下的判断与分析。

调查对象	发放问卷份数	回答的问题	所占的比例	说明
湖南师范大学（研究生）	200	莫言获奖以前就知道莫言 莫言获奖后一定程度上增加了对文学作品的关注 不喜欢看莫言的作品 莫言对其的影响一般	63% 61% 60% 76%	只统计比例超过50%

① 赵颖、杨春雪、游潇：《"莫言热"引发"冷思考"：中国文学期待融入世界》，http://www.chinawriter.com.cn/news/2012/2012-10-15/143784.html，2012-12-15。

调查对象	发放问卷份数	回答的问题	所占的比例	说明
湖南师范大学（本科生）	200	莫言获奖以前就知道莫言 莫言获奖后一定程度上增加了对文学作品的关注 不喜欢看莫言的作品 莫言对其的影响一般	80% 73% 75% 83%	只统计比例超过50%
西南政法大学（研究生）	200	莫言获奖以前就知道莫言 莫言获奖后一定程度上增加了对文学作品的关注 不喜欢看莫言的作品 莫言对其的影响一般	75% 55% 60% 55%	只统计比例超过50%
中南民族大学（本科生）	200	莫言获奖以前就知道莫言 莫言获奖后一定程度上增加了对文学作品的关注 不喜欢看莫言的作品 莫言对其的影响一般	60% 68% 60% 75%	只统计比例超过50%
广西大学（本科生）	200	莫言获奖以前就知道莫言 莫言获奖后一定程度上增加了对文学作品的关注 不喜欢看莫言的作品 莫言对其的影响一般	53% 60% 58% 76%	只统计比例超过50%

（一）五所高校的大部分学生不喜爱莫言的作品。首先，由于长期以来中国教育体制中人文关怀的缺失，使得应试教育剥夺了学生的课外阅读空间，即使到大学也是整天上课，没有多少人有真正到图书馆坐下来读书选择的机会。即便是中文系的当代文学教材，也只是把莫言小说作为一小节来讲，没有专章介绍。其次，莫言出生于20世纪50年代，年龄差距之大使得我们这一代与莫言在思想观念以及行为方式上难以达成共识。再者，随着社会的发展，各种娱乐性产品的出现使得人们的视线很少停留在相对传统的文学作品上。最后，莫言喜爱写战争以及乡土题材的小说，而我们这一代由于经济的迅速发展和生活的优越，使得我们偏爱网络小说。

（二）在调查中我们发现，五所高校的大部分学生都认为莫言对他们的影响一般。这在一定程度上折射出中国现行教育制度的弊端。长期以来，中国的教育从小学到高中，应试教育起着主导作用，剥夺了学生的课外阅读空间。同时"90后"出生于中国社会转型的时期，物质上的优越并不能够改变美育缺失的现状，相反助长了他们的成人化趋势。有评论者认为："随着中国社会的转型，影响儿童社会化的因素发生了巨大变化。除传统意义上的家庭学校同龄群体外，大众媒介日益进入到儿童生活，甚至成为其不可或缺的一部分。电视、录音机、电子游戏机、电脑都成为儿童游戏的重要伙伴，加速了儿童成人化的趋势。"[①]这样一来，他们从小就缺乏诺贝尔为追求科学而献身的精神熏陶，导

---

① 王泉：《儿童文学的文化坐标》，168～169页，长沙，湖南师范大学出版社，2007。

致一代不如一代的现状的发生。在中国的大学，很多学生很少注重文学素养的培养与提升，因此他们不能够从莫言的高深文学造诣中得到教益。其次，对于"90后"大学生来讲，他们更多地受到以韩寒和蒋方舟为代表的"80后"作家以及部分网络作家的影响，在创作中听任个性的摆布，脱离现实生活，信马由缰，不拘形式和技巧，写出来的东西往往经不起推敲，更经不起时间的考验。

（三）从五所高校的问卷调查中，我们还发现高校的研究生比本科生更早地熟悉了莫言。他们在莫言获诺贝尔奖以前就熟悉莫言，并且相对于大学生而言，研究生阅读莫言作品的时间也相对比较多。由于学习与研究的需要，使得研究生们必须得扩大自己的文学视野，因此，文学涉猎的广度和深度都会较本科生多。况且，像莫言这样的文学大师的作品更值得他们积极主动地学习，从中汲取营养。

（四）莫言获奖后，各高校的学生在一定程度上增加了对其文学作品的关注。诺贝尔文学奖是颁给文学作品具有理想倾向的人。莫言是第一个获得诺贝尔奖的中国人，这个荣誉的获得自然激发起很多学生阅读莫言作品的欲望。其次，莫言的小说对底层意识的张扬，以及表现出的丰富想象力，也是得到民众青睐的重要原因。

（五）在问卷调查中，笔者发现一个有趣的现象，"90后"大学生对莫言的《红高粱》很熟悉。这一方面来自题材的独特性。它打破了以往塑造完美的英雄人物的模式，塑造了一群独特的、特属于红高粱的英雄，有着鲜活的生命和人性。另一方面得益于被改编成影视剧后的推动作用。那里面奇特的抢婚习俗在一定程度上满足了他们青春期猎奇的心理，而演员巩俐出色的表演给人印象深刻。2014年《红高粱》被改编成60集电视剧在全国热播，周迅在剧中饰演九儿，把一个农村女子的泼辣表现得很逼真，更是激发了"90后"大学生的浓厚兴趣。有的女生甚至把自己想象成九儿，试图在狂欢化的话语中满足自己叛逆的渴望。可见，明星效应与青春期的躁动不谋而合，演绎出文学作品的"蝴蝶效应"。但更为重要的一点就是，《红高粱》谱写了民间英雄的新篇章，它成功地避开了以往人们所熟悉的具有"高大全"特征的英雄模式，转而描写的是一支在民间自发组织、活跃在抗日战场上的农民抗击敌寇的力量。也就是说民间话语的魅力在向往自由的"90后"大学生中得到了普遍的认同。最后，源于作品中浓浓的乡土气息和深深的人文情怀。那片黄土地，那片高粱林，勤劳的人们世世代代生于此、死于此。时代在变、朝代在变、社会在变，可不变的是那深深扎在那里的民族魂。

著名文学评论家雷达认为："如何走中国传统与世界潮流相融合的道路，是一个根本问题。莫言的创作道路给了我们以启示。中华优秀传统文化是实现中国梦的文化根基。优秀传统文化塑造了民族品格，滋养了中国精神，陶冶了中华儿女，是中华民族自立世界生生不息的文化基因。中华优秀传统文化是实现中国梦的文化动力。"①可见，"90后"大学生要实现自己的文学理想，不得不借力优秀的传统文化，在学习中探索自我成长之路，才能成为不愧于时代和人民的骄子。

莫言是中国获得诺贝尔文学奖的第一人。莫言的获奖在国内一度掀起了"莫言热"。在"莫言热"出现的同时，高校图书馆应将"莫言热"推广成"阅读热"，让更多大学生走近"诺贝尔奖"，从而增强对中国文学的信心。在市场经济日益发达的今天，尤其对"90后"大学生来讲，他们在注重阅读的功利性时往往忽略了思想境界与创新意识的培养。他们正处于人生观、价值观和世界观及审美观建立的关键时期，而阅读正是他们提升自身的文化修养、塑造精神品格的重要途径。而"莫言热"的兴起，给他们的阅读创造了一个良好的平台。

对当代大学生来讲，从莫言的身上可以吸取很多积极进取的东西。莫言从小受人歧视，但他后来通过自己的努力由丑小鸭变成了白天鹅，获得了诺贝尔文学奖。他的经历告诉我们：文学要扎根基层，深入生活，才能发现真正的美。

令人惊喜的是，中南大学文学院"90后"大学生文吉儿通过自己的努力，完成了一部最新作品《别让梦想只是梦想》。这是一部关于"梦想秀"的小说，分别写到教师的梦、学生的梦、公务员的梦、孤儿的梦、农民工的梦、父母的梦，医生的梦。他们的梦想千奇百怪，有的甚至是那么卑微，但无不充满着对美好生活的向往与追求。作者文吉儿同样也怀揣着一个文学梦，是一个拥有文学梦并坚持走下去的女孩。我们每个人都拥有一个梦想，不管你是富有，还是一贫如洗；是人生得意时，还是陷入低谷时。文吉儿的成功让世人见证了"90后"大学生的实力，也说明了"莫言热"的持续影响。当我们怀着文学梦想时，别让我们的梦想成为空想，我们必须付出行动，我们只有坚持，才能达到希望的彼岸，走出属于自己的路，这才是一条最美的路。

（原载《语文学刊》2015年第1期）

---

① 雷达：《文学理想是中国梦的一部分》，载《艺术评论》，2014(3)。

三、 莫言研究

从"启蒙"到"作为老百姓写作"

——莫言对鲁迅文学传统的继承与创新

栾梅健

在近百年中国文学的发展历程中，鲁迅先生的影响无疑是最为巨大的。1940 年，毛泽东在《新民主主义论》中，毫无保留地表达了他对鲁迅的肯定与推崇："鲁迅是中国文化革命的主将，他不但是伟大的文学家，而且是伟大的思想家和伟大的革命家。鲁迅的骨头是最硬的，他没有丝毫的奴颜和媚骨，这是殖民地半殖民地人民最可宝贵的性格。鲁迅是在文化战线上，代表全民族的大多数，向着敌人冲锋陷阵的最正确、最勇敢、最坚决、最忠实、最热忱的空前的民族英雄。鲁迅的方向，就是中华民族新文化的方向。"[①]

在这短短的一段文字中，毛泽东连用七个"最"字，极其强烈地反映了他对鲁迅的看法，赞美之情溢于言表。在此后半个多世纪的时间中，人们一直沿袭着毛泽东对鲁迅的认识，并以此作为衡量中国现当代作家作品的一个重要标杆。

然而，在 2012 年 10 月，莫言获得诺贝尔文学奖以后，有些人对鲁迅的态度与评价似乎有些怀疑与动摇起来。这并不仅仅在于，鲁迅在从事他的文学活动时诺贝尔文学奖已经设立而他并无获此殊荣，而且还在于，莫言与鲁迅的文学观念不尽相同，甚至还有截然相反的地方。这不能不令人心生疑虑：到底是应该沿着莫言的文学路子走下去，还是应该继续坚持鲁迅的方向？他们两人的文学观念谁更符合文学的实际？

这确实是文学研究者在当前亟需解决的问题。因为，它不仅有助于澄清人们在文学

---

① 《毛泽东选集》第 2 卷，698 页，北京，人民出版社，1991。

观念上的认识误区，而且也有利于未来当代文学的更好发展。

一

在《南腔北调集·我怎么做起小说来》一文中，鲁迅曾经这样明确地表示过他的文学观念：在中国，小说不算文学，做小说的也决不能称为文学家，所以并没有想在这一条道路上出世，我也并没有要将小说抬进"文苑"里的意思，不过想利用他的力量，来改良社会。①

在这里，鲁迅的文学观念很显然是工具论的。他在意的并不是小说自身，而是在于小说可以改造国民性，可以启蒙大众，可以唤醒民众。一句话，这仍然是中国传统文以载道观念的翻板，区别只在于，在古代，文以载道主要是通过诗、文，而到鲁迅这里，小说也可以承载起教化的功能。鲁迅先生这种工具论的文学观念，萌生于 20 世纪初在日本仙台医专读书时期。在一次偶然的教学幻灯片中，他看到一群神情麻木的中国人，在面对被砍头的同胞时只是围着看热闹，深受刺激："凡是愚弱的国民，即使体格如何健全，如何茁壮，也只能做毫无意义的示众的材料和看客。"他觉得："第一要者，是在改变他们的精神，而善于改变精神的是，我那时以为当然要推文艺。"②于是，决定弃医从文，以文学为武器改造愚弱的国民的魂灵。在日后的文学创作中，鲁迅先生的《阿Q正传》《狂人日记》《孔乙己》《药》《祝福》《风波》《肥皂》《白光》等作品，大多践行着他的文学启蒙主张，积极参与到 20 世纪中国社会思想与文化的变革之中。而莫言的文学观念却是与鲁迅的上述观点恰恰相反，甚至是有意针锋相对。

2001 年，他在苏州大学所作《试论文学创作的民间资源》的演讲中，旗帜鲜明地提出与"启蒙""改造国民性"相反的文学主张，即"作为老百姓"写作：为老百姓写作，也就是知识分子的写作，这是有漫长的传统的。从鲁迅他们开始，虽然也是写的乡土，但使用的是知识分子的视角。鲁迅是启蒙者，之后扮演启蒙者的人越来越多。大家都在争先恐后地谴责落后，揭示国民性中的病态，这是一种典型的居高临下。其实，那些启蒙者身上的黑暗面，一点也不比别人少。所谓的民间写作，就要求你丢掉你的知识分子立场，你要用老百姓的思维来思维。③

循着"作为老百姓写作"的思路，莫言认为真正伟大的作品必定是毫无功利的创作："作家千万不要把自己抬举到一个不合适的位置上，尤其在写作中，你最好不要担当道

①《鲁迅全集》第 4 卷，511 页，北京，人民文学出版社，1981。
②《呐喊·自序》。
③《说吧·莫言》(上卷)，75 页，深圳，海天出版社，2007。

德的评判者，你不要以为自己比人物高明，你应该跟着你的人物脚步走。"①他举我国伟大的二胡演奏家阿炳的例子。作为穷困潦倒、双目失明的盲人，阿炳没有把自己当成贵人，甚至不敢把自己当成一个好的百姓，这才是真正的老百姓的心态，这样心态下的创作，才有可能出现伟大的作品。因为在莫言看来，《二泉映月》中那种悲凉是发自灵魂深处的，是触及他心中最疼痛的地方的。

在以往研究者通常的认知与观察中，"启蒙"与"作为老百姓写作"是鲁迅和莫言俩人最为醒目的文学印记，是俩人文学观念的核心；而且，其距离还是那样的南辕北辙！

不过，如果细细分析他们俩人的文学观念，全面而系统地梳理他们的文学追求，并深入研究他们的文学创作，我们却又能惊奇地发现，他们的文学观念其实在很大程度上是一脉相承的，是并不矛盾的。在这里，既涉及鲁迅文学观念的丰富性与复杂性的问题，也关联到莫言对鲁迅文学传统的个人化理解与深入把握。

先说鲁迅文学观念的丰富性和复杂性。

由于"极左"路线时期对鲁迅长期的美化与神化，在人们一般的观念之中，鲁迅就是一个战斗者的形象，他的文学观念无疑是革命的、启蒙的，是为人生的。然而，通读《鲁迅全集》后你会发现，其实鲁迅的文学观念是极为复杂的、矛盾的。②

在各个不同时期，鲁迅的文学观念就有不同的内容。20 世纪在日本仙台医专留学时，是鲁迅"启蒙"文学观念形成的起点。他曾这样自述："我们在日本留学的时候，有一种茫漠的希望：以为文艺是可以转移性情，改造社会的。"③这种热情，促使他翻译了《域外小说集》等一批被压迫被迫害的弱小民族的文学作品。到"五四"时期，他怀着毁坏"铁屋子"的希望，一发而不可收地创作出了《呐喊》《彷徨》中的二十余篇小说，并由此奠定了他在中国现代小说史上的旗手地位。由于《狂人日记》《孔乙己》《药》等小说长期收入我国中学语文课本，影响了一代又一代的中国人；而在"五四"时期，又是鲁迅为人生的启蒙文学理想最为淋漓尽致地实践的时候，因而，人们便似乎形成了一个共识，那就是鲁迅的小说是启蒙的，是改造国民性的。1919 年，他在一篇文章中写道："我们所要求的美术家，是能引路的先觉，不是'公民团'的首领。我们所要求的美术品，是表记中国民族智能最高点的标本，不是水平线以下的思想的平均分数。"④"引路的先觉"，正是鲁迅对现代作家的要求，以及他对自己的期许。其后，鲁迅对这种启蒙文学观念的表达似乎并未中断，而是时时提起。例如，1933 年，他在《我怎么做起小说来》一文中，说得更

① 《说吧·莫言》(上卷)，74 页，深圳，海天出版社，2007。

② 笔者曾有《论鲁迅文学观念的复杂性——兼及鸳鸯蝴蝶派的评价问题》一文，对鲁迅文学观念的丰富性与复杂性有系统而详尽的论述，读者可一并参阅，该文发表于《中国现代文学研究丛刊》，2010(6)。

③ 《鲁迅全集》第 10 卷，161 页。

④ 《随想录四十三》，见《鲁迅全集》第 1 卷，346 页。

为明确："说到为什么做小说罢，我仍抱着十多年前的'启蒙主义'以为必须是'为人生'而且要改良这人生。我深恶先前的称小说为'闲书'，而且将'为艺术而艺术'看做不过是'消闲'的新式别号。"①

以上论述难免给后来的研究者造成一种错觉，认为鲁迅是一个彻底的文艺工具论者，他是始终不渝抱定"为人生""为启蒙"的小说主张的。

然而，其实不然。

尽管我们可以在"五四"新文学运动高涨时期，发现鲁迅是一个启蒙主义运动的热情鼓吹者与倡导者，不过，时隔不久，在"五四"运动退潮时，他的热情便大大地衰退了，以致由原先的大声"呐喊"，转而变为疑虑重重的"彷徨"。他当时的感觉是："一首诗吓不走孙传芳，一炮就把孙传芳轰走了。自然也有人认为文学于革命是有伟力的，但我总觉得怀疑。"②与前几年"引路的先觉"的自负与自许相比，现在的心境又何止是判若云泥！1927 年，他在广州所作的一次有关文艺与革命的演讲中，这样坦露着他对于文艺功能的认识："在这革命地方的文学家，恐怕总喜欢说文学与革命是大有关系的，例如可以用这来宣传，鼓吹，煽动，促使革命和完成革命。不过我想，这样的文章是无力的，因为好的文艺作品，想来多是不听别人的命令，不顾利害，自然而然从心中流露出来的东西……"③这种对文学"无力"感的认识，并不是一个孤立的例证，而是在"五四"退潮直到他去世时经常流露出来的一种情绪。对于"左联"倡导的无产阶级文艺，他感到："先前原不过一种空喊，并无成绩，现在连空喊都没有了。新的文人，都是一转眼间，忽而化成无产文学家的人，现又消沉下去，我看此辈于新文学大有害处。"④至于"遵命文学"，更是令鲁迅不堪："……以我自己而论，总觉得缚了一条铁索，有一个工头在背后用鞭子打我，无论我怎样起劲地做，也是打，而我回头去问自己的错处时，他却拱手客气地说，我做得好极了，他和我感情好极了……"⑤甚至，在鲁迅先生临去世前不久，他在写给许广平的遗嘱中还这样交代："孩子长大，倘无才能，可寻点小事情过活，万不可去做空头文学家或美术家。"⑥在这里，尽管明显有着他对三十年代乌烟瘴气的文坛乱象的愤激之意，一种难以抑制的情绪化表达，然而，同样不可否认的事实是，他在此对文艺的启蒙功能、教化功能已经大大消隐了，乃至彻底失望了。

一个令今天的读者颇觉困惑的问题是：既然如我们的研究所显示的那样，鲁迅的文

---

① 《鲁迅全集》第 4 卷，511 页。
② 《鲁迅全集》第 3 卷，423 页。
③ 《革命时代的文学》，见《鲁迅全集》第 3 卷，418 页。
④ 《鲁迅全集》第 12 卷，23 页。
⑤ 《鲁迅全集》第 13 卷，211 页。
⑥ 《死》，见《鲁迅全集》第 6 卷，612 页。

学观念是复杂的、混合的，并不是那么单一的、明净的，那么，在绝大多数的读者心目中，为什么仅仅只留存下一个为人生的、启蒙的鲁迅先生的形象呢？为什么一提起他，人们总会首先想到勇于担当、改造国民性的鲁迅呢？原因自然是多方面的，但归纳起来无非是以下两点：一是前面提到的，鲁迅文学创作的辉煌时期正是他抱定文学启蒙主张的人生阶段，他的代表性名作如《阿Q正传》《狂人日记》《药》《孔乙己》等，都是创作于这一时期的；二是在长期的革命战争时代和中华人民共和国成立后相当长一段时间的文艺为政治服务的阶段，人们对鲁迅的学习与宣传进行了过于片面化的引导与发挥，以致这种影响短时间内仍然无法完全消除。而这，自然极大地影响到人们对鲁迅文学传统的理解与接受。

其实，对于鲁迅文学传统的准确把握与认识，还有另外一个极佳的角度，那就是研究鲁迅的文学史观，具体地说，就是他的小说史观。

与现代文学中其他大师不同的是，鲁迅还是一位非常出色的文学史家，中国古代小说史研究的重要开创者。他编著的《古小说钩沉》《中国小说史略》《汉文学史纲要》等，显示了他扎实的古典文学功底与清晰的文学史观。他对文学的功能、价值与作用的认识，在其中有着真实的记录。

在《中国小说史略·唐之传奇文》一篇中，他认为唐传奇是中国小说史的辉煌部分。"小说亦如诗，至唐代而一变，虽尚不离于搜奇记逸，然叙述宛转，文辞华艳，与六朝之粗陈梗概者较，演进之迹甚明。"①在鲁迅的心目中，"传奇者流，源盖出于志怪，然施之藻绘，扩其波澜，故所成就乃特异，其间虽亦托讽喻以抒牢愁，谈祸福以寓惩劝，而大归则究在文采与意想……"②在这里，显而易见的是"叙述宛转""文辞华艳"和"文采和意想"，构成了鲁迅对唐传奇充满敬意的原因。而到了宋代，传奇中充满教训意味，令人生厌。他在《唐宋传奇集序例》一文中，这样评价宋传奇："宋好劝惩，庶实而泥，飞动之致，渺不可期，传奇命脉，至斯以绝。"③好劝惩，多教训，以致传奇小说中本该具有的"飞动之致"，在宋代渺不可寻，最终，也导致了传奇的衰亡。这种重艺术而轻思想的观念，应该是鲁迅小说史观的基本特色。

在《清小说之四派及其末流》一讲中，鲁迅还这样评价过《红楼梦》《儒林外史》和清末谴责小说。对于《红楼梦》，鲁迅的肯定是无以复加的："至于说到《红楼梦》的价值，可是在中国底小说中实在是不可多得的。其要点敢于如实描写，并无讳饰，和从前的小说叙好人完全是好人，坏人完全是坏的，大不相同，所以其中所叙的人物，都是真的人

---

① 《鲁迅全集》第9卷，70页。
② 同上。
③ 《鲁迅全集》第10卷，141页。

物。总之自由《红楼梦》出来以后，传统的思想和写法都打破了。"①对于《红楼梦》这部中国小说史上最伟大的巨著，鲁迅的肯定标准是"如实描写""并无讳饰"，至于小说的主题与微言大义，见仁见智，自然无须主观推测。而对于讽刺小说《儒林外史》，鲁迅则认为作者吴敬梓"多所见闻，又工于表现，故凡所有叙述，皆能在纸上见其声态；而写儒者奇形怪状，为独多而独详。"②在此，鲁迅对它的推崇是在于"变化多而趣味浓""工于表现"和"见其声态"，而并非是作者强烈的社会使命感与讽刺小说本身。至于晚清李伯元的《官场现形记》、吴趼人的《二十年目睹之怪现状》等所谓谴责小说，鲁迅先生则认为差得远了。"……描写社会的黑暗面，常常张大其词，又不能穿入隐微。"③虽名为讽刺小说，其实已等同于谩骂了。尽管名噪一时，但终不能进入一流文学经典的行列。这是鲁迅小说史观的基本基调。

综上所述，我们可以这样来理解与把握鲁迅文学传统的特质与内涵。作为一个具有崇高社会理想的作家，鲁迅是愿意将文学作为武器，倾全力投身于民族与国家的振兴之中的，然而随着时间的推移，他也认识到这是"唯心"之论，文学的作用也只能如一箭之于大海；尽管作为一个杰出的文学史家，他深深地知道文学应该少劝惩，少教训，少教化，不过，在风沙扑面的虎狼社会，他又不愿意躲进象牙之塔，而放弃自己的社会担当。为此，鲁迅充满了矛盾和痛苦，满怀着激愤和忧伤。

最后，他将杂文作为自己主要的文学武器，像匕首和投枪，向罪恶的社会发出他的怒吼与控诉。由此，他的启蒙，他的为人生的文学传统，在后来的读者眼中，也愈益显得耀眼与夺目。

二

莫言比鲁迅小 74 岁。鲁迅去世 19 年后，莫言才在山东高密东北乡出生。然而，时间上的差异却并没有阻碍他们在文学传承上的紧密联系。

据莫言自述，七八岁时，他就开始阅读鲁迅了。"第一次读鲁迅是上小学三年级的时候。我哥放在家里一本鲁迅的小说集，封面上有鲁迅的侧面像，像雕塑一样的。我那时认识不了多少字，读鲁迅的书障碍很多。……但《狂人日记》和《药》还是给我留下了深刻的印象。……那时我自然不懂什么文学理论，但是我也感觉到了，鲁迅的小说，和那

---

① 《鲁迅全集》第 9 卷，338 页。
② 《鲁迅全集》第 9 卷，335 页。
③ 同上。

些'红色经典'是完全不一样的小说。"①莫言的大哥管漠贤是上海华东师范大学中文系的学生，热爱文学，他留在老家的是一本当年十分流行的《鲁迅选集》。而当时正是主题先行、文学中充满政治意味的所谓"红色经典"泛滥的时期，年少的莫言，准确地感到鲁迅的小说是与"红色经典"格格不入的。由此，引起了莫言对鲁迅的热爱与敬佩。

年岁稍长，到"文化大革命"时期，鲁迅的作品更是成为莫言的珍爱之物。"那岁月正是鲁迅被当成敲门砖头砸得一道道山门震天响的时候。那时的书，除了《毛选》之外，还大量地流行着白皮的、薄薄的鲁迅著作的小册子，价钱是一毛多钱一本。我买了十几本。这十几本小册子标志着我读鲁迅的第二个阶段。"②那是一个物质条件极其匮乏的时期，饿得连一顿饱饭都难吃上，然而，莫言还是节衣缩食，买了十几本鲁迅的小册子，其喜爱程度可见一斑。"这一阶段的读鲁是幸福的、妙趣横生的。除了如《故乡》《社戏》等篇那一唱三叹、委婉曲折的文字令我陶醉之外，更感到惊讶的是《故事新编》里那些又黑又冷的幽默。尤其是那篇《铸剑》，其瑰奇的风格和丰沛的意象，令我浮想联翩，终身受益。……一个作家，一辈子能写出一篇这样的作品其实就够了。"③对于鲁迅的敬意，溢于言表。

莫言最推崇的是鲁迅的短篇历史小说《铸剑》。他觉得这不仅是鲁迅最好的小说，甚至还是中国最好的小说。"第一次，从家兄的语文课本上读到鲁迅的《铸剑》时，我还是一个比较纯洁的少年。读完了这篇小说，我感到浑身发冷，心里满是惊悚。那犹如一块冷铁的黑衣的宴之教者、身穿青衣的眉间尺、下巴上撅着一撮花白胡子的国王，还有那个蒸汽缭绕灼热逼人的金鼎、那柄纯青透明的宝剑、那三颗在金鼎的沸水里唱歌跳舞追逐啄咬的人头，都在我的脑海里活灵活现。"④在空旷的田野上，莫言常常不由自主地如小说中的人物那样大声歌唱：阿呼呜呼兮呜呼呜呼——这是鲁迅的原文；后边是他的创造——呜哇啦嘻啰呜呼。歌声嘹亮、高亢，在莫言的引领下，几乎是半个县的孩子都学会了这歌唱。

对于群星闪耀的中国现代文学，莫言最佩服的是鲁迅和沈从文两位。他直言道："五四时期那么多作家，也就是鲁迅、沈从文可以称为文学大师。老舍就有点勉强，他的作品良莠不齐。张爱玲也很难说是一个大师级的作家。"⑤当时，他自谦地认为，即使再奋斗二十年，也不可能达到鲁迅的水准，而老舍嘛，奋斗二十年，可能与他有些作品一样好。他对鲁迅有着真切的了解与认识。"鲁迅一直是我们的榜样，但被误解甚多，

---

① 《说吧·莫言》(中卷)，371～372，深圳，海天出版社，2007。

② 《说吧·莫言》(下卷)，248 页，深圳，海天出版社，2007。

③ 《说吧·莫言》(下卷)，248～249 页，深圳，海天出版社，2007。

④ 《说吧·莫言》(下卷)，338 页，深圳，海天出版社，2007。

⑤ 《说吧·莫言》(中卷)，275 页，深圳，海天出版社，2007。

长期被当成棍子打人，其实，那些把鲁迅当成棍子的人，正是鲁迅深恶的。"①

1988 年，他在给张志忠所著《莫言论》所作的"跋"中，披露了一段他抄在红皮本子上的鲁迅语录，以此作为他对文学的理解："……文艺是纯然的生命的表现，是能够全然离了外界的压抑和强制，站在绝对自由的心境上，表现出个性来的唯一的世界。忘却名利，去除奴隶根性，从一切羁绊中解放出来，这才能成为文艺上的创作。必须进到与那留心着报章上的批评、算计着稿费之类的全然两样的心境，这才能成为真正的文艺作品。因为能做到的仅被心里燃烧着的感激和情热所动，象天地创造的曙神所做的一样程度的自己表现的世界，是仅有文艺而已。"②

这段被莫言作为座右铭抄在红皮本子上的鲁迅语录，莫言说是出自鲁迅翻译的一位日本文艺理论家之口，在他心灵深处感到"真是好极了"。在这段座右铭中，文艺是一种超越于名利、教化的纯然的生命表现，它不能算计"稿费"，也不必留心报章上的批评，而应该是"全然离了外界的压抑和强制"的自由心境的结晶。我们发现，被莫言奉若至宝的这段文艺隽语，是无功利的，非工具论的。在莫言文学观念的形成中，他吸收的是鲁迅文学传统中的一个方面。它不是启蒙的，也不是为人生的，而是"从一切羁绊束缚中解放出来"的纯正态度。

循此思路，莫言进而还思索起鲁迅作品的优劣，进行着高下之分。

他感到："……鲁迅是一个伟大的思想家，但是鲁迅这种伟大的思想是和他的小说不太相配的。鲁迅后期的杂文中的思想锋芒，看问题的透彻深刻，应该是超越了他前期小说的思想水平的。但由于种种原因，鲁迅没有写出和他后期思想相匹配的小说。"③他认为，伟大的小说都是思想大于形象的，作家未必要先成为一个哲学家和思想家才可以写作。他反问道：沈从文的思想先进、深刻吗？张爱玲的思想先进吗？深刻吗？然而，他们不都是照样取得了辉煌的成绩吗？他进一步断定："鲁迅不适合写长篇小说，就是因为他太有思想，思维太清楚了。长篇小说需要一种模糊的东西，应该有些松散的东西，应该有些可供别人指责的地方，里面肯定有些败笔，有些章节可以跳过去。"④鲁迅早在 20 年代中期就曾有创作长篇小说《杨贵妃》的打算，然而直到去世仍未动笔，原因肯定多样，但莫言指出的鲁迅过于深刻的思想，应该也是主要原因之一。对于历史小说集《故事新编》，莫言认为其中有《铸剑》那样极为出色的篇章，然而也有"败笔"："他经常把一己的怨怼，改头换面，加入到小说中去。如《理水》中对顾颉刚的影射，就是败

---

① 《说吧·莫言》(上卷)，106 页，深圳，海天出版社，2007。
② 《说吧·莫言》(下卷)，317～318 页，深圳，海天出版社，2007。
③ 《说吧·莫言》(上卷)，248 页，深圳，海天出版社，2007。
④ 《说吧·莫言》(上卷)，95 页，深圳，海天出版社，2007。

笔。……油滑和幽默，只隔着一层薄纸。"①

有发自肺腑的崇拜，也有自己冷静、清醒的分析，鲁迅文学创作中的经验与教训，构成了莫言在继承与接受时的重要借鉴。不过，对于同样也生活于纷繁复杂的现实生活中的莫言来说，他想始终保持文学上"绝对自由的心境"，其实也是不可能的。在这里，他也势必面临与鲁迅一样的困扰。他坦陈："我自己虽然非常清醒地知道，小说应该远离政治，起码应该跟政治保持一定的距离，但是在现实生活当中，会出现各种各样的情形，使你无法控制住自己，使你无法克制自己，对社会上不公平的现象，对黑暗的政治，发出猛烈的抨击。"②比如在 1987 年他所写的那部长篇《天堂蒜薹之歌》中，就以非常激烈的态度，对政治进行了干预。他以三十五天的时间，义愤填膺地写出这部为农民鸣不平的急就章。同年冬天，他有感于社会上流传"拿手术刀的不如拿剃头刀的，做导弹的不如卖茶叶蛋的"这么一种说法，以弱势群体的教师为内容，创作了长篇小说《十三步》，替教师说话。1993 年，在长篇小说《酒国》中，也有对政治的尖锐批评。他自述道："虽然用了曲折的笔法，但是作品骨子里还是表现了对社会上的腐败现象、腐败官员的一种深深的愤怒。"直到 2009 年，他在长篇小说《蛙》中，尤其是在最后一章的荒诞剧中，对计划生育造成的社会乱象加以讽刺与抨击。

在这里，莫言显然又回到鲁迅的又一个文学传统。他想创作一种超越的、闲适的、远离政治的作品，然而，现实的刺激却使他无法躲避、无法逃离。他发现，在这一文学传统当中，也仍然是鲁迅做得最好："……在这方面鲁迅先生做得最好，为我们树立了光辉典范。鲁迅是五四文学革命的主将，他对社会的批判、对旧的封建主义的批判、对旧文人的批判不遗余力，像投枪、烈火一样。但鲁迅一回到文学创作上来，他立刻又抛弃了口号式、宣传式、活报剧式的那种浅显，立刻直面人心，直视着人的灵魂。他把历史、革命作为背景来描写，他的着眼点，始终围绕那些处在革命浪潮中的人物，写人在革命中的表现、人在革命中灵魂所发生的变化、人在革命大潮中的命运变迁。"③具体到文学作品，莫言认为鲁迅的《阿 Q 正传》之所以能塑造出那样深刻的灵魂，就在于鲁迅掌握了文学的规律，没有像当时一批普通作家那样，写一种非常肤浅的图解革命的小说。而他 2001 年出版的长篇《檀香刑》，自己也承认"在构思过程中受到了鲁迅先生的启发"④他在小说中，将《檀香刑》写成了一个巨大的寓言，他觉得在人生的道路上，每个人都会在不同的时刻，扮演着施刑人、受刑人，或者观刑人的角色。在主题意向上，这与鲁迅

---

① 《说吧·莫言》(下卷)，244 页，深圳，海天出版社，2007。
② 《说吧·莫言》(上卷)，243 页，深圳，海天出版社，2007。
③ 《说吧·莫言》(上卷)，105 页，深圳，海天出版社，2007。
④ 《说吧·莫言》(中卷)，377 页，深圳，海天出版社，2007。

反复描写的"看客"心理直接相联。莫言认为，读者在对这三种角色不同心境的感悟中，自然会引发出"对历史、对现实、对人性的思考"①。

三

对历史、现实和人性的思考，自然牵扯到作者的劝惩、教训、启蒙和为人生。莫言对鲁迅文学传统的继承与吸引，自然也是丰富的，多样的。

2006年，也就是在莫言正式提出"为老百姓写作"口号的五年之后，他在一次与鲁迅研究者孙郁的对话《说不尽的鲁迅》中，对自己的主张进行了反思与修正。"严格地来讲，'为老百姓写作'这个说法也经不起推敲。因为目前，你不管承认还是不承认，肯定不是一般意义上的老百姓，跟我家乡的父老，还有城市胡同里的老百姓，还是不一样的。我之所以提出这样一个口号，是基于对我们几十年来对作家地位的过高估计，和某些作家的自我膨胀……"②也就是说，他提出这个口号并不是故意要与鲁迅有所区别，故意针锋相对。他仍然觉得无法超越鲁迅，无法摆脱鲁迅的文学传统对他的巨大影响。

不过，他也认为在人生理想与个性、习惯方面，各个作家都会有所不同。他觉得："有作家是愿意过寂寞生活的，不想参与社会生活，也有的作家非常热心于社会生活，愿意当人民的代言人。我可能介于两者之间。"③他认为前者如沈从文，后者如鲁迅，而他则是不前不后。这种折中、调和与公允，也使莫言的文学观念显得更为真切地贴近于文学，贴近于社会。他声称："我的意思是说，作家还是应该时刻提醒自己，使作品相对地超脱一点。即使要描写政治，最好不要直接去描写政治事件，而应该把事件象征化，应该把人物典型化。只有当作品里面充满了象征，你的人物成为典型的时候，这个作品才是真正的文学作品。否则的话，那些政治内容特别强烈的小说，很快就会时过境迁，价值大打折扣。"④

在这段近乎辩证的表述中，我们显然可以发现：其中有着对鲁迅文学传统与经验的借鉴与吸收；同时，也有着他自己个人独特的理解与创新。这应该是莫言与鲁迅文学传统同中有异的方面吧。

（原载《太原日报》2015年1月20日）

---

① 《说吧·莫言》（上卷），99页，深圳，海天出版社，2007。

② 《说吧·莫言》（中卷），384页，深圳，海天出版社，2007。

③ 《说吧·莫言》（中卷），38页，深圳，海天出版社，2007。

④ 《说吧·莫言》（上卷），244页，深圳，海天出版社，2007。

论乡土现代派
——以莫言、刘震云、阎连科为考察中心

苏沙丽

　　如果按流派的划分来看乡土文学的百年历史，大家熟悉的自然是以鲁迅及文学研究会为主的乡土现实派和以沈从文、废名为代表的乡土浪漫派，这两个流派开创了乡土文学最初的局面，在往后的岁月中也有长足的发展。前者以启蒙的眼光观看世界，在发现旧中国社会及其制度的恶习时，一同将乡民们物质与精神的贫困剥离出来，描写乡村现实，叙述乡村发展路径中的悲喜故事，20 世纪 40 年代及中华人民共和国成立后的"农村题材小说"，新时期的高晓声及众多 20 世纪 70 年代末出场作家的早期作品，直至当今"农民工"进城题材，亦可归属这一范畴。

　　基于乡土所表征的现实问题，其他的创作手法仍然无法轻易取代现实主义在叙写乡村时的表现力和穿透力。后者以审美视阈打量传统社会，用心来构建一个诗意的田园世界，与残酷而新异的现实场景隔离开来，浓郁的乡村风情、淡化的冲突矛盾，却还是难以掩饰一种文化的乡愁及无法言说的命运所带来的伤感，当代文坛的汪曾祺、迟子建大致也是属于这一风格，贾平凹 20 世纪 80 年代的写作亦难脱这一流派的影响。现实主义与浪漫主义是主导乡土题材写作的两大主力，它们风格的各异也正源于生发"想象"的思想资源的差异和不同的观看世界的方式，当然也有研究者将其看作是社会现代性和审美现代性的分野。至于现代主义，这一适宜于都市生长的创作方法，在中国有着时断时续的潜行发展，尽管从现代开始的第一代作家都或多或少地受其影响，但对乡土文学的写作而言，它似乎一开始就有着致命的缺陷。但是，1985 年前后，当代文坛以现代主义为方向的先锋实验对乡土文学写作却有着史无前例的影响，丁帆在《中国现代乡土小说

史》中是以流派及群体的方式来构建论述百年乡土小说的格局的，他以"先锋乡土小说"的命名来论述这一文学现象，在《中国乡土小说的世纪转型研究》中亦指出"对转型期中国乡村社会现实及其历史的'现代主义'表现"①这一写作现象。陈晓明在《中国当代文学主潮》中专辟有一章来讲述乡土文学，他看到了乡土小说写作的"现代主义"和"后现代主义"迹象，但和丁帆一样并没有给予这一写作潮流独立自主的身份。当然，在这里需要厘清的是"先锋派"，或者"先锋文学"的概念，它们更多的意味是一种文学革新与反叛的姿态，还无法指示其确切的内涵。相较之，"乡土现代派"这一概念我想可以更恰当地体现当时的先锋实验对乡土文学"改造"后的面貌，事实上，这一实验结果已完全颠覆了传统乡土叙事的范式及风格，乡土现代派在重新整合乡土资源——自身的乡土经验，诸如民间故事、戏曲、宗教等传统文化及叙事资源，在重写乡土历史的基础之上，以奇幻的想象替代逼真现实的体验，以审丑、反讽、戏谑等诸多现代主义技法的写意替代现实或浪漫主义的白描，以现代或后现代断裂的碎片化图景替换传统乡土叙事的整全描写，从而呈现荒凉、荒诞、黑色幽默、狂欢等美学特征。此外，这一概念也可表现在现实乡土社会发生巨大裂变时，乡土文学写作自身的内在更新与调整——这也是作家们所意识到的，不能再以鲁迅、沈从文的方式来进行当下的乡村叙事。乡土文学的现代主义写作倾向从 20 世纪 80 年代持续至今，从 1985 年莫言发表《透明的红萝卜》《红高粱》等颠覆之作，到 20 世纪 90 年代阎连科、刘震云同样以反叛姿态汇入这一写作潮流，在形成稳定的叙事方式和美学风格的同时，也产生了一些以现代主义为写作底色及窥看乡村社会的作家，这样一种文学现象，或曰潮流，始终处于一种"无名"状态，给以命名并非要界定一种僵死的框架，而是在将其纳入百年乡土书写的历程中，视其为一个独立的流派现象时，试图探讨它的发生及乡土文学叙事、美学风格的嬗变；内在隐现的知识者话语主体的变迁，对乡土大地的表现力和反思诉求在透析作品寓言性文本特征的同时，以期看取现代主义文艺下的乡村社会。

一

20 世纪 80 年代是西方现代派再一次在中国掀起译介及写作仿效的高潮阶段，与其说它带来了写作形式及审美经验的别样风格，不如说它带来的现代性体验更为中国作家与读者震惊和感应。受启蒙或政治意识形态深重的"乡土"叙事，同样有了感官开放、思维顿开的新体验，也在不时地冲撞着传统思想与话语体系。现代主义所主导的变革中的

① 丁帆、李兴阳、黄轶：《中国乡土小说的世纪转型研究》，10 页，北京，人民文学出版社，2013。

乡土叙事从"村庄"这样一个意象的变化就可以感知到。"高密东北乡""耙耧山脉""延津"这样的地名，频繁出现在乡土现代派的作品中，却无从寻觅像"鲁镇""湘西""马桥"这样的文学世界所体现的地域和民风习俗特征，人物也大都不是按现实日常的逻辑来勾勒，看似有着传统叙事结构的存在，却也是另一种精神变形。村庄是被贫穷、疾病、不可知的运命、权利、政治、金钱的梦魇所主宰，这仿佛是可以触碰到的现实，却飘忽着神奇鬼怪的神秘与狂想色彩，不时地散发荒凉、荒诞的冷硬气息。地域色彩的淡化或消失，与之相应的是家园感的缺失，这仿佛贴近时下的乡村社会给人的感觉。

为何会有这样的差异与转变？我想这不仅仅是写作方法的更新所带来的变化，作家们所置身的社会现状的变迁，更有着一代乡土作家自身的情结，与他们乡土履历中所遭受的创伤性经验有直接关联。有研究者认为"作家获取经验的途径和方式，作家所置身的思想文化与文学艺术语境，乡土小说与其主要阅读接受对象之间的关系，是制约着20世纪我国乡土小说创作的至关重要的三个层面"[①]，从作家获取乡村经验的途径，还有从接受的思想背景来同化这些经验进行写作的方式来看，我想大致可以把乡土作家分为四类。一类是鲁迅和沈从文这种，出生于小康家庭，对于乡村社会的病症及疾苦并没有直接的经验；一类是赵树理、周立波这种，出生于农家，对乡村生活有一定体验，但当他们带着政治任务以干部的身份重新进驻农村的时候，写作也带着政治意味；一类是韩少功、张炜这种有过知青经历的作家，他们是以先入为主的城市文明来窥看乡村文明，同时也享用这些资源；最后一类就是莫言、刘震云、阎连科、贾平凹这样的，在乡村生活了近二十年，他们在乡村的时间，正好是中国摸索着走在社会主义道路上的前二三十年，政治上的频繁运动，物质上的极度贫穷，作为支持国家及城市建设的社会底层，政治与物质上的境遇对人精神的重压是可想而知的。他们回忆年少经历的文章里大多是对饥饿、贫穷，对城乡分割的社会制度及无端压制下人的无力且无力反抗的困窘状态的讲述。阎连科就说过"我从小就崇拜三样东西：一、城市；二、权利；三、生命，即健康，或说力量。"[②]这大约可以视为这一代人的精神创伤体验，当他们以考学或者当兵的机会迫不及待地逃离乡村时，乡村的经历让他们早已完成了对中国式的乡村与城市制度、人性的认识，由此也形成了最初的文学世界雏形。文学改变了这些人的人生轨迹，他们却也从此无法再走出乡村的视线。如果要说思想资源，启蒙的影响早已式微，对乡村的浪漫怀想更是因着一代人的苦难经历而变得荡然无存；至于文化资源，更多的还是传统的、传奇与乡野的，从他们的作品中也无从寻找80年代"文化热"所留下的思想痕迹，至于后来看到的西方现代派作品，他们汲取得最多的是一种技法，是如何挣脱社会主义

---

① 范家进：《现代乡土小说三家论》，19页，上海，上海三联书店，2006。
② 阎连科：《拆解与叠拼——阎连科文学演讲》，13页，广州，花城出版社，2008。

现实主义缰绳的冲动，是面向大地的灵感激发，里面的哲学思想我想对他们并无多大的冲击，他们所历经的在往后岁月中仍需面对的乡村现实，就是他们写作的最大哲学——尤为明显的是，他们所经历的泛政治性的乡村生活仍是主导他们写作的创伤性经验。在弗洛伊德看来，这种在很短的时间内在心灵上呈现出刺激的创伤，过于强烈而无法以正常方式处理或处置，必然引起动力作用其中的行为方式的永恒骚动。乡土现代派的写作大概就可以看作是对这样一种永恒骚动的回应。

此外，来自乡村的不能替代的实感及体己经验，也让他们在一批先锋，或者说寻根作家群里显出了异样，这种实感经验一面是来自劳动的体验，另一面则像是沈从文在自传里所提到的大自然及大自然对想象力的长养——我读一本书同时又读一本大书，我上许多课仍然不放下那一本大书。同为乡土寻根，比较像韩少功《爸爸爸》《女女女》，李杭育《最后一个鱼佬儿》等人的作品，大多都是在用知识者的话语讲述外来者眼中的乡村故事，多少有点像当年鲁迅《故乡》中"我"的回乡经历，有一点企盼，亦有些沉重与彷徨。隔膜自不待言，关键在于这是另外一种回乡理路。莫言的《透明的红萝卜》《红高粱》，却让人看到了如此敞亮而生机勃勃的乡村世界。前者，以黑孩的视角一面回到贫穷、孤独的年少经历，那些体己的经验不禁让人觉得有些忧伤；一面在意象中将孩童眼里五光十色的世界呈现出来，如此虚幻而又如此真实。后者，与其说改写了战争小说的书写范式，不如说将乡村世界的真性情、力与美大胆挥洒了出来，一改受压抑的卑屈形象，力与美在凸显同时，也"刷新"了有关中国的形象。

然而，这一批作家的特殊性不仅在于他们经历乡村最为贫穷、受意识形态钳制最为深重的阶段，还在于他们所目睹的乡村社会的现代化改革进程。从这一点来看，他们或许也是最后一批有着比较完整的乡村经验的作家。相较之现代作家，他们可能更深刻地体验着乡村与城市改革所带来的病症及繁荣幻象，不曾想在屡经战争和政治动乱后20世纪末的乡土中国，迎来了现代化进程对其最本质的动摇，甚至摧毁。社会学家严海蓉曾以"虚空的主体"来看待当下的乡村社会，它不仅是被抽空了劳动力、乡村精英群体而沦为空巢，而且也掏空了安放乡愁与家园感的乡风民情及伦理信仰。一边是虚空的主体，另一边则是被带上城市现代化的急速列车，中国乡村社会前现代、现代、后现代的图景交错呈现的是种种无法名状的断裂与芜杂。如何理解，又如何叙说？

于此，由过往及当下的现实，或许也就可以理解乡土现代派笔下频频出现的对政治文化、权利、历史的痛切反省，对政治、经济的无名状态下人性的扭曲与变异的无情揭示，对乡村混杂状态魔幻现实般的影像呈现。

"村庄"意象异化的背后也有着知识者（作家）话语方式及主体情感的变迁，在不少以往的乡土文学作品中，如鲁迅的《故乡》、韩少功的《归去来》、张承志的《黑骏马》，包括农村题材小说，如周立波的《暴风骤雨》《山乡巨变》，我们都能感知到一种作为知识者视角的存在——知识分子与农民视角的互参，从某种意义而言，也决定着乡土文学叙事所达致的深度与广度。他们大多遵循着"出走——回来——离开"的叙述模式，这可以象征一代又一代知识者对乡村的惯常情感，他们对这片土地的牵绊维系着他们个人的精神家园，始终处于一种不舍不忍离弃且无法安然释怀的矛盾纠结中。在乡土现代派作家这里，作为知识者的话语主体已经被消解，即便是在刘震云的《故乡面和花朵》中有小刘儿这样一个小文人的叙事者存在，却也是被消解了传统意义上的身份及其内涵，变成一个对功名上进伺机行事的叙述者；《蛙》里的叙述者蝌蚪也莫不如此，面对如军令一般的政治性任务"计划生育"政策的实施，即使妻子王仁美遭遇生命危险，也只能屈就于现实，他是社会中一个被驯化的卑微、矛盾的个体。大多数时候，叙事主体要么是隐含着的；要么只是作为一个讲故事的人的存在；要么以动物的口吻出现，叙事者已然不再表明一种情感和立场。

莫言曾在与王尧的对话录中提到"超越故乡"的观点，从叙事资源来讲，"超越故乡的能力也就是同化生活的能力"，[①] 以想象力来充实可以作为叙事的经验，叙事的对象也就不再局限于一个有实在地理位置的地方，飞升的想象替代了实有的经历和体验，"村庄"仿佛只是沦为作家们生发想象的背景空间；而从情感态度上来说，"超越"也就意味着作家不再带着一种特殊的情感方式来写作，即将乡土视为唯一的精神家园。莫言在《红高粱》里的这段话早已彰显不一样的乡村情怀，"高密东北乡无疑是地球上最美丽最丑陋、最超脱最世俗、最圣洁最龌龊、最英雄好汉最王八蛋、最能喝酒最能爱的地方"。[②] 事实上，乡土现代派作家对乡村的情感往往趋于辩证而理性，甚至警惕一种精英贵族式的怀乡病。刘震云就说过："从目前来讲，我对故乡的感情是拒绝多于接受。我不理解那些歌颂故乡或把故乡当作温情和情感发源地的文章或歌曲。因为这种重温旧情的本身就是一种贵族式的回首当年和居高临下同情感的表露。"[③]从百结愁肠的"地之子"转变为一个作为老百姓的、作为公民的——"丢掉知识分子的立场，用老百姓的思维来思维"[④]，但仍然秉承良知的写作者，对"作家"的身份与职业更为自觉，抑或可以这样理解，知识分子的角色只是内隐于作品当中，不再是像启蒙时期所赋予的高扬的主体那样，俯瞰乡村社会。

当知识者的话语主体与气场被消解，或者根本不存在以后，意欲走出知识分子视阈的民间，又当呈现怎样的情状？我以为乡土现代派始终在寻找一种能表征民间社会的生

---

① 莫言、王尧：《莫言王尧对话录》，204 页，苏州，苏州大学出版社，2003。

② 莫言：《红高粱家族》，3 页，北京，作家出版社，2012。

③ 刘震云：《整体的故乡与故乡的具体》，载《文艺争鸣》，73 页，1992(3)。

④ 莫言：《作为老百姓写作》，见《碎语文学》，70 页，北京，作家出版社，2012。

存与精神状态，并且寻找与其相匹配的表达形式，而这样一种努力的基点是以理解并尊重一种生存的局限开始的。这表现为，一是，还原乡村的生存状况，并且是以感官的全然开放来接通这些生老病死带来的病痛与战争动乱带来的灾难，真正为一种生命本体的受难。二是，还原乡村文化，特别是那些神秘的，看似不真实的，却在乡村有着"信仰"地位的民风习俗。这些乡风特征不再是作为勾勒乡村破败场景、刻画人物精神面貌的有力道具，只是作为背景存在着，不标明价值判断，它们本来就是与乡村社会融为一体的。三是，试图探寻并还原乡民们那些千年不变的精神忧伤，刘震云的"说话"系列有意回避历史和时间的痕迹，却在絮叨的语言中传达出了乡民们不变的思维运转方式，如果说吴摩西、牛爱国的经历道出了来自生命本然的缺憾，那么李雪莲纠结于"我不是潘金莲"的上访辩论中写出的却是一种无奈的乡村政治现实，被侮辱与被损害的精神个体无法走出一条"理路"有强烈的自我意识的乡民与国家意志之间的冲突营构的怕也是像卡夫卡的《城堡》一样的困境。

因而我们也能够在乡土现代派的写作中看到更为丰富而立体的民间社会：它是充满野性生命力的，如莫言的；是肮脏丑陋的，充满着人性的心机与争斗，如刘震云的；也是充满着神秘与狂想，还有政治意味的，如阎连科的……总之，乡土现代派笔下的乡村世界已然不似浪漫派的单纯或者可以作为写实派笔下纯粹的社会现象图。

二

鲁迅先生在最初定义"乡土文学"时这样写道："蹇先艾叙述过贵州，裴文中关心着榆关，凡在北京用笔写出他的胸臆来的人们，无论他自称为用主观或客观，其实往往是乡土文学。"[①]来自时空的阻隔，记忆与现实之间的屏障，身份的转换也就带来书写的隔膜与悖反。他最初的乡土小说里就有着"乡土"与"现代"之间的诸多悖论，《故乡》的结尾是颇为伤感的，而又耐人寻味的；《祥林嫂》中"我"对"魂"之问的无从把握亦有着作者对启蒙的犹疑。这与其说是乡民们处于"现代""启蒙"的蒙昧状态，毋宁说是知识者本身对"现代"的无从判断。由"城——乡"的视阈牵连出太多二元对立结构——传统与现代、东方与西方、上层与下层、中心与边缘、庙堂与民间、知识分子与大众（底层），往后的乡土小说家无疑不陷入这样的结构中不能自拔，从这样的思维惯式中延续对乡土中国的思考。因而，无论是鲁迅、沈从文明显带着知识者路径的还乡，还是莫言、阎连科、刘震云力求站在老百姓的立场叙说，都无法轻易摒弃作为写作者（知识分子）的一种价值追求

---

① 鲁迅：《〈中国新文学大系〉小说二集序》，见《鲁迅全集》（第6卷），247页，北京，人民文学出版社，1981。

和精神诉求，说到底乡土文学始终是作为知识者的怀乡、还乡之旅，其实也就是在呈现作家们所理解的中国乡土社会现代性进程中的历史、现状及其悖论性——物质进步与精神提升的两难、以发展为目的的现代逻辑和与闲适为生活本质的田园梦之间的抗衡较量、以技术信息为导向的现代文化与以原生态为依凭的自然风向之间的巨大差异及失衡。在诠释这样一种"悖论性"时，至少暗藏着三种话语的冲突，精英（知识分子）话语、民间（大众）话语、官方（政治）话语，正因为有悖论性，有话语冲突，有二元结构的思维存在，鲁迅的小说里有知识者无处安放的启蒙，还有无法给予出路的彷徨，于己于他都一样存在；沈从文的小说里有明显的城乡对立的美丑善恶之分，他自称"乡下人"的宣言里并非全是矫情，其间自有他对一种文明的自信与期待；赵树理的小说中也曾刻画固守传统生活方式，不愿意配合社会主义生产方式的"中间人物"。如果说很多时候作家大多将"乡村"置于与"现代"对立的角色，关注的是如何现代、怎样现代的问题，或者乡村如何持守传统文明的问题，那么在乡土现代派这里则是对基于乡村现代化实验的全盘反思，他们遁入的是"历史——现实"的视阈。他们关心的重点不再是哪种文明孰优孰劣，而是在承认乡村进化史，也就是对传统文明和踏入现代时间以来的历史进程所积累的问题及病症的关照，一方面想要揭示中国乡村现代性历史的整体性面貌，探其历史的力量对现实的影响；另一方面又要截取发展中的片断或时刻，由历史抵达现实，由现实穿透历史。

我想没有哪一个时期的写作，像乡土现代派作家这样深广地触及乡土社会的历史，对历史的重新书写来自年少时创伤性经验所迸发的忧患意识，同时，也怀揣着先锋文学实验所给予的对传统历史观念质疑与改写的勇气。单就莫言而论，他一个人的作品就足以去窥看乡土中国百余年的历史《丰乳肥臀》以一个母亲的受难史，一个大家庭的分分合合来浓缩中国百余年的政治社会历史情状。《檀香刑》以清末纷繁动乱的历史为背景，讲述对一位反殖民斗争的艺人孙丙实施酷刑的故事，地方戏"猫腔"的贯穿将大历史叙事下的民间社会剥落呈现。《红高粱》涉及的是民间抗日战争的故事。《生死疲劳》以在土改中被枪毙的地主西门闹六道轮回的视角来窥视政治运动和改革开放下的乡村社会和世道人心。晚近的《蛙》触及从 20 世纪 70 年代开始实施的近三十年的计划生育政策。刘震云的《故乡相处流传》将笔触带到明清直至汉朝的久远年代，以讽喻的笔调写了一场历史名人的滑稽剧。《故乡天下黄花》选取的是民国初年、1940 年、1949 年、"文化大革命"四个具有代表性的时间点来照看权利政治的社会历史景观。《一九四二》写到 1942 年发生在河南的大饥荒。阎连科的《受活》提及 20 世纪 50 年代互助组时期，《炸裂志》以给炸裂市编写地方志的方式来回顾一个村庄的现代发展进程……与此前有目的带着进化论意识的历史叙事相反，在这些作品中历史的背景并不完全是要展现乡土历史的宏大波澜，激荡一种民族自豪感。

乡土现代派的历史内涵用另外两个词代替，那就是"身体受难"和"精神残疾"。一方面，描写的是来自生命本体的受难，也就是极致环境下人的生命感官所遭受到的饥饿、酷刑、灾难等，在乡土文学史上，只有少数几个作家写过来自生命本体的磨折感受，如萧红在《呼兰河传》里有过对乡村妇女身体病痛的书写，这也确曾是在乡土文学史上最为欠缺的，生命意识的高扬，恰恰也是乡土现代派在转换视角之后，将乡村作为受难的主体而非客体，接通了最为有质感的乡村疼痛。较之以往的乡土作家要么是写乡民们的精神病症，要么是写物质的贫穷，趋于一种符号性的象征表达，这之间有着本质的不同。另一方面，乡土现代派刻画了一群人精神的畸形，甚至到残忍、怪诞、荒谬的地步，这并非停留在某种思想的捕风捉影，这种变异或精神的不健全来自一种文化历史阴影的作祟，如刽子手的哲学；来自各次政治运动所残留下的思维及心理戕害，如《受活》里的茅枝婆、柳鹰雀，《蛙》里的姑姑。身体的苦难、精神的畸形与现代化的进程相关，更确切地说它带着鲜明的中国式的问题，因而对一种基于现代性的思维及制度的反思和批判也就难以避免充斥在作品中。"当代中国城乡之间的矛盾冲突不能仅仅停留在一种二元论的文化冲突模式上，而必须撇开这种人为制造的文化冲突模式，深入到具体的社会背景中去揭示城市对乡村的'恶'的具体内容，否则，无论称城市为'恶'或'善'都没有切实的内容"。① 诚哉斯言。阎连科在这方面的警醒反思尤为明显，《日光流年》里几代人不惜人力物力财力，甚至是付出生命来凿引水渠，只为能活过由"喉睹症"所导质的40岁的生命年限，而最后得到的水渠则是一条早已发臭受污染的水沟。《受活》里有着不少对立的结构，受活庄与外界，残疾人与圆圈人，我以为恰恰就可以把这样的结构看作是中国语境中乡村与城市的关系——城市对乡村的掠夺，乡村来承担发展的恶果，这种关系的不平等长期存在，以至于变成一种天然合理的社会结构模式，甚至是思维习惯，以至于往往也就忽视了乡村的角色及悲剧，全然不顾乡村也许有着与城市不一样的发展路径。

诚然，乡村一直是现代性进程中的孱弱个体，无法把握自己的命运，它终归只是这一场改革游戏中的配角，但是乡土现代派也并不回避乡村自身追求"现代"的天然情结。乡村在以自己的方式积极向城市化靠拢的同时，人性之恶、权利之争同样以狰狞的面目抖露出来，更何况中国式现代性思维一直在起着作用。在刘震云的小说里，朝代政权的更迭只不过是因为打着幌子的一己私利，因为一个女子，或者为了不再饥饿的本能欲求，而在阎连科的作品里，为了致富、发展，村民们可以不择手段，如《丁庄梦》中村民们为了致富盖高楼开始卖血，"卖血"从一种不得不为之的生存手段上升到一项政策，甚至是一种"德行"。《炸裂志》中乡民们正是通过扒火车上的货物来变卖，以此完成资本的

---

① 杨扬：《城乡冲突：是文化冲突，还是一种权利秩序》，见《月光下的追忆》，9页，济南，山东友谊出版社，1997。

原始积累，在通往城镇、大都市的宏大梦想的路途上，乡村失去了自己的个性和原初拥有，在城市长期压制下暴发非常态的力量，这是否也是现代性逻辑主导的恶果呢？

正因为乡土现代派并没有将"城与乡"简单置放于"传统与现代"的对立矛盾中，并非单一地指向"城"与"乡"所代表的文明的优劣——"乡村"并不是作为一个乌托邦的存在，一块净土，它承载苦难，也有自己的坚忍与懦弱；它固然是传统文化的沉积之所，却同样有人性的狰狞和权利的苟合。乡土现代派历时性地看泛乡土化的社会，因而"乡村"与"中国"的形象是可以画上等号的，它所要表征的更多是带上"中国"烙印的问题，从人性、权欲、制度等来考量整个民族社会现代化进程中的历史伤痕及积弊，也以更多的笔墨来思考和观照乡土社会直至当今依然重要的命题：乡村与政治、土地与人。这承接鲁迅对国民性的批判——立国先立人，却也接续沈从文对现代文明的隐忧——为人类远景而凝眸。有论者在评价阎连科的作品时说，他的先锋性让人觉得鲁迅与沈从文讲故事的方式都已是 20 世纪的事情了，我以为乡土现代派的先锋性并不完全在于他们讲故事方式的革命性意义，而在于他们对传统积弊和"现代"悖论性考察的全面与彻底，思想的先锋穿透鬼魅丛生的历史及目障眼迷的当下，乡土现代派的写作有一种难以言状的悲怆与厚重感。

三

从现实主义到现代主义，文学更关注内心，无意识及神秘文化的力量，但是对现实的关注并没有因此而减弱，乡土现代派亦如此。马尔克斯在谈到"魔幻现实主义"这样一种文学实验时，说："我没有任何创新，只不过吸收和记录了许多带有预兆的现象、民间疗法、先兆、迷信；这些都是我们特有的，拉丁美洲特有的。"与此同时，他以为"虚幻只不过是粉饰现实的一种工具。但是，创作的源泉永远是现实"。[①] 面对现实，回到我们所置身的时代及更为本土的现代性历程，不禁想问，我们这个时代的写作有怎样的精神依凭和旨趣？怎样的乡土书写才能表征我们这个时代？

如詹明信所说："现代主义的时间观念是一种新的历史经验的产物。"[②]理解这样一个"进化"的时间段也许并不是难事，困难的是如何适应这个由信息科技革命所带来的社会结构与生产方式的转变，面对现代主义和后现代主义纷至沓来的异化和焦虑的经验，更大范围内浅薄的狂欢、快感，真正一种坚固性东西破碎与消解所带来的虚无。这与晚清

---

① 加西亚·马尔克斯：《番石榴飘香》，见《现代主义文学研究》（下），893 页，北京，中国社会科学出版社，1989。

② 詹明信：《晚期资本主义的文化逻辑》，297 页，北京，生活·读书·新知三联书店，1997。

"三千年未有之大变局"所带来的对国家与个体意识的冲击又有所不同，20 世纪 90 年代以来的社会转型对传统结构的变革、自然生态的影响显然更为深刻。作家们同样无法摆脱解释现状的困惑和迷惘，"我还是喜欢这个时代的。但是面对这样一个时代，说喜欢又太简单了。我觉得还是有一种惶恐，也是茫然……一切都更替得太快，让人没有任何的成就感，任何事物都好像在匆忙地更新时代。"① 乡村在这其中的境况正如前面所提到的乡土现代派作家所经历的乡村的现代性改革进程，乡村的沦落或暴发，城市化的旨归在一点点耗散乡土的风景人情，却还是无从"进化"思想和人性。新的历史经验的开启，乡土作家们确实也难以再用先前的方式来讲述乡土大地上所昭示的变与不变。无论是鲁迅和胡风最初倡导的批判现实主义，还是从解放区就已开始践行的社会主义现实主义，抑或带着哀愁的浪漫乡村物语，都无法酣畅淋漓地表现转型中的乡土中国。他们对"方法论"焦虑的核心是如何表现一种基于现代主义或后现代主义时间观念的"现实"及"真实"。正如罗伯·格里耶所说，"我们之所以采取不同于 19 世纪小说家的形式写作，并不是我们凭空想象出了这一形式，首先是我们要描写和表现的人的现实和 19 世纪作家面临的现实迥然不同。"② 因而，我们也得以看到一些中国作家的变革，莫言从拉丁美洲的魔幻现实主义中汲取灵感，自觉地改造中国民间资源，2012 年他获得诺贝尔文学奖时，授奖词中亦提到他的作品是"将魔幻现实主义与民间故事、历史与当代社会融合在一起"。"我的政治观点、历史观点，我对社会的完整看法，已经在小说里暴露无遗了"。③ 现实无疑是激发他创作的最初和最大动力，阎连科亦如此。尽管他多次直陈自己对现实主义的背叛，不满现实主义对写作的局囿，因而不再寻求一种外在的真实，而是一种"神实主义"——"在创作中摒弃固有真实生活的表面逻辑关系，去探求一种'不存在'的真实，看不见的真实，被真实掩盖的真实。它与现实的联系不是生活的真实直接因果，而更多的是仰仗于人的灵魂、精神和创作者在现实基础上的特殊臆思"。④ 刘震云的新写实主义回避情感的介入，在日常的面影中将人性与生命的常态剥示，这样的姿态其实一直贯穿在他的"故乡"和"说话"系列作品中。这一批乡土现代派作家想要做到的是现代主义或后现代主义与现实主义的合谋，不甘于模仿现实，而又不愿沉静于一种幻象，他们的身上其实背负着诠释乡村现状和写作方法革新的双重焦虑。

那么，我们究竟该以怎样的方式记录这个时代？尽管现实仍然是写作的最大动力，对基于接近真理或真相有着无尽的渴求，再加之对一种传统现实主义束缚的反叛，但乡

---

① 张旭东、莫言：《我们这个时代的写作》，216 页，上海，上海文艺出版社，2013。
② 转引自格非：《小说叙事研究》，9 页，北京，清华大学出版社，2002。
③ 莫言：《碎语文学》，222 页，北京，作家出版社，2012。
④ 阎连科：《发现小说》，181 页，天津，南开大学出版社，2011。

土现代派呈现出来的"现实"，又往往是扭曲与变形的，他们通常以超现实、离奇、夸张、怪诞、讽刺之法把事件推向极致，从而使它明显成为荒诞不经的、不合常规的，由此反衬出真理性正确的东西。阎连科是这样来理解这样一种变形的途径："在日常生活与社会现实土壤上的想象、寓言、神话、传说、梦境、幻想、魔变、移植等，都是神实主义通向真实和现实的手法与渠道。"①这也就涉及乡土现代派文本的共同特征：寓言性。《丰乳肥臀》《受活》《炸裂志》《日光流年》《故乡面和花朵》……这些作品无不是一个个寓言的讲述，我们当真再难以见到一个单纯性的文本，寓意俯拾皆是：丰乳肥臀的母亲形象蕴含多重旨意，像"上官金童"这样的怪异之人则隐匿着作者对民族精神之"恋乳癖"的发现，对精神成人的吁求；"残疾人""圆圈人"各有指代，哪怕是一个人名、一个活动情节都有所指，至于在这片大地上所生发的一切战乱灾难、历史事件、权利之争，皆有可能是影射民族形象和民族性格的必要背景。乡土现代派往往会给予这些寓言文本一个开放的结构空间，如索源体、书信体、戏曲说唱；或多条叙事线索并进，比如《蛙》《檀香刑》《炸裂志》《受活》等作品，然而也就是在这样多重时空的立体状态中，历史不再是单一平面，而是在历史与现实之间敞开对话；话语也呈现复调叙说，官方、民间、知识者的话语往往齐齐登场；叙事虽不完全指向现实，却将现代及当下乡村社会纷繁杂乱且暧昧不明的图景——呈现。现代性进程中乡土社会的现实语境与现代派的幻景在这里找到了一种相互融解的方式。

由此，从这些作品中有意所揭示的乡村风景的变异与怪异也就想到马歇尔·伯曼在《一切坚固的东西都烟消云散了》一书中所提到的现代主义的两极，先进民族国家的现代主义和起源于落后与欠发达的现代主义，前者建立在经济与政治现代化的基础上，后者"被迫建立在关于现代性的幻想与梦境上，和各种幻象各种幽灵既亲密又斗争，从中为自己汲取营养"。"孕育这种现代主义成长的奇异的现实，以及这种现代主义运行和生存所面临的无法承受的压力——既有社会的、政治的各种压力，也有各种精神的压力——给这种现代主义灌注了无所顾忌的炽热激情"。② 回想我们一百多年的现代历程，与西方的波德莱尔、卡夫卡书写城市现代性、工业革命所带来的身心异化的体验相反，中国作家对现代性的书写与传达往往是通过乡村在以城市为目的的现代化进程中的境遇来达致的，城市是一个参照系，主角依旧是乡村。乡村本身在精神与物质两方面的裂变正可表征中国现代性进程上的典型特征，事实上，乡土文学也一直在无形之中承担着描绘现代性图景、传达现代性体验及反思现代性的任务，这是具有中国色彩的，或者说第三世界国家的现代性。造成这一局面的原因或许不仅仅是因为现代主义这一思潮及写作手法在

---

① 阎连科：《发现小说》，181 页，天津，南开大学出版社，2011。

② 马歇尔·伯曼：《一切坚固的东西都烟消云散了》，304 页，北京，商务印书馆，2003。

现代伊始的文学场域中受压制的遭遇，城市文学在与乡土文学相颉颃中的弱势地位，更重要的或许在于中国现代化本身所需累积的不同阶段，作为第三世界国家现代化进程的艰难性与别样性，还有乡村所意味的丰富内涵：它毕竟集结着中国最大的现实，仍是众多人撩拨乡愁的心灵家园；它是传统文化的最后栖身之所，它的消逝与沦落同是一种无法挽回的现代性体验；它不得不面对的自身转型，恰恰也是中国最艰难的改革之举。如果说"无论欧美还是汉语知识界，一百年来关注的实质性问题是现代现象"，[①] 那么，中国的具体问题则还是以乡村所代表的传统社会如何在现代的革新中裂变与新生，有社会文化制度的，亦有人性人心的。乡土现代派只不过将一种现代性体验推进到不远的历史前沿和时代感颇强的当下，将那种晦暗与芜杂，破碎与喧闹，血腥与痛楚一一揭示，这之中当然也夹带着作家们无力解释现状的一种混沌感。然而，也正是这样的寓言性文本，为我们这个时代的风景及思想提供了见证。

（原载《南京社会科学》2015 年第 1 期）

---

① 刘小枫：《现代性社会理论绪论》，1 页，上海，上海三联书店，1998

细读《透明的红萝卜》："童年的爱情"何以合法

张清华

现代以来中国人思想的解放也许是从"性解放"开始的。这个"性解放"不是指单纯的性行为，而是指关于性的观念的变化和解放。在文学领域中更是这样，自从弗洛伊德的以性学为基本对象的精神分析学引入之后，小说才发生了根本性的变化。也可以这样说，当代中国文学受到西方现代哲学思想影响最早和最大的，首先是以弗洛伊德为代表的精神分析学。因为它鲜明的"反伦理学"色彩，将人纳入"人类学"视野中予以研究的方法，对于改造我们原先简单的社会学阶级论、庸俗道德论视野与方法，都具有直接的瓦解作用。换言之，在许多作家接收了精神分析学理论之后，当代文学才走出了狭隘的观念误区。

但这个过程并不是一帆风顺的，20世纪80年代的观念禁区实际上还相当多。因此，作家在书写其新的观念、表达其对人性的隐秘探求的时候，实际上常常是过于迂回幽曲、绕道而行的，因此，在当时的很多作品虽然获得了巨大的成功与反响，也在事实上成了经典，但当时的人们并不能清晰地对其予以把握和解读，类似莫言发表于1985年的《透明的红萝卜》就是一个例子。虽然人人都说好，但却不能说出好在哪里，小说究竟写的是什么。这是很有意思的事情，"小说家比我们知道的多得多"，甚至比理论界所理解的深度还要深，他们更像是"弗洛伊德在中国的传人"，这成了一个我们不得不面对的一个事实和一个困境。因为很显然，迄今为止，也并没有批评家和专业的读者对莫言的这个成名作给出令人信服的分析，告诉我们其中究竟写了什么，他们告诉我们的只是一个"好"。这也表明，压抑不只是文学创作的动力，而且也是批评产生的阻力，我们出于对于某些观念的忌惮，不敢说出作品的真相，或者干脆失去了阐释的敏感和能力。

假如我们还要稍微回忆一下中国当代文学的进程的话，"文化意识的觉醒"也是至为关键的，而精神分析学是文化人类学最重要的方法基础和组成部分。如果说弗洛伊德本人的理论由于其过分的"生物学方法"的色彩而引起了人们的歧义和诟病的话，以它为基础的文化人类学则使这一理论走向了更加宽阔的空间。正是文化人类学、民俗与宗教学的理论视野，才全面开启了1985年小说历史性变革的进程，寻根和新潮小说的热潮才可能出现。这一过程无疑是从弗洛伊德的学说开始的，包括王蒙等在内的许多老一代作家都曾在作品或言论中大谈弗洛伊德主义，而且也是他们最先倡导了"意识流小说"——尽管还只是"结构形式意义上的意识流"，而不是真正"切入了潜意识场景的意识流"。在之后的新潮小说运动中，精神分析学显然已成了文学界冲破精神禁忌的首要的思想武器。到了莫言这代作家，一出手就已经纠合了复杂的精神分析方法——顺便说一句，他在1986年发表的中篇小说《狗道》，不但堪称是一篇典范的从动物眼光反观人类的"准人类学文本"，而且文中干脆已出现了"狗群的集体无意识"之类的说法，这表明，莫言已经有些娴熟且调侃地在使用精神分析理论了。

与作家在创作中所做的工作不一样，批评家是要把作家花费了很大气力"隐藏"起来的东西找出来，同时还要把作家"无意识地嵌入作品中的无意识"也要挖地三尺。但这并不意味着批评家对作家作品中的无意识内容的解析，是一种"可验证的分析"，而归根结底只是一种猜测，包括它们是否是弗洛伊德理论"影响"的结果，也都属于臆测之列。精神分析学才诞生了一个世纪，而无意识的历史却与人类的历史一样长。这就像弗洛伊德用安徒生的童话来解释和佐证他的学说的例子一样，安徒生比弗洛伊德早生了半个世纪，但弗洛伊德却用他的有关"赤身裸体的梦"的分析理论，来解释了《皇帝的新衣》这篇童话中广泛的人类心理基础：人们梦见自己"在陌生人面前赤身裸体或穿得很少"，"梦者因此而感到痛苦羞惭，并且急于以运动方式遮掩其窘态，但却无能为力"。"基于这种类似的题材，安徒生写出了有名的童话……由于这纯属虚构的衣服变成了人心的试金石，于是人们也都害怕得只好装作并没有发现到皇上的赤身裸体"。"这就是我们梦中的真实写照"。[1] 这种解释无疑是敏锐而且深刻的，但却无法得到"证实"。事实上精神分析学之所以有如此深刻的认识力量，这种"无法对证"的体验与猜测的基本方式，及其易于被反诘和怀疑的矛盾和悖论也是一个原因。对作家来说，他并不一定要按照这些理论的具体"指导"，而只需要一点点启示就足够了，因为他们某种程度上也是更加敏感、高明和天然的"精神分析学家"。

"童年的爱情"何以合法？这是个很荒唐的问题——或许永远是不合法的，在社会学与伦理学的意义上，我们都不会承认它们的现实性与合理性。古人对此的解决办法是让

---

① 洛伊德：《梦的解析》，139页，北京，国际文化出版公司，2000。

尚在身体发育中的少男少女早早结婚，而在现代社会中，我们则以“更有利于青少年的身心发育与成长”的理由，使其通过更繁重的知识学习或者其他社会活动，来阻止或延缓其“早恋”的冲动——这些当然都属于社会学的问题范畴，这方面同样复杂而无须展开讨论。总之我们通常会认为，过早的性意识或早恋冲动会给儿童的正常发育与身心健康带来不利的影响，这是没有问题的，但这种“非法”的性质并不意味着它可以排除在情感的事实之外。弗洛伊德根据其研究非常肯定地说，“婴儿由三岁起，即显然无疑地有了性生活。那时生殖器已开始有兴奋的表现。”[①]“常常发生这样的事，一个年轻人第一次认真地爱上了一个成熟的女人，或者一个女孩爱上了一个具有权威的年长的男人……因为他们爱上的人可以使他们的母亲或者父亲的形象重新生动起来。”[②]生活中每个人几乎都深藏着类似的童年经验，只是按照弗氏的说法，它通常会因为其“不合法”的性质而被压抑到了潜意识之中罢了。但是作家却可以在他的作品中将其写出，这种写作还可以写得很美，曲折幽深，感人至深。

很多作家在其作品中都涉及幼年时代的爱情以及性意识的主题，莫言的《红高粱家族》《丰乳肥臀》，陈染的《私人生活》，林白的《一个人的战争》，苏童的《城北地带》，余华的《在细雨中呼喊》，阿来的《尘埃落定》，甚至王朔的《看上去很美》等长篇小说中，都不同程度地表现了这类主题。许多被称为“成长小说”的作品，实际上都从某些方面印证了弗洛伊德的学说。在大量的中短篇小说中，有类似内容或主题的作品就无法胜数了。

言归正传。《透明的红萝卜》在1985年发表之初，便引来一片赞誉，莫言因此而一举成名。因此这篇小说的意义对莫言来说不言而喻，然而它究竟写得是什么，所有分析或提及它的批评家却都语焉不详。1986年由上海的批评家吴亮和程德培编选的《探索小说集》，是一个曾有过广泛影响的选本，在小说文末编选者所作的简要评述中，曾肯定了作品的“感觉”与“魔幻”的色调与意味，但对作品内容的概括和提示却仍含糊而笼统，诸如“对以往消逝岁月的忧郁和留恋”“贫困和饥饿的阴影、荒漠土地的色调”“难以抹去的童年记忆”[③]等，都止于闪烁其词。或许是因为编选者不愿意用自己过分具体的结论去框定读者的阅读的缘故，所以才只作了泛泛的提示。在其他的论者那里通常所注意的，也只是作品的“构思方式的变化”“超现实的想象”“东方式的魔幻色彩”[④]等，对小说的情节中所包含的具体的隐喻性心理内涵，则都有意无意地回避了。

显然，也许是某种禁忌给这些批评家的理解设置了障碍——他们无法或者是不愿意

① 弗洛伊德：《精神分析引论》，258页，北京，商务印书馆，1986。

② 弗洛伊德：《性欲三论》，87页，北京，国际文化出版公司，2000。

③ 吴亮、程德培编选：《探索小说集》，98页，上海，上海文艺出版社，1986。

④ 张志忠：《莫言论》，26～27页，北京，中国社会科学出版社，1990。

做这样的理解，不愿意直接说出，这是一个关于"童年时代的爱情"的大胆描写。因为这个年代的整体文化环境似乎还不适宜直接地说出这个主题。这种禁忌反过来对批评家造成了意识的遮蔽。

据莫言自己说，《透明的红萝卜》的写作是源于他的"一个梦"，只不过这个梦已经有了一个背景，那就是那时他"已经听老师讲过很多课"，什么课呢？他没有说。但这些课中确有精神分析学和弗洛伊德学说一类的内容——这从我后来对莫言的当面询问中也获得了肯定性的回答。他说，那是他在一天凌晨做的一个梦，他"梦见一块红萝卜地，阳光灿烂，照着萝卜地里一个弯腰劳动的老头，又来了一个手持鱼叉的姑娘，她又出一个红萝卜，举起来，迎着阳光走去。红萝卜在阳光下闪烁着奇异的光彩。我觉得这个场面特别美，很像一段电影。那种色彩，那种神秘的情调，使我感到很振奋……"①这当然只是经过了莫言自己的"掩饰"和"修改"之后的样子，它的全部内容和情节我们自然不得而知，但这个类似"春梦"的梦中所包含的作家自己的某种潜意识活动，"红萝卜"和"手持鱼叉的姑娘"的隐喻意味着什么，却是不言而喻的，姑娘的积极和主动的姿态，显然符合作家对自己童年的某种情感幻想的努力追忆——在谈及这篇作品时，莫言曾否认他受到马尔克斯《百年孤独》的影响，因为那时这部小说的中译本尚未出版，但他又说，"作品不一定是作者生活经历的实录性自传，但它应是作者心灵上情感经历的自传，是一种潜意识的发泄"。② 关于作家的这些"潜意识"究竟是什么，可以不去妄加猜度，但对于作品本身，我想我们却完全可以作一种比较具体的对应性的心理分析。

从比较"专业"的角度看，我以为《透明的红萝卜》应该可以归结为一个"关于'牛犊恋'的故事"。"牛犊恋"当然是通俗的说法，其内涵即弗洛伊德所揭示的恋父与恋母情结的移情或替代形式，即儿童在其青春期到来之前，身体尚未发育成熟之际，会把比自己年长的成熟异性看成是自己的性恋对象，这种恋爱当然不具有生理上的实际性质，但在心理上却是不可否认的事实。而且他会在自己的心理和行为方式中，努力使之获得"替代性的实现"。弗洛伊德更是将这一心理的发生时间从童年"提早"到幼年，并将之看作其理论的重要起点。从个各方面看，《透明的红萝卜》都称得上是一个典型的牛犊恋的例证。

简要梳理一下小说的故事情节：大致可以看出少年主人公黑孩"爱情故事"的发展线索。故事发生于20世纪70年代，是一个物质极为贫乏而精神又显得畸形发达的时代，在这样的环境下，人的欲望和潜意识活动就显得十分活跃。小说设置了一个中心人物，一个身份近乎弃儿的少年"黑孩"，另外又有三个重要人物：年轻漂亮、善良贤惠的村姑

① 莫言：《有追求才有特色》，载《中国作家》，1985(2)。
② 莫言语：载《文学评论》，1986(2)。

菊子，一个多角爱情关系的核心；与黑孩同村的英俊青年"小石匠"，他是菊子最后选中的恋爱对象；打铁的独眼青年"小铁匠"，他一厢情愿地爱着菊子，但却没有竞争力，因而对小石匠颇为妒恨，对菊子关心的黑孩也施以虐待，他们四人构成了这样一个戏剧性的关系（下图）：

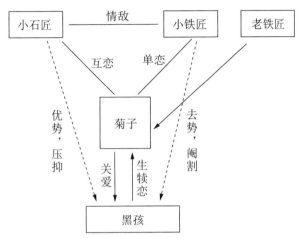

黑孩出场时的身份背景，是一个备受继母虐待的孩子，他原本十分聪明活泼，长着一双会说话的大眼睛，因为母亲去世，父亲又受不了继母的悍泼而逃往他乡，他就渐渐变成了一个孤立无援喑哑少语的孩子。在公社的水利工地上，瘦弱孤僻的他受到了善良的菊子的关爱，他埋在心底的差不多已死灭的感情渐渐复苏了。他产生了对菊子姑娘的深深的依恋之情——这种依恋一方面是他对未曾享受过的母爱的强烈的需求欲望，另一方面显然也有朦胧的性爱渴求。然而菊子对这个少年的关心，更多的却是一种女人的母性本能，她不会真正选择黑孩作为她的性爱伙伴。在这样的"不同期待"中，黑孩的心理就陷入了幸福又焦虑的双重体验之中。为了牢牢地牵制住菊子对他的注意力，他开始自觉不自觉地采用"自虐"的方式，他砸伤了自己的手指。后来他被派到铁匠炉那里去拉风箱，菊子还是经常来看望他。但当他发现菊子同小石匠有了恋爱关系的时候，他就开始"妒恨"了，有一天他竟然在前来看望他的菊子的胳膊上咬了一口。小石匠和菊子都对黑孩这一举动感到不解，但其实这一用意还是很明显的——黑孩不希望看到菊子对他的注意力和爱心别作他移，而现在这种危机已经出现，他要用非常尖锐的方式向菊子表明，他希望她能够保持"专一"的态度。为此他采取了更加残酷的自虐方式，有一天他竟然用手去握住一只烧红的铁钻，把手烙得焦糊，让菊子心疼不已。此时，丑陋的小铁匠也爱上了菊子，一幕极不平衡的、戏剧性的爱情争夺战开始了。

一天晚上，小铁匠派黑孩去田里扒了许多萝卜和地瓜，预备晚上开夜餐，恰好小石匠和菊子收工后来看望黑孩，菊子替黑孩洗净萝卜，将他们放到炉火上烤起来。但她无意中忽略了那颗最小的（注意！这是个无意的、但对黑孩来说却是致命的忽略；另外，

"火"在这里也有爱情之火、情欲之火的隐喻意义）。食物渐渐烤出了香气，这时，饱经沧桑的老铁匠开始唱起一曲苍凉的爱情戏（这是一个富有"人类学"意义的场景："食"与"色"在这里具有了它原始的情境与意义，在这特殊的深秋夜晚的田野里，面对食物与少女的诱惑力，所有在场的人物都进入了自己的生物激情之中）他虽然已经年迈体衰，已然退出了可能的竞争，但对面这个年轻美貌的村姑却让他忆起了自己往昔的经历，他饱含情感的吟唱激发了现场所有的人。这时，在炉火的隐约光影下，小石匠的手开始抚摸正依偎着他的菊子的乳房；小铁匠情欲如火却无从发泄，"如同坐在弹簧上"；老铁匠笑看人世沧桑，已然作局外观；而黑孩这个懵懂中的少年，在这一幕不得不同样也作"局外观"的场景中，只能默默地躲在幽暗的角落里，无望而伤感地沉入自己的幻想之中。但是就在这种"自恋"式的幻想中，他竟然也达到一个"模拟的高潮"，他看见那个被忽略了的红萝卜——它发出了通体闪耀的金色光芒。在这里，红萝卜无疑是一个"小阳物"的隐喻：他看到了一幅奇特美丽的图画：光滑的铁砧子上有一个金色的红萝卜。红萝卜的形状和大小都像一个大个阳梨，还拖着一条长尾巴，尾巴上的根根须须像金色的羊毛。红萝卜晶莹透明，玲珑剔透。透明的、金色的外壳里苞孕着活泼的银色液体。红萝卜的线条流畅优美，从美丽的弧线上泛出一圈金色的光芒……就在黑孩伸手将要拿到它的时候，焦躁不安的小铁匠竟劈手夺去，黑孩当然要奋力与他争抢，小铁匠恼羞成怒，情急中把它扔到遥远夜色中的河水里。在这场"竞争"中，黑孩输给了两个成年的对手：小石匠对他构成了一种无法抗拒的"优势"；而小铁匠虽不是什么赢家，但他的凶暴对黑孩也构成了一种隐喻意义上的"去势"，夺走红萝卜无疑是象征了这种"阉割"。黑孩原来的奇妙的幻觉从此消失了，他失望之极，此后每次菊子来找他，他都故意回避。他希望能够再次找回那颗红萝卜——也实际上是找回他恋爱的能力：黑孩爬上河堤时，听到菊子姑娘远远地叫了他一声。他回过头，阳光捂住了他的眼。他下了河堤，一头钻进了黄麻地……麻杆上的硬刺儿扎着他的皮肤……接近了萝卜地时，他趴在地上，慢慢往外爬……黑孩又膝行着退了几米远、趴在地上，双手支起下巴，透过麻杆的间隙，望着那些萝卜。萝卜田里有无数的红眼睛望着他，那些萝卜缨子也在一瞬间变成了乌黑的头发，像飞鸟的尾羽一样耸动不止……如果按照弗洛伊德的理论来分析，上述描写无疑是充满了隐喻色彩和性幻想意味的。它很像是弗氏在分析达·芬奇的童年记忆的一篇文章中所解释的，所谓"飞鸟的尾羽"之类，实际上是一个儿童关于"生殖器官"的隐喻性的想象。这里的"萝卜""红眼睛""萝卜缨子""变成了乌黑的头发"等描写，同前面的"大个阳梨""根根须须""银色液体"等一样，都是黑孩此时的心理焦虑与性幻想的形象化的展露。黑孩故意"疏远"菊子，并不是心理上真正厌恶她，相反这正是他对菊子与小石匠的恋爱关系的反对与"报复"方式，也是他自虐式的表达个性的体现。他期待着自己幻想中能力的重现与恢复，但这期待（透明的红萝卜）一直未能得以再现。

再后来，小石匠与小铁匠之间终于发生了一场不可避免的"决斗"，在这场鹬蚌相争与龙虎恶斗中，黑孩本来可以袖手旁观，体会一次渔人之快，但他却倾向了一直虐待他的小铁匠。当小铁匠被小石匠伏地痛打之时，他竟然上前猛地将小石匠扳倒在地，得以翻身且已恼羞成怒的小铁匠抓起一把碎石片向周围打去，刚好就有一块石片飞起——打瞎了应声而至的菊子的一只美丽的眼睛……一场纷争以一个令人惋惜的悲剧结束。第二天，小石匠和菊子从工地上失踪了；小铁匠疯了，又哭又唱，在大桥的护栏上来回跳蹿，希望掉下去摔死；黑孩跑到萝卜地里拔起了所有未成熟的萝卜，但再也没有找回那颗透明的红萝卜。

很明显，这是一场少年的恋爱悲剧，也是一次充满了戏剧性的心理经验的曲折的情感里程。总结上述过程，大致是这样一个线索：弃儿——得到关爱（母爱与女性爱的混合）——自虐（为了维系这种爱）——妒恨（与小石匠竞争）——模拟的"高潮"（看见透明的红萝卜）——被去势（红萝卜被小铁匠夺走扔掉）——愤怒和焦虑（试图找回力量）——阉割确认（拔出所有萝卜仍不见那一个）——回到弃儿。

小说中除了"红萝卜"的性隐喻可以作为一个明显标志以外，用来敲石头的"铁钻"也是一个有字眼意义的隐喻性事物，黑孩的手被"烧红的铁钻"烧焦，小石匠讽刺小铁匠打制的铁钻"淬火"不行、"不经用"等，也暗藏着黑孩与两个成年男性之间微妙的心理与生理的较量。另外，黑孩的自虐式行为与心理的刻画是非常幽深和细腻的，强烈的感情欲望和未成年的弱势处境之间的矛盾，由弃儿的体验到获得成年女性的关爱的巨大幸福，使他不得不屡屡用残忍的自虐来强化这种体验，并借以吸引菊子的关注，与小石匠进行"不平等"的竞争。黑孩穿行于其他三个主要人物之间的种种古怪举动，其实都可以通过上述心理角度得到合理和准确的解释。

以上分析当然只是臆测，假如对作家和读者构成了亵渎，我将感到羞惭，谨此致以歉意；假如有一些启示，我则感到欣慰，会有一些私下的小小满足。但愿只是后者罢。

（原载《小说评论》2015 年第 1 期）

农民本色·残酷叙事·可成长性·中国故事

——莫言讲稿四章

张志忠

一、为农民和乡土中国立言

莫言创作的一个精神特征，是身为农民，为农民立言，为乡土中国立言。

在中国古代文学的长河中，农民形象，尤其是具有艺术典型意义的农民形象，是很少出现的。五四新文学运动以来，鲁迅先生开创了乡土文学的源头，表现了他心目中的中国的农民。在鲁迅先生之后，出现了大批表现乡村生活的作家，并且成为新文学的主体，如沈从文、萧红、赵树理、高晓声、路遥、贾平凹、陈忠实等。

新文学中的乡村叙事作者众多，佳作迭出，为什么会如此呢？这是因为，在 20 世纪的中国，乡村所需要面对的时代难题和时代困惑特别重要。要想彻底改造中国，要将一个农业文明源远流长的古老国度建设成现代化的国家，就必须花绝大的力气彻底改变乡村状况。在 20 世纪的中国，最剧烈、最彻底的变迁，发生在广袤的农村，发生在人口最多的农民中间。而且，历数 20 世纪以来中国社会的重大事件，每一次的变动，都会给乡村生活和农民命运造成巨大的冲击，带来嬗变，使乡村生活和农民命运充满了戏剧性冲突；乡村的变化，又导致和决定了民族命运和国家形态的变化。这一点决定了中国现当代文学中乡村生活描写占了极大的比重。那么，同样是表现乡村生活，莫言和我们前面讲到的这些作家之间，有什么大的区别，有什么东西可以作为莫言自己的独特标志呢？

鲁迅看取乡村生活，采取的是启蒙立场而又超越了启蒙。五四新文化运动的主调是非常乐观的，人们都相信，思想启蒙可以改变中国。鲁迅先生作为一个时代的先行者，作为一个比较早地受到世界性的现代化思潮和民族独立、个人觉醒、启蒙潮流熏陶的作家，他从事文学创作，是要"揭出病苦，引起疗救的注意"，是要改造国民性。他是用启蒙思想家的目光看待乡村，表现乡村。他比同时代人深刻的地方在于，他对启蒙主义的怀疑，率先觉醒的知识分子如何将现代理念灌输到农民头脑里呢？农民又如何获得精神自觉呢？这看似可望而不可即。于是他写出阿Q的愚昧，写出华小栓、华老栓父子的无知，写出祥林嫂那绝望的追问：人死了以后，有没有地狱？死者一家人会不会重逢？

鲁迅也写过《社戏》，那种童心盎然、其乐融融的氛围，放大开来，可能就是沈从文笔下的诗意乡村。沈从文走出湘西之后，来到北平，来到上海和昆明，在远离故乡的地方，在城市和文化人中间，感受到城市里的嘈杂、平庸、污秽以及人际关系的扭曲和畸变，在这样的感遇之下，回忆遥远的湘西世界，围绕着同名作品的主人公翠翠、潇潇、柏子这些自在生存的男女们，把湘西的边城和江河描绘成理想的桃花源。沈从文看乡村，是此岸看彼岸，将其作为自由自在的化外之境。有的评论家将沈从文界定为，是以乡村里的上层士绅的目光看待乡村。

赵树理则是以一个从事乡村工作的革命干部的眼光看取乡村。赵树理自称他的小说可以称为"问题小说"。抗战期间，他在太行山解放区的报社工作，也经常下乡，到乡村去指导工作，在工作中发现了一些问题，这些问题又不是三言两语可以直截了当地解决的，赵树理就把它们写成小说，希望读小说的人们可以从中得到启悟，得到点化。《小二黑结婚》《李有才板话》，以及后来的《登记》《三里湾》，都是这样写出来的。

莫言是一个本色的农民作家，他的作品饱含着农民的精神情感，是发自乡土大地深处的朴野之声。如其所言，"我的祖辈都在农村休养生息，我自己也是农民出身，在农村差不多生活了20年，我的普通话到现在都有地瓜味。这段难忘的农村生活是我一直以来的创作基础，我所写的故事和塑造的人物，甚至使用的语言都不可避免地夹杂着那里的泥土气息"[①]。

莫言1955年出生于山东高密，他上学很早，5岁就跟着姐姐去上学，但当他读到五年级时，因为文化大革命的缘故，就中断了学业，和成人一起劳动。1976年当兵入伍离开家乡之前，莫言从12岁到21岁彻头彻尾地当了10年农民。莫言对于乡村生活，对于乡村的劳动，有着更为本真、持续和更为深入完整的体验。农民的经验和心态，成为他缠绕一生的创作动力和创作资源。

---

① 朱洪军：《文学视野之外的莫言》，载《广州日报》，2002-09-15。

为了把上述论析落到实处，让我们看一下这几位作家笔下最醒目的乡村女性形象的差异。毛泽东讲过，传统的宗法社会中，妇女遭受神权、族权、父权和夫权四大压迫，那么，不同作家笔下的不同的妇女们，如何应对这些压迫呢？

鲁迅写《祝福》中的祥林嫂，"哀其不幸，怒其不争"。丧夫，逃亡，再嫁，丧子，她在现实中遭受了那么多的厄运，还要经受精神炼狱的酷刑，丧失了参与鲁四老爷家的祭祀资格而遭受致命打击，担心地狱里被两个丈夫争夺不休而备受煎熬。在祥林嫂身上，确实集中了乡村妇女的诸多苦难却又蒙昧无知，不知道还有更为合理、更为人性化的生存。

沈从文《边城》中的翠翠，却是生活在一个迥然相异的世界中，她与美丽的青山绿水为伴，在大自然和爷爷的保护下，无知无识也无忧无虑地成长，像一只纯洁的羔羊惹人喜欢，现实生活中的诸多烦恼，除了少女的爱情，都没有让她困扰。她需要的，不是现代启蒙，而是二老的如期归来。而失落的爱情，更具有审美的诗意。

赵树理《小二黑结婚》中的小芹，也是恋爱中的少女，她面对的难题是如何摆脱父母的包办婚姻，实现爱情婚姻的自由自主；抗日民主根据地推行新婚姻法，使她的命运柳暗花明。她的母亲三仙姑，作为乡村中的落后妇女，也不得不接受新政权的决断，接受新时代的改造。

莫言笔下的乡村女性——《红高粱》中的戴凤莲、《丰乳肥臀》中的母亲，都有一种独立不羁的个性，有自我解放、自我提升的能力。向往爱情，人皆有之，戴凤莲和余占鳌的轰轰烈烈的爱情，被莫言称作乡村农民个性解放的先锋。渴望生子乃人之常情，像母亲那样，为了争取自己在夫家的地位，铤而走险，乱伦，野合，确实令人惊叹，匪夷所思。她们蒙昧中又蕴含着强悍的生命力，自己为自己开辟道路，不需要外力的拯救，无论是现代理性，还是政府权威。

因此，可以把上述四位作家表现农民生活的态度分为两组。

鲁迅和赵树理是站在教育农民、改造农民的立场上。一个采用从别国学来的启蒙主义，一个采用革命政权推行的方针政策。

在思想的层面上，如何向农民灌输启蒙精神，是鲁迅遭遇的重大难题，"我"和中年闰土、"我"和祥林嫂，都因为有深刻的隔膜而无法对话；赵树理在现实生活的层面上，运用政权的权威，推行乡村现状的改革，则是行之有效的，关键是要有了解乡村现实、富有农民工作经验的干部，重要的是掌权者的素质、政策的正确性。

沈从文和莫言是乡村本位，为农民张目。

沈从文看到的是不受现代文明侵蚀的原始乡村和自在边民，多有山水田园诗的情调。

莫言则是在时代风云中，塑造"最英雄好汉最王八蛋，最能喝酒最能爱"，不但自在而且自为的农民英雄，中国农民有自己的历史地位和创新精神。

二、"残酷叙事"为哪般

读莫言的作品，是需要接受挑战的，挑战你的神经的韧度，挑战你心理的承受力。这就是莫言作品的残酷叙事。很多读者因此遭遇障碍，难以进入莫言的作品。

这样的困扰来自两个方面。

一个原因，是我们平常的阅读习惯，以及隐藏在其后的对现实生活的理解，都变懒了、变傻了，"很傻很天真"。如今大量的读物和影视作品，或者以小资情调自炫，讲品位，讲优雅，心灵鸡汤，或者功利性十足，成功秘诀，致富要术；也有玩弄小技巧，调侃现实，嘲弄人生，在一个个噱头和桥段中卖弄自以为高明的虚无和油滑。总之，顺应人们趋利避害、趋易避难、追求轻松消遣的心理，轻松，好读，快读，读过就忘，读过就扔。因此，一旦遇到有阅读难度和心理障碍的作品，就浅尝辄止、退避三舍，失去了与真正深刻的作家作品交流的机缘。

金圣叹在评点《水浒传》第四十四回《锦豹子小径逢戴宗　病关索长街遇石秀》时，就针对性急的读者这样说："贪游名山者，须耐仄路；贪食熊蹯者，须耐慢火；贪看月华者，须耐深夜；贪看美人者，须耐梳头。如此一回，固愿读者之耐之也。看他一路无数小文字，都复有一丘一壑之妙，不似他书，一望平原而已。"

读书要有耐心，更要知难而进。作品的难易程度，并不必然就决定作品的高下，但是，确实有一些优秀作品，需要读者的自我提升和知难而进。譬如，《红楼梦》在中国文学史上是评价最高的顶尖作品，但是阅读它，就不像读《三国演义》《西游记》那样顺畅无碍。

再一个原因是，莫言的作品，在当代作家中，应当属于最不好读之列，除了写法上的问题，就是他经常会将血腥、暴力的描写推向极致，非常铺排、非常出格地描写血肉横飞的场面，让善良而稚弱的、有洁癖的人不忍卒读。《红高粱》中，罗汉大爷遭受活剥人皮的酷刑，被割下来的耳朵掉在地上，还在地上活蹦乱跳，确实触目惊心。《檀香刑》呢，简直是一部中国古代的酷刑大全，斩首，腰斩，凌迟，檀香刑，一一陈述出来。许多读者翻了几十页，不忍卒读，就弃之而去。

不仅是普通读者，在文坛和学界，对于莫言的这种写作风格，也是充满争议的。

同样是看到《檀香刑》中精雕细刻、淋漓尽致的酷刑描写，文学评论家谢有顺予以高度称赞：

> 莫言算得上是一个对酷刑描写有特殊偏爱的人，他在《红高粱》里写了剥人皮，在《檀香刑》里写了凌迟、腰斩、檀香刑，等等。尤其是《檀香刑》，莫言以他异乎寻

常的坚强神经，极尽描写之能事，光凌迟，一刀一刀地写，就足足写了二十几页，而檀香刑，整个过程则拉得更长。有不少人（主要是女性读者）不断地就此指责莫言，认为他对肉体被残酷折磨的迷恋，是一种怪癖和阴暗心理；他们尤其不能接受莫言在行文中那种津津乐道的样子，认为这样的描写一旦丧失了必要的批判性，就不能不让人怀疑作者是在玩弄这些。这样的批评并非没有道理。但我更愿意把莫言铺陈这样恣肆的酷刑场面，理解为他是想由此设置一个人性的实验场，以检验人承受纯粹肉体痛楚的能力，进而窥见刽子手的冷酷性，以及围观群众和官员在面对残酷时的各种反应。从另一面说，这何尝不是对专制、暴政、野蛮和看客麻木、冷漠心理的有力控诉呢？①

作品中描写的事件之冷酷，与作家态度的冷酷是否可以等同，还是应该分别考察，具体分析呢？文学评论家李建军就坦率直言地抨击作为作家的莫言的冷血和暴力：

> 暴力伤害和酷刑折磨带来的肉体痛苦，是莫言乐于叙写的题材，也是《檀香刑》的主要内容。但是，在这部小说中痛苦和死亡并没有形成有价值的主题。莫言对暴力的展示从来就缺乏精神向度和内在意义。他对暴力和酷刑等施虐过程的叙写，同样是缺乏克制、撙节和分寸感的，缺乏一种稳定而健康的心理支持。坦率地讲，在我看来，莫言对酷虐心理和施暴行为的夸张的叙写，在不自觉中表现出欣赏的态度。……他精细地描写恐怖的细节，但却没有庄严的道德感和温暖的人性内涵。在这部"夸张"而"华丽"、"流畅"而"浅显"的作品里，除了混乱的话语拼凑，就是可怕的麻木与冷漠②。

依我之见，我比较接近于谢有顺的观点。莫言的残酷叙事，是对中国的历史与现实中的残酷的激烈反拨。漫长的中国历史的血腥残暴，在史书中屡有记载：《尚书》云"血流漂杵"，《史记》记载"秦坑赵卒四十万"，明成祖朱棣"灭十族"，明末清初的"扬州十日""嘉定三屠"和"文字狱"，再到历朝历代的"酷吏"名录以及他们发明的酷刑。鲁迅自称，他的《狂人日记》得名于果戈理的同名小说，但是比后者"忧愤深广"。面对数千年古国沉重得令人窒息的"吃人"历史，其忧愤何以复加？斯诺曾经询问过毛泽东，为什么轻捷明快的四二拍子的《国际歌》在中国传唱时变成了沉重低回的四四拍子，毛泽东回答

---

① 谢有顺：《从〈檀香刑〉的梦中醒来》，载《当代作家评论》，2001（5）。
② 李建军：《是大象，还是甲虫评〈檀香刑〉》，见《是大象，还是甲虫：莫言及当代中国作家作品析疑》，太原，北岳文艺出版社，2013。

说，这是因为中国人承受的苦难太多太多。

放开视野看，日常生活中常人所不愿意触及的、难以理解和接受的残酷，可能正是审美和艺术创造的独特领域。李泽厚在《美的历程》中，就撰文论述商周青铜器之饕餮兽纹的"狞厉的美"，惊叹它神秘森严、狰狞恐怖之美。鲁迅评说陀思妥耶夫斯基是"残酷的天才"，而且分辩说，在甚深的灵魂中无所谓"残酷"，更无所谓慈悲；但将这灵魂显示于人的，是"在高的意义上的写实主义者"。

我还愿意进一步引申，残酷叙事导向何方？读莫言的作品，在残酷、暴力、苦难、血腥的描写中，经常会有让人的生理、心理受到强烈刺激的段落。但是，透过这些描写，他的作品中经常涌动着的，是对中国农民的自由精神的一种推重和倡扬，是红高粱地上飞翔的自由精灵。《红高粱》中的活剥人皮，没有扑灭反抗的火焰，却激起了我爷爷、我奶奶们的决死抗战，打响了更为惨烈的墨水河大桥伏击战。《檀香刑》的主人公，究竟是那位反复渲染其酷刑操作技艺的刽子手赵甲，还是义和团起义的英雄、猫腔艺人孙丙？面对这举世罕见的刑罚，孙丙本来是可以逃脱的，小山子自愿冒名顶替代他去死，丐帮首领朱八爷也率众前往救他出狱。但孙丙拒绝了救援，自愿走向刑场。直到檀木柱子贯穿了他的身体，孙丙仍然对监刑的袁世凯和德国人破口大骂，志气不倒。这部作品，它的所有头绪、所有情节，都是为了这最后的致命一击，前面反复渲染过的所有的酷刑都失效了，让人回想到一句古老的话语："民不畏死，奈何以死惧之？"

三、莫言：和新时期文学一起成长

莫言荣获诺贝尔文学奖，在国内外引发了各种各样的争论。其中的热点之一，就是争论这个奖是奖给莫言自己，与中国文学的整体状况不相干；还是它足以代表中国文学走向世界，赢得世界文坛的认可和尊重的重要标识。我的评价是后一种，莫言获奖，首先是他个人的光荣，也代表了新时期以来近 40 年的中国文学创作的群体成就。莫言是和新时期文学一起成长的，也是它的重要代表者，莫言是百花烂漫中的一枝奇葩，是千帆竞发中的一位弄潮儿。可以和莫言列为一个群落的作家，信手数来，就有贾平凹、阎连科、余华、王安忆、韩少功、李锐、张炜、铁凝等，这还仅仅是在小说家的范围里点将封神呢！正如莫言在获奖之后的第一时间所言，"我自己心里很清楚，中国作家有很多，写得很好的作家成群结队，具备获得诺贝尔文学奖资格的作家也有很多。我想我是很幸运得了这个奖，头脑要清楚，绝对不要轻飘飘的，要站稳脚跟"。而且，就在 2014年 5 月，又一位中国作家阎连科，获得了"卡夫卡文学奖"，这也给我的判断提供了新的证据。

新时期文学凸显的重要特征之一，是其具有相当的可成长性。它从 10 年动乱的荒芜中挣脱出来，在民族的大悲大喜的情感迸发中，以稚拙而勇猛的状态生发和成长，从雨后春笋的遍地鲜嫩，到大树参天的宏伟壮观，开创了文学的全新局面。求诸世界文学和中国文学史，这样的景观确属罕见，堪称一种当下中国所独具的文学特色。

莫言曾经说过："尽管我的'高密东北乡'与福克纳的'约克纳帕塔法县'毫无共同之处，但我还是愿意坦率地承认我受过这位前辈作家的影响。我与福克纳有许多可比之处，我们都是农民出身，都不是勤奋的人，都没有受过正规的教育，但我与他的不同点更多。我想最重要的是福克纳的创作自始至终变化不大，他似乎一出道就成熟了，而我是一个晚熟的品种。晚熟的农作物多半是不良品种，晚熟的作家也好不到哪里去。我从事小说创作二十年，一直在努力地求变化。就像我不愿意衰老一样，我也一直在抗拒自己的成熟。这种抗拒的努力，就使我的小说创作呈现出比较多彩的景观。"①细检起来，一批穿越新时期文学历程而至今仍然活跃在文坛的作家，几乎都是在不断探索和嬗变、不断更新自我中登上了各自的文学高地。

正当理想主义和青春气息激扬的新时期之始，1981年，莫言发表处女作《春夜雨霏霏》，作品的清纯唯美和内在的春心萌动，真挚动人；20世纪80年代中期，时值"寻根文学""先锋文学"兴起，莫言被誉为游走于两大文学潮流之间而游刃有余，《透明的红萝卜》《红高粱》等作品一鸣惊人，奠定了莫言的文学地位；20世纪90年代中期的《丰乳肥臀》，显示了莫言创作向历史深处和人性深度的开掘，它引起的激烈争议则充塞着政治与市场化的杂语喧哗；21世纪以来的《檀香刑》《生死疲劳》和《蛙》，在写法上是对本土文学形式的皈依和重构，在精神上逐渐变得开阔、宽容和自省。

这一代作家们也都经历过几度的嬗变：贾平凹从《满月儿》《浮躁》到《秦腔》和《带灯》，王安忆从《雨，沙沙沙……》《流逝》到《长恨歌》和《启蒙时代》，他们几乎都是以稚嫩而清新的目光，表现新时期之初特有的理想气息和对美好未来的憧憬起步，经历20世纪80年代中期的文学创新大潮，20世纪90年代的市场经济洗礼和人文精神重建，21世纪以来的经济腾飞和大国崛起，在持续的探索和变革中几经转折、渐入佳境的。他们的创作样式，也随之由短篇小说、中篇小说转向长篇小说，这不仅是文本篇幅的扩张，更是作家的才能、作家表现社会生活的思想和艺术的深度、广度的巨大拓展。

说起来，作家的创作有不同类型。鲁迅的《狂人日记》《药》，创作起点甚高，发表之后，立即被奉为经典；赵树理的《小二黑结婚》和《李有才板话》，甫一问世，就被誉为成熟的大树；张爱玲更是被人称为"她的好小说在24岁之前就已经写完"。他们一出手，就登上文坛的制高点。经历较长时间的从稚嫩到丰熟的成长轨迹，"庾信文章老更成"的

---

① 莫言：《努力抗拒成熟——加拿大华汉网文化栏目负责人川沙采访录》，见《作为老百姓写作——访谈对话录》，13～18页，深圳，海天出版社，2007。

现象也不乏其人，但能够形成整整一代作家的共性，却也要得天时、地利、人和之济。

新时期之初的文坛，刚刚挣脱"文化大革命"10年的文化蒙昧主义，亿万人的情感在压抑已久之后乍然迸发，一呼百应，众口交传，才形成空前的文学热。但是，它的艺术水准和作家的文化视野，却局限甚多。不要说对20世纪现代主义文学思潮了解甚少，就是讲起从古希腊悲剧作家到19世纪批判现实主义的文学巨擘，乃至从鲁迅、周作人、郁达夫、沈从文到张爱玲、白先勇、金庸，都需要进行大规模的补课。这恐怕是独无仅有的时代使然，也大大增加了新时期文学的提升难度。因此，必须有一种冒险犯难、追求真知的勇气，一个饕餮的胃口，才能走出困境，开创新机。莫言和同代作家，以空前的热情和博大的胸怀，拥抱中外文化的既有成果，迅即实现华丽转身，走出"文化大革命"文学的扭曲偏畸，出于幽谷，迁于乔木，迅速登上世界文学的高地。此谓天时。

当代中国的社会变迁，则是作家变革创新的强大推动力。改革开放的新时期，社会发展变化的节奏加快，剧烈的社会冲突和世事沧桑，给作家带来日新月异的感受，为其提供了足够的故事、情节、人物和精彩瞬间。作家们及时地领悟到了时代的丰厚馈赠，追踪这乱花迷眼、纷纭万状的现实，捕捉这可遇而不可求的大时代的魂髓。作家在成长，时代也在成长。莫言对此就有清醒的自觉：我们这个时代确实是一个波澜壮阔、空前绝后的时代，这样的时代为作家提供了巨大的可能性，人的丰富性得到最强烈、最集中的表现。就是说，具备了产生伟大作品的物质基础或资源基础，剩下的我想就是作家的胸襟、气度和才华了。过去我们经常听到老作家抱怨，他们没有写出伟大的作品，因为时代外部政策的限制。我觉得我们现在应该从自己身上来找原因，不能怨这个社会没有给你提供条件，应该怨自己[①]。此谓地利。

还有人和。莫言、贾平凹等领今日风骚的这一代作家，大都出生于20世纪50年代，作为共和国的同龄人，他们受到中华人民共和国成立初期的理想主义和浪漫精神的熏陶，分担过动乱年月的苦难和迷惘，也是改革开放时代最知感恩的受益者。对共和国的艰难建立和曲折成长的在场和参与，对一个重要的历史时段的完整体验和思索，均得天而独厚，可遇而不可求。如古人诗云："赋到沧桑句便工。"时代的动乱给他们造成教育缺失的普遍缺憾，却也促使他们始终保持了学习和追寻的热情，沐浴中外文化，在对艺术表现力量的积聚和深化中，留下了与时俱进的坚实脚印。

四、向世界讲述中国故事

莫言荣获诺贝尔文学奖时的演讲，题目是《讲故事的人》。这是他对自己的定位。似

---

① 《作家学者畅谈文字里的中国人》，载《世界新闻报》，2011-12-01。

乎是为了证明这一点，他在这篇演讲中一口气讲了七八个故事，有的简洁，有的蕴藉。其中关于作者母亲"卖白菜"的故事、"捡麦穗"的故事，都足以催人泪下。

但是，近些年来，一直有一种非常强烈的批评声音，而且影响很大。德国汉学家顾彬，为人非常可爱，对中国文学的热爱非常执着。他认为中国当下的诗歌、散文和世界没有距离，同样优秀，但他坚决反对大量的中国作家用讲故事的方式写小说，既落后又缺少现代性。顾彬批评莫言说：现代性的作家，能够集中到一个人，分析他的灵魂、他的思想等。但是莫言写小说的时候，他小说里头的人物是非常多的。另外呢，他还会讲一个故事。现代性的小说家，他不会再讲什么故事，所有的故事已经讲过。如果我们从西方来看，我看报纸，每天看报纸。报纸会给我讲最可怕的故事。一个作家没办法讲。所以我希望，一个作家会告诉我为什么我们的世界是这个样子。所以西方作家，他们都会集中在一个细节，一个人，一个人的生活中去[1]。

要回答这一责难，就要考察作家的成长记忆和时代的风云变迁，以及如何形成具有世界意义的"中国故事"。

以莫言为例。莫言从小到大，21岁之前，一直生活在山东高密的乡村，一个充满了乡土气又不乏神奇性的地方。莫言有一篇小说，叫作《草鞋窨子》。在冬闲时节，男人们扎堆在地窨子里打草鞋和聊天，讲述自己遇到的或者从别的地方听来的奇闻逸事。作品近万字的篇幅，除了环境和场面的叙述、氛围的渲染，竟然编织着十一个各色各样的故事。这里有生活的辛酸，有生活的喜剧，更多的是精怪故事："话皮子""蜘蛛精""笤帚精""阴宅"等。这样的小说，显然是充满了莫言的少年经验的。莫言的爷爷也是个见多识广的农民。如莫言大哥管谟贤所言，"那满肚子的神仙鬼怪故事，名人名胜的传说，更是子孙辈春日河堤上、冬季炕头上百听不厌的精神食粮。我有时候想，爷爷要是有文化，没准也会当作家，准确地说，爷爷才是莫言的第一个老师。莫言作品中绝大多故事传说都是从爷爷那儿听来的"[2]。

当然，仅仅是像爷爷那样，萃集了一肚子的民间故事，也无法产生今日的莫言。成就作家的，还有时代的馈赠、作家的颖悟。

20世纪以来的中国，风云跌宕，世事沧桑。社会与家庭，民族与个人，都穿越时代风风雨雨，饱经动乱沉浮，有多少基于共同经验和集体记忆的艰难坎坷，社会的剧烈变化。事件多，变动多，故事就多。故事和变动，又都和时代变化紧密相连。以至于当下的电视剧中有一大门类，叫作"年代剧"，作家们则被称作"50后""60后""70后""80

---

① 顾彬、叶开：《顾彬对话叶开：需要重新审视的现当代文学》，http://www.ddwenxue.com/html/zgxs/wxysc/20081023/2994.html，2008-10-23。

② 管谟贤：《莫言小说中的人和事》，载《青年思想家》，1992(1)。

后"——这里的年代不是自然延伸，而是有不同的历史印记，有特定的时代背景和社会变迁，每一代人都有自己的成长记忆。虽然说已经进入 21 世纪，但是，当下的中国，却是农业文明、工业文明以及信息时代和后工业社会并存交叠。欧美发达国家，已经完成了它们的现代转型，几致日复一日常态运行，太阳底下没有新的故事。中国却正在这大转型的路途上，艰难地开辟道路，创造伟业，一个人、一个家庭、一个民族，都有说不尽的故事、道不完的精彩。

把视线放远一点，早在 20 世纪 20 年代，茅盾在《王鲁彦论》中就这样说：

> 假使你是一位科学家，用精密的科学方法，来分析来剥脱中国社会的人层，你总该不至于失望你的工作的简单易完。从最新的说洋话、吃大餐、到过外国的先生们起，到"士食旧德之名氏，农服先畴之畎亩，商循族世之所鬻，工用高曾之规矩"的老中国的儿女们，你至少可以分出十层八层不同的人样来，或者是抄一句漂亮话，可以分出十层八层的"文化代"来，过去五十年，一百年，二百年，三百五百年，甚至于一千年，人类的思想方式、生活方式，都像用了"费短房"的缩时术（我以为中国传说中精于缩地术的费长房该有一个兄弟——短房，懂得缩时术）似的，呈现在现代的中国社会内，使我们恍如到了历史博物馆。呵！中国，神秘的中国，正是如何的广大复杂呵！[①]

茅盾的《子夜》，就是把握住时代特征——军阀混战、农村暴动、工潮汹涌、股市拼杀、工业竞争，将困守于《道德经》的乡村封建遗老、现代工业的骄子、有外国势力支持的金融大亨、混迹于大都市交际场的各色男女以及最新潮的青年学生，汇集在一起，展现壮阔的历史风云，塑造大潮涌动中的弄潮儿和落伍者。

时至当下，茅盾的经验仍然没有过时。我非常赞赏余华写在《兄弟》封底上的一段话："这是两个时代相遇以后出生的小说。前一个是'文革'中的故事，那是一个精神狂热、本能压抑和命运惨烈的时代，相当于欧洲的中世纪；后一个是现在的故事，那是一个伦理颠覆、浮躁纵欲和众生万象的时代，更甚于今天的欧洲。一个西方人活四百年才能经历这样两个天壤之别的时代，一个中国人只需四十年就经历了。四百年间的动荡万变浓缩在了四十年之中，这是弥足珍贵的经历。"

捕捉这故事，描述这精彩，向世界讲述中国故事，这就是莫言和中国作家展现出的

---

① 茅盾：《王鲁彦论》，载《小说月报》，1928(1)。

最鲜明的中国特色、中国经验。莫言这样说："我有野心把高密东北乡当作中国的缩影，我还希望通过我对故乡的描述，让人们联想到人类的生存和发展。"①这就是他写作的制高点，高密东北乡既是中国的，又是世界的，中国特色和普遍人性是互为羽翼的。《丰乳肥臀》中的母亲，她经历的一个世纪的苦难，当然是非常本土化的，但母爱、悲悯，却是普世性的。《生死疲劳》中，农民与共和国时代的土地关系，当然"很中国"，那神奇的六道轮回，那顽强的记忆传承，却感动了世界。《蛙》讲述的计划生育对乡村的巨大影响，也是中国所独有的，但是，"姑姑"的心灵困惑、"我"的精神忏悔，以及淳朴乡村在时代转型中出现的工业污染、生态破坏和人心不古，却是可以跨民族、跨国界而被理解的。

中国作家协会主席铁凝对莫言的评价印证了这一点："他的作品始终深深扎根于乡土，他的视野亦从来不拒'外来'。他从我们民族百年来的命运、奋斗、苦难和悲欢中汲取思想的力量，以奔放而独异的鲜明气韵，有力地拓展了中国文学的想象空间和艺术境界。他讲述的中国故事，洋溢着浑厚、悲悯的人类情怀。他的作品不仅深受国内广大读者的喜爱，而且就我所知，莫言的作品在国外也深受一大批普通读者的喜爱。"②

（原载《现代中国文化与文学》2015 年第 1 期）

---

① 钱欢青：《莫言：高密东北乡是中国缩影》，载《济南时报》，2011-08-23。

② 《铁凝谈莫言获奖：讲述中国故事洋溢着悲悯的人类情怀》，http://culture.people.com.cn/n/2012/1012/c87423-19241834.html，2012-10-12。

文学家莫言对当代中国美学的拓展与启示

王洪岳

一、莫言小说的"审丑即审美"文学观

教条主义的"文化大革命"样板戏式的文学中的正面人物，更不用说英雄人物，是只有纯而又纯、美上加美、丝毫没有丑的杂质的形象，他们的一招一式都要符合美的法度，以至于人们一看就晓得其虚假、做作、伪善、伪美，但是当时没有别的艺术来比较，"唯此一家，别无分店"，读者、观众只有接受这些东西。"文化大革命"的结束，标志着一个新的审美时代的来临，审丑的因素开始堂而皇之地进入文学当中，甚至一个与审丑相伴的新时期出现了。整个 20 世纪 80 年代，文学的审丑思潮已经铺天盖地，不可遏制。莫言的创作就是在这种情势下应运而生的，他由早先的审美、纯美、孙犁风格至上，到开始容纳一定的丑，到后来干脆擎起了审丑的大旗，竟然也成就卓然。即便其遭到批判和否定的某些作品如《红蝗》《欢乐》《酒国》《丰乳肥臀》等作品，也有著名学者严肃地指出其价值和意义。1989 年，丁帆先生在《亵渎的神话:〈红蝗〉的意义》①一文中，就曾指出，莫言的《红蝗》及其他小说创造了一种新的(宽泛意义上的)审美倾向，即自然的美丑和艺术的美丑是不同的，鲜明地认为"审丑"就是"审美"，对这一当时引起很大争议和批判的作品进行了美学上的重新评价与充分肯定。作为批评家的丁帆以理论家的勇气所做出的这一评判，时至今日仍然有着巨大的价值。这就是如何看待艺术作品，尤其是文学作品中的丑、荒诞、恐怖、暴力等关乎当代美学建构的重大问题。

---

① 丁帆:《亵渎的神话:〈红蝗〉的意义》，载《文学评论》，1989(1)。

笔者曾经发文认为，莫言把中国当代文学由狭义的审美引向了广义的审美，即他不但借助小说，对生活、社会、人生和生命个体中的和谐优美、善良正义等进行细致的描写，更重要的是他敢于直面现实的残酷、人生的惨淡和个体的卑微屈辱，从而以审丑、审恐怖、审荒诞、审悖谬的美学（感性学）姿态写出了空前的小说文本。[①] 他早期的作品《春夜雨霏霏》写新婚的妻子不得不忍受与军人丈夫分离的痛苦，相思只能化为含情脉脉的思恋，炽热的爱情之火在温婉的叙述中变得美丽清纯。《乡村音乐》写一个瞎子音乐家来到古镇，住在一个饭店美丽的女店主家里，引起了满镇风雨，瞎子悄然离去，而女店主也追随而去。瞎子美妙的音乐消散了古镇人们不乏邪恶的心胸，美和爱情超越了世俗的偏见，音乐给人带来了深刻的启迪与情感的变化，一切都是那么朦胧美好，即使现实中还有很多匪夷所思的不足和邪恶。

但是，莫言如果沿着这样的路子走下去，他也就是一个二三流的作家。自《透明的红萝卜》开始，他的笔已经触及当时最前沿的美学问题，即当代艺术如何面对社会的巨变和人们感觉世界的方式及精神的巨变？小说中的黑孩自始至终没有说一句话，但是这一形象给予中国文学乃至美学的东西却非常之多。莫言冷酷而飘逸的叙述和审美风格已经初步体现出来，虽然小说中还不乏那种温情和优美的成分，如其中的菊子姑娘（她对黑孩大姐姐般地关爱和保护着）。但是，小说最重要的却是开始转向了人性的复杂性和黑暗面。因为饥饿难耐偷了一个红萝卜的黑孩，遭到工地上几百号人的批斗和羞辱。坚韧的黑孩还是默默忍受着，不发一言，冷眼对着这个世界，包括他的后母。到了《红高粱》，莫言开始更加直接地面对和剖析生存的历史和现实。其中的罗汉大叔被杀猪的孙五剥皮的场景已经让人过目不忘，但作者要彻底颠覆的还是传统的道德观、性爱观和婚姻观。正是传统文化造就的民族心理带来了近代以来我们民族日益孱弱的性格，罗汉大爷之所以遭到剥皮的酷刑，正因为民族精神中温婉、弱化的成分太多。有人认为这是嗜丑。其实，这正是莫言日益强健的艺术家心理结构对民族精神结构和状态的一次不无悲壮的刻画。为什么近代以来我们民族屡遭列强，尤其是近邻日本人的欺凌、杀戮？还不就是如鲁迅先生所早就指出的民族性出了问题吗？否则以我中华之物力、人力、才力、地力，怎么总让蕞尔小岛的倭人欺负？《红高粱》中的这种对丑的审视，不但引燃了莫言蕴藏已久的审丑小宇宙的大爆发，而且引发了当代文学乃至当代电影在内的新的审美/审丑思潮。电影《红高粱》就一改当代电影的审美风格，以粗犷的、充满血性的、具有强烈对比度的浓墨重彩的电影语言给受众以深切的刺激，也在一定程度上改变了当代国人的审美心理结构。后来播出的 60 集电视连续剧《红高粱》依然能够给予当代观众以强烈

---

① 王洪岳：《莫言及其获诺奖的悖论》，载《红岩》，2012(4)。

的审美/审丑情感的刺激，这与莫言的小说文本的美学风格是分不开的。

这一切均体现了小说家莫言崭新的文学观、艺术观和美学观，即对丑恶对象的审视，恰恰是对真正大美的折射与表现。自《透明的红萝卜》《红高粱》以降，莫言的一系列小说就呈现出迥然有别的美学天地。《天堂蒜薹之歌》(曾用名《愤怒的蒜薹》)对社会之丑之恶进行了颇具力度的表现，其手法也非传统的写实或浪漫做派，而是以梦幻、幻想的方式表达出当代吏治和政治当中邪恶、丑陋现象的多层次、多维度。农民的懦弱、善良、畏葸带来的不是强权者的爱护、让步、妥协，而是更加肆无忌惮的掠夺、欺凌和盘剥；而他们忍无可忍的反抗则被视为闹事、造反和暴动而遭到更加残酷的镇压。对于农民自身所存在的种种丑陋，小说家也是毫不留情地进行了描写。蒜农高羊被抓进看守所，当为他剃头的女警温柔地触碰他的脑袋的时候，当漂亮的女警给病重的他打针的时候，他都感到自己是多么的幸福，竟然产生了此生不白活的想法。退伍军人出身的高马敢于冲破种种束缚，带着自己心爱的女人金菊私奔，暂时使金菊摆脱了三连换亲的悲剧，但是当自己的女人怀孕了却不能保护，而只能选择继续逃跑，怀着他的孩子的金菊绝望中上吊自杀了，高马也只有满腔的怒火无处发泄，跑到乡政府大院里砍那些葵花杆和树木，最后在逃跑中被打死了。农妇四婶被抓，在看守所里抓虱子、摁虱子和咬虱子的场景写得很有趣，但实在也展示了善良的四婶的愚昧，她的形象也是丑陋的，甚至肮脏的，她冲一次水，身子下面竟然是油腻腻的黑水。四叔被乡党委书记的司机醉酒撞死后，两个儿子争夺那可怜的一点财产，甚至老爹的一件棉袄被一砍两半，以至于他们的妹妹金菊扔出一双爹的鞋子，说，你们一人一只分了吧！

《酒国》对国企和政府官员饕餮豪饮、烹食婴儿的耸人听闻事件的描写，让人触目惊心。丑的环境和丑的人性交互影响、互相渗透，强化了审丑的力度和深度，在当代文学和艺术的书写中，小说较早为未来的时代(市场经济下)人性和社会整体堕落的写下了序幕，作为艺术家的莫言早于他的时代预示了这一不幸的晦暗现实。所以，旅居美国的批评家张旭东才说，莫言小说艺术的想象力远远超越了现实，他敏锐地指出：当代中国社会主义商品经济的诸种关系和形态，"在九十年代的语境里还要靠莫言的想象和语言来将它展示出来，今天纯写实就可以达到莫言小说中的效果，比如荒诞感，所以我们的时代终于就成了十几年前莫言的魔幻，现实终于追上了莫言的想象！"①美学家栾栋在《感性学发微》中说过，"审丑近乎勇。"纵观整个中国文化史和艺术史也可以看出，审丑是中国古代文化和艺术的一个美学(审美)重要维度。莫言在当代以小说艺术的形式继承和发展了这一维度。

---

① 张旭东、莫言：《我们时代的写作：对话〈酒国〉〈生死疲劳〉》，71页，上海，上海文艺出版社，2013。

二、莫言小说的审荒诞

审荒诞是笔者提出的一个概念。荒诞是西方存在主义哲学美学的一个核心概念，是"上帝死了"之后人类的精神状态，世界和人类的生存从此变得无根无据，任何行为乃至语言都变得丧失了原本具有的价值和意义。萨特、加缪等是存在主义小说、戏剧的代表作家，也是荒诞哲学思想的集中阐发者。后来法国的新小说、荒诞派戏剧和美国的黑色幽默小说，更促使这种荒诞哲学美学思想日益扩展和深入。但是西方学人、艺术家基于荒诞本身的无意义无价值，对荒诞多有呈现和表现，而不是反思或超越之。

中国当代小说中的荒诞描写一般来说不同于西方同行，其中的荒诞往往不是作家的刻意为之，而是因为现实中的荒诞现象比比皆是引发作家的关注所致，因为中国当代作家所面临的境遇与西方同行不同，在我们的语境中是先有荒诞（无聊、虚无）而后有审荒诞。中国的荒诞概念可以用"怪诞"来理解，或者干脆说中国当代小说和其他艺术种类中的怪诞，是中国当代社会的各种怪诞现象的艺术体现。进入现代的中国社会还来不及调整好步履和心态，现代化或现代性的大潮便汹涌而至。比如人们经常看到的"城中村"，不但地理上、区域划分上、社区管理上等充满了悖论和荒唐现象，这犹如美学上充满中国特色的怪诞现象。更为重要的是，经济全球化和进入 21 世纪的世界境况下，我们的各种生态（自然的、伦理的、政治的、经济的、文化的、心理的等）无不充满了悖论和荒唐。虽然充满了荒唐和悖论，但是当代中国人的生活和生命追求依然充满了各种可能的价值或意义。这显然不同于西方人那种彻骨的、决绝的、丧失存在价值和意义的感受与理性认知。中国人的生活和存在中的无聊、荒唐、虚无、荒诞，往往还是在追求价值和意义当中的一种阶段性或结构性特征，而不是骨子里的绝望和无意义。然而这种日益严重的荒唐、荒诞或怪诞事件、现象、人物、语言等，可谓铺天盖地，如何把握尤其是艺术地表现，却是一个很大的问题。在文学艺术领域，作家、艺术家要么将复杂问题简单化，要么闭上耳目回避之。因此能正视生活和存在当中已经普遍存在的荒唐、荒诞、怪诞，已然是一个小说家、艺术家不能回避的艺术使命所在。

传统文学及其手法已经不能很好地把握和表达这种种复杂的尖锐问题，它需要强健的艺术表达理念和手段。正是在这种背景下，作为先锋派或新潮派一员的莫言，凭着文学家的良知和独特的艺术表现力，把现实中早已存在且愈演愈烈的荒唐、怪诞、荒诞，给予了集中的书写。

《酒国》可视为当代中国的寓言，"酒国"简直就是怪诞、荒诞的代名词。一个依靠喝酒饕餮立命立身，甚至立国的民族，其基本的精神结构之怪异、之衰微、之堕落，自然可以想见。本来，酒神精神和日神精神是相辅相成、缺一不可的，但是在"酒国"，日神精神几乎荡然无存，充斥在各种场合特别是官场的就是酒宴、喝酒、拼酒、醉酒、呕吐，无酒不成席，不醉非朋友，不喝就不办事，成了普遍的行事、交友、生活和工作的模式和法则。酗酒、醉酒状态下的"酒国"就是这样的典型。上至市委宣传部副部长、国营煤矿书记、矿长、省检察院高级侦查员和京城里的大作家，下至普通黎民百姓，无不要靠喝酒来体现自己存在的价值。《天堂蒜薹之歌》中因为贫穷没钱买酒、连环亲中的方家老大于是靠加水稀释再给客人喝的情节，在"酒国"里走向了另一个极端：穷奢极欲、无以复加。"酒国"实在是一个超级大酒缸，里面的人无不醉醺醺的，围绕着酒国的主要消费者——那些高级人物还产生了不可思议的生产链。因为高级人物吃腻了山珍海味、乌龟王八、燕窝海参、猴头鱼翅等等，他们要吃最香甜的婴儿，而且还要是男婴。于是农民家里就专门养育男婴，养到两岁左右等婴儿白白胖胖的时候就送到收购站卖钱。还有烹饪学院、酿造学院与之配套进行科学研究、屠宰、加工、烹制、酒店服务等相关的产业链。在煤矿迎接侦查员丁钩儿的宴会上，就出现了一道名为"红烧婴儿"的菜肴！饮食在人类文明化后也成了文明的表征，但是越来越文明的人类却把自己幼小的同类当成了可以烹食的对象，而且是越娇嫩越值钱。此乃荒唐至极！然而却是一个没有或丧失了信仰，只知道在吃与喝中沉溺、迷醉的民族的生存逻辑。吃胎盘，吃人血馒头，虽然也是人体的器官或物质，但还不是直接烹食人本身，《酒国》里开始堂而皇之宰杀烹调制作婴儿宴了。钱理群曾经在《拒绝遗忘》一书中深刻地指出，"吃人"不仅仅是一种象征的、心理的说法，而是中国"文明"中的一种实际存在，人吃人，或易子而食，或易妻而食，或吃死人肉，都是因为饥饿。莫言的《酒国》则反其道而行之，人们豪饮、饕餮、吃婴儿，不是因为饥饿，而是因为过度饱胀、无聊所至，似乎非如此不能体现自己的存在，更不能体现出这种所谓文明和文化的意义。这种饮食文化发展到当代，由于人人沉溺在肉身的存在当中，由于没有精神超越的维度、信仰的维度，只有这"一个世界"（李泽厚语）和肉身，于是就沉溺于这酒囊饭袋的美食美味当中，二岁的婴儿也就因为其无意识、被饕餮者当成"非人"的物的存在，而成了这些狂饮滥吃者们的口中美味！

莫言通过《酒国》所达到的对存在本身荒唐、荒诞、怪诞性的描写和认知，已经远远超越了同时代人，也超越了他的同行们。看看晚于《酒国》一年发表的贾平凹的《废都》，就可看到后者不是通过狂饮甚至食婴来克服满足这无边的肉身欲望，而是通过性爱、性交来宣泄这肉身的空虚。两部作品各有千秋，一个抓住了中国文化最凸显的饮食至上的文化特点，表达了这种饮食文化灿若至极后的腐败和堕落；一个抓住了中国文化最隐秘的性（色情）文化，给予了可谓纤毫毕现的表达。两部作品各有千秋，但还是能够分出高下。前者的艺术手法往往继承中有很大的创新，叙述上采取用了三管齐下——丁钩儿的侦查与遭遇，酒国业余作者、酒博士李一斗写的九篇关于酒国、酿酒、烹食婴儿、采燕等方面的小说，京城里的大作家莫言的回信及探访猿酒节的莫言所看到的酒国景象，构成了小说的结构和框架，打破了传统小说的叙述基调和套路。而后者拘于传统者甚多，明清色情小说及《金瓶梅》成为其效法的对象。

《酒国》的审荒诞/审怪诞意识彻骨而决绝，是对整个文明文化"盛世"喧嚣的极大反讽。它给中国当代的美学研究提供了上等的原料，提供了肥沃的土壤。已然变得荒诞/怪诞的现实和存在，早就被作家的良知和敏锐的眼光所关注和把握，但仍然不被美学家们关注和研究，他们往往和"酒国"中沉溺于酒色财气的官僚们类似，只不过他们靠的是时髦的概念、体系，靠的是虚无缥缈的、不痛不痒的文字游戏，来满足这个日益夸饰化、符号化，实际上也是日益板滞化的时代和社会某种虚幻的需求。

除了《酒国》，这种审荒诞/审怪诞美学思想在莫言的其他小说，如《红高粱家族》《丰乳肥臀》《生死疲劳》等作品中都有表现。这些作品写的战争本身就充满了荒诞。莫言在一次对话中专门对战争本身的荒诞性进行了颇富深度的解读，他说："红色经典"没有看到或写到战争的真正本质，这些作品对"战争中人的异化，战争中侵略者和被侵略者双方灵魂的扭曲都没有、也不敢表现"，而荒诞才是战争的真正本质。① 《丰乳肥臀》中的母亲上官鲁氏为生育男孩而不择手段地同各色男人媾和，先是姑父，再有赊小鸭的、江湖郎中、杀狗的、和尚、四个败走的大兵等，最后同瑞典人、传教士马洛亚结合生了龙凤胎上官玉女和金童（我）。上官鲁氏滥交的目的不能理解成为满足自己的情欲或爱情，她之所以如此做，只是为了能生一个男孩。但她最后所生的这个男孩上官金童却是个恋母情结严重的人，他尤其贪恋母亲的乳房，后来还有无数女人各种型号、形态、肤色的乳房。这样的描写在某些卫道士看来是荒谬、邪恶、淫荡的。小说刚发表后的遭际以及作者本人的遭遇，正说明了这种根深蒂固的思维和观念还停留在把艺术中的描写和人物行为、思想当成作家本人思想和行为的非文学、非艺术模式上。如果小说的意图或主题是这样的，那么，它与明代流行甚广的春宫小说、色情小说有何迥异之处？现实是，如果上官鲁氏没有生出儿子来，在家庭里就丝毫没有地位，就如同牲畜那样任人宰割打骂。从无数次极度痛苦的体验中，她体会到要生一个儿子，才能为家族传宗接代，才能被人瞧得起，于是她不断地同各色男人交往结合。当然小说有更宏大的追求。上官鲁氏虽然在家族文化的体制内没有自己的名字，但是她忍辱负重地承担起在中日战争、国共内战、大跃进与大饥荒等悲惨岁月里养育自己的儿女和儿女的儿女的艰难任务。在20世纪60年代大饥荒的日子里，母亲趁给生产队推磨的机会把粮食粒儿吞进胃里，等到回家后再弯腰跪地，将粮食呕吐到盛着清水的脸盆里，洗干净煮熟喂养她的孙辈们；以至于母亲每次弯腰都出现条件反射，落下病根。这看似怪诞的一幕，恰恰盖过了曾经为了

---

① 莫言、王尧：《〈红高粱〉到〈檀香刑〉》，载《当代作家评论》，2002(1)。

生儿子的乱交的荒唐，体现了她包容宽阔的心胸和无私的牺牲。

《生死疲劳》同样源于现实生活的荒诞。主人公西门闹是一个家庭殷实的好人，他逢灾赈粮、修路架桥、救助抚养孤儿。可是在 20 世纪 40 年代末，他却被划为地主最后被枪毙了，枪毙他的恰恰是他的近邻乡亲黄瞳。这不合逻辑，但在那个血雨腥风的时代却是很"常态化"的，凡是土地多的主儿就是地主，就是被镇压、枪毙的对象，无论他是善良的，还是邪恶的。这是一种何等的荒唐？小说对荒诞、怪诞的描写，最不可思议的陌生化之处还是被枪毙了的西门闹非常不甘心，他到阎王爷那里喊冤，阎王便把他打回人间，让他托生为驴、为牛、为猪、为狗、为猴，最后返回人间成为大头儿蓝千岁，完成了六道轮回。按照理性的法则和儒家的观点，这种鬼神轮回思想简直荒唐至极。但是，自汉代以降，佛教传入中国并发扬光大，六道轮回的思想已经深入人心，作为一般读者并不怎么感到突兀，而是在阅读接受时往往还能会心一笑。这是作者借助已经中国化的佛教教义和思想，再加之道教的长生不老思想、齐文化中的鬼神思想，特别是蒲松龄《聊斋志异》中的仙人、神人、狐仙等思想，而创作出的一部称得上伟大繁复的作品。

怪诞、荒诞的存在要靠同等条件的方法才能理解和解析。曾经的现实是善与恶泯灭，忠与奸不分，乃至死与生界限混淆。苦海无边的人生在世，何处是归宿？《生死疲劳》试图通过六道轮回思想来贯通、淡化之。这里没有所谓清晰的正义和公平，有的是生生不息的生命延续和轮回。佛家所谓妍媸难分、美丑难辨，我们正可以此来看待莫言笔下的人生与社会的存在状态。这正是莫言小说的审荒诞的艺术体现。

三、莫言小说的审恐怖

如上所述，一般说来，中国文化和心理往往缺乏荒诞和荒诞感，原因在于我们的文化心理产生如李泽厚所说的"一个世界"之中，仅有这个现实的世界及其所形成的文化、道德、伦理就够了，一代代祖先还有各个时代精忠报国或杀身成仁的烈士、忠臣、带来实际利益的能工巧匠等，都能够成为我们尊奉的神灵。这种并非无神论的多神教思想信仰，便成为我们民族的精神家园和信仰载体。然而先民圣哲并没有为后代建构一种超乎这个世俗世界的信仰思想体系。于是，人们拜服于传统的大家长，或作为大家长之象征的皇帝，便可以寄托此身此世及其愿望理想，最多古代文化里产生了"上天"思想，但它不是人格神。讲究"非知生焉知死"，"敬鬼神而远之"的孔子的教诲，使后世中国人即便有一点神的敬拜意识，也已经远远不能满足人作为有神性的存在的精神诉求了。俗世的力量不足以抵抗生存中常常袭来的空虚感、虚无感和最终的归宿的恐怖性，"前不见古人，后不见来者，念天地之悠悠，独怆然而涕下"，仰望苍穹和俯视大地，审视自身和超脱肉身，种种希冀和迷茫，都带来对生死和世界存在价值的追问。这种种打上了浓重儒家意味的超越不无意义，但终究没有超脱这个世界。在中国人的葬礼中，人们面对亲人、友人等死亡时那种或哭天抹地（儒家），或淡然嬉笑（道家）的姿态，都没有获得死者与生者本有的尊严。佛教的传入带来了某种根本性的变化，但佛教泯灭是非、妍媸、善恶，追求物我两忘的境界，也着实非一般人所能够达到。从《生死疲劳》中被枪毙了的西门闹通过六道轮回而怨气减弱再托生为（弱智之）人，也可看出佛教的教义不能真正拯救这个败坏无序、正义丧失的世界。

由此，我们来看待莫言通过其小说审恐怖的必要。恐怖与荒诞是一对难兄难弟，荒诞的产生则导致溢出常规，带来或制造恐怖。在正常状况下，《生死疲劳》中的善人兼地主乡绅西门闹是一个传统的乡村社会的中坚力量。但是，"革命"运动来了，他被革掉了脑袋。荒诞和恐怖均由是而生。《生死疲劳》所写的自1950年到2000年的半个世纪的许多情节、故事，都充满了这种诡异性和恐怖性。如第二章"蓝解放叛爹入社西门牛杀身成仁"写"我哥"成了大队革委会主任，人称"金龙司令"，积极造反，演唱革命样板戏。有一次要到公社，临行前到大院墙外的厕所小解，恰遇同他有仇的杨七，戏剧性的一幕发生了，金龙抖着身体，气势汹汹地正告杨七别太得意之时，"他胸前那枚巨大的陶瓷像章，挂钩脱落，掉进茅坑当中。"两人一愣怔，清醒过来时金龙要跳进粪坑捞像章，杨七却抓住金龙的衣服，大喊"抓反革命啊！抓现行反革命啊！"一时间恐怖至极，金龙恐惧到浑身麻木不仁，他反而成了劳动管制的对象。这一幕，典型地凸显了现实的荒诞与恐怖，同时又有某种喜剧性。恐怖，源于人类的灵性与生命意识，也源于时代和社会所造成的控制和压迫。如何看待各种恐怖，就是一个作家不可忽视的问题。莫言通过其《生死疲劳》而把这种悲剧和喜剧兼而有之的悲喜剧报以艺术的表现。这与莫言所讲的一个笑话不无神似之处：文革中农民从公社里领来了长毛兔子喂养，养成之后再把大小兔子送到公社收购站去，质检员问他兔子有无毛病，老农想幽上一默说，大的万寿无疆，小的身体健康。结果这个老农被民兵当场打死了！现实的恐怖转化为小说艺术中的恐怖已然减弱了很多恐怖的氛围，然而两者确有相通之处。

对于审恐怖这一主题或审美类型，莫言一直试图写出特色，写出绝活来。在《透明的红萝卜》《枯河》《红高粱家族》《天堂蒜薹之歌》《爆炸》《怀抱鲜花的女人》《奇遇》《拇指铐》《战友重逢》《司令的女人》等小说中，莫言描写了各种各样恐怖事件及其对人性和人生的深刻影响，在此基础上，他于2001年发表了长篇小说《檀香刑》。这部作品可谓是其审恐怖小说实验的极致。在中国小说史上，还没有如此集中细致地写酷刑者。小说写了各种各样的酷刑，腰斩、砍头、凌迟、檀香刑，前两者是作为后者的前奏而出现的。由于作为小说，其语言文字本身的过滤性、抽象性和间接性，以及小说刻意追求的音乐性和戏剧性，而有意无意地淡化了酷刑所造成的压迫感和恐怖感。翻开中国历史，当会发现这一幕幕历史实际上是残酷的刑罚史。历史学家秦晖认为，中国文化的核心应该是政治文化，而政治文化的特征是"法道融合"，在近代就产生了李宗吾的"厚黑学"，而非李泽厚所说的"儒道互补"。法道苟合的文化的突出特征，便是每到关键时刻法家的残酷和黑暗便应运而生，大行其道；道家在其中充当了法家权术的走狗和帮凶。① 如此看来，《檀香刑》恰恰是最黑暗最暴虐的专制淫威下正义人士和追求公义人士最为悲惨的受虐的艺术写照。

这样的酷刑描写很容易使我们想起鲁迅，他创造性地写了许许多多的看客形象，揭露和批判了存在于国民中的劣根性。很多作品也描写了慷慨就义的英雄，如《红岩》等。但是，从人性的深处专门描写刽子手、受刑者及看客关系的作品甚为罕见。《檀香刑》可谓开创性作品，它从看客的角度或者启蒙者眼中的看客的角度，转向了刽子手与受刑者的角度来写作。但我们不能把这部作品中所表现的思想当作作家本人的思想，虽然两者之间有一定的关联。小说第九章"杰作"题目便透露出浓烈的反讽意味，正是这种反讽把作者与作品人物的思想的分野突显出来，因而决不能把作品中刽子手对酷刑施刑过程的精心与"敬业"当作作家本身对此的赞美来看待。这一章写京城里的刑部刽子手赵甲对刺杀满清新兵总督袁世凯的警卫副官、革命党人钱雄飞实施凌迟的整个行刑过程，间杂以报仇者兼观刑者袁世凯大人眼中的那些惊心动魄、血肉横飞的施刑场景。其中还有对中国古人发明的这一酷刑历史的扫描，从古代的三千多刀致死到赵甲等"姥姥"只能实行五百刀致死，"灿烂的"文化已然降低了自己的"品格"和要求。在第十一章"金枪"中，钱雄飞试图用袁世凯送给他的两把金枪射杀袁，但金枪却哑了弹，钱雄飞被捕。强人袁世凯老谋深算，早就看出钱雄飞有谋逆之心，早就防着他了。对于像逆向雕塑般实施凌迟的刽子手赵甲来说，面前的这尊肉身体型匀称、长相帅气、肌肉劲健、富有弹性，而更让赵甲佩服的是钱雄飞那种坚韧意志与忍耐力，承受着酷刑的钱雄飞发出了呻吟，但除了只有刽子手他赵甲能听到外，那五千军人看客包括袁世凯是根本听不到的。"让他感到美中不足的是，眼前这个汉子，一直不出声号叫。这就使本应有声有色的表演变成了缺乏感染力的哑剧。"②小说淋漓尽致地对赵甲的"手艺"之精湛进行了描写，从侧面即刽子手赵甲的角度，对钱雄飞伟岸不屈的人格和精神进行了至高的评价。正面、直接描写钱雄飞的话语不多，但句句掷地有声，像他在生命的最后大声斥骂："袁世凯奸诈狡猾，卖友求荣，死有余辜。"这里小说也改变了鲁迅小说中看客的形象，看客不是闲人们，而是袁世凯集合来的将领和兵士。至于袁世凯，在小说中的分量不大，但此人是能生杀予夺的大人物，其独裁、凶恶、残忍、奸猾、无耻又老谋深算的本性早在他当天津新兵督

---

① 参见秦晖：《西儒会融，解构"法道互补"——典籍与行为中的文化史悖论及现代化之路》，见哈佛燕京学社主编：《儒家传统与启蒙心态》，94～162 页，南京，江苏教育出版社，2005。

② 莫言：《檀香刑》，147 页，武汉，长江文艺出版社，2010。

办之时就已显露无遗。第十二章"夹缝"写已当上山东巡抚的袁世凯电报拍到莱州府并转高密县，催逼高密县令钱丁速将造反者孙丙拿下，并要其速筹白银五千两，赔偿德国人损失，还要备上厚礼到青岛看望受伤的德国技师，以安抚德人，切勿再起事端。小说借钱丁县令的幕府之口说：当官"是为上司当的，不是为老百姓当的。要当官，就不能讲良心；要讲良心，就不要当官"。从慈禧，到袁世凯，到谭道台，再到莱州知府，都是只顾自己的官位，不顾百姓的死活。当钱丁彻夜策马披星戴月赶到莱州见到知府时，却听到知府如是说："死几个顽劣刁民，算不了什么大事，如果德国人能就此消气，不再寻衅，也未尝不是一件好事。"小说写得不露声色几近零度叙述，但价值判断迥然有别，其思想倾向已很显明。晚清官场及其代表袁世凯的这副嘴脸绝不是一句如有的评论者所说"国家主义"就能断言的。回到凌迟的场面，赵甲做到第五十二刀之时，钱雄飞大骂道："袁世凯，袁世凯，你这个奸贼，吾生不能杀你，死后化为厉鬼也要取你的性命！"此时，威严而恼怒的袁世凯命令道："割去他的舌头！"一幅奸贼专权的恶人形象油然而生。凌迟不但让刽子手累得站脚不稳，而且使得他的徒弟晕倒在地，数十名士兵也跌倒在地。第十章"践约"，写的是刽子手赵甲砍杀戊戌六君子，特别是刘光第大人的过程。慷慨悲壮的谭嗣同、刘光第们，以自己超乎肉身能够承受的钢铁般的意志力，给刽子手赵甲以别样的巨大压力，使他在自己的执刑生涯中第一次"失去了定性、丧失了冷漠"。这就触及这个杀人不眨眼的刽子手的灵魂，他深藏在石缝里的灵魂正在蠢蠢欲动，各种各样的情感诸如怜悯、恐惧、感动、敬畏……汩汩而出。恐惧的不再是受刑者刘光第们，而是刽子手、执刑者赵甲。这是对恐怖的审视，是审恐怖。当处斩曾经同他建立了深厚友谊的刘光第大人时，赵甲"为了敬爱的刘大人，他要亲自动手，用了整整一夜的工夫，将'大将军'磨得锋利无比，几乎是吹毛可断"。他先砍下了刘光第的头，然后依次砍下了谭、林、杨、杨、康的头，活儿干得漂亮，没有让大人们遭受钝砍或挨上第二刀。"他用自己高超的技艺，向六君子表示了敬意。"这实在又是一种巨大的悖谬和反讽。

这些描写都是为了后面这最严酷的刑罚——檀香刑——做铺垫。民间抗德英雄、为报仇投奔义和拳并成了首领的孙丙不幸领受了这一酷刑。逮捕他的是他女儿眉娘的干爹、高密县令钱丁，行刑者赵甲是眉娘的公爹赵甲，此时他已经退休回家。眉娘的三个爹聚集一起，不是为了和睦与荣誉，而是为了最严酷的刑罚——檀香刑的执刑（公爹）、受刑（亲爹）和观刑（干爹兼情人）。钱丁还是钱雄飞的堂叔兄弟。孙丙抗德杀死德寇惊动了京城皇族和山东巡抚袁世凯。无巧不成书，整个故事充满了戏剧般的艺术张力和惊悚的期待效果。惊悚叙述和檀香刑实行的过程不必重述，我们可以想象，死比活着更艰难。把人物推向极致，赵甲要执刑的是自己的亲家。孙丙被捕，是因为自己的妻子被德国技师当众羞辱，他愤而杀死了德国技师，妻子被德国人脱光衣服扔进河里淹死，双胞胎的儿女被德国人用刺刀挑着同样扔进河里。充满血性的、暴怒的孙丙只有造反一条路了。但他招募的不过是拥有功夫和气功的义和拳手等一群乌合之众，他们在德国人和卖国贼袁世凯的枪炮下不堪一击。德国人要孙丙死得难受，就要求清政府和袁世凯用最严酷的刑罚。赵甲被勒令发明出一种前所未有、为所未闻的新式刑罚，于是檀香刑被发明出来。这种刑罚就是把用芝麻油烹煮三天的尖形檀香木棍子，从谷道（肛门）楔进体内，慢慢从脖子处出来，而且要五天后即德国人修建的铁路通车后方才可断气。这种极度的酷刑自然会带来强烈的恐怖。小说是如何审恐怖的呢？

首先，这个刑罚的名字饶有意味，甚至带点艺术的、审美的味道，减弱了此刑罚的恐怖性。其次，这还涉及小说里的猫腔戏和主人公孙丙作为猫腔戏班班主的角色承担。包括看热闹的观众，应和着正在受刑的孙丙的猫腔调子，在一定程度上淡化了酷刑的惨烈度。再次，民间本身所洋溢的乐观情调，下层人特有的穷欢乐，都冲淡了酷刑的无可忍受的程度。小说写到了每年八月十五是叫花子节，也正是月圆之时，孙丙开始受刑的第一天。欢乐与悲壮交织，悲剧与喜剧交融。叫花子和戏子实在都是穷寻乐的角儿。小说由此有了狂欢化的味道。义薄云天的小山子要替孙丙慷慨赴死（虽然他临刑之际吓得屁滚尿流——这又正衬托了孙丙的伟岸不屈和坚韧的意志力），真有些狄更斯《双城记》里的伦敦律师卡顿的影子；其他的叫花子朱八头儿、小乱子、侯小七、小连子，都是舍生取义的角色；而孙丙甘愿留下被捕也是为了一个"义"字，他不想让别人无端地为他牺牲，虽然事实上没有实现。钱丁夫人（曾文正公国藩的外孙女）在眉娘救父不成身陷危境之际，掩护了眉娘，凛然大义与宽广胸怀压倒了小女子的嫉妒与狭窄，也是"义"字当先；还有众乡亲们冒着危险来保护、救助眉娘；有单举人几个时辰下跪在县衙前率众乡绅乡亲为孙丙求情，法外开恩，虽然善良和民意打动不了邪恶而专断的大人袁世凯和背后的德国侵略者……正是这种种的义气正行，压倒、至少淡化了檀香酷刑所带来的恐怖氛围。

最关键的时刻，孙丙大义凛然地赴死，在极端残酷的檀香刑前视死如归，演了一出猫腔绝唱，也活脱脱地表演了悲壮的人生大戏。他本晓得留在牢内必死无疑，而且要遭受闻所未闻、空前绝后的檀香酷刑！他本知道小山子替换了自己，可以选择逃亡活命，但一个戏子（民间艺术家）的表现欲望陡然而生，死也要死得悲且壮！小山子和孙丙，真假难辨，充满戏剧性，让德国人克洛德和袁世凯看傻了眼。在孙丙受刑的过程中，高密东北乡的猫腔戏班子来为他们的师傅演戏，好让他走得少一些残酷，但是德国鬼子却认为他们是来闹事劫法场的，开枪射杀了整个戏班子，这也是东北乡最后的猫腔戏班子。知县钱丁在夫人绝望服毒自杀后，终于克服了畏首畏尾的懦弱，他提早结束孙丙的性命，让克洛德和袁世凯的希望落了空。戏台和刑台上躺满了尸体。小说的结尾，孙丙说了一句："戏……演完了……"这不由得使人想起圣经里耶稣被钉杀的最后时刻的话："成了！"心理祈求与指向不同，境界也不同，但悲壮崇高如一啊！孙丙被实行檀香刑，和耶稣被实行十字架刑，实有某种一致性，孙丙遭遇的惨烈程度甚至还要厉害。充满理想或信念的赴死无疑极大地冲淡了酷刑的恐怖。极度恐怖的檀香酷刑终于结束了，它的恐怖被猫腔戏的悲凉的唱腔所掩盖，更被新的恐怖屠杀所掩盖。最终是知县钱丁的觉醒或绝望，让这延续已久的恐怖戛然而止。相比较而言，孙丙的最后一句话"戏……演完了……"，是事件发展的终止，是结尾，是生命的消失，留给人的是无限的悲凉与虚空；而耶稣的话"成了"，是开始，是新生命的诞生，是充满希望的对未来的展望，是注入众人心中的信仰和精神再生。一个是对这"一个世界"的无限留恋与淋漓尽致的展示，一个是从死亡的悲剧和绝望中重新出发的信念。这也反映了儒家和基督教两种文化的迥异。

恐怖在自然界、人类社会和自我内外无时不在、无处不有，艺术如何表达恐怖，如何表达人的恐惧？《檀香刑》做了一次不无悲壮的集中表现。它凸显了刽子手赵甲和受刑者孙丙，以及参与者和观刑者知县钱丁之间交互关系的戏剧性。赵甲作为刽子手希望棋逢对手，孙丙正是这样的对手。最为歹毒的酷刑，从一个侧面昭示了一个极端专制时代即将覆亡的颓势，封建王朝的外强中干，袁世凯的色厉内荏。对于正义的追求和对于英名的呵护，让这部小说的主人公孙丙在生命的末尾呈现得轰轰烈烈，他们的义气与担当映衬了德国人克洛德和袁世凯的卑鄙、龌龊。恐怖就是以生命的极致来克服和超越。这是至高的礼赞，也是小说叙述的终极价值指向所在。

莫言对此曾经有过这样的阐明："我觉得批评者或是读者应该把作者与书中的人物区别开来。赵甲对酷刑的沉迷并不等同于我对酷刑的沉迷。"[①]这就是对在社会上、历史上制造恐怖的人物和反映、表现恐怖的小说本性之根本不同的艺术揭示。

四、莫言小说的审悖谬

莫言的小说还有一种创作理念或意念，是以一种悖谬的方式展示的。他自己有过多次的表白，如最著名的言论："最美丽最丑陋、最超脱最世俗、最圣洁最龌龊、最英雄好汉最王八蛋、最能喝酒最能爱"的神奇的"高密东北乡"，正是《红高粱》《枯河》《透明的红萝卜》《丰乳肥臀》《生死疲劳》《蛙》等小说的故事原型诞生地。他还借助于小说《红蝗》在结尾处借人物之口说了一段话："我要编导一部真正的戏剧，在这部剧里，梦幻与现实、科学与童话、上帝与魔鬼、高贵与卑贱、美女与大便、过去与现在、金奖牌与避孕套……互相掺和、紧密团结、环环相连，构成一个完整的世界。"这是一种充满了悖谬和矛盾的话语组合与思维方式，体现在莫言的小说创作中便是种种驳杂、对立、悖谬的人

---

① 莫言、张慧敏：《是什么支撑着〈檀香刑〉》，载《南方周末》，2002-02-28。

物性格或行为纠缠在一起，土匪既可以杀死自己不喜欢或妨碍自己的人，但也可以慷慨悲壮地去抗战；国军欺压人民但也是抗战的最重要力量；共产党既可以给农民带来土地和欢乐，同时它又剥夺农民中有土地者（地主）的土地甚至其性命，而后又把他们刚刚到手的土地充公；一个女人为了生育儿子不惜与各种男人媾和，但她充满博爱的胸怀和承受灾难、苦难的能力却又是超常的；一个吃奶到十几岁的男人，长成了帅小伙子却依然依恋女人的乳房，心理上永远长不大；一个本职为治病救人的女医生却是扼杀了近万名胎儿的"杀手"……到了 21 世纪，莫言在山东图书馆演讲时，把这种悖谬的创作思想用更简洁的方式表达出来，他认为，中国的当代作家，至少他自己已经意识到，创作就是要"把好人当坏人写，把坏人当好人写，把自己当罪人写"。这是从事小说创作三十年的莫言所认识到的最为深刻和最具针对性的文学美学思想的结晶，它是从文学与人性的深层关系出发而得出的观点，充满了艺术辩证法思想。自 20 世纪 80 年代以来，中国文学界与理论批评界就日益加深了对人性复杂性和文学表现复杂性的认识，刘再复的《性格组合论》就是这种思想的集大成者。作为刘再复学生的莫言对这种思想当然心领神会，但是作为一个宣言书式的形式明确地表达出来，却是经过了三十年乃至六十年的探索，才能够概括和提炼出来的。好与坏、善与恶、罪与罚，曾经在当代中国的文学和其他艺术中呈现得那么泾渭分明，极其简单化、模式化、公式化的文学作品比比皆是。莫言把人性中的好与坏、善与恶、罪与罚等对立两极的因素纳入一个人性的熔炉里加以冶炼，这已然打上了当代美学的印记。当代中国社会和生息其间的人们，那种悖谬的存在和事物数不胜数。写出了《酒国》这部被评论家张旭东视为让现实跟着走的小说的莫言，最近也感叹（2014 年 10 月），他想写一部反映腐败的长篇小说，但是苦于自己的想象力跟不上现实了。千亿贪腐、成吨发霉的百元大钞、数百公斤黄金、无数的珠宝古玩、名人字画、几百个情人的现实存在，其离奇、惊悚、悖谬的种种贪腐的特大事件，已非这位伟大的小说家所能想象得到的。那种写实的手法和浪漫的畅想也远远跟不上现实的"精彩"或让人瞠目结舌的程度了。

悖谬往往与荒诞、怪诞结合在一起。在一般情况下，事物的发生、发展、高潮、结局，是按照因果逻辑进行的，但是在悖谬的情况下，事物和人物性格的逻辑演变却是反其道而行之的。《枯河》中的父母亲、哥哥，对于自己的儿子和弟弟，不是想尽办法解救，淡化自己儿子和弟弟的"罪过"，而是以更加残酷的手段毒打以至死掉，否则就感到自己十恶不赦，罪大恶极。其实，大家都是生而平等的，法律和尊严面前人人平等。莫言的小说和散文恰恰要极力张扬和维护这种原本没有但现在有了的人格平等、尊严平等、法律面前人人平等、真正的信仰面前人人平等的价值理念。这正是其小说审悖谬的意义所在。

五、莫言小说对当代美学范畴或审美类型的拓展

莫言不是美学家，但他是伟大的小说家、艺术家。如上所述，他的作品为当代中国美学提供了诸多的新范畴或审美类型，诸如狂欢、审丑、荒诞、恐怖、反讽、悖谬、悲喜剧等。翻开一部部中国人编著的《美学概论》，在美学范畴或审美类型部分往往只有美（优美）、崇高、悲剧（性）、喜剧（性）或滑稽，最多再列上丑，其他的基本就没有了。20世纪西方美学家所关注和重点讨论的范畴或类型比如海德格尔、卡罗尔等美学家所关注和论证的畏（恐惧）、萨特所关注和讨论的恶心（呕吐）等概念或范畴，除了张法教授在其著作《美学导论》第三章列出专节来论证荒诞和恐怖[①]，在中国当代的"美学概论"中难见踪影。原因何在？一方面，这与中国美学学科建立初期对学科命名和范围的翻译、理解、界定的偏差有关，aesthetics 不仅可以理解为"美学"，其实更应该理解为"感性学"或"感觉学"，因为鲍姆嘉通创设这门学科伊始，就将其界定为关于人的感性、感觉、情感（包括美感与其反面丑感）等低级认识的学科。自鲍氏以降，aesthetics 的领域不断扩大至（审）丑、荒诞、恐怖、悖谬、媚俗（媚世）、反讽、悲喜剧等感性、感觉、情感或审美类型。王国维等把该词由日本引进并翻译为"美学"，就带来了一百多年来中国美学学科的发展走向和基本形态，除了狭义的美（优美、和谐之美），再加上崇高、悲剧、喜剧（滑稽）就大致框定了其范围。其他的美学（感性学）范畴或审美类型就进不了大多数美学家的法眼。由此导致的美学（感性学）研究的弊端也日益凸显，许多新的审美现象、审美类型、艺术现象、艺术类型就进不了这些美学家的视野，或者他们想当然地从"美学"之"美"字出发，认为美学就是研究美及美感、（狭义）审美的学科，其他的什么丑、荒诞、恐怖等根本不可能属于美学研究的范畴。不但如此，在涉及美育（审美教育）时，这种状况更加严重。殊不知，现代艺术或审丑艺术、审荒诞艺术、甚至审恐怖艺术等已经诞生一百余年，成为世界和中国现当代艺术的主流了。美学家不能闭上眼睛无视这些已经很普遍的（广义）审美类型、审美现象、艺术类型、艺术现象。另一方面，美学自其诞生一直到康德、席勒、黑格尔、谢林等人那里就是与近代启蒙思想一起发展、繁荣起来的，在这一意义上甚至可以说，美学一直到 19 世纪至 20 世纪俄苏美学都可作如是观，中国美学诞生于 20 世纪七八十年代的实践美学，也可视为是世界启蒙美学在中国的发展、演变。启蒙美学可称为主体（性）美学，是为了与整个社会思想文化、人的性格、精神的改良、简言之人的建构相协调一致的。笔者把启蒙美学或主体性美学分为两个大的阶

---

① 张法：《美学导论》，北京，北京师范大学出版社，2009。

段，其一是主体性之侧重理性维度的美学建构，自康德到黑格尔为代表；其二是主体性之侧重于非理性维度的美学建构，以叔本华、尼采、弗洛伊德一直到海德格尔、萨特等为脉络。福柯在研究了尼采美学思想之后认为，非理性也应该是人类尊严和价值的来源。这就是主体性美学之非理性维度的意义所在。而关涉中国现当代美学的建构，这个问题变得更加复杂起来。自王国维、蔡元培、梁启超、鲁迅、谢无量等学人对现代中国美学开创以来，上述关于理性与非理性两个维度的美学建构就被挤压于一个时空阶段，五四美学更是如此。这种状况一直到 20 世纪 80 年代仍然没有得到彻底厘清和解决，主体性启蒙美学就在匆匆忙忙的市场经济大潮中风流云散了。90 年代以来的修辞论美学、后现代美学、否定论美学、主体间性美学、生命美学、生态美学等应运而生且大行其道。这些美学流派或思想不无价值，但是在启蒙美学或主体性美学被迫戛然而止的情况下，这也是部分美学家们不得已而为之的结果；况且上述美学流派或思想确实能够丰富和补充实践—启蒙—主体性美学之不足。但是，启蒙美学所涉及的尖锐问题却在上述种种美学话语中被有意无意地冲淡、回避或忽视了。

当代美学家没有完成或忽视的问题并没有消失，而是随着社会和时代的发展变得愈来愈严峻。正是在这种背景下，作为小说家、文学家的先锋派就起到了一个在思想的刺激和建构方面至少是催化剂的作用。莫言不是那种急先锋，不是最为冲锋陷阵的思想斗士，但他是小说这门古老艺术的最杰出的当代继承者和发扬光大者，而且他博采众长，在小说艺术领域筚路蓝缕，苦心经营，冲破了重重的思想和艺术的樊篱，开辟了一个又一个崭新的小说审美表现领域。在涉及审美类型或美学范畴方面，他的小说文本和戏剧文本，包括他的创作论，都是可供美学家们提炼的新的美学思想，尤其审美类型、美学范畴理论的富矿。美学家李泽厚、邓晓芒、刘再复、谭好哲、吴炫、陈炎、画家范曾等，都对莫言的小说艺术所蕴含的丰厚美学底蕴、新的审美意识和所提供的审美新类型做了高度的评价。李泽厚曾经认为莫言小说创造了一种新的颇为大度的审美气象，刘再复认为莫言像沉潜在海里的鲸鱼，大气磅礴的美学气度，邓晓芒则认为莫言的《丰乳肥臀》等小说写出了 20 世纪中国的阴性文化、恋母和恋乳文化，谭好哲认为莫言小说有一种祖宗崇拜的原型美学意识，吴炫通过阅读和接受莫言的文本而提出了"红高粱美学"、野蛮美学等概念，陈炎认为莫言小说体现了一种中国式酒神精神。上述说辞往往只是片言只语或一笔带过的，问题是：为什么美学家们这么看重莫言小说的美学意蕴或提供的审美类型？这或许与他们所意识到的当代中国美学创新性的欠缺有关吧。

莫言除了在小说、戏剧、散文等创作当中提供了丰富的美学意蕴，他在创作论、访谈录、演讲录、序跋、论文中，也进行了某些较为集中和富有一定理论性的论述。在同杨扬的对谈中，莫言提到自己小时候以及许多的小伙伴们很长时间处于严重的饥饿状态，"那时村里的孩子一个个都是细胳膊细腿，顶着一颗大脑袋，肚子大大的，呈透明状，隔着薄薄的肚皮仿佛就能看到里边的肠子在微微蠕动。"①由此他提到生活和存在本身往往就具有深刻的荒诞性。这里莫言所描述的难道不是一种美学/感性学的体现吗？这是一种怪诞/荒诞和表现。他的许多小说都有大量的怪诞、荒诞情节、人物、感受、感觉、故事、场景等出现，其实就是现实怪诞、荒诞带来的小说艺术中的怪诞/荒诞的表现。莫言的许多散文和小说写了吃煤块、对鬼的恐惧（晚上没有灯，没有光），那是在匪夷所思的丰收了却大面积饿死人的悖论情况下，在没有现代文明之光照耀的情况下的荒诞遭遇，这都是他自己的切身体验。鬼故事是齐文化圈的一种民间故事的特点，无鬼不成故事。吊死鬼的故事、狐仙的故事、鬼魂的故事、死而复生的故事，莫言小时候听的实在是太多了，虽然恐怖，但还是听得津津有味。他说："我们自己的生活经验就有这种鬼神的故事和恐怖体验。"②在鬼怪神灵方面，他主要是汲取了自己所在的民间的经验。《生死疲劳》六道轮回的故事其实就是这种个体的恐怖经验、民族的恐怖历史与佛教等传统思想相结合的产物。

中国人有自己解决和摆脱恐怖、克服荒诞/怪诞的方法和路径。这也是笔者提出来的审丑、审恐怖、审荒诞、审怪诞的中国之路。莫言有一篇小说叫《三十年前的一次长跑比赛》，写劳改农场里的右派们的一次运动会。众所周知，右派的遭际是悲惨的、苦难的，他们被迫忍受了二十余年沉到底层的最卑微生活的折磨，有的人或者饿死或者销声匿迹，有的人侥幸活下来，应该说所谓"右派"的命运是十分屈辱、悲惨、痛苦、不堪忍受的。但即使在如此糟糕的境况下，依然有人以乐观和礼赞的态度对右派表达了敬意和欣赏。在这篇小说中，右派们都是个个道德上值得尊敬且身怀绝技的能人，是让人羡慕和学习的榜样级人物。右派朱总人长相丑陋、畸形，但是他从不妄自菲薄、自惭形秽，在长跑比赛中他以自己的非凡的身体素质和超群的智谋安排而赢得了比赛。这是一个小说作者也是当时生活在农村处于最卑微地位的孩童视角和眼光所致，小说充溢着一种欢乐和亢奋的格调。从某种意义上可以说这篇小说是一个颇具超越性的审丑、审恐怖、审荒诞的作品。农民天性或坚韧的生命力是超越和审视这些苦难、恐怖、荒诞的天然审美力，莫言将其写入作品就获得了高出一般作家的品格和境界。

莫言以其卓越的叙事才能、高超的艺术家眼光、颇具道德，甚至宗教般的信念，不但为中国当代文学贡献了丰富而独特的小说艺术，而且为中国当代美学贡献了值得我们深入挖掘、总结和研究的审美类型或范畴。

（原载《贵州师范大学学报》2015 年第 1 期）

---

① 莫言、杨扬：《小说是越来越难写了》，见杨扬编：《莫言研究资料》，6 页，天津，天津人民出版社，2005。

② 莫言、杨扬：《小说是越来越难写了》，见杨扬编：《莫言研究资料》，8 页，天津，天津人民出版社，2005。

当时间化为肉身
——关于《四十一炮》的解读

管笑笑

自 2004 年《四十一炮》问世，迄今已历整整十年。虽然在问世之初它也引起过一些反响乃至批评，但与其他作品相比还是显得过于寥落了些。作为一个比较特殊的读者，我对这部作品确有些偏爱，有些心得，所以这里想旧事重提，与大家一起分享一下我对这部小说的解读，就教于各位方家。

一、现代文明弃儿的归属

《四十一炮》以 20 世纪 90 年代初充满变革动荡的乡村为背景，通过一个"炮孩子"罗小通的叙述，给读者讲述了一个普通农村家庭的悲欢离合。罗小通的母亲务实能干，紧跟时代潮流发家致了富。而罗小通的父亲罗通则不能"与时俱进"，最终因难以忍受妻子与人通奸的耻辱，杀死了妻子，锒铛入狱。罗小通则成了孤儿。十年蹉跎后，罗小通流落到故乡附近的一个破落不堪的五通神庙里，试图用叙述来打动老和尚，让他收自己为徒。

在《四十一炮》中，莫言再次发挥了他撒豆为兵、化陈腐为神奇的讲故事的能力，用浓墨重彩的语言，虚虚实实煞有其事的腔调，将一个寻常的家庭伦理故事，演绎为一场肉味扑鼻热闹非凡的叙述狂欢。

有论者言及，"肉体和欲望是构成莫言小说最重要的两大元素。欲望的来源是肉体，肉体归属于物质，莫言小说的核心构成，其实是物质。"①这一说法不尽全面，但确乎有其道理，肉体书写与历史的关系确属讨论《四十一炮》绕不开的话题。

其实早在《红高粱家族》中，作家就表现出了"返回现代之前"的文化与美学意图，人物的感性生命时时流露出的原始与狂野的气质，余占鳌的一泡尿就酿出了绝妙的好酒，这当然是寓言化的表述方式。按照巴赫金的说法，拉伯雷的主要特点就是运用粗俗化和器官化的语言，来达到其戏谑权力、颠覆制度、解放感官、达到生命狂欢的目的。小说中甚至用了大量的议论，来表达对于现代文明的反思与批判。《丰乳肥臀》中，母亲的乳房以一种大地般沉默而坚韧的姿态，在动荡血腥的岁月里，战胜了死亡、战争、政治，并滋养了一代代的子孙，这仍然是对现代文明对立的原始生命的寓言。《红高粱家族》和《丰乳肥臀》的肉体书写，一阳一阴，正如太极的二极，刚猛狂放又沉默坚韧，书写了肉体是如何在历史中幸存、如何被历史铭刻以及如何战胜残酷的时间的壮美篇章。

而《四十一炮》中的肉体叙事，相较于《红高粱家族》和《丰乳肥臀》，则显得琐碎而卑微。炮孩子罗小通，这个土匪种的后代，早已失去了祖宗们撒泡尿就成就一坛美酒的放荡不羁的豪迈气概。在小说中出现的他，虽是余占鳌的年龄，但却再也没有先辈们的高大与优秀。小说中少有对罗小通肉体的描述，但从他对神秘女人乳汁的渴望中，我们却可以读出他肉体的孱弱和萎靡："她距离我这样近，身上那股跟刚煮熟的肉十分相似的气味，热烘烘的散发出来，直入我的内心，触及我的灵魂。我实在是渴望啊……我想吃她的奶，想让她奶我……"②这又是一个上官金童的难兄难弟。

罗小通的形象确不像红高粱般生机勃勃的祖辈们，在空间上表现为高大与伟岸，在时间中则表现为强悍有力到可以改写历史的进程。他的肉体力量只表现在对"肉"的强大吞食和消化能力上。他爱吃肉，"那时候我是个没心没肺、特别想吃肉的少年。无论是谁，只要给我一条烤得香喷喷的肥羊腿……我就会毫不犹豫地叫他一声爹……"③他理解肉，"这个世界上，像您这样爱肉、懂肉、喜欢肉的人实在是太少了啊，罗小通。……您是爱肉的人，也是我们肉的爱人……"④

与此同时，罗小通的肉体与欲望的关系也迥异于《红高粱家族》的余占鳌和《丰乳肥臀》中的母亲。罗小通的肉体在欲望面前表现出来的，更多是一种卑微的臣服。他的肉体只是在被动地接受欲望的召唤。他甚至可以忍受吃注水肉和混合了大量化学成分的肉。他甚至会为了一根枯瘦的熟猪尾巴而苦恼。

---

① 《论莫言小说"肉身成道"的唯物书写》，载《文艺争鸣》，2012(8)。
② 莫言：《四十一炮》，52页，上海，上海文艺出版社，2012。
③ 莫言：《四十一炮》，7页，上海，上海文艺出版社，2012。
④ 莫言：《四十一炮》，218页，上海，上海文艺出版社，2012。

这不免让人想起拉伯雷的《巨人传》中的场景，全篇充斥着食物、餐饮的场面。拉伯雷对食物的极度狂放的铺陈和描写，在文学史上可谓登峰造极。巨人每日吃喝，大量丰盛的食物源源不断地进入他无边的肚腹。他强壮有力，生气勃勃，他的身体需要生长和发展，发展滋生欲望，欲望的满足又进一步滋养了他的身体，进而产生更多的欲望。需求和欲望周而复始，不断向未来发展。这是巴赫金所赞美的理想时代和理想的人："人们所期望的未来，以其全部力量深刻地强化了这里的物质现实的形象。首先强化了活生生的血肉之躯的人的形象，因为人靠着未来而成长"[①]，他们"具有前所未见的体魄、劳动能力。人同自然的斗争被英雄化了，人的冷静现实的头脑被英雄化了，甚至他的良好食欲和饥渴都被英雄化了。"[②]毫无疑问，诞生《巨人传》的文艺复兴时期如同欧洲的青春时代，人类摆脱了神的世界的束缚，成为独立的、具有自我意识的、区别动物和其他生命形式的人。这时的人类对于世界充满了孩子般的好奇和信心，他想要去创造，去发展。所以，《巨人传》中关于"庞大固埃"进食的描写，便总是洋溢着一种纯粹、天真、乐观的"青春期症候"。

反观《四十一炮》中，我们也依稀看到了庞大固埃的影子，但其所蕴含的寓意却是完全不同的。兰老大与沈瑶瑶的爱情结晶是一个身体庞大、有着极好胃口、经常感到饥饿、需要不断地进食大量食物的孩子。这个孩子经常因为饥饿而难受得哭泣，一旦食欲得到满足，便会沉沉睡去。食物并没有给他带来活力，只是维持他生命，满足他的生存需要。他不想发展自己，时间对于他而言停止了，只是在吃和睡的两端枯燥地往返。最终，这个爱吃肉的孩子无疾而终。

如果说《巨人传》中巨人与食物的关系是一种生机勃勃、欢快豪迈的关系，兰老大的孩子对食物的强烈需求带给人们的，则是一种令人不安的末日感。

而罗小通作为一个现代的"庞大固埃"，他和肉欲的关系既与《巨人传》中快乐、豪迈、面向未来的关系不同，也不同于兰老大儿子那种死寂、令人生出一种骇人的恐惧的关系，罗小通与肉欲的关系要复杂得多。表面上，罗小通对肉食的饥渴是一种物质上的匮乏感，他爱吃肉，急切地渴望满足欲望，但实质上根源却在于清教徒般的母亲的禁欲主义压抑，作家夸张地表现了他的病态的欲望，以及一种深刻的孤独感。

风流倜傥颇有古风的父亲因为不适应新的时代，选择离家出走。等到父亲再次归来时，已成一个怯弱胆小的中年人。罗小通母亲在丈夫离家后，发奋图强，拼命赚钱，想要摆脱丈夫带给她的耻辱。她的本就稀薄的女性气质被高强度的艰苦劳作榨得干枯，几乎成为一台不知疲惫的赚钱机器，也无法给予罗小通精神上的"乳汁"。于是，罗小通在

---

① 《小说理论》，见《巴赫金全集》第三卷，344 页，石家庄，河北教育出版社，1998。
② 同上。

日复一日的枯燥劳作中（这恰恰是现代生活的典型状态）长大，生活中最大的乐趣是吃一点点肉，比如说一根瘦小的熟猪尾巴。罗小通不仅在物质上是贫乏的；在情感上，他也缺失了父母亲的爱和温情。生活的重压剥夺了他和人沟通的机会。讽刺性的是，和他沟通的不是父母亲，而是毫无生命的肉食。

《四十一炮》有一段荒诞不经的吃肉的描写："我低头看着这盘洋溢着欢乐气氛的肉，看着它们兴奋的表情……它们说：我们曾经是狗身体的一部分，是牛身体的一部分，是猪身体的一部分……我们已经成了独立的有……的个体。……像我们这样纯洁的肉，已经很难找到了。"①

在这里，莫言出人意料地让肉说了话，将一个日常场景以爱情悲喜剧的方式呈现出来，并具有了一种诗意、悲伤、幽默的微妙趣味。华丽、流畅、戏剧性的语调与平淡的日常行为之间的张力，营造出一种荒诞的喜剧感。

在这一场罗小通和肉的对话中，肉块充满感情地证明自己的纯洁，并请罗小通这个爱吃肉又懂肉的知己吃掉它们。罗小通更是被肉的最后的愿望和祈求感动得眼泪汪汪。这场小型戏剧以一种荒诞的方式呈现出现代商业的黑暗和肮脏，以及现代人的孤独。"我将第一块亲爱的肉送入了口腔，从另外的角度看也是亲爱的肉你自己进入了我的口腔。这一瞬间我们有点百感交集的意思，仿佛久别的情人又重逢。"②罗小通的孤独感随着同父异母的妹妹的到来而略为减轻。这个妹妹也嗜好吃肉，罗小通找到了知音。在父亲入狱，母亲死亡，唯一相依为命的妹妹也因过度食肉而死亡后，罗小通被彻底地抛弃在这个物欲横流的现代文明世界。

从庞大固埃，到兰老大的儿子和罗小通，我们可以梳理出"庞大固埃"式的人物在时间中的演变。《巨人传》的庞大固埃生活在卢卡奇所言的"原初的总体性时代"，这是一个人类与世界和谐共处的黄金时代。人类自身即是世界，即是家园。而当时间进行到罗小通生活的当下时代，土地因为已经不能满足人类膨胀的欲望而不断地荒芜，或者被改造成一块块工业用地，世界的神秘性和整体性正在消失，往日熟悉的家园已变成了不能安顿心灵的异国他乡。罗小通不仅仅是父母双亡的孤儿，他更是现代文明意义下的孤儿。他不读书，没有精神养料，滋养他的只有肉食，只有动物性的肉欲。虽然罗小通在肉食方面具有神奇的"通灵"才能，与肉之间产生了一种相知相惜的关系，这可能部分地填补了他精神上的饥饿和孤独。但一个心灵残缺的孤儿，是无法像文艺复兴时代的巨人一样掌控欲望的，相反欲望征服了他。

"我呕，我吐，我感到自己的肚子像个肮脏的厕所，我闻到自己的嘴巴里发出腐臭

---

① 莫言：《四十一炮》，218 页，上海，上海文艺出版社，2012。
② 莫言：《四十一炮》，297 页，上海，上海文艺出版社，2012。

的气味……"①

罗小通在一次呕吐后，丧失了对肉的欲望，也失去了大量吞食肉类的能力。肉体力量丧失后，一种新的力量和欲望取而代之。那就是他强烈的语言表达能力和倾诉欲望。在《四十一炮》中，我们可以看到莫言的肉体叙事经历了从下到上的行进路线。从《红高粱家族》中撒了一泡尿就酿出美酒的下体，到《丰乳肥臀》中分泌温暖的乳汁来捱过残酷时代变迁的乳房，再到《四十一炮》中不停吞咽的嘴巴，莫言的肉体书写路线，呈现出一个越来越远离大地的倾向。希腊神话中大神泰孙的力量来源于他的大地母亲，每当他接触大地，他就会拥有无穷的力量；而当他远离大地时，他的力量就会减弱。莫言在《四十一炮》前创作的作品，如《红高粱家族》《丰乳肥臀》，往往展示了肉体的强大的力量，肉体改变了历史，它摧枯拉朽的力量战胜了流逝的时间和残酷诡谲的人间政治。在《四十一炮》中，罗小通这个红高粱家族的后人，其肉体力量正在渐渐减弱。罗小通的肉体力量来自他的嘴巴。嘴巴有两个功能，一是吞咽进食，二是叙说。在《四十一炮》中，形而上的语言渐渐置换、取代了形而下的肉体，这使得莫言的肉体书写在这部书中呈现出相对衰弱，却又是最饶有意味的态势。

二、打谷场、屠宰场、庙宇的时空体

《四十一炮》中罗小通的叙述是通过小说独特的"时空体"展开的。时间和空间是人类认识的两大范畴。人们对时间和空间的阐释则是人类的心灵和思想的延伸。巴赫金在其论文《小说的时间形式与时空体形式》中提出来一个重要概念"时空体"——"文学中已经艺术地把握了的时间关系和空间关系相互间的重要联系，我们称之为时空体"，"我们所理解的时空体，是形式兼内容的一个文学范畴。"②

为了充分阐释"时空体"的内涵，巴赫金选取了从古希腊罗马时期到19世纪的小说，充分阐释了时空体所具有的体裁意义、情节意义和形象意义。他认为时空体是与小说的情节展开有着重要的联系的时间和空间的构成方式，更是作者认识世界的一种独特方式。时空体是沟通主体与世界的桥梁。自然，对作者主体思想的阐释，离不开对作品中时空体的分析。本节中，笔者试图借鉴巴赫金的理论，通过分析《四十一炮》中独特的时空结构，来探究莫言对于历史和时间复杂的态度。

《四十一炮》延续了《红高粱家族》以来莫言对"古老时代"缅怀的乡愁主题。在作品中交错存在着两种时间的复调结构：一种是古老的、英雄辈出的原始时间，一种是物欲泛

---

① 莫言：《四十一炮》，376 页，上海，上海文艺出版社，2012。
② 《小说理论》，见《巴赫金全集》第三卷，274 页，石家庄，河北教育出版社，1998。

滥却衰弱无力的现代时间。这两种时间在小说中，分别通过打谷场和屠宰场这两个空间得以表现其内涵。打谷场是罗通大展身手的地方。罗小通身上颇有洒脱风流的古风，同时他也是一个传统意义上的手艺人，他可以"庖丁解牛"式地不借助机器的测量，而仅凭经验和直觉准确地评估牛的出肉率，从而获得了牛贩子的尊重和信任。在打谷场以及与之紧密相恋的空间，如乡村土路、历史悠久的运河，我们看到传统的生活方式和古老的时间的展开：

> 我记得在一些明月朗照之夜里，村子里的狗叫声一片后，母亲就裹着被子坐起来，将脸贴在窗户上……看到牛贩子们拉着他们的牛，悄无声息地从大街上滑过，刚刚洗刷干净的牛闪闪发光，好像刚刚出土的巨大彩陶……简直就是一个美好的梦境。①

打谷场的时空体中存在着的，是月光、牛群、田野以及千百年来不变的稳定的生活和行为模式。在这个时空中，人是世界的一部分，人类还未从世界中分裂出来，分裂出具有自觉意识的主体。这个时空充满了神秘、稳定、完整的特质，人与人之间以及人与自然之间存在着一种无法言明的人心照不宣的默契。没有人试图以他者的眼光，将世界放在客体的位置上，去分析、理解它。当少年时代的罗小通向父母亲和那些白了胡子的老人询问，为何牛贩子总是夜深人静才进村时，"他们总是瞪着眼看着我，好像我问他们的问题深奥得无法回答或者简单得不需回答。"②

同时，打谷场时空也是屠宰村曾经的英雄时代。那是一个英雄辈出的时代，人们有着强健有力的身体，"甚至是良好食欲和饥渴都被英雄化了。人的理想身高和力量，人的理想价值，从来都不脱离开空间的宽度和时间的长度，大人物就连体魄上也是高大的，高视阔步，气宇轩昂，要求有广阔的空间，并以实在的躯体长期生活在时间之中"③。屠宰村的村长老兰的祖上就曾经出过举人、翰林、将军等杰出人物，而如今英雄逝去，祖先的荣光不再，只剩下些孱弱无能的子孙，使得后人不禁唏嘘不已。"嗨，一代不如一代！"④与打谷场形成强烈对照的是"屠宰场"的时空体。这是一个充斥着机械化劳作、僵硬的动物尸体，被技术理性和金钱物欲所控制的地方。适应现代社会资本运作机制的老兰如鱼得水，获得了经济和社会地位，而代表逝去的古老时代的罗通却被逼上

---

① 莫言：《四十一炮》，32页，上海，上海文艺出版社，2012。
② 同上。
③ 《小说理论》，见《巴赫金全集》第三卷，344页，石家庄，河北教育出版社，1998。
④ 莫言：《四十一炮》，2页，上海，上海文艺出版社，2012。

了高耸的"超生台"，试图用空间上的距离来逃离这个冷酷无情、物欲横流的空间。

除去打谷场和屠宰场，庙宇是《四十一炮》中最不容忽视的另一个时空体，它承担了舞台的功能，将真实的日常生活、古老传奇、通俗电影叙事和荒野鬼魅故事紧密地聚拢在一起，从而强有力地支撑起小说中独特、复杂的叙事结构。

> 这是两个繁华小城之间的一座五通神庙，据说是我们村的村长老兰的祖上出资兴建。虽然紧靠着一条通衢大道，但香火冷清，门可罗雀，庙堂里散发着一股陈旧的灰尘气息。[①]

这座庙宇建立在罗小通故乡的边缘，且年久失修，墙体已经坍塌，越过断壁残垣，即可以看到一条繁华大道。这不是一个中国古典小说中常见的封闭的与世隔绝的庙宇。这个庙宇是敞开的，它坐落在屠宰村与外界的交汇点上。而庙宇时刻都会塌陷，成为一堆乱石瓦砾。在这样一个敞开的、动荡不安的空间中，五通神庙充当了时间的舞台。不同的时间，现在，过去，未来也汇集于此，粉墨登场。

在这里读者随着罗小通的眼睛，看到了屠宰村正在进行的欲望横流的肉食节，看到了现代官场各色人等对权力的阿谀奉承，看到了底层人们对时代的迎合，看到了风流神秘的兰老大的爱情传奇，20世纪三四十年代的交际欢场……在庙宇这个空间里，充分反映出现代农村在商业浪潮中正在经历的深刻的蜕变，人性的分裂和扭曲，以及各种欲望奇观。在这里，我们看到了过去的传奇岁月是如何和现代时间交织、凝聚在一起，成为罗小通身后一部正在上映的时空穿梭交错的电影。

莫言通过罗小通的幻想和叙述，以语言为载体，将时间空间化，让过去、现在和未来，变成具体可见、感性直观、有血有肉的东西，变成了清晰的情节，并浓缩、汇集在这个破落的神庙中。

时空体，是创作主体与外在世界之间的沟通桥梁。五通神庙的时间意义上的破落和空间上的开放性质，折射出作者对时间和空间的感受。显然，莫言选择庙宇作为建构整部小说框架的时空体，是寄予深意的。在中国传统古典小说中，庙宇是一个常见的所在，出现在《红楼梦》和《金瓶梅》中的庙宇是一个封闭的结构，它在过去的时光背后，关上了来路，又在未来的时光面前，闭合了去路。它是一个终点，它与过去和未来不发生任何联系，它是时间长河中的一个孤立的岛屿。它没有通向过去和未来的道路。在此的时间，不再发生变化，它是空虚和死寂，它意味着欲望的终结和灭绝。时间回到太初，

---

① 莫言：《四十一炮》，1页，上海，上海文艺出版社，2012。

化为了混沌。此外，传统美学意义上的庙宇也承当了洗净主人公尘世污秽的空间意义。《红楼梦》中的贾宝玉在历经俗世的色欲情劫后，最终在庙宇中了断尘缘，灭绝罪业，最终超脱了污浊人世。

而在《四十一炮》中，莫言却选择了一个非传统意义的庙宇——"五通神庙"不似传统的佛教庙宇或道家道观，它甚至不是民间信奉跪拜的以真实人物为基础神化了的偶像，如关公庙等，五通神是民间的荒野偏僻的野神，不登大雅之堂的小神。拜这个庙的多为女性，为求子嗣，会偷偷地夜里来拜祝。"有些官员到任之后就下令拆掉，说它是淫神庙，蛊惑男女，败坏风气。"此外，五通神庙和世俗经济的关系也比较密切。"据说求这个神特别容易得到回报。苏州的五通神庙实际上有很多买卖人去求发财的。"①

在这个庙宇中，我们看到了兰老大充沛的性欲，我们看到了屠宰村在金钱的魔杖下，蓬勃而野蛮的物欲，而坐在五通神庙叙说的罗小通也是心猿意马，不时被神秘女人的行动所牵动欲念。

"心中一阵阵的激动和双腿间的东西不时地昂头告诉我：你已经不是那个孩子了。"②

可见，《四十一炮》中的五通神庙是汇合了人类色欲与物欲的一个空间。五通神庙特殊的欲望性质，加之它敞开的性质，莫言使得五通神庙充满了不死的欲望。

甚至罗小通的肉体本身也是一个潜隐的时空体。小说中罗小通的"嘴巴"是被提及最多的器官。罗小通的肉身被简化为一个"嘴巴"。嘴巴、食道、肚肠是承纳、吞食欲望的通道和容器。面对新的欲望，新的时代，罗小通的身体敞开了，他的肉身成为时间和历史通过的导体。时间给肉体铭刻痕迹。但肉体并不会全然被动接受时间的暴政。从一个能吞食大量肉食的孩子，到丧失吃肉能力，成为一个不能停止叙述、滔滔不绝的炮孩子，罗小通的肉体最终将时间和历史消化、反刍、加工成语言，再次通过嘴巴这个器官，传达了出去。而这个过程，是时间的"借尸还魂"术，时间通过罗小通这个中介，获得肉身，于是 20 世纪 90 年代以来的中国农村变迁通过罗小通的肉身得以展现。

从不停地吃（《巨人传》的庞大固埃）到不停地说，罗小通的身体（嘴巴）成为跨越过去与现代社会的通道。我们看到人的身体在经历了与欲望共谋的短暂蜜月期后，是如何被现代过度的欲望所征服，被抛弃，被抽离出物质性，而成为某种空洞的象征，失去了与世界的具体、真实的联系。失去了吞食大量肉食能力的罗小通的肉体似乎消失了，只剩下嘴巴还在一张一合间生产出大量的语言。无形的虚妄的声音和语言，它在空间中并不占据任何空间。我们无法从在空间中找寻语言的存在。语言被说出，又很快消失在时间

---

① 莫言、杨扬：《以低调写作贴近生活——关于〈四十一炮〉的对话》，载《文学报》，2003-7-31。

② 莫言：《四十一炮》，45 页，上海，上海文艺出版社，2012。

的黑暗长河中，如梦如幻如泡影。

从这个意义上，《四十一炮》是一部语言之书，是一场语言的狂欢。四十一炮不仅仅是罗小通射向老兰的复仇炮弹，它更暗喻了全书即是四十一个语言的炮弹。但语言炮弹的威力到底有多大呢？语言能否反抗现代文明的暴力？语言能否洗涤我们的罪恶？莫言给出了他的答案。罗小通的四十一炮只是一个弱小的孩子用语言编织的幻想，他在叙述中获得了虚假的精神满足和心理补偿。炮弹浓雾散去，一切都未改变。老兰依然活着。欲望仍在生长，甚至是想要度入佛门的罗小通的欲望仍在滋生着。

> 看，那个神秘的女人走过来了。
> "一个就像刚从浴池里跳出来、身上散发着女人的纯粹气味、五分像野骡子姑姑、另外五分不知道像谁的女人，分拨开那些人，分拨开那些牛，对着我走过来了。"①

叙述又开始了。于是，我们重新又回到语言的陷阱中去了。这个满口言之凿凿、煞有其事的炮孩子又要开始讲述下去了。

叙说就是一切，但一切只是叙说而已。

三、关于叙述的叙述

莫言在后记中写道："在这本书中，叙说就是目的，叙说就是主题，叙说就是思想。叙说的目的就是叙说。如果非要给这部小说确定一个故事，那么，这个故事就是一个少年滔滔不绝地讲故事。"②罗小通对历史的回忆和虚构，展示了他想要恢复自己的过去，并与他的现在融合起来的努力。作为一个肉体被现代文明抽取了物质性的弃儿，罗小通试图在五通神庙中，在宗教中找到归宿。但五通神庙早已摇摇欲坠，它在罗小通的漫长的叙说中不断地倒倾。罗小通敏锐地觉知了自己无法在宗教中找到归宿；而语言才能提供给他虚假却也是唯一的安慰。于是，罗小通在叙述中为自己虚构了一个"父亲"的形象——兰老大。

兰老大风流倜傥，拥有强大的性能力，同时又占有了大量的财富。值得注意的是莫言在这里套用了一个现代大众神话的欲望模式：一个出色强大的男人被众多女人所围绕。但是他对女人们从来都是敷衍了事，直到一个命定的女人出现在他的世界。他

---

① 莫言：《四十一炮》，399 页，上海，上海文艺出版社，2012。
② 莫言：《四十一炮》，401 页，上海，上海文艺出版社，2012。

和这个女性结合，生育后人，共度此生。兰老大的爱情模式也延续了这个庸俗的欲望模式。他被仇人女儿的美丽和楚楚可怜所打动，并爱上了她。而这个男人在娶了美人的同时，也没忘记恩怨，他爱憎分明地杀了仇人，尽管这是自己妻子的父亲。因为这样的情节设计更会突显和强化兰老大的男性气质。莫言用来叙述这段传奇爱情的语言是一种浅显、华丽、流畅，富有画面感的电影化语言。这种语言不同于日常语言，它带有一种梦幻般的不真实的气质。随着兰老大被洋人打碎生殖器，这个幻想中的父亲，轰然倒地。

于是，罗小通只有继续叙说，叙说是他唯一的救赎之道。他用诉说，来填补被分裂的自己，找寻丧失的自己。他以语言为桥，试图建立自身与历史的一种联系，填平逝去的童年与现在的巨大鸿沟。

然而，罗小通的叙说不仅是在语言编织的梦境中为自己的心灵找到一个归宿，也是试图以语言为武器，讲述历史的另一种真相的尝试。

在《四十一炮》中，存在对屠宰村历史的两种叙事。一是罗小通的回忆和虚构，另外一种是老兰的《肉孩成仙记》。在第一种叙事中，罗小通作为一个早慧的少年，敏感地预感到父亲罗通所代表、所坚持的传统乡村文明必将被老兰这种野蛮却有效的商品文明所淘汰。于是他很快和母亲投靠到老兰这边，成为屠宰场的车间主任。但他也试图在两种文明之间找出一条折中的道路。如当他清楚地意识到如果自己不卖注水肉，注定在残酷的商业竞争下会遭遇惨败时，他提出了一个"天才"的倡议，给待宰的牛羊"洗肉"，并强调用纯净的井水可以让牛羊的肉更加纯净、鲜美，甚至可以治疗疾病。罗小通在拥抱新的时代的同时，他对父亲又充满了同情，对父亲身上残留的孤傲和耿直，表示了一定程度的欣赏。可以说，罗小通是一个时代的缩影和镜子。他在道德上的矛盾、含混、折中、自欺欺人的态度，体现出这个时代的复杂和混沌。

而老兰的新戏剧《肉孩成仙记》，讲述了一个以罗小通为原型的孝道故事。肉孩的母亲病重，却无钱抓药。肉孩无奈，只得割下自己的肉，来给病重的母亲增加营养。肉孩最终因为失血过多而死去。神灵赞叹肉孩的孝心，收留肉孩，使其成仙，专门负责人间吃肉的事情。

老兰用虚构的戏剧置换了真实的历史。在《肉孩成仙记》中，我们看不到新旧时代更替时人们的挣扎、创伤和痛苦，人们为适应新的时代所付出的代价，以及人性在新时代面前复杂的反应和态度。这一切都在戏剧中被简化，被虚化。肉神本来是欲望的象征，而在《肉孩成仙记》中，老兰通过语言，包装粉饰了赤裸裸的肉欲，使其成为孝道的化身。这正是现代欲望的化妆术。语言则是装扮欲望的华丽画皮。观看戏剧的人们，也安于这样的催眠术，他们为戏剧而欢呼、而激动。他们暗自窃喜语言的阴谋，为自己的纵情声色犬马提供了一个安全、合理，甚至是光荣和堂皇的借口。

显然罗小通的叙事根本无力反抗老兰的戏剧叙事。我们看到就在罗小通的叙述过程中，在语言的泡影中，巨大的肉神像被工匠们塑造出来。官员们参观，并预言肉神庙必将取代破落的五通神庙，成为众人膜拜、香火鼎盛的一座新庙。罗小通的叙事注定是一次语言层面上的无力反抗。

很显然，《四十一炮》是一部"肉体之书"，更是一部"语言之书"，他将肉体放在时间的洪流中，给读者展示了肉身如何被时代所铭刻，以及时代是如何通过肉体得以展示的。《四十一炮》也是一部关于叙述的书，一场关于叙述的叙述。莫言探讨了语言的叙事能否把握历史的真实，能否对抗时间和历史的暴政，并隐隐流露出他对历史以及在如何评判历史这个问题上的审慎而冷静的态度。当然，这也可以视为面对现代欲望的一种逃避。既然无从对抗现代泛滥的欲望，那不如退到语言的城堡中，发射四十一枚语言炮弹，沉醉在语言自我繁殖的梦境中。它的一个不可忽略的作用，是使得莫言所有的小说"在这部小说之后，彼此贯通，成为一个整体。"

（原载《小说评论》2015 年第 2 期）

生平述略
——莫言家世考证之一①

程光炜

对健在的当代作家的年谱整理，即当代作家对经典化的工作能否做，我在《文学年谱框架中的〈路遥创作年表〉》和《当代文学中的"鲁郭茅巴老曹"》两篇文章已有过论述②。莫言是一位有着三十多年文学创作生涯的老作家，因此查勘考证他的"生平述略"，尤其1955年至1976年这一期间的活动，应该歧义较少。

这篇《莫言生平述略》主要依据莫言和他大哥管谟贤先生共同整理的《莫言年谱》。并参照莫言本人公开发表的自述、访谈。以辑佚、考证和扩充的方式来进行。一个经典作家的年谱整理和研究将是一个漫长的考订过程。相信不可能一次搜求穷尽；而且即使来源于作家自述和别人旁述。未必都很精确。也得再根据原刊原报和各类档案加以比照证实。我自觉本文还是一个初步粗浅的基础性的工作。

一、童年

1955年2月17日(阴历乙未年正月二十五上午10时左右，莫言出生在山东省高密

---

① 2015年起，程光炜先生陆续发表了关于莫言家世考证的系列文章，本文为该系列的第一篇，其余文章详见索引。

② 参见拙作《文学年谱框架中的〈路遥创作年表〉》，载《当代文坛》，2012(3)；《当代文学中的"鲁郭茅巴老曹"》，载《南方文坛》，2013(5)。

县河崖区大栏乡平安庄的一个普通庄户人家①。父亲管贻范。因念过私塾。长期担任村、农业社、大队会计，1982年退休。母亲高淑娟，在家务农。土改时莫言家的成分是富裕中农。莫言七岁入大栏中心小学念书，学名管谟业为老师所取。五年级时被迫辍学，从此开始将近十年的务农生涯。

莫言经常对人说童年的"饥饿和孤独是我创作的财富。"②他在《莫言王尧对话录》中也坦诚，自己本来是一个敏感调皮、话多、嘴馋又有点冒傻气的孩子，因多次出事、受人欺辱以及父母的严教，后来逐渐转变成了今天这种寡言少语的性格③。与此相关的几件事应该提到。先是饥饿。莫言从小跟爷爷奶奶、父母、叔叔婶子及子女这个十三口人的大家庭共同生活。20世纪五六十年代。人民公社和"大跃进"失败，造成农村口粮严重不足。他在《吃事三篇》中回忆："因为生出来就吃不饱，所以最早的记忆都与食物有关。那时候我家有十几口人，每逢吃饭，我就要大哭一场。我叔叔的女儿比我大四个月，当时我们都是四五岁的光景，每顿饭奶奶就分给我和这位姐姐每人一片发霉的红薯干，而我总是认为奶奶偏心，将那片大些的给了姐姐。于是就把姐姐手中的那片抢过来，把自己那片扔过去。抢过来后又发现自己那片大，于是再抢回来。这样三抢两抢姐姐就哭了。婶婶的脸也就拉长了。我当然从上饭桌时就眼泪哗哗地流。母亲无可奈何地叹息着。奶奶自然是站在姐姐的一面，数落着我的不是。婶婶说的话更加难听。母亲向婶婶和奶奶连声赔着不是，抱怨着她的肚子大，说千不该万不该不该生了这样一个大肚子的

① 关于莫言生平及其事迹，这里主要参考管谟贤先生(莫言大哥)和莫言"共同整理"的《莫言年谱》，同时笔者会根据其他一些材料略做补充。关于家乡行政区划的变动，莫言出生时初为山东省高密县河崖区大栏乡平安庄。1956年，高密县原属胶州专区撤销，被划归昌潍专区。1957年平安庄全村合并为一个高级社。翌年2月，平安庄归并到从河崖区分出的大栏乡；9月又并入河崖，成为火箭人民公社(后改为河崖公社)平安大队。参见管谟贤：《大哥说莫言·莫言年谱》，224～225页，济南，山东人民出版社，2013。

② 莫言：《饥饿和孤独是我创作的财富——2000年3月在斯坦福大学的讲演》，载《莫言研究》，2007(2)。这是高密本地人士创办并坚持至今的一家内部刊物。2006年10月创刊，每年一期，迄今已出版9期。主编和编委会成员有过几次变动，它虽非专业杂志，因为目前莫言研究材料不足，其作为第一手资料的价值仍值得肯定。前面莫言这种说法，在他的"访谈""自述""对话"中多次出现，是解释自己所以走上文学道路的主要根据之一。

③ 《莫言王尧对话录》，53～79页，苏州，苏州大学出版社，2003。据莫言自己说，他与苏州大学文学院王尧教授的这次对话用了整整两天时间。这恐怕是他迄今为止篇幅最长的、比较完整的关于自己生平和创作情况的一次对话(第295页)，莫言坦承："本来，我个人在童年时期、少年时期非常能说话，非常愿意说话，非常喜欢热闹，非常喜欢凑热闹，哪里有热闹我就往哪里钻，哪里有热闹就会出现我这么一个小孩子。但是由于父母的教育，由于社会的压制，导致我成年以后变成一个谨小慎微、沉默寡言的人，在公众场合不愿意出现，即使出现了也感到手足无措。我的天性不是这样的，这是由长期的压抑、长期不正常的社会环境所造成的。"

儿子。"我听着"边吃边哭，和着泪水往下咽"。①

另据莫言大哥说："大家都读过莫言的小说《枯河》和《透明的红萝卜》，其中的黑孩子为偷队里的萝卜挨打是莫言的经历。那是莫言失学之后，与队里的大人一起到泄洪闸工地干活，那泄洪闸就在我们村西胶河北堤之上，大家如果去高密东北乡，此闸是必经之地。莫言因为饥饿，去生产队的萝卜地里拔了一个小萝卜，被人发现揪到毛主席像前（那时社员干活都带有一块有毛主席像的牌子，插在地头）请罪。莫言说：'毛主席，我有罪，我不该偷队里的萝卜……'放工了，同在工地劳动的二哥感到莫言给家里丢了脸，一路上不断用脚踢他，数落他。回到家一说，气得母亲也从草垛上抽出一根棉柴抽他。父亲回到家，更是火冒三丈，用鞋底打，用绳子抽，直抽得小莫言躺在地上一声不吭。六婶见事不好，就跑去把我爷爷请了来，爷爷一见，说：'不就是一个狗屁萝卜吗？值得这样！要他死还不容易？还用费这么多事？'父亲一听这话，知道爷爷生了他的气，这才罢手。"②当时能吃上红薯干已经满足，而平时只能吃黑色的难下咽的野菜团子。莫言在"文革"期间仍然吃不饱，就到玉米田里去寻找秸秆上的菌瘤，掰下来，拿回家煮熟，用盐和大蒜泥拌着吃。在他看来，这种自制食物"鲜美无比，在我心中是人间第一美味"③。因饿而生恐慌，他1973年刚进县棉花加工厂做临时工时，竟然一顿饭吃了用三斤白面做的六个馒头。④

1961年，莫言初上学时表现一般，因为嘴碎调皮曾令校方讨嫌"在小学三年级的时候，我初步表现出了写作的才华。"老师一次下课让他留下来，半信半疑地当面测试，让莫言以"抗旱"为题写篇作文。平时见老师就紧张的他，这时反而能埋头静心写作文，而且发挥出色，一口气用了很多形容词，比如写小伙子往地里推冰块，老汉打深井的劳动场面，是什么"双臂一撑，车轮飞转，一声呐喊，冰块翻滚"等。老师一时兴奋，第二天就拿着这篇作文，到小学隔壁的农业中学给学生当面朗读。这让莫言在小学有了点名气。每周上两节作文课，老师都要点评他的作文，在上面写了不少鼓励的评语。后来，莫言把这位教过他语文课的朱总人老师写到小说《三十年前一次长跑比赛》中。朱老师因对学生严格，平时不苟言笑，大家都有些怕他。他批评过莫言，但见他写作文有才华，便在做家访时希望莫言父母允许他多读"闲书"，说对写作文有益。还把自己的文学作品借给莫言阅读。莫言曾认为剥夺自己上学权利与朱老师有关，之后又发现属于误解。他

---

① 莫言：《吃事三篇》，见《说吧，莫言》，81页，深圳，海天出版社，2007。这篇文章中，作者可能为散文效果有点夸张的描写，不过可以让研究者就近观察他当年的心理感觉，进而理解和同情当时的历史状况。

② 管谟贤：《大哥说莫言》，94、95页，济南，山东人民出版社，2013。这是莫言家人第一本回忆作家生平活动和创作的书，其中有些材料曾在《莫言研究》上发表，有的则是首次披露。

③ 莫言：《吃事三篇》，见《说吧，莫言》，83页，深圳，海天出版社，2007。

④ 《莫言王尧对话录》，84～85页，苏州，苏州大学出版社，2003。

略带感慨地写道："我想他是最早启蒙我写小说的，作文要当小说写。孩子当然意识不到这一点，以为都要写真事，写假的还可能不对。"①

莫言后来性情转向沉默少言，可能也因童年时顽劣而遭受打击有关。他小学的班主任是师范毕业生，很洋派，个子高，不过经常体罚学生。他讲课时满口普通话，浑身肥皂气味。上课老师讲普通话时，大家在下面听课都感到难为情，有时候学生还会偷偷笑。见莫言听课总是缩着膀子，忸怩不安的模样，老师认为他故意捣乱，让他罚站。当时村里人家普遍贫穷，孩子上学都光着膀子，赤脚，仅穿一条短裤，还有光屁股上学的。校长于是强调学生注意仪容问题。莫言就在下面议论，说学校是监狱，自己老师是奴隶主，结果被人告发，学校给了莫言一个警告处分。"得了个处分我又不敢回家说，这事变成我的一块很大的心病。整天提心吊胆地过日子，看到父亲一个眼色不对，就猜疑，是不是我受处分的事让他知道了？有时候看到老师和我父亲在路上打招呼、说话，我想是否说这个问题呀。我的姐姐们一到学校去玩，我就紧张得受不了。那时就一直背着一个沉重的包袱和压力。"但他毕竟还是孩子，转身又把这事忘了。他那时记忆力很好，背书冠军，作文也好，因此特别调皮，经常冒点傻气，做一些在别人眼里匪夷所思的怪事，比如比赛吃煤块，喝墨水之类。又一次竟然喝了一瓶民生牌墨水，弄得满嘴蓝牙，十分狰狞，被老师讽刺挖苦。村里一位姓薛的人，经常去学校闲逛，便把莫言的表现告发给他父亲，说你儿子在学校得了特等奖，受处分的事终于露馅。背着黑锅的莫言为讨好老师，就起早给他家生炉子，帮助喂他家的兔子等。直到参军入伍要填受过什么处分一栏时，莫言还特别紧张，后想到学校已经撤销处分又觉释然，但心里总是为之忐忑不安。"这件事压了我一辈子。"这段童年吃煤块的经历，被作家写到了2009年出版的长篇小说《蛙》里。②

二、成长

莫言辍学的确切时间和原因，因年代久远，记忆有误，各方的叙述存在一定差异。莫言在《我的中学时代》一文中追述："文化大革命初起时，我正读小学五年级。"他认为自己失学，是因和同学张立新"从窗户纸的破洞里看到，担任着学校红卫兵头头的老师，正往代课老师郑红英的裤腰带里塞花生，郑红英略略地笑个不停"，第二天告知了村里人说他们要流氓这件事，得罪了校方和郑红英所致。但没有指明具体的时间③。由管谟

---

①　《莫言王尧对话录》，55、61～63页，苏州，苏州大学出版社，2003。

②　《莫言王尧对话录》，55～59页，苏州，苏州大学出版社，2003。

③　莫言：《我的中学时代》，见《说吧，莫言》，98～99页，深圳，海天出版社，2007。

贤、莫言（原名管谟业）兄弟共同整理的《莫言年谱》，明确指出莫言被学校开除是 1967 年。当时小学学制实行六年制。莫言 1961 年 9 月上学，如果"正读小学五年级"这件事发生的时间应该是 1966 年秋冬或 1967 年上半年，1967 年 9 月之后，他应为六年级学生。据《莫言年谱》记载："1967 年，13 岁。年初，上海、青岛等地开始夺权。大哥谟贤回乡探亲，带回一些造反派散发的传单。莫言受到启发，到学校造反，贴老师大字报，骂老师是'奴隶主'，撕烂课程表，成立战斗队，到胶县（现胶州）去串联，在接待站住了一晚，尿了炕，吓得第二天跑回家。为此，学校决定开除他。"① 叙述的差异在于：一说辍学是由于得罪了郑红英；一说是骂老师、贴大字报和撕烂课程表。在另外的场合，莫言说当时他们编了"蒺藜造反小报"第一期，我写了一首叫作《造反派反造他妈的反》。第二天，跟我参加"蒺藜"的人全都叛变了。老师们认为是大哥支持我出来跟学校对抗。他强调："实际上我大哥当时根本不知道这件事。我父亲他们当时特别恐惧，说如果他们告到你大哥的学校，就会影响你大哥的前程。我当时压力很大，寝食不安。后来我不上学了，干活又干不了，家里有羊，我就放羊了，非常无聊。"② 显然，《莫言年谱》这段叙述真正的当事人还是莫言自己。

读者也许认为如此烦琐的考证纯属多余，但"生平述略"事关作家历史材料的严密性和科学性。在现代文学研究界，有关鲁迅出生、家族和求学生涯，经过七十年来许多学者的反复考证，已经相当明确和权威。然而，就他在日本时期是否真正加入过同盟会的问题，今天依然纠缠不休，各方所持材料相差甚大。因此在我看来，对刚起步的莫言资料的搜集和整理来说，仔细的订正实在很有必要。

莫言在高密家乡生活了二十年。他的成长期，应该是在 1967 年春辍学到 1976 年 2 月入伍这一段时间。寂寞，是每个人成长期最主要的心理特征。对于被无端抛弃在社会之外，成为生产队小社员的莫言来说，这种感觉尤为强烈和持久。莫言十三岁回家放羊，十四岁在泄洪闸工地帮打铁匠拉风箱，十五岁随本大队社员去县南部拒城河公社捡石子，修济青公路，十六岁跟大爷爷学中医，十八岁又跟村里人去昌邑县胶莱水利工地劳动。其间，开始参加生产队劳动，耕、锄、薅、割样样都干，一年到头面朝黄土背朝天，除刮风下雨、除夕过年，天天得出工。而且因出身中农，还得事事谨小慎微，低调做人，抬不起头来。莫言在多篇文章中记述过他放牛时孤独寂寞的心情，可见这对他的成长经历影响之大：当我成为作家之后，我开始回忆我童年时的孤独，就像面对着满桌子美食回忆饥饿一样。我的家乡高密东北乡是三个县交界的地区，交通闭塞，地广人稀。村子外边是一望无际的洼地，野草繁茂，野花很多，我每天都要到洼地里去放牛，

---

① 《莫言年谱》，参见管谟贤：《大哥说莫言》，227 页，济南，山东人民出版社，2013。

② 《莫言王尧对话录》，71 页，苏州，苏州大学出版社，2003。

因为我很小的时候已经辍学，所以当别人家的孩子在学校读书时，我就在田野里与牛为伴。我对牛的了解甚至胜过了我对人的了解。我知道牛的喜怒哀乐，懂得牛的表情，知道它们心里想的什么。在那样一片在一个孩子眼里几乎是无边无际的原野里，只有我和几头牛在一起。牛安详地吃草，眼睛蓝得好像大海里的海水。我想跟牛谈谈，但是牛只顾吃草，根本不理我。我仰面朝天躺在草地上，看着天上的白云缓慢地移动，好像他们是一些懒洋洋的大汉。我想跟白云说话，白云也不理我。天上有许多的鸟儿，有云雀，有百灵，还有一些我认识它们但叫不出它们的名字。它们叫的实在是太动人了。我经常被鸟儿的叫声感动得热泪盈眶。我想与鸟儿们交流，但是它们也很忙，它们也不理睬我。我躺在草地上，心中充满了悲伤的感情。在这样的环境下，我首先学会了想入非非。这是一种半梦半醒的状态。……然后我学会了自言自语。……有一次我对着一棵树在自言自语，我的母亲听到后大吃一惊，她对我的父亲说："他爹，咱这孩子是不是有毛病了？"……我当时被母亲的表情感动得鼻酸眼热，发誓再也不说话。①

从前面所述的生平述略中，我们已约略观察到他是不甘愿在农村待一辈子的。作文好，思维活跃且兼有儿童的调皮，说明他无意像爷爷、父亲一样做世袭农民。上中学的路被堵死，放羊放牛和出工劳动又非出于自愿，他被困在乡村是现实环境使然，但他对精神生活的默默向往从未停息。20 世纪 70 年代的中国农村，农民除干活和零星的电影放映队，几乎没有文化生活。对莫言在此期间的自学读书情况，我将另辟一文叙述。我之所以专门叙述他与人结伴去县城看朝鲜电影《卖花姑娘》这段轶事，是因为能借此观察作家少年成长期的某一扇面——即通过对外部世界的描述——进而窥探他乡村生活的孤独寂寞之心情。

2005 年，在莫言离开乡村二十九年后，他的《看〈卖花姑娘〉》一文对当年情形的记述仍然相当清晰详细。"1973 年初夏，小麦将熟和槐花盛开的季节，村子里的高音喇叭播放了朝鲜电影《卖花姑娘》在县城开始放映的消息。"莫言看不到报纸，所谓新闻也即挂在村里高竿上，每天三次播音的高音喇叭。与村里年轻人一样，他对外面的世界几乎一无所知。村里一位经常到青岛部队探亲的多嘴媳妇，叙述过在看这部电影时众人哭泣不止的场面。那时农民被捆死在生产队里，想请半天的假很难。于是莫言与村里小伙子永乐和元智，黎明即起，干起过去不想干的苦活脏活，用一上午把村里的大圈肥挖了出来，向生产队长换来了半天假期。

匆匆吃了一点午饭，便向县城出发。村子距离县城有五十里路，……我们只有用脚来完成这段旅途。我们悄悄地出了村庄，没让任何人看到。出村之后，一直小跑前进。

---

① 莫言：《饥饿和孤独是我创作的财富——2000 年 3 月在斯坦福大学的讲演》，载《莫言研究》，2007(2)。

尽管上午出了大力气，但《卖花姑娘》吸引着我们，也没有感到有多累。赶到县城时，已经是傍晚时分。我们急忙跑到电影售票处，想买晚上七点的票。但售票处挂出的小黑板上写着，晚上七点的票已经卖完，不但七点的票卖完了，连九点那场的票也卖完了。而此时，电影院里正在放映着《卖花姑娘》，那幽怨优美的音乐从高音喇叭里传出来，这让我们的心情无比凄凉。

三个年轻人，劳动一上午，奔波一下午，非常疲倦，也很饥饿。他们来到一家饭店，每人花三毛钱，四两粮票，买了两碗肉丝面吃。绝望之余，永乐突然想到在县供销社土产公司工作的干爹。这位好心肠的干爹，不仅帮他们弄来三张九点的电影票，还买来六个烧饼和一包烧肉给他们吃。

迎着出场观众哭肿的眼睛，我们进场成了观众。影片一开始，当那个美丽的卖花姑娘抱着鲜花、唱着那首响遍中国大地的卖花谣出现在银幕上时，我的眼睛就潮湿了。几分钟后，当卖花姑娘的妹妹被地主老婆烫瞎眼睛时，我的眼泪便奔涌而出，一直到终场，我的眼泪再也没有干过。剧场中一片抽泣，有的观众号啕大哭，有的晕厥过去。演到坏人肆虐时，观众发出愤怒的吼声。演到坏人受到惩罚时，剧院里一片掌声。电影看完，灯光亮起。周遭的人都是满脸眼泪。

看完电影，三位年轻人摸着黑走上回家之路。"田野里寂静异常，广大的高密县的地盘上，好像只有我们三个人夜行。"莫言在这篇回忆文章中反省，为什么这部公式化概念化的电影，能在70年代的中国人心灵中引起共鸣？他分析道："因为那个时候，'文化大革命爆发'已经七年，在很长的一段时间里，人们不但失去了人身自由，而且失去了情感自由。""《卖花姑娘》填补了中国人的感情空白，唤起了他们对正常情感的向往，成为他们情感宣泄的渠道。所以，我想，我们当时，并不是为了卖花姑娘的凄惨命运哭泣，我们是为自己哭泣。"[①]

从1967年失学到看《卖花姑娘》时，莫言从十二岁到十八岁的全部岁月白白在农村浪费。他成长于中国当代史一段漆黑的隧道，而且前面也看不到任何光亮。对上学读书，对前途，像那时千百万个农村青年一样，他都在默默观望。这种心情，也被作者记录到《我的中学时代》这篇文章中："教室紧靠大街，离我家只有五十米，我每天牵着牛、背着草筐从田野里回来或者从家里去田野，都要从教室的窗外经过，教室里的玻璃很快就让学生们砸得一块也不剩，喧闹之声毫无遮拦地传到大街上、传到田野里。每当我从教室窗外经过时，心里就浮起一种难言的滋味，我感到自卑，感到比那些在教室里瞎胡

---

① 莫言：《看〈卖花姑娘〉》，见《说吧，莫言》，145～149页，深圳，海天出版社，2007。

闹的孩子矮了半截。我好多次在梦里进入了那四间教室，成了一个农业中学的学生。"①

三、走出农村

离开农村是莫言久蓄心底的愿望。

1973 年春节后，"我背着二十斤绿豆、二十斤花生米、二十斤年糕，送我大哥和他的儿子去青岛坐船返回上海"。高密距青岛两百里路，这是十八岁的莫言第一次离开故乡来到这座现代化城市。莫言对青岛的印象，来自本村一位名叫方兰花的青年妇女的叙述。她丈夫在青岛海军陆战队开小吉普车，穿着灰色的军装，经常开车回来把方兰花接走。平安庄分成几个小队，男女社员集中劳动，青岛便成为她向乡亲们炫耀的资本。于是莫言听说了栈桥、鲁迅公园、海水浴场、动物园、水族馆，知道油焖大虾、红烧里脊、雪白的馒头可以随便吃。"尽管我没去过青岛，但已经对青岛的风景和饮食很熟悉了，闭上眼睛，那些风景仿佛就出现在我的眼前。"生产队一个有点历史问题的男人，名叫张生，早年乘胶济铁路火车去青岛贩卖过虾酱和鹦鹉，见方兰花这么吹嘘，心里不服。因此问她是否坐过去青岛的火车，把兰花弄得下不了台。张生于是向乡亲们报出高密至青岛的停靠车站站名：姚哥庄、芝兰庄、胶西、胶县、兰村、城阳、四方……最后青岛老站。2001 年，莫言在《第一次去青岛》回忆："在我真正去青岛之前，我已经在想象中多少次坐着火车。按照张生报告的站名，一站一站地到了青岛，然后按照方兰花描画出来的观光路线，把青岛的好山好水逛了无数那些遍，而且也梦想着吃了无数的山珍海味。梦想着坐火车，逛风景是美好的，但梦想着吃好东西是不美好的，是很难过的。嘴里全是口水，肚子里咕噜噜地叫唤。"70 年代是禁欲的年代，所以莫言说："梦想着看着那些风流人物在海边上恋爱也是不美好的。"②但第一次进城莫言就迷了路。他从舅舅

---

① 莫言：《我的中学时代》，见《说吧，莫言》，99 页，深圳，海天出版社，2007。没有受过系统的教育，一直是莫言心里的隐痛，与此同时也是一种始终激励他前行的无言的力量。在 20 世纪 80 年代以来的中国小说家中，像他这样小学就辍学，在农村荒废十年，最后没有把整个人生都荒废掉的，实际上非常少见。王安忆虽然 15 岁下乡插队，但家在上海，家境也较优越；贾平凹念过高中，1972 年就被推荐到西北大学中文系当工农兵大学生；余华虽然高考落榜，不过靠父亲当乡镇医院医生的关系，在镇上当了牙医。

② 莫言：《第一次去青岛》，见《说吧，莫言》，127～128，深圳，海天出版社，2007。从 20 世纪 50 年代起，中国大陆开始模仿苏联的集体农庄制度，在农村建立初级社、高级社和人民公社等乡村组织，实行"一大二公"的所谓公有制。把土地收为国有，农民参加公社集体劳动，按照出工多少分配工分和一定口粮。人民公社绝大部分收获的粮食由国家统销统购，称为"公粮"，留下较少粮食作为生存的口粮和良种。与此同时，农民进城受到限制，种自留地或养猪等牲畜，把所剩物质拿到附近集市贩卖，都被视为"资本主义余毒"。很多地方如果到附近亲戚家帮忙做木匠、瓦匠或除外，需到大队一级开具证明。农民，从此失去了自由离开土地、乡村的机会。

那间坐落在广州路口，紧挨着一家木材厂的低矮破旧的小板房出来上厕所后，竟然找不到回去的路。他在一堆堆板材和一垛垛原木之间转来转去，从中午一直转到黄昏，汗水湿透了棉袄，直到在木头堆后面听到大哥的呼唤，才发现舅舅的家就在转弯的地方。

对这次青岛之行，管谟贤记述道：三弟"在《第一次去青岛》一文里，说他背了二十几斤花生、二十斤绿豆、二十斤年糕，到青岛去送我。送我去青岛，确有其事，他在青岛迷了路也是真的，但背的东西纯属虚构。那还是 1973 年春节的事。那时还是计划经济，花生是油料作物，禁止买卖流通，绿豆和蒸年糕的粟子，都是小杂粮。这三种作物，当时生产队种得极少，家里到哪里去搞这么多稀有珍品？即使搞到了，上火车也会被查出来，把我们当粮食贩子抓起来。再说，三样东西重达六十斤，我还抱着一个不足三岁的孩子，穿了一身厚重的棉衣，送行的人又不能送进码头，我一个人哪来的神力把这么重的东西背上轮船？这些事，莫言只是从写文章的需要出发，他姑妄言之，我们姑妄听之可也。万不可当真，更不能将其引入自己的文章"①。不过他认为："1963 年，我以优异成绩考上全国重点大学华东师大中文系，这些都给莫言一定的影响。有不少人老爱问我如何帮助莫言走上文学之路，我一直强调谈不上什么'帮助'，只能说是'影响'。在莫言成名前的相当长的一段时间里，莫言是把我作为学习的榜样的，幻想着有一天也能上大学，搞文学。"②

1973 年 8 月 20 日，因在高密县第五棉花加工厂（位于河崖公社所在的集镇）做会计的叔叔的帮忙，莫言成为该厂的合同工。这是季节性的合同工，在棉花收购季节进厂工作，事后还得回乡务农。因为叔叔的关系，莫言在棉花收购后仍留厂工作，做一点看门等打杂的事情。

1976 年 2 月 16 日，乘平安庄大队支书、民兵营长等村干部全部到外地水利工地劳动之机，莫言在棉花加工厂第四次报名参军，并顺利通过体检、政审等手续，匆忙应征入伍。坐汽车到离高密两百里的黄县总参下属单位当了一名警卫战士。他从此离开了生活了二十一年的故乡。

2014.11.11 于澳门大学南区教职员宿舍

2014.11.21 再改

（原载《南方文坛》2015 年第 2 期）

---

① 管谟贤：《莫言获诺奖后我的随想……》，见《大哥说莫言》，146 页，济南，山东人民出版社，2013。

② 管谟贤：《莫言及其"高密东北乡系列小说"》，见《大哥说莫言》，64 页，济南，山东人民出版社，2013。大哥管谟贤在莫言人生成长的道路上，对三弟产生了很大的影响。他们之间的通信有两百多封之多，内容可作为了解莫言思想和文学发展的一种视角，是难得的文献史料。因某种原因，兄弟两人的"往来信札"的正式出版仍待时日。

莫言作品中的高密民间信仰

宁　明

民间信仰是在长期的历史发展过程中，在民众中产生和传承的一套神灵崇拜观念、行为习惯和相应的仪式制度①。对神灵、鬼魂的信仰在中国存在已久，而祭祀等礼仪在民间也流传甚广，其历史可以追溯到《楚辞·九歌》，到魏晋六朝之后，随着私人撰述的风气大盛，这些记述才得以在各种杂记中流传下来。莫言的故乡高密地处山东半岛东部，春秋时期隶属莱国，公元前567年，齐灭莱之后，地属齐国。齐国从姜太公立国开始，在思想文化方面推行"因其俗，简其礼"的宽松开放政策，各种礼俗信仰、思想观念等得以保存，形成了丰富多彩的齐文化精神。齐国人的信仰文化也同其精神文化一样多姿多彩，是一个多神信仰的国家，擅长记述鬼神异事的蒲松龄正是成长于这种精神文化之中的，齐文化的遗风也深深影响了生于斯长于斯的莫言。在他的文学"高密东北乡"里，民间信仰不仅仅是对现实生活中人们敬奉事项的自然呈现，更是一种将虚幻与现实相结合，让人们用独特视角来透视现实世界的手段。

在1976年离家参军之前，莫言在故乡生活了20余年，这也恰是中国历史上政治高压，物质、文化十分匮乏的时期。尽管这样，童年时期的莫言还是在颇有学识的大爷爷和虽不识字但却能博闻强记的爷爷那里听到了众多有关高密名人名胜的传说和神仙鬼怪的故事，如举子赶考救蚂蚁、狐狸炼丹、笤帚疙瘩成精等。成年后，生活中的艰辛和不公之事让莫言深刻体会到下层人民的困境，以及他们为争取更美好生活所做的诸般努力。作为一位在高密老家生活了20余年的作家，莫言对故乡的民间信仰十分了解，甚至对很多民俗事项都有亲历和切身体会。可是，莫言毕竟是一位作家，他在作品中对民

---

① 钟敬文：《民俗学概论》，145页，北京，高等教育出版社，2010。

俗信仰的描写不是为了展现山东的风土人情，罗列故乡的民俗事项，而是出于刻画人物、描写环境、表现主题的需要，所以这些作品中的记述既有源于现实生活的民俗，也有作家对民俗的改写和变形，是他利用民俗文化元素来建构了自己的精神世界。

一、借助对自然神的信仰，以动物喻人实现困境中的救赎

中国民间自古以来就有多神崇拜的传统，深受齐文化影响的高密民间信仰更是五花八门，无神不信，无物不神，对自然神的信仰便是一个很好的例证。"自然神第一类主要包括天神、日神、月神、星神等天体；第二类是自然现象，包括风神、雨神、雷神、电神、火神；第三类是无生物，包括山神、土地神、水神、石神、海神、潮神等；第四类是生物，包括动物神和植物神。动物神主要有熊神、鸟神、虎神、和华北地区的'四大门'——狐狸、黄鼠狼、刺猬和蛇。植物神则如树神、草神、谷神、花神等"①。"高密文化有着明显的个性特征，最为突出的便是刚健不屈、侠肝义胆、豪放旷达以及泛神论色彩的动植物崇拜意识等。……至今，在高密民间，刺猬、狐狸、黄鼠狼、蛇虫、蜘蛛、喜鹊、古树等，仍常被人们视为灵异之物，受到小心翼翼地敬奉。"②在莫言的高密东北乡文学中随处可见对自然神的崇拜，这些对自然神的描摹一方面给莫言的创作带来了浓郁的乡土气息，刻画出一个充满灵性的独特的文学王国，另一方面则蕴含了很多言外之意，令人无语的现实太过沉重时，虚幻的情境更能够曲折地表达出生存的艰辛与本能的反抗相结合的民间智慧。

《丰乳肥臀》中，三姐与捕鸟能手鸟儿韩情投意合，后者更是在生活困难时期给予她全家生活上的帮助，他们之间的爱情为苦涩的生活注入了一些甜美。可是，就在三姐沐浴在爱情的甜蜜之中，勇敢地向母亲宣布自己要嫁给鸟儿韩之际，他却被一伙人掳走，从此杳无音信。陷入痛苦中的三姐无法自拔，在炕上痛哭了两天两夜之后，突然从炕上下来，如鸟儿般一跃登上枝头，俨然已经变成了一只人形的鸟儿："她却纵身一跃，轻捷地跳到梧桐树上，然后从梧桐树又跳到大楸树，从大楸树又降落到我家草屋的屋脊上。她的动作轻盈得令人无法置信，仿佛身上生着丰满的羽毛。她骑在屋脊上，双眼发直，脸上洋溢着黄金般的微笑。"③最后，母亲只得请人用黑狗血将其从屋脊上泼下来。三姐醒来后宣布自己已是"鸟仙"，同时做出了有关鸟儿韩归期、送画人将至的准确预

---

① 钟敬文：《民俗学概论》，147 页，北京，高等教育出版社，2010。

② 杨守森：《高密文化与莫言小说》，见徐怀中、马瑞芳、杨守森、贺立华等：《乡亲好友说莫言》，84 页，济南，山东大学出版社，2013。

③ 莫言：《丰乳肥臀》，116 页，上海，上海文艺出版社，2012。

言。家人为其设坛立位，乡邻向其叩拜求医问卜，她为虔诚者指点迷津，对冒犯者施以惩罚，俨然是一位超越人类认识的鸟神。"成仙"是很多凡人甚至帝王毕生追求的梦想，是通往幸福永乐的途径，可是三姐的"成仙"却是极度痛苦之下无法自拔的一种救赎，对她来说，这也许是唯一一种可以再次接近那个自此生死两茫茫的爱人的途径。《翱翔》中的燕燕面临的却是另一种困境，她生活在落后的农村，家境的贫困和残疾让她的哥哥娶亲无门，在家庭的压力之下，因换亲被逼嫁给年长自己很多且素未谋面的洪喜，尽管有诸般无奈和不情不愿，也许在她的内心深处还有一点庆幸似的幻想，盼望自己的丈夫能够稍合心意。可是，新婚当天她见到的却是一个相貌丑陋粗俗不堪的男人，无法接受这个现实的她唯有逃跑出去。在人们的围追堵截之下，走投无路的燕燕"挥舞着双臂，并拢着双腿，像一只美丽的大蝴蝶，袅袅娜娜地飞出了包围圈"①。可是飞上树梢的燕燕最终却被射落下来，落得一个惨死的结局。燕燕的飞翔也是困境中的一种救赎。不幸的是，这条救赎之路并不成功，她最终为这次逃离付出了生命的代价。这两个故事反映的都是高密民间对鸟神的信仰，两个女人变鸟仙后的结局不同，但都是弱者面对灾难时所做的绝望的反抗。莫言采用虚幻化的表达，给一直缺乏话语权的沉默悲苦的乡村女孩以超凡脱俗的抗争形式，她们用这样神奇的方式让人们听得见她们，看得到她们，她们在现实层面上无法完成的心愿，会借助自然神的崇拜得以实现，起码能获得精神层面的解脱，让我们在唏嘘之余仍然心有戚戚焉，这正是莫言作品的魅力所在。

对自然神的崇拜反映的是一种浓郁的民俗文化。社会生活中的民俗文化具有世代世袭的稳定性，特别是乡村社会相对城市来说，缺乏强大的现代文明的冲击，保留着更多的民间文化传统。作为民族深层文化积淀的产物，民俗文化具有很强的遵从要求和价值规定性，对社会具有一种整合、凝聚与规范功能。莫言在《草鞋窨子》中写到一个成精的笤帚，而它的通灵只是因为于大身将中指的血抹在了一个笤帚疙瘩上。"有一次夜里我出去撒尿，是个月明天，地上像下霜一样，看到有个小东西在墙根上跳，我寻思着是个黄耗子，几步扑上去，一脚踩住，你猜是什么？是那个抹过我中指血的笤帚疙瘩！我点起火来烧它，烧得它吱吱啦啦地冒血沫子。记住吧，中指上的血千万不能乱抹，它着了日月精华，过七七四十九天，就成了精了。"②这里既有对日神、月神的信仰，认为它们能赐给万物精华，又有对造物神的崇敬，因为人的精血是绝不能随便处置的。《丰乳肥臀》中上官金童在"雪集"上扮演雪王子为求子求福的女人赐福，在当地人看来，他的超凡之力自然是仰仗了人们信仰的雪神。《四十一炮》中五通庙中供奉的肉神，缺少神灵的魔力，难脱凡人的欲望，但既然百姓有"吃肉"的欲望，那自然应该有个肉神摆放在庙中

---

① 莫言：《与大师约会》，124 页，上海，上海文艺出版社，2009。
② 莫言：《白狗秋千架》，255～256 页，上海，上海文艺出版社，2009。

了，这就是万物有灵的民俗信仰。《蝗虫奇谈》中的叭蜡庙和刘猛将军庙在蝗灾肆虐时香火大盛，叭蜡庙中供奉的是超大的蚂蚱，刘猛将军庙中供奉的则是灭蝗有功的刘猛将军。在深受蝗灾折磨之时，百姓病急乱投医般奔向这完全矛盾的神物和神人，因为中国人宗教观念淡漠，对神的需要也多是临时性的，在困难时期便会从实用的角度造出所需之神，根本不去考虑神与神之间的关系是否矛盾。既然拜求了神灵，神灵就应该聆听人们的诉求，满足人们的愿望，所以万物有灵和"天地全神"的认识在民间十分普遍，在乡村长大的莫言深谙此中意味，他将很多自然神信仰的故事穿插在作品中，看似不经意，却举重若轻地把一些不便言、不能言、不忍言的思想或情绪准确地传达给了读者，而这正是莫言创作的极高明处。

二、借助对魂灵的信仰，以鬼怪之口表达现实中人们的心声

既然高密民间信仰中信奉万物有灵，那么万物在尘世的死亡就不会是生命的终结，而是另一个新生命的开端。即便肉体已经腐烂，灵魂却能变成鬼魂而常在。当然，灵魂信仰不仅限于人，也可以是自然神、物体和器具等。莫言在创作中常常借助民间普遍存在的魂灵信仰来铺叙故事，这些故事的铺叙绝不仅仅体现着莫言的奇思妙想，而往往是以鬼怪之口表达着现实中人们的心声。

《战友重逢》就是莫言写的一部以鬼魂为主人公的小说，借着对冤魂种种遭遇的描写，表达现实人间种种不平的情怀。民间对魂灵的信仰让人们将非命而亡者的灵魂视为冤魂，他们因为生前的愿望没能实现或完成而留恋人间，四处游荡不能就位，只有在愿望达成后他们才能得到超生。怀着远大梦想参军的钱英豪，在部队坚持自己的做人原则，说话诚实，不会阿谀奉承，得不到领导的赏识。对越自卫还击战是一次保家卫国的战争，也是很多热血男儿希望实现自己理想的一次人生战役。钱英豪带着满腔的热情主动参战，希望有机会展现自己的军事能力，实现报国之志、并改变自己的人生境遇，却不幸死于战友的一次失误，被埋葬在远离故土的一处无名坟茔。父亲费尽周折将其骨灰带回故乡，因为心中充斥着郁闷和不满，死后他的灵魂仍游荡在人世，待在故乡河流旁的一棵大树上。因为民间信仰中鬼魂具有超能力，他得以透过超然的眼光审视现实，他看到了并未立功却能够享受嘉奖、提干的战友的幸福生活，也看到了在战争中负伤却只能带病返乡复员士兵的生活窘境，他能够再现那些在战争中牺牲的战友在冥界的痛苦和他们的亲人在世间的困顿。在看到因战争立功已经晋升为少校的战友赵金回乡探亲时，他施法使其淹死在湍急的河水中，从而展开了一场鬼魂间的对话。他们的谈话涉及部队的日常生活，也有人际间的竞争和踩踏，更多的则是对在战争中流血流泪的战友回乡后不平际遇的哀叹和不满。因为是游魂，所以他能够抛却禁忌，大胆地表达不满，直言不

讳地批评世上的不平不公之事。这样的无禁忌，这样的冷眼旁观的清醒，除了鬼魂，恐怕很难有现实世界的人能够做到吧。

《红高粱家族》中"我"回到故乡，到二奶奶的坟前祭拜，二奶奶从墓中翻然而出，对自己的"孙子"发表了一场独白："孙子，回来吧！再不回来你就没救了。我知道你不想回来，你害怕铺天盖地的苍蝇，你害怕乌云一样的蚊虫，你害怕潮湿的高粱地里无腿的爬蛇。你崇尚英雄，但仇恨王八蛋。但谁又不是'最英雄好汉最王八蛋'呢？你现在站在我面前，我就闻到了你身上从城里带来的家兔子气，你快跳到墨水河里去吧，浸泡上三天三夜——只怕河里鲶鱼，喝了你洗下来的臭水，头上也要生出一对家兔子耳朵！"①二奶奶走出坟墓对自己的"孙子"进行的这番教诲，貌似一位长辈对晚辈的告诫，可是文绉绉的语言，气宇轩昂的诘问却不可能来自一位未曾接受过任何教育的农村女子之口，言辞间对"孙子"的"种的退化"的不满，对城市生活造成的人的懦弱和自私的批判，对先辈们英雄气概的景仰和钦佩，让"孙子"净化身体的要求，实际上表达的正是作者本人作为知识分子的内心呐喊。

除了相信灵魂存在，莫言的作品中还写到了生死轮回和前世今生，这也是灵魂信仰的衍生物。因为民间相信万物灵魂的存在，那么一次生命终结也只是意味着一个新的轮回的开始，而且前世的所作所为必然影响到今生的苦乐，同样来世享受荣华富贵，或者遭遇贫穷落魄，也取决于今生的修为。这种因果报应的认识在中国民间早有记载，《尚书·汤诰》中有"天道福善祸淫"的说法《周易·坤·文言》中也称"积善之家必有余庆，积不善之家必有余殃"。《生死疲劳》中的地主西门闹不甘枉死，在阎罗殿大声喊冤，被阎王送还人间，变成了一头具有人的智慧和动物慧眼的驴子。在 20 世纪 50 年代之后的半个世纪间，他经历了为驴，为牛，为猪，为狗以及成为一名大头儿的六世轮回，亲历了中国土地改革、农业改革、经济改革等一系列变化，以动物的视角冷静地观察着这个世界和裹挟在变革之中的人们。其中，西门闹在冥界地府所面对的阎罗王、所经历的炼狱油锅、走过的奈何桥、被要求喝的孟婆汤都是高密当地人们所认可的阴曹地府的主要构成要素。西门闹在地狱遭受油炸折磨之后仍大呼"冤枉"呼喊道"我是靠劳动致富，用智慧发家。我自信平生没有干过亏心事。可是——我尖厉地嘶叫着——像我这样一个善良的人，一个正直的人，一个大好人，竟被他们五花大绑着，推到桥头枪毙了！……我不服，我冤枉，我请求你们放我回去，让我去当面问问那些人，我到底犯了什么罪？"②这是一位靠勤劳节俭而致富的乡村地主的心里话，是对当时千人一面不加区分的土地改革政策的质问和不满。阎王的回答："好了，西门闹，知道你是冤枉的。世界上许多人该

---

① 莫言：《红高粱家族》，345 页，北京，人民文学出版社，2007。

② 莫言：《生死疲劳》，4 页，上海，上海文艺出版社，2008。

死，但却不死；许多人不该死，偏偏死了。这是本殿也无法改变的现实。现在本殿法外开恩，放你生还！"①阎王的话语等于表达了他对西门闹冤情的认可，对世间一些黑暗事实的认识和不满，让他生还则等同于给了他一次洗雪冤情，重新为人的机会。地狱中"犯人"和"执法者"之间的对话映射出人间的不平之事，但"生还"则意味着希望仍在。正如俗语中的"骟马比君子"一样，鬼魂代替"沉默者"发声，是更加真实的人间心声，让人不得不反思政治运动的价值与谬误。

三、 借助对祖先对生育神的信仰， 以求神拜佛的方式寻找心灵的依托

高密民间十分重视先人和祖先，认为他们会荫佑自己的子孙后代，故在各种重大的节日或者先人的祭日都有祭祀祖先的习俗，既表示后辈对先人的敬奉、思念之情，也祈求他们的保佑与赐福。高密县志风俗篇有关于祭祖的记载："追念祖先，主要祭祀形式有三种：第一种，家祭：凡遇死者的去世日期，称'周年'（十年以后，改称'忌辰'），以及每年的元旦、清明、端午、冬至，家人在家设供祭祀祖先，以示追念之忱。第二种，祠祭：各大户（指次姓人数较多而言）均有公祭的处所，名为'祠堂'。放置始祖以下几代的牌位，牌位又名'主'。平日以精制的木套套之，放在'主楼'里；乡间不叫'祠堂'，称'影房'，放置祝子（一张上写死者姓名的大画）。平日卷起，放在木盒里，每到除夕，由长者请出牌位摆好，叫'请主'，乡下由长者挂好祝子，叫'挂影'。当晚摆上丰厚的祭品，叫'上供'。正月初一晨，同族的男人齐集祠堂，按辈次排列，长者上香，带领行三跪九叩礼，以示追远之忱。初二，藏主，落影。第三种，茔祭：定期到始祖茔祭奠，叫'祭祖'，每年两次，一是清明节，二是农历十月一日"②。

对于这祭祖的习俗，莫言在作品中也有记述。在《挂像》中，莫言写到高密"三绝"——泥塑、剪纸、扑灰年画，其中扑灰年画的一个重要品种就是家堂轴子。"家堂轴子，其实就是一张很大的扑灰画。画的下半部分，画着一座深宅大院，大院的门口，聚集着一群身穿蟒袍、头戴纱帽的人，还有几个孩子，在这些人前燃放鞭炮。画的上部，起了竖格，竖格里可以填写死去亲人的名讳。一般上溯到五代为止。家堂轴子，在我的故乡，春节期间悬挂在堂屋正北方向，接受家人的顶礼膜拜。一般是年除夕下午挂起来，大年初二发完'马子'之后收起来，珍重收藏，等到来年春节再挂。"③时至今日，这

---

① 莫言：《生死疲劳》，4 页，上海，上海文艺出版社，2008。
② 选自高密县地方史志编纂委员会办公室：《高密县志风俗篇（修改稿）》，18～19 页，1986。
③ 莫言：《与大师约会》，455 页，上海，上海文艺出版社，2009。

仍是山东地区春节祭祀民俗中的重要一项。《蛙》中的作家蝌蚪在婚礼前依照民俗到母亲的坟前烧"喜钱"，经历了颇为神秘的一番景象："点燃纸钱后，忽地起了一阵小旋风，卷扬着纸灰，在坟前盘旋。"①有关人去世后会化成旋风而去的说法在山东民间流传甚广，经常有在葬礼上抬棺木的人绘声绘色地描述在棺木离地的刹那间，一阵旋风骤起盘旋着朝西方而去，这里所说的西方正是人们心目中的天堂所在。

人们的生活包括物质生活和精神生活，在精神生活中，民俗信仰占有十分重要的地位"在无神论者看来，一切宗教行为都是荒唐的；而在有神论者看来，神不仅存在于幻想之中，而且主宰人间祸福。他们怀着虔诚的心理，并通过一定的仪式，祈求神灵保佑，满足某种愿望，求得心理平衡。"②除了对祖先的信奉，对其他神灵，尤其是生育神的崇拜在莫言的作品中得到了很好的展现。《丰乳肥臀》中因为母亲多次生育仍没有男孩，她的婆婆上官吕氏"跪在堂屋的神龛前，在观音菩萨的香炉里插上了三炷紫红色的檀香，香烟袅袅上升，香气弥漫全室。"③临产的母亲也在默念着观音菩萨，希望菩萨保佑自己能够生一个男孩。泥塑大师郝大手、秦河和晚年的"姑姑"捏制的娃娃似乎被赋予了生命，充满了灵性，实际上也是孤独的民间艺人、遭受失恋重创的特立独行者和备受精神折磨的妇产科医生的心灵依托。去五通神庙拜奉肉神，到叭腊庙祭祀蝗神，到刘猛将军庙求拜灭蝗有功的大将军，在除夕之夜拿出仅有的"美食"分给"财神"，寄托的是盼望灾祸消除、发财致富的愿望。因为现实生活中有很多难以解决的困难，有很多无法实现的愿望，不愿或不能"发声"的人们只能寄希望于这些超能的神佛，寻求一种超越现实的精神力量，为困顿的人生找到继续下去的理由和动力。

以"生育"为主题的小说《蛙》，更是多次描写了人们对生育神的信仰和敬奉。由于人们对生育神的狂热崇拜，一个村中的小庙建设得殿堂巍峨，红墙黄瓦，庙内香火很盛，就连娘娘庙外售卖泥塑娃娃的生意人都能收入颇丰。作家蝌蚪和虔诚求子的第二任妻子小狮子走进娘娘庙，看到的是一地的虔诚："大殿前的铸铁香炉中，香烟缭绕，散发着浓烈的香气。香炉旁边的烛台上，红烛排列得密密麻麻，烛火摇曳，烛泪滚滚。许多女人，有的苍老如朽木，有的光鲜如芙蓉，有的衣衫褴褛，有的悬金佩玉，形形色色，各个不同，但都满脸虔诚，心怀希望，怀抱泥娃，在那儿焚香燃烛。"④娘娘庙中那些虔诚跪拜的人们，那位头磕得"咚咚"响的小狮子，并非都是对科学知识一无所知的愚昧之人，但是，叩拜"送子娘娘"对她们而言是一种心灵的寄托，这种做法让她们觉得似乎离

① 莫言：《蛙》，160 页，上海，上海文艺出版社，2009。
② 钟敬文：《民俗学概论》，21 页，北京，高等教育出版社，2010。
③ 莫言：《丰乳肥臀》，6 页，上海，上海文艺出版社，2012。
④ 莫言：《蛙》，192 页，上海，上海文艺出版社，2009。

自己盼望中的儿女又近了一步。莫言这些生动的描述也源于高密民间"拴孩"的民俗。高密县志对此也有记载："解放前，妇女婚后二、三年内不能生育，心里着急，求助于神。到庙里抱个泥娃娃回家，叫'拴孩'……届时，庙里的道士或尼姑念经，拴孩的妇女要跪经，然后将相中的泥娃娃用红线拴住脖子，口里叨念着"有福的小孩跟娘来，没福的小孩坐庙堂。姑家姥姥家都不去，跟着亲娘回家来"。用红包袱将泥娃娃包好带回家，放在炕头窗窝里，一天三次饭食供奉"①。生命的传承是人类得以生存发展之本，中国民间固有的"传宗接代"和"养儿防老"的观念让人们更加膜拜生育之神，也难怪如今仍常有将产科医生称作"送子娘娘"的说法。《蛙》中的姑姑却集"送子娘娘"和"杀人恶魔"身份于一身，在夜晚回家的路上被群蛙缠住，拼命挣脱后遇到泥塑艺人郝大手才得以脱困，这里的青蛙让人联想到《聊斋志异》中的蛙神。莫言也曾称蒲松龄为自己的"祖师爷"，同样的齐文化孕育出的民间信仰不谋而合地出现了这两位不同时代作家的作品之中。而"蛙""娃""娲"的同音更深化了故事的主题，引导读者深入思考罪与罚、犯罪与救赎之间的关系。对蛙神的崇拜也就是对生殖的崇拜与信仰。倘若现实与此相悖，人们会在精神层面寻求安慰与解脱，所以姑姑才会最后嫁给郝大手，日日与泥娃娃相伴才能有所心安。身为妇产科医生的"姑姑"一直坚信自己所从事事业的"正义性"，可是在路遇群蛙围困后，她开始反思自己的行为，质疑自己一度坚定的信仰，她内心挣扎在"犯罪"与"救赎"的困境之中。向泥塑艺人郝大手学习捏制并且供奉泥娃娃，让她找到了一种可以暂且享有内心平静的方式，而最后她象征性的死亡终于给了她一次洗脱罪恶，走向新生的机会。

可以说，高密的民间信仰塑造了当地独特的文化，促成了人们独特的思维方式"作为老百姓"写作的莫言深知文学作品的根基在于其中的家国意识和民族文化，在创作中很自然地把故乡与《聊斋志异》中的故事都化用到艺术想象之中，既源于现实生活又出于艺术想象的民间信仰让"沉默者"能够发出声音，以物喻人折射出人类面临的窘迫与困境，寻找到心灵的救赎与脱困之路。他对齐地民间神秘文化的崇拜和信仰，加之对现实生活的关注与触碰，共同孕育出了幻觉与现实相结合的优秀作品。

（原载《东岳论丛》2015 年第 5 期）

---

① 选自高密县地方史志编纂委员会办公室：《高密县志风俗篇（修改稿）》，32 页，1986。

历史叙事的血肉标记

——莫言小说女性身体的多重表义功能

季红真

　　历史是所有叙事的母体，只是随着人类文化的演进与知识谱系的变化而发展，不同的样式体现着不同的文化特征，文学是其中最重要的一支，神话对于创世的解释与族群形成的记忆是所有民族最古老的叙事样式，在中国更是源远流长。《左传》所代表的官方史学影响到后世历史写作的角度与解读的方式。自太史公的《史记》问世，以人物为中心的纪传体、个人评史的观点、搜集民间叙事资源的实地踏查等，开辟出历史叙事的新维度，民间的叙事也被纳入正史。由此形成系谱，催化了文学体裁的演化，咏史诗与历史演义是最直接的产物，也影响到中国文人集体无意识中的历史情结，形成叙事文学的深层模式。就是在近代人文思潮的起伏消长中，也只是历史观的变化和叙事方式的革命，集体无意识中历史情结的深度模式并没有消解，史诗几乎是所有男性小说家共同追求的最高境界。

　　莫言沿袭着这一古老的文化心理轨迹开拓，但更多地继承了太史公重视民间叙事的传统，而且比他走得更远，对抗官方史学的同时，也彻底超越了党派的立场，完全以民间的立场、民间的方式叙述民间的历史记忆。他评说《项羽本纪》"太史公此文，首先是杰出的文学，然后才是历史，是充满客观精神的文学，是洋溢着主观色彩的历史。"[①]可见，他是以浪漫主义的史学观解读太史公的历史叙事："历史在某种程度上就是传奇……我们读《史记》何尝不是读司马迁的心灵史。"[②]

---

① 莫言：《读书杂感三篇》，见莫言：《会唱歌的墙》，29页，北京，作家出版社，2013。
② 莫言：《读书杂感三篇》，见莫言：《会唱歌的墙》，31页，北京，作家出版社，2013。

一

"五四"运动以后，19世纪西方被称为现实主义的长篇小说在中国大量翻译出版，激发了新文学作家历史叙事的豪情与新角度。现实主义将历史的范畴扩大到当代史，一如巴尔扎克声称的"要做法兰西历史的书记官"，中国的男性作家雄心勃勃，无不渴望写出记录历史的小说。合法出版的现当代文学史中，所有被确立为经典的小说无一不是取材于重大的历史事件，当时是"胜利者的历史"，而且形成一整套历史叙事的美学圭臬：重大题材、社会主义新人、历史的必然趋势、乐观健康的格调……就是在改革开放的30多年中，大量涌现出来的历史小说也无不和重大历史事件相关联。"茅盾文学奖"不成文的约定是历史小说必不可少，每届必有一部，得奖作品也都是和重大历史事件相关联的叙事，只是美学圭臬逐渐宽松而已。

莫言显然是其中最自觉也最富激情者之一，他以对官方史学自觉的对抗、改写，完成了自己历史叙事的卓越创新。他对中国近代以降的历史有一个基本的概括，"整个中国当代文学的个性，与中国近代历史上发生的重大事件密切相关。譬如旷日持久的战争，骇人听闻的暴行，令人发指的饥饿，临界疯狂的全民性宗教狂热"①。这就使他定格在近代史框架中的历史叙事，以"客观精神的文学"表现，直接地体现"一切历史都是当代史"的新史学观点。而对于民间历史人物的激赏和认同崇仰，则颠覆了胜利者的历史，书写的是失败者的历史，接续起司马迁"浪漫精神的史学"，推崇悲剧英雄的血性先祖，莫言也接续起中国文人集体无意识中英雄崇拜的意义指向，超越成侯败贼的评史标准，以失败之书写本色英雄，将"客观精神的文学"与"浪漫精神的史学"融合为一体，开辟出自己历史叙事的新天地。

"客观精神的文学"是莫言对司马迁治史最多的借鉴继承。这首先体现在时间序列的客观真实，成为基本的叙事框架以容纳浪漫的民间历史记忆。把莫言所有作品中的人物故事发生的年代按照时间顺序排列，就是一部最直观的中国近代史，上限是庚子之乱的西方殖民运动，下限则是不断发展着的当下民间生活。不仅是朝代更迭、党派政权交替的政治史，还包括文化史的诸多分支，比如思想史（《红高粱家族》《红耳朵》）、酿酒与饮酒史（《酒国》）、教育史（《十三步》）、生育史（《蛙》）、性史（《筑路》《道神嫖》等大批中短篇）、婚姻制度史（《白棉花》《翱翔》等）、刑罚史（《檀香刑》）等。共时性与历时性的交汇，使他的故事叙事成为民间记忆与官方史学互动共荣的历史活体。在写实的层面上，他真

---

①　莫言：《没有个性就没有共性》，见莫言：《用耳朵阅读》，135页，北京，作家出版社，2013。

实的反应官方史学的制度性规范，同时，也深刻地表现了民间苦难的记忆，以及超越苦难生存的独特形式。

莫言以故乡高密为依托，以民间的记忆为主要内容，使现代性拉动的中国近代历史带有了离散性的地方志特征。或者说他以地方的小历史，形象地演绎中国乃至世界的近代历史，"我要把高密东北乡写成中国的缩影，世界历史的片断"①。高度的历史自觉使他笔下的人物因此而成为中国近代历史的血肉标记，众多的人物繁衍出来的生命故事成为中国近代历史的血肉，层层累积成垂直时间形式中的起伏山峦。加上血缘心理时间和夹叙夹议的演述方式，使他的小说几乎是以神话的方式叙述历史。而对于民间思想的重视，也使其文化语义从近代历史的狭窄框架中漫流出来，沟通了中国原始思维的信仰，成为他浪漫历史精神的民族民间文化心理的基础。他把漫长的文化史作为近代史的底色，描画现代性劫掠中乡土社会的衰败、变迁，民族文化的震动、断裂与更新中的弥合与变异。他谈到《生死疲劳》的创作构思的时候说，"……用动物的视角，观照了五十多年来中国乡村社会的变迁"②。

在陈寅恪先生所谓的"数千年未有之变局"中，女性"浮出历史的地表"是最显豁的文化激变，这就使莫言的历史叙事中不可规避地出现了大量女性的形象。她们与男性几乎是站在同一地平线上、历史标记的血肉之躯中，便裹挟着无数女性的身体，而且在历史时间倏忽断裂、文化制度崩塌的荒原中，以边缘向中心的涌动，和男性的身体绞缠在一起，共同承担着历史叙事的血肉标记功能，也在莫言历史意识的表义结构中，承担着比男性更重要的义素功能。她们是历史苦难最深重的承担者，寄托着莫言悲怆的情感力量，抒发着整个民族集体无意识里最难以平复的心灵创痛，也重复变奏出所有农耕文明的种群共同的衰败宿命，由此而汇入全球性乡土文学的文化时间焦虑。女性的身体被嵌入历史的断层，在莫言的故事里重新焕发出生命的光彩，和现代人的猥琐形成反衬的镜像，历史也因此而血肉饱满。家族史因此成为他最得心应手的历史叙事体裁，他谈到《丰乳肥臀》的创作时说，上官鲁氏一家几代人"他们的命运与中国的百年历史紧密相连"③。

对于30多年来中国故事的书写，莫言则是在现代性不可逆转的大趋势中，坚守着乡土之子的叙事立场，以乡土人生新的悲剧故事，打开历史的皱褶，表达对现代商业文明的顽强抵抗。不同文化背景中的女性在男性的视域中，主要承担着文化属性的标记功能。"客观精神的文学"更清晰地表现为他的历史观："进化论是一代胜过一代，我觉得

---

① 莫言：《自述》，见张清华、曹霞：《看莫言》，3 页，沈阳，辽宁人民出版社，2013。

② 莫言：《香港浸会大学"红楼梦文学奖"得奖感言》，莫言：《用耳朵阅读》，36 页，北京，作家出版社，2013。

③ 莫言：《我的〈丰乳肥臀〉》，见莫言：《用耳朵阅读》，33 页，北京，作家出版社，2013。

是一代不如一代。"①反进化论的历史观是 20 世纪后半叶浪漫主义社会思潮的体现，回归原始的生命状态是在现代生存的危机中人类最基本的行动元，旧日乡土社会的劳动女性与现代商业文明的艺术型女性两相对照，成为他表义的基本叙事策略："'丰乳'是歌颂像母亲一样的伟大的中国女性……进入九十年代社会物欲横流，所有的人都好像是围绕着女人的身体旋转。所以我想这个书名中的'肥臀'本身就包含着讽刺的意义"②这也是巴赫金所谓的"身体的地理学"，女性的身体一分为二，完成意义的重新组接，具有养育功能的器官是神性的象征，而单纯的性感肉体器官则是人与社会堕落的标志。上官鲁氏这样厚德载物的母亲，则简直就是历史的母体。

现代女性在莫言的表义系统中是一个充满了厌恶情感的贬义语用，是和种族的退化与人类的堕落、最终灭绝互为因果的现象。这样的修辞方式，一直延伸到解读历史女性的评价中，他在直接取材于《项羽本纪》的话剧《霸王别姬》中，使这一对立的两项义素当面交锋，完成了关于历史的伦理质询，发展了太史公的心灵史，表达了现代乡土人生的心灵苦难：充满欲望的吕雉"敢对女人下狠手，能控制男人……她其实是一个披着古装的现代女人"③。乡土女性与现代女性成为历史坐标中的两极，分别承担着莫言的认同与批判。

在正史整体的时间形式与方志离散的时间形式这两种理性的历史时间中，稗官野史是莫言的传奇故事最直接、最丰沛的源泉，和他熟悉的民间生活场景相重合，形成超越理性时间形式的神话时间形式，铸就了他的叙事方式最基本的范型，而且积淀在心灵深处，承载着民族民间的集体无意识，这是他"浪漫精神的史学"根基之所在。

这使莫言的历史叙事超越了历史的有限性，汇入民族乃至人类原始思维记忆的广大时空中，他的传奇故事因此而具有了时空同体的宇宙模式。而与这一模式相对应的女性形象，则近于神话人物，《金鲤》中的灵芝姑娘因为救助女作家而落水身亡，变作一条神异的金鲤鱼；《红耳朵》中被屠杀的姚老师虽死犹生，和大自然一起成为启发少年十千参悟马列的神灵；《白棉花》中意外死亡的方碧玉在传说中以雍容富贵之姿出现在新加坡；等等。由人到神的神秘转身，这一类女性形象标记的神话时间，比准确的历史时间更久远，对应现实的时间，是沉入民族集体记忆的心理时间形式。因此，稗官野史是莫言超越整体与离散的两种理性历史叙事，也超越不同文明类型的情感倾向，历史彻底转变成了传奇，而这些进入神话的女性身体，则标志着人类永恒的价值理想。正是女性这种独特的神话标记作用，使莫言的历史传奇最终超越了理性叙事的历史，凸显出具有浪漫精

---

① 莫言：《我的文学经验》，见莫言：《用耳朵阅读》，252 页，北京，作家出版社，2013。
② 莫言：《我的文学经验》，见莫言：《用耳朵阅读》，255 页，北京，作家出版社，2013。
③ 莫言：《霸王别姬》，见莫言：《我们的荆轲》，101 页，北京，作家出版社，2013。

神的历史观。小说不仅仅是莫言的心灵史，而且在根本上动摇着科学理性的知识系谱，完成了对整体与离散两种历史的彻底颠覆与超越。

从历史的标记到颠覆历史的神话想象，莫言小说中的女性身体承担着独一无二的超越历史的主题表义功能。

二

莫言以离散化的地方志的故事，填充整合大历史的叙事，乡土社会丰富的生命故事展开的具体年代是正史所没有纪年的时间标记，这近于为大历史的时间刻度加密。而女性身体的历史标记功能，也使他的女性人物画廊显示出前所未有的拥挤，但是大致可以分为两大类：一类是最寻常最贫疮的乡土女性；一类是应运而生、富于光彩的青年女性。第一类女性基本都是历史苦难的承担者，被残酷的文化制度、频繁的战争、政治运动、饥荒、经济转型等历史灾难榨干了生命的汁液，沿袭着鲁迅笔下的祥林嫂们的命运，层层累积起历史的堆积层。第二类女性则是在历史断裂、文化震动的裂隙中走上历史的舞台，以光彩夺目的鲜活生命标志出历史的演进。她们常常是在精彩绽放之后倏忽而逝，正是这一类女性成为莫言浪漫精神历史传奇的主角。第一类女性是历史的土壤，第二类女性是历史的花朵，莫言"现实精神的文学"以第一类女性为土壤"浪漫精神的史学"则以第二类女性为鲜明美丽的标记。

正是通过这些应运而生的女性形象，莫言的作品几乎囊括了近代以来所有大大小小的历史事件，密集的时间刻度中充满了女性生命的血泪瘢痕与奋起抗争的华彩，从而连缀起一部中国近代史。《秋水》是伊甸园一样的原始状态，情杀引起的血亲仇杀是开发者普遍的人生传奇。《檀香刑》中孙眉娘的身体勾连着庚子之乱中孙丙抗德的大历史传奇，所有的主要人物都与她的身体关联：亲爹是农民起义的领袖，情人干爹是官吏，公爹是刽子手。孙眉娘欲望化的身体，成为集结着所有戏剧性冲突的枢纽性标记，小说的主人公和历史的主人公由此对位登场，演出了一场惊心动魄的酷刑大戏。莫言也由此把自己对"看客文化"的民族文化心理展露无遗，"实际上是三合一的演出，一方面是刽子手，一方面是被杀的罪犯，一方面是看客"[1]。这就把一种原生态的历史整体地展现出来，使土壤和花朵共生共存。《红耳朵》里左翼英语女教师姚老师以崭新的朴素着装隐蔽起自然的躯体，本身就是"五四"新文化精神的产物，而她和她的同事们连接着三民主义与共产主义两种意识形态的交锋，演绎出新思想在乡村社会的传播方式及其引起的混乱，其最

---

[1] 莫言：《我的文学经验》，见莫言：《用耳朵阅读》，264 页，北京，作家出版社，2013。

终的殉道则是第一次国共合作破裂遗留下的历史悲歌，时间的刻度当在 1927 年前后。《红蝗》中相隔 50 年的两次蝗灾是以两个不同文化属性的女性为标记，主要故事中的红衫女人和青年女专家，共同承担着人类欲望对象的符码功能，且都以未婚未育的女性身体的性特征表义，标志着两个历史时间的刻度，而且在差异中聚合为同一的义素。在不断闪回的演述方式中，叙事的重心在 50 年前，根据其中的《祭腊文》标注的整体时间刻度，是抗日战争爆发之前的 1937 年，家族制度还是乡村的主要政治结构，男女之间的传奇仍然在血亲之间演绎。《渔市》等作品中，已经频繁出现了县党部一类的历史词语，当为抗战爆发之前的民国时期《红高粱家族》是民间自发抗日的传奇，但已经出现了县政府和共产党的武装，民间的抗日和党派政治纠缠一体。大奶奶戴凤莲与余占鳌非婚结合，因为牺牲于惨烈的种族战争，而由历史的碎屑得以被加冕为"抗日英雄"进入民间的正史。她的历史标记作用比姚老师单纯的文化传播功能更丰厚，后者是理性的启蒙者，前者是本能的反抗者。戴凤莲对叙事承担着原动力的推动功能，红高粱的叙事起于她的婚姻悲剧，莫言由此以女性的身体颠覆了古老的封建制度，让她睡在乡绅的豪华棺材里，享受着隆重的殡葬仪式，作为进入正史的戏剧性场面，生动地演绎出近代以来在文化的震动中，女性由边缘进入主流的基本方式。而且《红高粱家族》的全部叙事作为一次对招魂仪式的准确换位，结束于对女性祖先祭祀的核心情节，文化史中性别政治的革命意义以此为最。直述出来的主题"奶奶是个性解放的先驱"，更是将对外来暴力的反抗和对封建文化的颠覆整合在"五四"精神的话语体系中，借助这个乡村的浪漫主义者的身体，莫言将离散历史的时间刻度、稗官野史的神话时间刻度都纳入了整体的历史时间刻度中。或者说，女性的身体使大历史抽象的刻度瞬间膨胀，演绎出思想史的前因后果。而《父亲在民夫连中》[1]是淮海战役的局部写照，其中唯一一个女性是乞丐的首领，成为战乱导致的乡村衰败的苦难标记；《儿子的敌人》以一老一少两个女性作为国共内战的标记，孙寡妇的第一个儿子死于抗日战争，第二个儿子死于攻城战斗，作为历史土壤的苦难母亲以本能的母性覆盖了儿子的敌人，而历史的花朵也因此一分为二，小儿子的恋人小桃是战争的牺牲品，女兵则是战争的产物。这是莫言小说中女性身体历史标记的叙事功能表义分歧之始，顺应了民族分裂的血腥党派政治战争的历史趋势。

莫言小说中当代历史的时间刻度就更加密集，频繁的政治运动与急剧的历史转折使乡土人生更加错动。在莫言的小说中，几乎囊括了 1949 年以后大大小小的所有历史事件。镇反（《灵药》）、合作化（《生死疲劳》）、反右（《三十年前的一场长跑比赛》）、大跃进办公共食堂（《铁孩》）、1960 年的大饥荒（《粮食》）、1966 年春节破"四旧"（《挂像》）、学

---

[1]　在 2013 年作家出版社出版的《莫言全集》中，内容调整之后改名为《野种》。

生斗老师(《飞鸟》)、群众组织打派仗(《月光斩》)、革委会成立(《筑路》)、忆苦思甜活动(《初恋》)、知青下乡(《爱情故事》)、毛泽东思想宣传队(《我们的七叔》)、军队下乡支农(《白狗秋千架》)、清理阶级队伍(《大嘴》)、反复辟回潮(《普通话》)、兴修水利(《透明的红萝卜》)、牲畜的政治化管理(《牛》)、民间的换亲(《翱翔》)、高考制度改革(《欢乐》)、越战(《断手》《战友重逢》等)、经济改革(《民间音乐》)、商品经济兴起(《一头倒挂在杏树上的狼》)、计划生育一胎化及惩罚制度(《弃婴》《地道》)、两岸解禁(《遥远的亲人》)、农民工进城(《锅炉工的妻子》)、民主运动(《白杨树林中的战斗》)、企业转产工人下岗(《师傅越来越幽默》)、现代商业体制霸权的形成(《四十一炮》)、官场的潜规则(《倒立》)、前卫艺术兴起(《与大师约会》)、色情业的泛滥(《冰雪美人》)……每一篇小说中，女性的身体都具有历史标记的鲜活属性，而且在不断的闪回比较中，展现着乡土女性由花朵沦为土壤的悲剧命运。这也是莫言悲怆情感的载体，使内战中一分为二的历史语义重新连缀成完整的历史悲歌。

而且，在他的中长篇小说中，不少女性人物都是贯穿近现当代史的人物，她们的身体纠结着不同的党派政治势力，参与到重大历史事件的局部，成为最显赫的历史标记，性的混乱因此成为历史混乱的直接隐喻。最典型的是《丰乳肥臀》中地母一样的上官鲁氏，生于1900年庚子之乱，死于1995年的乡村城镇化，父母死于胶济铁路引起的农民暴动。她出嫁后由于丈夫不孕而备受歧视虐待，与收养她的姑父通奸，与各种奇异的边缘文化人物媾和借种，被乱兵强奸。身体的苦难是近代以来所有历史苦难的感性显现，她作为历史的母体，是整个民族近代以来被踩躏的历史写照。而她众多花朵一样的女儿则以身体连接着国民党、共产党、汉奸、还乡团等各种政治势力，简直就是党派斗争史的缩影，是感性的具象逻辑演绎。第三代则以各自不同的方式，毁灭在商品经济的大潮中。上官鲁氏历经战乱、政治革命、饥荒、经济变动等灾难，她的身体贯穿了一部混乱的中国近代史，是一具鲜活的标本，浓缩着人民苦难的全部历史记忆。

《蛙》中姑姑的生活史则从抗日战争开始延续到当下，相对于上官鲁氏的多育，她是以一生未育的不幸标记了女性身体的当代特征，而心灵的苦难则是作为一个妇产科医生不得不从事绞杀胎儿的职业。她的情感记忆中联系着叛逃到台湾的飞行员、被打倒又复出的干部等重要的历史标记性人物，未果的爱情都是政治的牺牲品，有惊无险的侥幸则是以身体的不入流得以政治豁免。这是一个残酷的反讽性修辞的历史文化形象，妇科医生成为妇女苦难的被迫执行者，而至情至性的纯真则被历史嘲弄，在生命伦理彻底瓦解的当代历史情境中，以女性的苦难最为深重。

三

女性身体的历史标记作用，在莫言的叙事功能中已经超越了种族疆界，进入了世界历史的范畴。当然，这是由于中国近代以来的历史就是一部汇入世界史的流程。人类现代性的普遍劫难，如滔天洪水席卷着所有农耕种群的乡土人生。革命、战争、党派政治、政治运动、饥荒、频繁的政策变动，都是现代性引起的混乱，使食、性、生殖、婚姻与死亡这些最基本的人性问题发生了根本性的变异。世界政治格局的变动带来各种异质的文化人物，大批外来者进入乡土社会，党派政客、服色各异的军人、新式教育背景的乡村教师、下放的知识分子与知青，都还只是种族内部的文化变异；而外国人的到来则和铁路的出现一样，成为铁血的现代文明最直接的历史标记，比如《凌乱战争记忆》中有一个美国飞行员。这使乡土人生的遗传基因发生了根本的变异，跨种族婚姻使女性的身体也因此成为世界历史的血肉标记。

在莫言的叙事策略中，女性的身体和异族的结合是世界史的细节，混血儿是最直接的产物，他们悲剧命运的寓意也是历史的悲剧性残片。莫言写于1992年的《梦境与杂种》中的树叶，是国籍不明的基督教牧师马洛亚和中国村妇之女，她在饥荒年代不明不白地被强暴怀孕而自杀，一段青梅竹马的纯情初恋也因此完结，这是一个隐喻丰富的寓言，外来文化与传统文化的短暂交融，以死亡的极端方式结束。这篇小说里的另一个人物，教外语的苏老师则是因为和白俄的女儿谈恋爱而被打成右派。《丰乳肥臀》中的上官鲁氏和智通和尚所生的六女儿念弟，爱上了美国飞行员巴比特，婚后三天被自己当政委的姐夫鲁立人抓捕，逃亡后在山洞中自杀。国际政治的因素是悲情传奇产生的历史土壤，也是文化史缝隙中的种族混融的信息。《蛙》中顽强抵抗计划生育政策的陈鼻有俄罗斯血统，最终潦倒到化装为唐·吉诃德在酒店当活招牌，沦为伟大文化精神的商业替代物，这意味着文化融合的无奈收场。比起自杀、无后潦倒的混血传奇，《丰乳肥臀》中上官鲁氏和众多的中国男子都生不出传宗接代的男性婴儿，只有和瑞典传教士马洛亚才孕育出唯一的男孩。这意味着拯救的可能，而有外来血统的上官金童，作为一个没有父亲的男人，他和叶子一样都显示了西方思想在中国的传播。而他奸尸、恋乳、绝后与一事无成，也是西方文化思想在中国溃败的寓言性结局。有人归结为文化怪胎，和莫言对所有中国时尚新潮的嘲讽一样，体现着他对现代文明的批判与抵抗。从自杀、绝后潦倒到恋乳，则是他一步深于一步的文化悲观主义的发展。他明确地说，科技便利了人类的生活，"但从长远利益来看，科学技术的进步会导致人种的灭绝"①。

这和他的"浪漫精神的史学一脉相通，呼应着《红高粱家族》中的招魂仪式，表达了自己对全球化时代的忧虑，也是整个民族集体无意识中种族灭绝的焦虑。上官鲁氏和《白狗秋千架》中的暖一样，都为一个能延续种族的健康孩子而焦虑，一个得了无用独子，一个生了3个哑巴，都是丧失了文化功能的后代。母性的身体和所有不同文化属性的角色结合，都孕育不出健康的孩子，进入了不可逆转的世界历史的流程，就意味着持续的衰败与最终的灭绝，极端地演绎出莫言"一代不如一代"的历史观。原始母亲的身体除了承受无尽的苦难，完全没有被拯救的可能，每一次的挣扎与期望都要遭受更深刻的反讽，这是世界所有农耕文明的种群遭遇现代性之后共同衰败的宿命。女性的身体标记了乡土中国与世界连接的方式，至此，莫言才真把高密东北乡写成了"世界历史的片段"，这片段就是全球化时代整个"中国的缩影"。

四

莫言以女性身体为历史的血肉标记的叙事策略，显然是以男性的立场出发的，也是以男性的集体无意识为原动力。这决定了莫言历史叙事的主体特征，不仅是反进化论的历史意识，还包括欲望投射的历史叙述方式，也是心灵的替代方式。正如他自己所言："官方歪曲历史是政治的需要，民间把历史传奇化、神秘化是心灵的需要，我当然更愿意向民间的历史传奇靠拢并从那里汲取营养。"②他在用耳朵阅读的同时，也用男性的心灵完成了欲望的投射与自我的艺术替代。

叙述方式的民间化则使莫言在接受民间记忆历史的血缘心理时间的同时，也切割出一个窥视历史的洞口。他谈到自己的创作经验时说："《红高粱家族》我最得意的是发明了'我爷爷''我奶奶'这个独特的视角，打通了历史与现代之间的障碍，也可以说开启了一扇通往过去的方便之门……"③在这个"复合的时空"中，他"强大的本我"中不可磨灭的童年记忆从内容到形式都完整而夸张地宣泄出来。事实上他的历史叙事中有很大一部分是童年的亲历，儿童的视角一开始就是他引起文坛关注的作品中普遍使用的基本叙事视角，对于非亲历性的历史想象叙事，只是顺着这个心灵通道的艺术思维的惯性。

莫言在这个洞口张望，作为历史血肉标记的女性身体便是这投射的基本视点，这是个人无意识和历史无意识重合的焦点，他借助女性的身体，以历史性感的视点推动着历

---

① 莫言：《华人出版人的新角色与挑战》，见莫言：《用耳朵阅读》，50页，北京，作家出版社，2013。
② 莫言：《用耳朵阅读》，见莫言：《用耳朵阅读》，44页，北京，作家出版社，2013。
③ 莫言：《作为老百姓的写作》，见莫言：《用耳朵阅读》，71页，北京，作家出版社，2013。

史叙事的演进。他坦言，"男性对女性的第一态度就是性爱"①，这是男性集体无意识进入历史的基本冲动，也重合于祖先故事呈现的历史无意识，是所有创世纪故事中的基本主题。他心仪的未婚女性基本都有乡土文化的背景，都带有性与心灵双重启蒙的特点。菊子姑娘（《透明的红萝卜》）开启了他性意识的觉醒，奠定了他对女性的基本态度；《红高粱家族》中的奶奶和二奶奶都是敢爱敢恨、情感质朴热烈的女子；《白棉花》里面的方碧玉会武功有侠气，"……具有一种天生的、非同俗人的气质"，兼有姐姐与情人双重的身份，而且与"我"有身体的媾和，是直接的性启蒙者，被叙事者"我"终生铭记："……这十几年俺运气不错，见识了几个质量蛮高的女人，没有一个能与我记忆的方碧玉相比"。《月光斩》中自称"独立大队"的女红卫兵，也是以神秘侠女的行为方式与小铁匠一起出走不知所终。这种类型的女性健康质朴的身体吸引着他，就像壮阔历史吸引着他一样，给他带来无限倾慕的感情，也是民间"英雄崇拜和命运感"的一部分，是男性集体无意识中的神性女性原型，一如他对蒲松龄笔下狐狸精的激赏："……个个个性鲜明，超凡脱俗，不虚伪，不做作，不受繁文缛节束缚，不食人间烟火……"而且认为跳孔雀舞的杨丽萍可以与之媲美"她在舞台上跳舞时，周身洋溢着妖气、仙气，唯独没有人气……"②

历史性感的视点也带来莫言历史观的内在矛盾，从现实精神文学出发，他厌恶战争"一切的罪恶在于战争。战争泯灭人性唤起兽性，战争使人性发生扭曲"③；而浪漫精神的史学，使他无意识地流露出所有男性本能，对战争有着激情想象，一如西方女权主义者所概括的，屠杀与强奸是男人的两大游戏，战争恰恰满足了男人的这两个基本欲望。他论述《史记》时写道："回头想想，战争，即使不是人类历史的全部，也是人类历史中最辉煌、最壮丽的部分。战争荟萃了最优秀的人才，集中了每一历史时期的最高智慧，是人类聪明才智的表演舞台。因此，从某种意义上说，历史就是战争的历史，文学也是战争的文学"④。这个悖论是理性与非理性的冲突，是男人意识与无意识的矛盾，也是弗洛伊德所谓人类生与死两大本能的交锋。莫言无疑智慧地协调了这个悖论，"《红高粱家族》表现了我对历史和爱情的看法"⑤，战争成为一个历史的放大器，正义的反侵略、反法西斯的战争更是这个放大器中最安全的途径，可以由此深入英雄祖先的灵魂"小说里的战争也仅仅是故事发生的一个背景，最着力点、我写作的重点还放在描写战争背景

---

① 莫言：《我想做一个谦虚的人》，见莫言：《碎语文学》，4 页，北京，作家出版社，2013。
② 莫言：《杂感十二篇》，见莫言：《会唱歌的墙》，215 页，北京，作家出版社，2013。
③ 莫言：《二十一世纪的中日关系》，见莫言：《杂语文学》，11 页，北京，作家出版社，2013。
④ 莫言：《读书杂感三篇》，见莫言：《会唱歌的墙》，29 页，北京，作家出版社，2013。
⑤ 莫言：《饥饿和孤独是我创作的财富》，见《碎语文学》，40 页，北京，作家出版社，2013。

下，人类情感的变化，命运的变化"①。

不仅如此，他对战争的残酷性也借助历史性感的视点加以升华。在他的作品中有因战争丧失性能力的男性形象②，也多有因战争获得浪漫机缘的女性③，但是作为历史花朵的标记性女性，几乎都是以死亡为生命的终点，也是传奇化历史的亮点。这使莫言对于战争的悖论凝聚在欲望投射与自我替代的历史性感视点之中，完成了祭祀式的心灵表达。由此，历史的土壤与历史的花朵两相参差的义素聚合为统一的主题，女性在"浮出历史地表"的同时，也成为战争最大的祭品。历史的堆积层中遍布历史花朵的尸骸，她们是被正史掩埋的孤魂野鬼，莫言将她们纳入历史的主角，并且当作被祭祀的神主，这是对官方史学最大的颠覆。

五

莫言的小说创作，是从亲历的童年开始的，文体也是由短到长地发展的，窥视历史的目光也是随着文体的长度而逐渐放得长远的。由近及远，这就使他的标记性女性身躯，在跳跃的历史时空中闪动。这也是一种历史叙事的独特连缀方式，大致呈现为历史的倒叙法。这个叙事方法和童年的视角一样，为现代经典作家们所熟稔掌握，从鲁迅到萧红、张爱玲，都以自己的方式运用了这一方法，从现实上溯历史，既是历史情境和个体生存境况变化的结果，也是历史叙事合法性宽松的反映。

莫言生逢其时，在一个极端禁锢的时代进入迅速开放时代，窥视历史的洞口越来越宽敞，叙事的合法性逐渐宽松，当然，艺术家的勇气也是一个重要的原因，超前的思想观点引起的麻烦使他的多数作品备受争议。而他乡土之子的叙事立场、"作为老百姓写作"的自我定位、稗官野史的读史角度、血缘心理的时间形式、欲望投射的自我替代、夹叙夹议的演述方式，都使他的历史倒叙法体现了其成长过程的认知冲动与发展。这使他区别于现代经典作家，童年的视角因此而超越了童年的限制，成为他历史叙事的原初支点，既是超越了生命周期（个人与艺术形象）的人类学视点，他的不少人物都是老年的身躯与孩子的性格，比如《丰乳肥臀》中的上官金童，《四十一炮》里的罗小通，他概括为老小孩儿与精神或灵魂的侏儒症，正是心理人类学家所谓的第二童年；又是自甘边缘的一再强化重申与顽强的自我巩固，儿童的视角就是边缘的视角，也是弱势群体的视角，是反主流的柔性话语抵抗。作为历史标记的女性躯体鲜活的青春样貌，则承担了他欲望

---

① 莫言：《我的〈丰乳肥臀〉》，见莫言：《用耳朵阅读》，33 页，北京，作家出版社，2013。

② 见莫言：《木匠和狗》《革命浪漫主义》。

③ 见《凌乱战争记忆》等。

投射的自我替代中历史叙事的价值所在，把残酷的历史还原，升华凝聚为艺术的梦想。

在倒叙法的历史叙事中，莫言随着年龄的增长其历史观也在发生着明显的变化，从早期祭祀父系的图腾（《红高粱家族》），到晚近祭祀母性的图腾（《蛙》），绝对论的历史观逐渐演化为相对论的历史观。而作为历史标记的女性身躯也分化为两相对立的语义，历史的花朵逐渐变成历史的土壤，甚至是历史的垃圾。《沈园》中的女主人公由一个快乐的拉着手风琴的现代少女，变成了一个手指缝里带着泥垢的怨妇，早年欲望投射的激赏变成了生理性的厌恶。而《锅炉工的妻子》中的女钢琴家《怀抱鲜花的女人》里的衣着洋派的女人，都是 20 世纪 80 年代改革开放的历史文化标记，外来乐器与洋式衣裙是都市女性最显著的外在自我。她们都是男性致命的杀手，恐惧则是其基本的心理特征，而且是和诱惑相关联的。《白杨树林里的战斗》中打糊涂架的两伙孩子和操控着所有话语体系、使"我""动辄得咎"的神秘黑衣人，显然都是对荒诞历史的寓言性转喻①；而嘴里喷着糖化饲料味儿、嘴角挂着小泡沫的葵花脸经商女子，则是对现代女权话语的恐惧；至于民间关于声音洪亮的战神黑驴王子生于武则天与一黑驴交合的传说，更是将现代战争政治替代的戏仿性质彻底颠覆，表达了对所有党派政治与政治女性的拒斥。最终的逃离近于鲁迅似的过客精神："我只要向前走。我只为向前走……哪怕前面是地雷阵，或者万丈深渊。"从进入历史的窥视，到逃离历史的前行，莫言浪漫主义的历史观在遭遇现实的话语困境之后，沉入无声的逃离。还有《蛙》中关于姑姑抗日经历相反的自述，与他述《我们的七叔》中七叔关于自己革命前后矛盾的讲述等，都体现着莫言对于所有历史叙述的质疑。厌恶与恐惧是心理抵抗的表现，而只有真正成为历史祭品的传奇女性，才在神话的时空中风华永驻，虽然她们已经处于失语的状态《红树林》中的珍珠姑娘干脆是一个哑巴。

在这样的演进中，倒叙法的历史叙事使莫言对欲望投射的窥视转变成对欲望的反省，"现实精神的文学"最终战胜了"浪漫精神的历史"。他在阐释《四十一炮》中的罗小通时说："他对肉的欲望，既是人类食欲的象征，又是通往性欲的桥梁""这肉神，是一个嫁接在欲望身上的文化怪胎，罗小通的吃肉表演，迎合了这个时代反崇高、反理性的荒谬本质。"②罗小通的困境也是"被欲望控制了的中国社会的困境，其实也是整个人类世界的困境"。在这部作品中的青年女性几乎都是商业化潮流的标记，是满足男性性欲的商品，陪伴着罗小通的仍然只是一个历史土壤一样的老年妇女。罗小通无疑有着莫言的部

---

① 莫言在和大江健三郎的谈话中提到，一些事情让他开始重新思考群众的呼声，"我觉得必须分析群众呼声。引导得当的话可能改变世界，但引导失当、被野心家利用了的话是有危害社会的巨大能量的"（《大江健三郎与莫言在中国》，见《碎语文学》133 页）。《杨树林里的战斗》当为他这一思考的寓言性转喻。

② 莫言：《我的文学经验》，见莫言：《用耳朵阅读》，252 页，北京，作家出版社，2013。

分自我，体现着他把"好人当作坏人写，把坏人当作好人写""要把自己当作罪犯写"①的艺术追求，也最终体现着他历史叙事的制高点："象征性的历史""才更加逼近历史的真实"。历史在这里成为一个巨大的盛器，容纳了所有在欲望中挣扎的人类"因为我站在了超越阶级的高度，用同情和悲悯的眼光来关注历史进程中的人和人的命运"②。至此，莫言女性形象作为历史标记的叙事功能，成为他重要的哲学人类学义素，中国的近现当代史也由此进入神话的古老表义系统。

莫言的女性形象以性感的身体视点，承担了历史血肉标记的叙事功能，倒叙法的垂直时间形式，又将共时性与历时性的语义交融共生，推动着他浪漫精神的想象，完成对"中国的缩影"和"世界史片段"的寓言整合与诗性凭吊。一个欲望投射的历史窥视者，由此成为一个传奇历史的祭祀者，心灵的受难与超越，是他借助民间历史传奇女性完成的深度心灵表达。

（原载《山东女子学院学报》2015 年第 4 期）

---

① 莫言：《我为什么写作》，见莫言：《用耳朵阅读》，296 页，北京，作家出版社，2013。
② 莫言：《我的〈丰乳肥臀〉》，见莫言：《用耳朵阅读》，33 页，北京，作家出版社，2013。

论莫言小说的混杂性美学追求

洪治纲

在中国当代作家中，莫言是一位极具挑战意识的作家。他所创作的绝大多数小说，无论是审美内涵，还是叙事形式，都蕴含了各种难以协调，甚至彼此冲突的元素，呈现出一种混杂性的美学趣味。这种混杂性的美学特质，使他的很多作品都显得复杂多变、矛盾重重，也激发了很多学者的阐释欲望，甚至出现了一些截然不同的审美评价。我以为，这种混杂性的美学追求，恰恰是莫言创作的重要特征，也是他迥异于其他当代作家的重要标识。

一

莫言对混杂性的美学特质，似乎有着与生俱来的迷恋。从他早期的代表作《红高粱家族》中，我们就可以明确地看到此点。这部小说虽然以民族抗战作为整个故事的背景，但在具体的叙事中，莫言完全颠覆了传统英雄主义的价值观念，消弭了政治党派的历史纠葛，并将正义与邪恶、勇武与懦弱、人性与兽性、无知与无畏纠集在一起，以一种极具原生态的叙事理想，呈现了齐鲁大地上一群充满血性、敢爱敢恨、粗野狂放的民间生命。同时，莫言还在小说中开始自觉地建构起"高密东北乡"的艺术世界，并为"高密东北乡"定下了这样一种世俗基调：它是"最美丽最丑陋、最超脱最世俗、最圣洁最龌龊、最英雄好汉最王八蛋、最能喝酒最能爱的地方"①。这种集纳了各种矛盾、彼此对立却又相互交融的精神内蕴，非常清晰地体现了莫言创作的混杂性特质。

---

① 莫言：《红高粱家族》，3 页，北京，作家出版社，2012。

纵观莫言的小说创作，这种混杂性的美学追求，最突出地体现在人物形象的塑造上。莫言小说中的人物大多敢爱敢恨，理性不足而感性有余，且内心往往充满了价值观上的矛盾和混乱，善恶美丑常常聚于一体。按理，人物性格的多重性是现代小说的常规，许多经典人物的性格中，都有一些彼此冲突的元素，这并不奇怪。但莫言的独特之处在于，其笔下人物的性格常常处于各种矛盾的两极状态，融极恶与极善、极狂与极真、大辱与大爱于一体，而且这些彼此冲突的性格元素，并没有造成人物形象的自我分裂，而是以感性化的形式潜藏在人物内心，形成了各种强劲的张力状态，也成为人物言行的内在动力。像《红高粱家族》里的余占鳌和戴凤莲、《丰乳肥臀》中的上官鲁氏和上官金童、《檀香刑》里的钱丁和眉娘、《酒国》里的丁钩儿和李一斗、《生死疲劳》里的西门闹、《蛙》中的姑姑等，都是如此。

在《红高粱家族》里，余占鳌就是一个典型的亦正亦邪的人物。他的性格里，既有凶残、暴烈的一面，如土匪打劫失败后求饶，他依然打死对方；杀死单氏父子、绑架县长。又有柔情、豁达的一面如对儿子、妻子。既有粗鲁、野蛮的一面，又有率真、坦荡的一面。戴凤莲既有柔弱、腼腆的一面，又有泼辣、大胆的一面；既有放纵、自私的一面，又有善良、正直的一面，按她自己的说法："我只有按照我自己的想法去力，我爱幸福，我爱力量，我爱美，我的身体是我的，我为自己做主，我不怕罪，不怕罚，我不怕进你的十八层地狱。"①所以，"她老人家不仅仅是抗日的英雄，也是个性解放的先驱，妇女自立的典范。"②这两个人物的性格，无论是何种对立性的特质，都极其突出，也极其鲜明。可以说，从整个精神世界来看，除了任副官这个"八成是个共产党人"和冷支队长之外，这部小说中的很多人物（包括土匪花脖子和曹县长）都是活在感性中的，始终体现出一种感性化的、率真的、坦荡的生命原色，善中有恶，美中有丑，彼此交织在一起，从而形成一种十分混杂的价值倾向。

这种混杂性的价值倾向，在莫言的很多长篇里都表现得非常突出，如《丰乳肥臀》里的上官鲁氏，从本质上说，她既是一位受尽人间屈辱与伤痛的母亲，也是一位不畏道德压制、无惧尊严被辱的女性。一方面，她在丈夫没有生育能力的情况下，却陆续生了八个女儿和一个儿子；对苛刻的婆婆不时地做出有违伦理的尖锐反抗。另一方面，她又蔑视所有封建伦理的约束，彰显出自然生命的勃勃生机。她对不断变幻的历史风云茫然无知，更不知道强悍的现实对个体生存的残酷践踏，然而，她又在趋利避害的本能冲动中，一次次让整个家庭置之死地而后生。活着是她的根本信念，养育是她的生存动力。她是一位像肥沃的土地一样滋润着所有生灵的女性，仿佛是永不枯竭的民族生命之源，

---

① 莫言：《红高粱家族》，64～65页，北京，作家出版社，2012。
② 莫言：《红高粱家族》，12页，北京，作家出版社，2012。

就像莫言自己所说的那样："书中的母亲，因为封建道德的压迫做了很多违背封建道德的事，政治上也不正确，但她的爱犹如澎湃的大海与广阔的大地。尽管这样一个母亲与以往小说中的母亲形象差别甚大，但我认为，这样的母亲依然是伟大的，甚至，是更具代表性的、超越了某些领域的伟大母亲。"①上官金童则是上官鲁氏与外国传教士苟合的结晶，一个自幼便有恋乳癖的畸形人物。他长大后身材高大，相貌英俊，但始终是个"一辈子吊在女人乳头上长不大的男人"，以至于最后成为一位乳罩设计专家。作为一个中西结合的混血儿，上官金童的生命里融合了太多的、极致性的矛盾性元素，这些元素不仅折射了东西文化、亲情伦理的冲突，而且包含了外表与内心的严重错位等。

《檀香刑》里的眉娘和钱丁，同样也是充满矛盾性格的人物。钱丁虽是大清王朝的一介县令，但多少也是受到一些维新思想影响的人物，所以，他对大清朝廷的命运非常清楚，但他又不愿舍弃县令的位置；他可以和孙丙斗须，也深知孙丙乃革命志士，却不敢为他撑腰；他爱狗肉，爱酒，爱美色，接受了部分变革思想，也有一定的眼界和胸怀，却畏惧刽子手赵甲的淫威，甚至对赵甲的那把椅子都恐惧不已。他的性格里，集中了新与旧、理与欲、情与法、威与怯的各种冲突。孙眉娘虽属一介民女，热情率真，却从不遵守妇道；她不断穿梭于亲爹、干爹、公爹之间，在这三个人物所代表的不同价值立场中左冲右突，看起来果敢泼辣，最终一事无成。在她的性格里，欲望与伦理、血缘与家庭、妇道与人性、媚权与畏权……都纠集在一起，剪不断，理还乱。

再看看《酒国》里的丁钩儿，他的性格里同样存在着各种强大的冲突性元素。作为省人民检察院特级侦查员，丁钩儿具有丰富的侦查经验，被组织精心挑选出来，只身奔赴酒国市调查一些干部烹食婴儿的事件。然而，当他进入酒国之后，很快便被宣传部副部长金刚钻灌醉，继而又被金刚钻的妻子、女卡车司机引诱；面对真伪难辨的红烧婴儿宴，他毫不含糊地举起了筷子；手枪在他的身上，成为一种滑稽的道具……丁钩儿在酒国里的所作所为，与他所肩负的使命，不断地出现错位，甚至是背道而驰。这无疑凸显了其内心深处形而下的欲望与形而上的责任之间的彻底分裂。而那位酒国酿造学院勾兑专业的博士研究生李一斗，则更是一个内心错位的功利之徒。他爱写作，不断巴结知名作家"莫言"，极尽阿谀奉承之能事，却又不时地表白自己的"骨气"；他寄给作家莫言的九篇小说，几乎是一篇篇酒国现实和他个人混乱生活的自供状，养肉婴，乱伦，媚权，且狂妄自大，但他自己认为，这些作品颇有探索意味；他渴望能通过莫言的人情关系，让作品打进《国民文学》，但又处处标榜自己的"纯洁"。可以说，李一斗几乎就是高度欲望化的酒国所培育出来的一个精神怪胎。

---

① 《丰乳肥臀·自序》，北京，北京十月文艺出版社，2010。

《四十一炮》里的罗通看起来颇为豪爽，敢做敢当，充满血性，但终究是个自私自利的欲望之徒。为了权力欲望，他毫不含糊地坚持与老兰死磕，还和野骡子私奔；当野骡子死后，他回家后发现天下已掌控在老兰的手中，瞬间变得十分猥琐，在外以献媚度日，在家则以施虐来泄愤。他的儿子罗小通更是一个近乎夸张的欲望之徒，肉食、女色、权力，无不贪恋，最后居然还希望皈依佛门。老兰同样也是一个无恶不作、胆大妄为的乡村土霸，以邪招发财致富，以恶招打击对手，可他居然对并无多少姿色的罗通之妻照顾有加，最后竟然成为掌管五通神庙的兰大和尚。《生死疲劳》里的西门闹，虽是一位乐善好施、广结良缘的地主，但在革命的强权专政之下，最终成为一个让阎王也无法为其申冤的屈死鬼。西门闹一次次转世投胎，变成驴、牛、狗、猪、猴等各种动物，却始终没有离开自己的家园。他以动物性的眼光，见证了自己的长工蓝脸"鸠占鹊巢"的过程，但他并没有处处与蓝脸作对，而是一直暗中帮助蓝脸。尽管西门闹的身份在小说中不断地变化，但作为一个艺术形象，他的身上不仅容纳了人与兽、主与仆、父与子等角色上的错位，还聚集了智慧、勇敢、忍耐、粗鄙、暴烈、戏谑等各种相互矛盾的性格。《蛙》中的姑姑也是如此。她对自己的职业有着无限的热忱，对计生方针更是严格捍卫，由是不可避免地卷入乡村文化伦理的巨大冲突之中。生命承传与国家政策、母性意识与工作职责、亲情伦理与职业伦理……所有这些，围绕着生育制度和生命情怀，紧紧地纠缠在一起，展现了姑姑难以言说的人生痛楚。

姑姑晚年的一次次梦境，以及她对小泥人的痴迷，似乎隐含了自己的忏悔意识或赎罪意愿。然而，如果我们细察姑姑的忏悔意识或赎罪意愿，又发现她对自己的很多过去行为，并没有彻底地反省，包括她作为"文革"时期造反派的所作所为，特别是面对老院长的自杀和黄秋雅的替罪，都没有出现源自内心的不安。或许，姑姑并没有真正意义上的赎罪能力，她的内心冲突，只是源于对自然生命的本能式尊重，或者是对因果报应的恐惧。

值得注意的是，在强化人物形象混杂性的过程中，莫言还动用了一些志人志怪式的传统小说笔法，让人在鬼、神、兽等角色之间相互转换，借助不同的角度，进一步突出人物内在精神的多重性和混杂性。像《生死疲劳》中的西门闹，无论是对土地的情感，还是对长工蓝脸的情感，都极其复杂。为此，他不惜大闹阎王殿，迫使阎罗王让他在世间频繁投胎成驴、牛、猪、狗、猴之类；面对土地的变迁，他时而积极参与社会变革，时而消极对抗历史意志。他深爱土地，深爱家人，然而，作为一位被历史抛弃的旁观者，他又常常由爱而恨，由恨而虐，由虐而讽。这种混杂而多变的性格，让人们深深地感受到，中国百姓在这片土地上似乎永远也找不到幸福感。

在《我们的七叔》和《战友重逢》里，莫言让一个个亡灵现身于世，通过亡灵与生者的对话，传达人物内心的矛盾或错位。《我们的七叔》中的七叔虽然死了，但他阴魂不散，并不断地与"我"进行交流。从交流中，我们看到，现实中十分落寞的七叔，一生都沉湎在淮海战役中的英雄壮举中。每逢一些重大节日，他都会认真地佩戴好纪念章，彰显自己往日的荣耀。当儿子偷穿了他昔日的军服，他毫不含糊地举起斧头就砍。《战友重逢》里的钱英豪作为对越自卫反击战中的烈士，其亡灵一直盘踞在家乡河边的大柳树上。在与儿时同伴和战友赵金的交谈中，作者展现了钱英豪一代在《英雄儿女》《南征北战》等革命英雄主义电影熏陶下所形成的人生价值观，以及对战争残酷性的严重误解，导致他还没有真正踏入战场便牺牲了。与此同时，作者还通过郭金库等亡灵的叙述，呈现了麻栗坡烈士陵园里一群烈士的阴间生活，并饶有意味地传达了这些烈士对中越关系变化后的困惑心理。《四十一炮》里，当罗小通向五通神庙里的兰大和尚讲述过去的时候，随着兰大和尚的手势所指，小庙前的大道上，所有死去和活着的人都从远处走来，似乎是要指证这两个人物污秽不堪的往事。即使在直面当下现实的《天堂蒜薹之歌》中，莫言也经常通过人鬼之间的对话，传达人物内心的困惑与矛盾。例如，金菊腹中的孩子要撕破她的身体来到人世时，金菊与未出生的孩子发生了激烈的争吵，折射了金菊对混乱的乡村现实的极度绝望；高马与金菊尸体的对话，也说明了他们对幸福梦想的彻底失望。

莫言曾直言不讳地说，在处理人物形象时，他坚持"把坏人当好人写，把好人当坏人写，把自己当罪人写"[①]。这种两极性的艺术思维，其实也道出了他对人物性格混杂性的自觉追求。从客观上说，这种混杂性的价值追求，很好地呈现了人物性格的矛盾性，使人物内心充满了尖锐且难以调和的张力，但是，像莫言这样将人物性格不断推向亦正亦邪两极化的作家，并不多见。

二

在《红蝗》中，莫言曾如此写道："总有一天，我要编导一部真正的戏剧，在这部剧里，梦幻与现实、科学与童话、上帝与魔鬼、爱情与卖淫、高贵与卑贱、美女与大便、过去与现在、金奖牌与避孕套……互相掺和、紧密团结、环环相连，构成一个完整的世界。"[②]这段叙述，与其说是体现了莫言的放纵式表达习惯，还不如说是折射了他对自我写作雄心的隐喻性表达。事实上，强化人物内在的各种极端化性格元素，只是莫言追求混杂性美学的一种外在手段，而他的主要目的，是要营构一种含混不清而又繁复驳杂的文化意识，使作品的审美内涵处于某种混沌芜杂的状态。可以说，莫言的绝大多数小说中的文化意识都是含混的，矛盾的，甚至难辨创作主体的清晰立场。这是莫言的特殊之

---

① 王原、陆瑞洋：《莫言：最重要的经验就是把人当"人"来写》，载《大众日报》，2013-04-28。

② 莫言：《食草家族》，107 页，北京，作家出版社，2012。

处。他从来就没有打算在小说中给历史和现实提供明确的价值判断，而是让所有的矛盾混杂在一起；他带有鲜明的解构性冲动，然而他又从来不轻易地建构一种理想的价值维度——如果一定要说他有所建构，那么，这种建构就是向原始自然的生命状态彻底地回归。

纵观莫言的小说创作，我们会发现，其中处处透露出强烈的现代意识，但这种现代意识主要是立足于民间化的、芜杂的、粗俗的乡村社会，意在还原生命的自然本色，并不是直接针对传统意识进行全盘的清算。也就是说，从创作主体的精神追求上看，莫言小说中的文化意识，呈现出非常明确的现代与传统相混杂的特征。譬如，《红高粱家族》就透露出强烈的现代意识，包括对传统的伦理准则、革命英雄主义价值观以及过度理性化的生命景象，都进行了大胆的嘲讽。但这种现代反思却植根于民间化的粗俗伦理之中，着意于生命本色的精神寻根，并没有在现代意义上对某些传统痼疾进行全盘的清算。

在《生死疲劳》中，做了一辈子好人的西门闹，遭遇土地改革，被不明不白地杀害，而且不清不楚地入了阴间。西门闹在阎王殿上喧闹不休，想为自己讨回公道。不料，接连而来的投胎转世，让他变成了长工蓝脸家里的各种家畜。冤魂六次投胎，每次转世为不同的动物，都与当时的中国社会变动包括土地改革、入社、"四清"运动、大跃进、"文化大革命"、改革开放等紧密相连。从创作主体上看，莫言试图对中国乡土社会的变化提出自己的反思，尤其是一些"极左"的政治运动对中国农民所造成的伤害。但是，如果深究其中的反思内涵，我们又会发现，无论西门闹还是蓝脸，他们与土地之间的关系、他们对土地的情感，并未发生本质性的变化。也就是说，一方面，这部小说似乎折射了作家对中国乡村农民与土地之间关系的现代性思考，但另一方面，它又没有从根本上深究中国农民的命运困境。

这种现代与传统相混杂的文化意识，主要体现在莫言对既定的历史观念以及单纯的真善美的解构性冲动之中。莫言对一切既定的历史观念并不信任，对单纯的真善美之价值标准也不太推崇，所以他常常在书写历史时，故意摆脱那些具有强烈观念性的政治纷争，并不时地让人物提出自己内心的困惑。同样，在叙述某些具有明确价值标向的事件或人物时（如酷刑、母亲），他也会强化其中的张力元素，使其美丑相杂。这也使他很早就获得了"审丑"作家的称号，以至于有人这样论道，尽管有不少作家极力"冲破美的樊篱，把丑纳入艺术视野，然而恐怕都还比不上莫言那么大胆，那么彻底以至那么敢冒天下之大不韪"①。

---

① 贺绍俊、潘凯雄：《毫无节制的红蝗》，载《文学自由谈》，1988(1)。

从历史观念的解构性叙事上看，莫言能够从现代性的角度，发现各种历史意志的吊诡之处，但是，他并没有采用虚无主义的立场，对各种历史纷争进行自觉的颠覆性处理，而是通过一些矛盾性的叙事策略，质询或反讽某些历史意志，消解那些所谓的既定历史观。最典型的，就是《红高粱家族》中的一个情节："我"查阅的《高密县志》中所记载的罗汉大爷之死，与小说中所再现的罗汉大爷之死，存在着巨大的差异。如果我们将《高密县志》视为"正史"（既定史观）的表征符号，那么作者在小说中的叙述就是故意对"正史"的解构，尽管这种解构并不彻底。在《我们的七叔》中，七叔被打成反革命后，他的侄子亲自将他押送到人民公社，结果在路上七次遇见"阎王村"的"男孩、黄牛、白胡子老汉"等，但这些事象并没有吓倒这群充满革命豪情的押送者。最后，一阵奇怪的笑声终于将他们的无畏和豪迈彻底击垮，从而让七叔逃过一劫。在一个迷信思想被高度禁锢的时代，莫言却借助一些鬼怪的出场来瓦解七叔的这场灾难，这既体现了莫言对历史意志的戏讽，也折射了他对七叔不幸命运的控诉。在《三十年前的一次长跑比赛》中，莫言以一种欢乐性的语调，叙述了胶河农场里所聚集的四百多名右派的改造生活。这些右派并不像张贤亮笔下的人物那样显得饥饿、苦闷、压抑和绝望，而是以他们各自特有的智慧和技能，使苦难被彻底戏谑化了。譬如，会计老富可以双手打算盘、双手点钱、双手写梅花篆体字；省报编辑李镇，不多时便出好一期黑板报，且图文并茂；工程师赵猴子设计的粮仓，复杂如迷宫。最有意思的是，短跑高手张电和长跑干将李铁经常搭档组合，专门负责追赶草地里的野兔，然后交给标枪运动员马虎，让他用标枪精准地收获猎物。莫言在小说中说道："从很早到现在，'右派'，在我们那儿，就是大能人的同义词。"①在老百姓的眼里，"右派"等同于"大能人"，这无疑从民间化的立场上否定了"右派"的敌对属性。同时，随着一场极具狂欢性质的农民运动会的召开，那些曾是各类运动员的"右派"们更是大显身手，为大羊栏村取得了辉煌的成绩，成为百姓拥戴的对象。这种"被专政对象"与"大能人"角色的互置，无疑是莫言借助民间视角对历史意志的一次成功消解。

就历史意志的解构性书写而言，最典型的当属《丰乳肥臀》。小说中的上官鲁氏带着她的一群女儿走进历史，奔波在各种风云变幻的前沿地带。在面对苍茫的历史时，莫言不断地伸出他的解构之手——他压根就没有将历史当作无比端庄的记忆，也从来没打算沿着所谓的史实或史料小心翼翼地前行。他坚信历史在民间，任何一个民间的生命都印刻着历史的年轮，任何一个卑微的个体都折射出历史的面孔。上官鲁氏和她的女儿们，最终以她们柔韧的生命，对中国近一个世纪的历史进行了生动的注释。在那里，党派之

① 莫言：《师傅越来越幽默》，132页，北京，作家出版社，2012。

间的争斗，族群之间的战争，中外文化的碰撞，伦理之间的纠葛，都被特定的历史不断消解，或者颠覆。特别是上官金童的出生和成长，多少隐喻了东西文化融合中的畸形。透过这种混杂性的文化，我们很难确定创作主体的文化观念和意识形态化的价值立场，一切只是为了活着，一切又似乎见证了活着的历史。或许正因如此，这部小说在发表之初，便受到巨大的质疑。

在《蛙》中，莫言试图通过一种自我叙说的方式，在演绎姑姑传奇人生的同时，对自然生命与计生制度的冲突进行反思。然而，无论是对自然生命的推崇或捍卫，还是对计生制度的质疑，就小说的主旨而言，都不是明确的、全方位的。

莫言以"蛙"的旺盛繁殖而喻"娃"的控制出生，无疑呈现了创作主体的解构性冲动。但是，在叙事的背后，如果我们认真地回顾姑姑的一生，又会发现这个故事的重点，主要是在凸显姑姑内心对生命意识的觉醒，并没有对生育制度构成深度的质询。更耐人寻味的是，作为叙述者的"我"，几乎不停地与日本人进行信件沟通，似乎想获取更多的域外视野中的价值评判。

除了对既定的历史观念持以解构性的姿态，莫言还对单纯的真善美进行了自觉性的解构或颠覆。有很多学者在批评莫言的创作时就强调，对于丑恶、肮脏、残忍、淫秽，莫言似乎有着天生的迷恋和执着的偏爱，特别是对一些残酷暴虐的行为，莫言常常抱着一种玩赏的心态。王干就说："莫言却在反文化的旗帜下干着文化的勾当。莫言的亵渎理性、崇高、优雅这些神圣化的审美文化规范时，却不自觉地把龌龊、丑陋、邪恶另一类负文化神圣化了，也就是把另一类未经传统文化认可的事物'文化化'了。"[1]

其中最为典型的一个例证，就是莫言对于女性的书写。在莫言的笔下，很多女性都呈现出某种模式化倾向，即原型理论中所定义的"妖妇"与"圣母"的合体。一方面，这些女性大胆泼辣，服从本能，蔑视贞节，甚至敢作敢为，完全是"妖妇"原型的不同翻版；另一方面，她们又无畏无私，忍辱负重，心地善良，甘于奉献，勇于牺牲，是"圣母"的表征符号。从《红高粱家族》里的戴凤莲、《欢乐》里的母亲、《丰乳肥臀》里的上官鲁氏、《怀抱鲜花的女人》里的女鬼，到《四十一炮》里罗小通的母亲杨玉珍、《檀香刑》里的孙眉娘、《生死疲劳》里的白氏、《酒国》里的女货车司机等，都是如此。这种集"妖妇"和"圣母"于一体的叙述策略，本质上折射了创作主体的精神诉求——摆脱真善美的单纯标准，让其真正地融入复杂的人性之中，在丑陋或粗鄙的生活情境中，凸显莫言对于女性生命的理想建构。

在《师傅越来越幽默》里，省级劳模丁十田原本是一个木讷老实且拥有一定威望的工

---

① 王干：《反文化的失败——莫言近期小说批判》，载《读书》，1988(10)。

人，突然被颇有计谋的领导作为安然接受下岗的代表，推动工厂完成了转型裁员的计划。然而，当别人都找到谋生之路后，他却一直无计可施。终于，在徒弟吕小胡的帮助下，他将小树林中报废的公共汽车改造成"林间休闲小屋"，为男男女女提供幽会场所。表面上看，丁十田的行为，是对命运的一种无奈反抗。然而，在这种反抗的背后，又分明凸现了作者对欲望化时代的讥讽。《四十一炮》里的叙述者就曾直言不讳地说，自己"在屠宰村长大，见多了杀戮，泯灭了善知识"。这个村庄不仅专门屠宰猪牛羊驴狗猫鸡鸭鹅，还杀戮骆驼、鸵鸟、孔雀和梅花鹿。作为一村之长的老兰，既是"公开的好色之徒"，能搞的女人都搞了；又是"黑心致富的带头人"，公开传授注水肉，用福尔马林浸肉，用硫黄熏肉，用双氧水漂肉，在制作肉食时添加各种色素和甲醇，使肉的色泽和气味处于最佳状态。即便是病死动物的肉，他们照样将之加工成色香味俱全的食品。尽管这种极致性的书写，尖锐地抨击了正常伦理失序后的欲望化生存景象，但是，从作家那些轻松戏谑的语调中，我们又感受到作者对这些恶俗场景的暧昧心态。《酒国》同样如此。莫言在一种极致化的审美情境中，营构了一个欲望横流的"酒国"世界，并试图通过案件侦查手段，撕开这个两极分化、尖锐对立的二元社会现实。在那里，一边是饱受践踏的普通劳动者，一边是极度空虚的权贵阶层；一边是讨论烧两瓢水还是三瓢水洗涤即将出售的婴儿的贫困文化，一边是穷奢极欲无视人伦的权力文化。在这种两极化的现实中，无论哪个阶层的人群，都对这种欲望化的秩序持以高度的认同，并以自身的行为对之推波助澜。从审美意图上看，小说无疑体现了作家对欲望滥觞的强烈反讽和批判，但在具体的情节叙述中，包括丁钩儿进入酒国后的所作所为，李一斗的自供式写作，又洋溢着自我感官满足的愉悦。

更为突出的是，莫言还充分利用他那狂放不羁的想象和异常发达的感官能力，对各种引人不快、粗俗，甚至恶心的场景，进行极度夸张的迷恋性叙述。这种或暴虐或恶心的细节场景，在莫言的笔下几乎随处可见。像《檀香刑》中对各种历史酷刑实施过程的精细化呈现，《红高粱家族》中对活剥人皮、野狗食尸的详细描绘，《筑路》中对剥狗皮过程的血淋淋的细致临摹，《复仇记》里对活剥猫皮的腥臊气味的大量渲染，都让人难以忍受。在《红蝗》中，作者在"大便味道高雅""像薄荷油一样清凉的味道"的反复叙述中，将大便呈现得一片绚烂辉煌，庄严静穆，甚至"达到了宗教的、哲学的、佛的高度"。《欢乐》中，作者描写跳蚤在母亲的阴毛中爬行、在生殖器和阴道里爬行之后，又如此反问道："你吃过男人的阴茎，但你喝过女人的月经吗？月经味道不坏，有点腥，有点甜，处女的干净，纯正；荡妇的肮脏、邪秽，掺杂着男人们的猪狗般的臭气"。在《二姑随后就到》中，暴虐场面更是惊心动魄。天地俩兄弟不仅残忍地挖出大奶奶的两个眼球，还威逼路人凌迟；麻奶奶被剁下双手之后，断手还在地上不断"抽搐"；被枪毙的七老爷爷，则是"一股白脑子蹿了出来"……"除了视觉性，触觉、味觉、嗅觉、听觉连同五脏六腑神经末梢，都是莫言的感官叙事抚慰或蹂躏的场地——花的臭气，大便的芬芳，人尿引子的高粱酒，炸得金黄的婴儿宴，遥远但却轰鸣的昆虫振翅，切近但却微弱的凶狠戾骂，冷冻的尸体五脏和脂肪，一揪就撕裂流脓的耳朵，扒皮抽筋的酷刑已是小儿科，还得看喉咙进肛门出欲死不能的檀香刑……扭曲，变形，夸张，亵渎，直至用酷刑叙述挑战神经极限，莫言感官叙事的刺激强度已超过西方虐恋经典《O 的故事》。"①尽管这些细节并没有彻底颠覆小说内在的批判性主旨，但是，这种无节制的迷恋性叙述所带来的审美效果，依然让人们觉得作者对真善美的艺术格调进行了尖锐的挑战。对此，莫言则有一套自己的说辞："只有正视人类之恶，只有认识到自我心中之丑，只有描写了人类不可克服的弱点和病态人格导致的悲惨命运，才是真正的悲剧，才有可能具有'灵魂'拷问的深度和力度，才是真正的大悲悯。"②

无论是对历史意志的解构性表达，还是对传统真善美观念的消弭性叙述，其背后都凸显了创作主体的现代反叛意识和变革意愿。由此而形成的文化意识的混杂性，构成了莫言小说在审美内涵上的丰富和多元，也为读者提供了多义性的解读空间。这也导致了人们对他的作品常常产生或褒或贬的两极性评价，而且，这种两极性评价至今仍在延续。

三

从小说的叙事形式上看，莫言创作的混杂性美学特征，同样体现得十分鲜明。客观上，莫言对各种民间叙事传统有着强劲的整合能力，同时对一些现代叙事也具有灵活的选择能力——当别人以正常的眼光描述一棵树时，他会选择树的倒影。这使莫言小说的叙事形式常常显得繁复而杂糅，具有某种颠覆性的特质。古今中外，现代传统，大俗大雅，都被他通过各种方式，整合在叙事之中，且不加节制，形成一种泥沙俱下的审美效果，并直接导致了其小说精神意蕴和文化意识的混杂性。

莫言的叙事风格从整体上看是喜剧性的，充满反讽意味和奔放无束。但在具体的叙事过程中，他又不断融合其他叙事手法，用瑞典文学院的话说，莫言的创作"将魔幻现实主义与民间故事、历史与当代社会融合在一起"。魔幻即是一种反经验的存在，也是一种非理性的存在。它与小说的虚构性常常不期而遇，并能帮助作家在处理复杂的现实生活时，巧妙地实现某种诗性的飞跃。莫言的很多代表性作品，都充分依助于这种叙事策略，传达了创作主体内心某些言说不清的东西。这些言说不清的生存境况，很多时候

---

① 李静：《不驯的疆土——论莫言》，载《当代作家评论》，2006(6)。
② 莫言：《捍卫长篇小说的尊严》，载《当代作家评论》，2006(1)。

属于作家的直觉体验，具有鲜明的感性特征，但在莫言的笔下，常常能够转换为异彩纷呈的审美世界。这是莫言的独异之处，也是莫言对中国文学的一种开拓性的贡献。纵观莫言的叙事策略，其混杂性特征主要体现在传统与现代的杂糅、隐喻性事象的爆炸式运用，以及叙述视角的频繁更替等方面。

传统手法与现代叙事的混杂，是莫言最常用的一种叙事策略。在莫言的很多小说中，传统的章回体、民间的猫腔或民谣、人鬼对话式的神魔笔法，与现代的意识流、感觉化叙事乃至魔幻现实主义，常常交织在一起，形成一种古今混杂、雅俗相融的审美格调。在《透明的红萝卜》《爆炸》《枯河》《红高粱家族》《红蝗》等早期作品中，莫言就在写实的基调上，吸取了大量现代手法，包括不同视角的择用，感官化的细节处理，奇幻化的叙事语流等，倾力突出人物的感觉、联想和幻觉，打破真实与虚幻之间的界限，使叙事在通感、超验和奇幻的状态中呈现出"陌生化"效果。特别是像《拇指拷》《人与兽》《夜渔》《金发婴儿》《我们的七叔》《怀抱鲜花的女人》《生死疲劳》等小说，大量呈现人鬼互交的奇幻式叙述，虽然被很多学者视为马尔克斯式的魔幻主义在中国的翻版，但是，它与中国民间野史的奇幻性同样也有着紧密的共振。我们或许可以说，从《世说新语》到《聊斋志异》，各种人鬼相恋的自由与奔放、奇情怪命的轮回式交织，都被莫言巧妙地置于叙事之中。

随着叙事经验的不断丰富，莫言又开始自觉加强民间传统叙事资源的利用，并在叙事手法上融入了大量的传奇、志人志怪、民间戏曲等元素，既突出了小说叙事的喜剧化倾向，又丰富了小说叙事的美学形态。像《十三步》《天堂蒜薹之歌》《四十一炮》《檀香刑》等，都是如此。在谈及《檀香刑》时，莫言就曾直言不讳地说："为了适合广场化的、用耳朵的阅读，我有意地大量使用了韵文，有意地使用了戏剧化的叙事手段，制造出了流畅、浅显、夸张、华丽的叙事效果。民间说唱艺术，曾经是小说的基础。在小说这种原来是民间的俗艺渐渐地成为庙堂里的雅言的今天，在对西方文学的借鉴压倒了对民间文学的继承的今天，《檀香刑》大概是一本不合时尚的书。《檀香刑》是我的创作过程中的一次有意识地大踏步撤退，可惜我撤退得还不够到位。"①

从传统与现代的杂糅手法来看，《蛙》无疑是最为典型的一部作品。小说共分五个部分，四封书信引导出小说故事的主干，第五部分为话剧。其中，故事的主干部分是传统的写实基调，还不时地融入了一些志怪式的细节，体现出较多的传统叙事元素。但是，若从大的结构上看，该小说则显得极为现代——其中的"我"反复强调自己是剧作家，而不是小说家，"我"最后创作了剧本《蛙》；而剧本《蛙》只是小说《蛙》中的一部分，小说

---

① 莫言：《檀香刑·后记》，515 页，北京，作家出版社，2012。

《蛙》是"我"向日本作家杉谷义人先生介绍自己创作剧本《蛙》的过程的叙述。这意味着，整个小说就是一场关于叙述的叙述。与此同时，我们也必须承认，作者将书信、小说和话剧混杂在一起的叙事策略，并没有从根本上提升小说的审美内涵。尤其是书信中"我"对日本作家杉谷义人的倾诉，似乎让杉谷作为故事的倾听者，但这样的倾听者在小说中并没有特别的功能。同样，第五部分的九幕话剧，放纵而戏谑，比小说叙事更为开放，只是突出了作者对当下现实的讥讽，也没有更为特殊的作用。尽管如此，作为一个开放性的叙事，《蛙》确实体现了莫言同时面对传统与现代的艺术胸襟。

各种隐喻性事象的爆炸式呈现，也一直是莫言小说的一道美学奇观。在中国当代作家里，苏童和莫言都是迷恋各种隐喻性事象的作家。所不同的是，苏童更多地选择具有南方质地的意象，突出阴郁、柔软、轻盈而潮湿的江南生活韵致。

而莫言则非常喜欢选择一些具有感官冲击力的事象，经过人物的想象性变异，使之或奇幻化，或歧义化，从而形成一个个语义含混且不断被抽象的事物，构成十分混杂的隐喻载体。这种情形，从《透明的红萝卜》开始，就一直如此。如"红萝卜""红高粱""高粱酒""红蝗""大便""肉婴""酒国""刑场""檀香刑""蛙"等，都超越了具体明确的事物，隐含了异常繁杂而又混沌不明的审美内涵。譬如《透明的红萝卜》中的"红萝卜"，究竟隐含了哪些意义，历来众所纷纭。而《红高粱家族》中的"红高粱"，则犹如一株株充满血性和本真的生命之旗，"在白马山之阳，墨水河之阴，还有一株纯种的红高粱，你要不惜一切努力找到它。你高举着它去闯荡你的荆棘丛生、虎狼横行的世界，它是你的护身符，也是我们家族的光荣的图腾和我们高密东北乡传统精神的象征。"①

在此，我们不妨看看小说《爆炸》。作者在这篇小说的开头，细致地描述了父亲打"我"的那记耳光："父亲的手缓缓地举起来，在肩膀上方停留了三秒钟，然后用力一挥，响亮地打在我的左腮上。父亲的手上满是棱角，沾满着成熟小麦的焦香和麦秸的苦涩。六十年劳动赋予父亲的手以沉重的力量和崇高的尊严，它落到我脸上，发出重浊的声音，犹如气球爆炸。几颗亮晶晶的光点在高大的灰蓝色天空上流星般飞驰盘旋，把一条条明亮洁白的线画在天上，纵横交错，好似图画，久久不散。飞行训练，飞机进入拉烟层。父亲的手让我看到飞机拉烟后就从我脸上弹开，我的脸没回位就听到空中发出一声爆响。这声响初如圆球，紧接着便拉长变宽变淡，像一颗大彗星。我认为我确凿地看到了那声音，它飞跃房屋和街道，跨过平川与河流，碰撞矮树高草，最后消融进初夏的乳汁般的透明大气里。"②这个充满暴虐性的细节之所以发生，是因为父子两代人对于生育与家族繁衍的观念冲突。因此，借助整个小说的叙事意图，我们能够隐约地感知，莫言

① 莫言：《红高粱家族》，351页，北京，作家出版社，2012。

② 莫言：《欢乐》，193页，北京，作家出版社，2012。

所渲染的这种"爆炸"，其实是伦理观念的爆炸，是家族权威意志的爆炸，也是生命观念的爆炸。

这种隐喻性事象，在莫言的长篇小说中几乎随处可见，并与其狂放的想象力、奇特的感官体验，形成了内在的共振关系，共同推动了莫言小说在审美内涵上的混杂性特质。像《酒国》里的酒国市，就完全是一个虚拟的欲望舞台。那里的各种烈酒，并非一般意义上的饮品，而是人性欲望的主宰之物，"酒让每个人的欲望充满燃烧，并直接成为'酒国'的血液和灵魂"①。《檀香刑》中的刽子手赵甲、如戏台般的刑场、各种刑术、行刑仪式中的唱戏，都具有丰富的文化隐喻意义。《丰乳肥臀》里，从乳房、牧师到母亲上官鲁氏、儿子上官金童，无一不是隐喻性的载体。尤其是上官金童，差不多是一个中西两种血缘和文化共同孕育出的"杂种"，也是20世纪中国知识分子的某种化身。他的血缘、性格与弱点表明，他是一个文化冲突与杂交的产物，而他的命运，则更逼近地表明了知识分子在这个世纪里的坎坷与磨难。用张清华先生的话说，他身上的一切都是矛盾的：秉承了"高贵的血统"，但却始终是政治和战争环境中难以长大的有"恋母癖"的"精神的幼儿"；敏感而聪慧，却又在暴力的语境中变成了"弱智症"和"失语症"患者；一直试图有所作为，但却始终像一个"多余人"一样被抛弃；一个典型的"哈姆莱特式"和"堂吉诃德式"的佯疯者，但却被误解和指认为"精神分裂症者"。②

与此同时，我们还注意到，莫言是最喜欢变换叙事视角的一位作家。视角的转换是现代小说常用的一种表现手法，体现了作家对叙事的多维度介入与呈现，操作上虽然具有一定的难度，但对于一些优秀作家来说，并非不可克服。总体上，莫言比较擅长人物的内视角，很多小说都是以人物的视角来进行分而叙之。但是，在一些内视角的叙述过程中，作家又不断加入一些全知视角的叙述片段。譬如《红高粱》里，莫言就用了三重视角。尤其是"我"和豆官的视角，大大强化了小说叙述过程中"审丑"的现代性立场。从"爷爷"余占鳌到"父亲"豆官再到孙子"我"，表现出一种生命力递减的现象。"爷爷"是一位野性勃勃、匪气十足、充满阳刚之气的抗日英雄；而"父亲"则只能拿着爷爷的武器对付一群癞皮狗，而且丧失了一颗睾丸，其生殖力已大打折扣；到了"我"这一辈，则简直就是被彻底"阉割"了。"我"的脑子里，常常充满了"机械僵死的现代理性思维"和"被肮脏的都市生活臭水浸泡得每个毛孔都散发着扑鼻恶臭的肉体"就像混在高粱地里的"杂种高粱"，质劣，杂芜，缺乏繁殖力。《檀香刑》虽然运用了第二人称与全知视角的交替叙述，但是主要叙述依然动用了人物视角，尤其是钱丁和眉娘的视角，一个浪妇，一个仕人，两个人的叙述语调犹如东北二人转，很有韵味。

---

① 刘再复：《"现代化"刺激下的欲望疯狂病》，载《当代作家评论》，2011(6)。
② 张清华：《叙述的极限——论莫言》，载《当代作家评论》，2003(2)。

在《生死疲劳》里，作者主要立足于全知视角进行叙述，但在具体的故事情境中，作者又让西门闹的每一次轮回，都转换为一种新动物的视角。这种视角的转换，隐喻了做人不易、做畜也不易的潜在逻辑。莫言自己也认为："随着他不断地转世，慢慢地他认同了动物性，而淡忘了最初他坚持的人性，反而是动物性越来越强，直到高过原有的人性。故事刚开始，西门闹转世成一头驴，但他认为他仍是一个人，对人世的仇恨时时控制着他，他以人的目光体察人间的一切，即使是驴还是以人的思考方式来介入一切，当他想去安慰他的媳妇白氏时，他才发现自己的声音只是驴叫。但转世为猪时，他做了猪大王，他很满足。关于西门闹的记忆，他渐渐淡化。转世为狗，他已得意于作为主席狗的身份，狗性越来越浓，控制着他的其他所有行为。当他最终转世为人'大头儿'后，只剩下一个局外人的身份。"①

我们不妨再细看《十三步》。这部小说在大故事中套小故事的迷宫结构里，通过一个囚在笼子里的叙述者，讲述了两个家庭的错位式生活，中学物理老师方富贵累死讲台，不料又死而复活，回家后却被妻子屠小英视为鬼魂而拒绝其进门。无奈之际，殡仪馆特级整容师李玉婵向他伸出了橄榄枝，将他化装成自己的丈夫张赤球，并让他顶替同样在中学教学的张赤球去上课，而让真实的张赤球下海经商。在这个错位的故事中，全知视角、人物的旁知视角以及第二人称视角，随着人物的不断变换而变化，各种视角都承担了其特殊功能。莫言认为"直到现在，《十三步》也是我登峰造极的作品。至今我也没有看到别的作家写得比《十三步》更为复杂。我把汉语里能够使用的人称和视角都试了一遍"②。

就混杂性的美学追求而言，莫言在叙事上的形式努力，几乎超过了很多先锋作家。从现代元小说(如《酒国》)到传统志怪小说(如《拇指拷》《怀抱鲜花的女人》)，从复调式的多声部共鸣(如《十三步》《生死疲劳》)到不同文体的拼接(如《蛙》)，他都进行过自觉的尝试。在短篇《学习蒲松龄》中，莫言曾讲述了这样一个故事：当过马贩子的祖先曾经托梦给写小说的"我"，并带"我"去拜望写小说的祖师爷蒲松龄，在"我"朝他磕了数次头之后，这位祖师爷从怀里摸出一只大笔甩给"我"，并说道："回去胡抡吧!"③从表面上看，"胡抡"确属一句玩笑之语，但若纵观莫言之千变万化的叙事手法，"胡抡"又是对其叙事策略的最好概括，表明了他对一切写作成规的挑战之意愿，也折射了他对各种美学范式的混杂追求。

无论是审美内涵还是叙事形式，莫言的小说给我们提供的，都是一种混杂的美学趣

---

① 林建法主编：《说莫言》(上)，29 页，沈阳，辽宁人民出版社，2013。

② 莫言：《小说的气味》，157 页，沈阳，春风文艺出版社，2003。

③ 莫言：《与大师约会》，319 页，北京，作家出版社，2012。

味。这种审美趣味，具有颠覆性的艺术冲动。莫言不同于其他作家的复杂，因为其他作家在让作品内涵复杂的同时，总会体现出一种较为明确的价值指向或思考向度，但在莫言的创作中，却未必如此。这种具有颠覆意味的混杂性美学追求，体现了莫言对一些审美观念和叙事圭臬的挑战和反抗，也展示了他对小说创作的探索智慧和勇气。在中国当代作家里，很难发现第二位这样的作家。

（原载《中国现代文学研究丛刊》2015 年第 8 期）

莫言与山东神秘文化
——兼论当代山东作家与神秘文化

樊　星

一、山东文化的另一面

山东是儒家文化的发祥地。儒家文化的一大特点是务实、重理性。《论语》中记载"子不语怪力乱神"，就是证明。然而，这并不意味着鬼神信仰、奇迹传说等神秘文化现象销声匿迹。山东既是孔孟的故乡，也是阴阳家(代表人物为齐人邹衍)的发源地。而鬼神信仰作为原始文化的重要组成部分，在民间的影响深远，显然比儒家文化更加源远流长。再看《水浒传》讲梁山好汉故事，开篇"张天师祈禳瘟疫洪太尉误走妖魔"就颇有"鬼气"；《聊斋志异》俗名《鬼狐传》，主要内容是谈狐说鬼，以状世情，"风行逾百年，模仿赞颂者众"①也都体现出山东古典文学中神秘文化思潮的根深蒂固、源远流长。到了当代，莫言不止一次谈到《聊斋志异》对他的深刻影响，为谱写山东神秘文化的新篇章推波助澜：

> 我的故乡离蒲松龄的故乡三百里，我们那儿妖魔鬼怪的故事也特别发达。许多故事与《聊斋》中的故事大同小异。我不知道是人们先看了《聊斋》后讲故事，还是先有了这些故事而后有《聊斋》。我宁愿先有了鬼怪妖狐而后有《聊斋》。我想当年蒲留

---

① 鲁迅：《中国小说史略》，183页，北京，人民文学出版社，1973。

仙在他的家门口大树下摆着茶水请过往行人讲故事时，我的某一位老乡亲曾饮过他的茶水，并为他提供了故事素材。

我的小说中直写鬼怪的不多，《草鞋窨子》里写了一些，《生蹼的祖先》中写了一些。但我必须承认少时听过的鬼怪故事对我产生的深刻影响，它培养了我对大自然的敬畏，它影响了我感受世界的方式。童年的我是被恐怖感紧紧攥住的。我独自一人站在一片高粱地边上时，听到风把高粱叶子吹得飒飒作响，往往周身发冷，头皮发麻，那些挥舞着叶片的高粱，宛若一群张牙舞爪的生灵，对着我扑过来，于是我便怪叫着逃跑了。一条河流，一棵老树，一座坟墓，都能使我感到恐惧，至于究竟怕什么，我自己也解释不清楚。但我惧怕的只是故乡的自然景物，别的地方的自然景观无论多么雄伟壮大，也引不起我的敬畏。①

这里，莫言谈到了故乡神秘文化给自己的多重影响。其中既有《聊斋志异》那样的文学影响，还有乡村风物带来的神秘感。而这些影响的共同结果是：培育了作家的恐怖感与敬畏感。莫言说过："《聊斋志异》是我的经典。……魏晋传奇也非常喜欢，也是我重要的艺术源头。"②他还写过一篇《学习蒲松龄》的随笔，谈及《聊斋志异》中与高密有关的一则故事"《聊斋》中那篇母耗子精阿纤的故事就是我这位祖先提供的素材。这也是《聊斋》四百多个故事中唯一发生在我的故乡高密的故事。阿纤在蒲老前辈的笔下很是可爱，她不但眉清目秀、性格温柔，而且善于囤粮，当大荒年里百姓绝食时，她就把藏在地洞里的粮食挖出来赈济灾民。当然娶她为妻的那个穷小子也因此发了大财。阿纤夜里睡觉时喜欢磨牙，但这也是天性使然，没有办法的事。"③看得出来，莫言是有意为发掘本乡本土的神秘文化而鼓吹、呐喊的。莫言曾经深受拉美魔幻现实主义的影响，然而，他其实是在拉美魔幻现实主义的启迪下回归了本乡本土的志怪、传奇文学传统。这样，他才为文学的解放、为还原本乡本土文化的浪漫品格、神奇风采做出了不可忽略的贡献。

二、莫言的故乡灵异记忆

莫言在随笔《故乡往事》中写过一则关于"成精的老树"的童年记忆：在"大跃进"的疯狂岁月里，家里的大柳树也在劫难逃，成为大炼钢铁的燃料。神奇的是，十几个人伐了一天也徒劳。于是乡亲们纷纷议论，"说这棵大柳树有几百年的寿命，早就成了精了，

---

① 莫言：《小说的气味》，375 页，北京，当代世界出版社，2004。
② 华超超：《莫言 43 天完成 49 万字〈生死疲劳〉》，载《新民周刊》，2012-10-18。
③ 莫言：《与大师约会》，295～296 页，上海，上海文艺出版社，2012。

不是随便好杀的。说有一年谁谁谁从树上钩下一根枯枝，回家就生了一场大病，何况要杀他！"这样的议论使杀树的人躲到了一边，没想到大队长不信邪，逼着众人硬是拉倒了大树，可同时也砸死了五个人。①

在这样的故事中，有着十分古老的神秘信念："因果报应"。所谓"善有善报，恶有恶报"。尽管这样的信念并不总是应验，人们却依然怀着这样的信念，以此激励自己行善，并远离邪念。

无独有偶。同样的故事也出现在湖南作家韩少功的《马桥词典》里。其中，"枫鬼"的故事可谓如出一辙："马桥的中心就是两棵枫树"，它们为人们遮风挡雨。因为曾经逃过山火的劫难而使人们产生了敬畏之情，并有了"枫鬼"的名号。其"叶子和枝杆都在蓄聚着危险，将在预定的时刻轰隆爆发，判决了某一个人或某一些人的命运。""文革"中，公社下令砍树，以破除迷信。人们不愿意砍，最后是两个困难户为了可以由此免除债务才砍。没想到此后，瘙痒症开始流行，连吃药也不见效。人们相信，这都是"枫鬼"闹的，它们要"报复砍伐它的凶手。"

山东那棵"成精的老树"与湖南的"枫鬼"，都昭示了人与树、人与自然关系的神奇，昭示了报应的灵验、屡试不爽。这样的信仰在民间广为流传、根深蒂固。说到因果报应，人们常常会与"封建迷信"联系在一起。其实，因果报应很可能与"道"一样，是"惟恍惟惚""玄之又玄"，时而好像灵验，时而又并不立竿见影的神秘之事。而所谓"社会发展必然规律"不也常常并不那么屡试不爽、颠扑不破么？另一方面，当人们因为相信因果报应才敬畏神灵、敬畏自然、行善避恶时，不是充分体现出了因果报应的信念对于维系社会道德所具有的积极意义吗？倒是在政治狂热盛行的年代里，人们被"人定胜天""彻底的唯物主义者是无所畏惧的"之类豪情所驱使，却阴差阳错犯下了多少后悔莫及的历史错误？个中玄机，发人深思。

除了树的神秘，还有猫的传奇。

莫言发表于1987年的短篇小说《猫事荟萃》中就记录了祖母讲的"猫能成精"、与好吃懒做的主人斗法的故事，与美国动画片《猫和老鼠》的故事颇有神似之处；还有老鼠成精的故事，则具有讽刺贪官的意味。其中还写了一只猫作恶多端，却无人打杀的原因："乡村中有一种动物崇拜，如狐狸、黄鼠狼、刺猬，都被乡民敬作神明，除了极个别的只管当世不管来世的醉鬼闲汉，敢打杀这些动物食肉卖皮"。这种动物崇拜虽然也是"迷信"，却与敬畏生命、敬畏自然的环保意识正好相通。后来，姜戎写了《狼图腾》，在赞美蒙古族的"狼图腾"的同时，反思历史的教训："一旦华夏民族在农耕环境中软弱下去，严厉又慈爱的腾格里天父，就会派狼性的游牧民族冲进中原，给羊性化的农耕民族输血，一次一次地灌输强悍进取的狼性血液，让华夏族一次一次地重新振奋起来。"《狼图腾》因此对"改造国民性"的世纪主题提出了新的思考。再后来，叶舒宪写了《熊图腾》，揭示出在中华民族的"龙图腾"之前曾经有过以熊为图腾的漫长岁月的历史一页，探讨了"龙的传人"曾经坚定地信仰过自己是"熊的子孙"的历史奥秘。此书与《狼图腾》一起，将当代人的"寻根"思考引向了新的深度——原始思维。

此外，还有河的神秘。在《超越故乡》一文中，莫言谈到了故乡的河——

> 那条河是耀眼的，河水是滚烫的，许多赤裸着身体的黑大汉在河里洗澡、抓鱼。……童年留给我的印象最深刻的事就是洪水和饥饿。那条河里每年夏、秋总是洪水滔滔，浪涛澎湃，水声喧哗，从河中升起。坐在我家炕头上，就能看到河中的高过屋脊的洪水。大人们都在河堤上守护着，老太婆烧香磕头祈祷着，传说中的鳖精在河中兴风作浪。每到夜晚，到处都是响亮的蛙鸣，那时的高密东北乡确实是水族们的乐园，青蛙能使一个巨大的池塘改变颜色。满街都是蠢蠢爬动的癞蛤蟆，有的蛤蟆大如马蹄，令人望之生畏。①

莫言于 1987 年在《上海文学》上发表的短篇小说《罪过》中也有对鳖精的大段描写——

> 我和小福子从大人们嘴里知道，漩涡是老鳖制造出来的，主宰着这条河道命运的，也是成精的老鳖。鳖太可怕了，尤其是五爪子鳖更可怕，一个碗口大的五爪子鳖吃袋烟的功夫就能使河堤决口！我至今也弄不明白那么个小小的东西是凭着什么法术使河堤决口的，也弄不明白鳖——这丑陋肮脏的水族，如何竟赢得了故乡人那么多的敬畏。
>
> ……我想起一大串有关鳖精的故事了。……我那时方知地球上不止一个文明世界，鱼鳖虾蟹、飞禽走兽，都有自己的王国，人其实比鱼鳖虾蟹高明不了多少，低级人不如高级鳖。那时候我着魔般地探索鳖精们的秘密……鳖们不得了。鳖精们的文化很发达。三爷说，袁家胡同北头鳖湾里的老鳖精经常去北京，它们的子孙们出将入相。

---

① 莫言：《小说的气味》，369 页，北京，当代世界出版社，2004。

还有，发表于 1986 年的短篇小说《草鞋窨子》，也记录了故乡人"说鬼说怪"的奇闻：从鬼火、蜘蛛精到"阴宅"、女鬼、血精，将那些村民在谈鬼说怪中寻求刺激的可怜心态刻画得十分真切。其中显然不乏"即兴创作"——而这常常就是民间传说的丰厚土壤。

从"成精的老树"到乡村的动物崇拜再到河流的传奇、鬼怪的传说，都体现出作家故乡记忆的神秘、魔幻。其实，类似的传说在中国的乡村非常普遍。从"田螺姑娘"的神话到《白蛇传》的传说成为经典，从《西游记》中的猴精孙悟空神通广大、猪精猪八戒顽皮可爱到《封神榜》中的九尾狐狸精、玉石琵琶精、九头雉鸡精兴风作浪，再到《聊斋志异》中那些神仙狐鬼精魅故事，都是民间家喻户晓的传说，也都体现出"泛神论"思维与信仰在民间的广为流传。而这样的"泛神论"思维与信仰，其实就是原始宗教——萨满教。"它没有像一神教那样只有绝对至高无上的崇拜对象。它以万物万灵的观念，膜拜所有人们认为的大小神灵，求助的对象是众神，而不是一神或众神之父。"[①]萨满神话中就有天地之初，天神命大龟背负大地的传说，并认为每当大龟感到累时，就晃动身体，地震因此产生。这一传说，与莫言笔下的山东农村关于鳖精的传说何其相似！

到了 1989 年，莫言发表了短篇小说《奇遇》，讲述了一个相当诡异的遇鬼故事。主人公回高密东北乡探亲，在夜行途中感觉到"有无数只眼睛在监视着我，并且感觉到背后有什么东西尾随着我"，因此想到许多鬼故事。没想到快到家了，遇邻居赵三大爷，聊了家常话。更没想到回到家后谈起此事，才得知赵三大爷三天前就已经去世！如此说来，主人公遇到是鬼。这个故事的主题到最后才水落石出："原来鬼并不如传说中那般可怕，他和蔼可亲，他死不赖账，鬼并不害人，真正害人的还是人，人比鬼厉害得多啦！"写鬼，寓意却在批判现实，可谓"图穷匕首见"。

而据阿城回忆，莫言曾在 1986 年讲过另一段遇鬼的轶事：

> 莫言也是山东人，说和写鬼怪，当代中国一绝，在他的家乡高密，鬼怪就是当地世俗构成……我听莫言讲鬼怪，格调情怀是唐以前的，语言却是现在的，心里喜欢，明白他是大才。
>
> 八六年夏天我和莫言在辽宁大连，他讲起有一次回家乡山东高密，晚上近到村子，村前有个芦苇荡，于是卷起裤腿涉水过去。不料人一搅动，水中立起无数小红孩儿，连说吵死了吵死了，莫言只好退回岸上，水里复归平静。但这水总是要过的，否则如何回家？家又就近在眼前，于是再趟到水里，小红孩儿们则又从水中立起，连说吵死了吵死了。反复了几次之后，莫言只好在岸上蹲了一夜，天亮才涉水

---

① 乌丙安：《神秘的萨满世界》，6 页，上海，三联书店上海分店，1989。

回家。

> 这是我自小以来听到的最好的一个鬼故事，因此高兴了很久，好像将童年的恐怖洗净，重为天真。①

还有短篇小说《夜渔》也充满诡异色彩：在一次夜晚捉蟹的过程中，月光下九叔怎么忽然变得那么陌生了？恍惚之间，"这个吹树叶的冰凉男人也许早已不是九叔了，而是一个鳖精鱼怪什么的。"而结尾的事实是：九叔其实找了"我"整整一夜！接下来，一个面若银盆、"跟传说中的神仙一模一样"的年轻女人也忽然降临，不仅施展了捕蟹的绝活，还与"我"约定二十五年后，在东南方向的一个海岛上会重逢。后来的事实居然真的应验了！——一切都如梦如幻，扑朔迷离。

在莫言津津乐道的这些鬼故事中，有多少来自当年的幻觉？或是来自作家的臆想？可能莫言本人也说不清楚吧！信则有，莫言显然是信鬼神的。有了这样的信仰，他的鬼故事才有了惊悚（如《奇遇》《夜渔》）或瑰丽的异彩（如阿城讲的那个故事）。

再看长篇小说《丰乳肥臀》中关于"起尸鬼"的一段描写：在棺材铺里，"许多关于死人起尸或野鬼的传说"都浮现出来："这些鬼，无一例外的都是年轻的女鬼……她们多半都有不太幸福的婚恋背景，并因此而死。死后一定走了尸，总是撇下一幢无人敢居住的空屋"，待投宿的人入住后，这女鬼就在半夜里高声叫骂，然后，披头散发、张牙舞爪闯进来。如果投宿者有足够的正气与之对峙，会逼使女鬼屈服。到鸡鸣时分，女鬼就成了死尸。在这样的鬼故事里，弥漫着恐怖的氛围，也有多少不幸女子死不瞑目的影子。而正气足以战胜鬼气的结局又明显不同于许多类似故事中人被鬼吓死的恐怖结果，显示了民间在崇尚鬼神的同时有时也相信正气的心态。

在散文《会唱歌的墙》中，莫言还谈到故乡曾经有过"谈鬼的书场"，还有那位孤零零的长寿老乡门老头儿遇鬼的故事："我最亲近他捉鬼的故事。说他赶集回来，遇到一个鬼，是个女鬼，要他背着走。他就背着她走。到了村头时鬼要下来，他不理睬，一直将那个鬼背到了家中。他将那个女鬼背到家中，放下一看，原来是个……"②这个故事与《草鞋窨子》中光棍门圣武不怕女鬼的故事显然是同一个，都道出了光棍汉的性幻想，可谓五味俱全。

中国民间从来就多有鬼故事。成语"牛鬼蛇神""牛头马面""魑魅魍魉""妖魔鬼怪""鬼使神差""鬼鬼祟祟""孤魂野鬼""有钱能使鬼推磨""惊天地泣鬼神"，以及"钟馗打鬼"的传说，还有"鬼城"丰都，均体现出民间对鬼的信仰。尽管在革命时代，唯物主义的

---

① 莫言：《小说的气味》，263 页，北京，当代世界出版社，2004。
② 莫言：《小说的气味》，213 页，北京，当代世界出版社，2004。

"无神论"曾经流行一时，但时过情迁，到了思想解放的年代，那些在民间根深蒂固的鬼神信仰还是悄然回归了。对于民间文化有浓厚兴趣的作家当然也会从鬼神故事中获得创作的灵感，写出当代志怪与传奇来。在这方面，陕西作家贾平凹就较早作出了成功的尝试。他的中篇小说《龙卷风》写赵阴阳料事如神，写"鬼市"的传说，还有村民不吃鱼的传统、不捕鱼的规矩，以及这传统到了承包年代被打破，在记录乡间传说的同时，点化出世事如龙卷风般诡异的感悟。还有中篇小说《瘪家沟》写牛十一之父料事如神，居然能预见自己死后有人盗墓的准确时间，以及牛十一死后在阴间的奇遇，也颇为诡异。而短篇小说《烟》则通过一个灵魂不灭、三世轮回的故事，道出了作家对佛家思想的认同。到了长篇小说《怀念狼》，作家更是写出了人与狼之间彼此依存、互相砥砺的人生感悟。其中关于人异化为狼的魔幻描写就显然得自志怪传统。贾平凹曾经自道："我老家商洛山区秦楚交界处，巫术、魔法民间多的是，小时候就听、看过那些东西，来到西安后，到处碰到这样的奇人，奇闻异事特多，而且我自己也爱这些，佛、道、禅、气功、周易、算卦、相面，我也有一套呢。"①

莫言的长篇小说《生死疲劳》也是借助佛家灵魂转世的启迪，写出了对于合作化那一页历史的新思考：通过一个勤劳致富、乐善好施的地主西门闹蒙冤被处决后，亡灵下地狱，在阎王殿喊冤，然后转世为驴、为牛、为猪、为狗、为猴的生命历程，目睹乡村在巨变中的叹息与抗争，寄寓了作家对人妖颠倒、是非混淆年代的悲凉之思。莫言曾经不止一次回忆自己的孤独童年：

> 我很小的时候已经辍学，所以当别人家的孩子在学校里读书时，我就在田野里与牛为伴。我对牛的了解甚至胜过了我对人的了解。我知道牛的喜怒哀乐，懂得牛的表情，知道它们心里想什么。在那样一片在一个孩子眼里几乎是无边无际的原野里，只有我和几头牛在一起。牛安详地吃草，根本不理我……我想跟白云说话，白云不理我。天上有许多鸟儿，有云雀，有百灵，还有一些我认识它们但叫不出它们的名字。它们叫得实在是太动人了。我经常被鸟儿的叫声感动得热泪盈眶。我想与鸟儿们交流，但是它们也很忙，它们也不理睬我。我躺在草地上，心中充满了悲伤的感情。在这样的环境里，我首先学会了想入非非。这是一种半梦半醒的状态。许多美妙的念头纷至沓来……然后我学会了自言自语……有一次我对着一棵树自言自语……②

---

① 贾平凹、张英：《地域文化与创作：继承和创新》，载《作家》，1996(7)。

② 莫言：《小说的气味》，169页，北京，当代世界出版社，2004。

当一个孩子长期放在一群动物里面，这个孩子会去模仿动物，向动物学习。就像狼孩在狼群里十年以后，他也会像狼一样，在苍白的月夜对着月亮嚎叫。七八岁的孩子，长期让他跟动物在一起，天天在荒野放牛放羊，然后回家睡觉吃饭，出去以后又是跟牛羊在一起，他会不自觉地去模仿动物，试图理解动物。在很长一段时间里，我跟牛羊接触的时间比跟人接触的时间要长。这时候对动物的了解、跟动物的沟通，就是很正常的一件事，我觉得我能够很好理解动物的心理，也会很好感受动物的心理变化。这在当时来讲，自己没有觉得是多么重要，现在过了几十年，再来写小说，再来用动物视角表现人生社会的时候，这些记忆就异常宝贵……儿童和动物之间，天然具有一种沟通力。①

这样的体验道出了人与动物的神秘心灵契合，也揭示了神话、志怪、传奇产生的生活根源，还足以使人想起英国作家尼古拉斯·埃文斯的小说《马语者》，想起王星泉的小说《白马》，想起世上那些义犬的动人故事，进而感悟人与动物之间难以理喻的神秘玄机，而这不也是造物的神秘吗？

有这样的故乡记忆，莫言的想象力奇特就不足为奇了。在一篇谈睡眠的随笔中，他写出了自己的性幻想："雨夜与小狐狸同床共枕"②；在发表于1989年的中篇小说《你的行为使我们感到恐惧》中，他写了如狼的老师、似熊的校长、像狐狸的教导主任，还有豪猪一样的校长老婆，从而写出了中学生"在众多野兽的严格管教下学政治学文化。我们是驯兽团团员"的奇特体验。在日本，他讲述了自己在伊豆的奇遇，并且相信是"川端康成先生在显灵"；当他在东京街头可见那些染着五颜六色的头发的日本姑娘时，他会联想到狐狸；而那些穿着黑衣在大街上游戏的青年则使他想到了乌鸦："他们与乌鸦是那样地相似。不但嘴里发出的声音像，连神态打扮都像。"③可见故乡的神秘氛围、精灵传说是如何深刻地影响了作家的阅世目光与奇异想象。事实上，在日常生活中，人们不是也常常习惯用一些动物去比喻人么？例如，中国传统文化中神秘的"十二生肖"，还有"孺子牛""老黄牛""小绵羊""馋猫""病猫""疯狗""走狗""懒猪""笨猪""笨熊""猴急""狡猾的狐狸""狼狈为奸""獐头鼠目""虎头虎脑""如狼似虎""水蛇腰"……日常生活中随处可闻的口头语，还有形容民风的那些众所周知的比喻——从"湖南骡子""广西猴子"到"徽骆驼""九头鸟"，可谓无比生动传神，同时也传达出非常玄妙的造物奇思。

---

① 张清华：《存在之镜与智慧之灯——中国当代小说叙事及美学研究》，305页，福州，福建教育出版社，2010。

② 莫言：《什么气味最美好》，143页，海口，南海出版公司，2002。

③ 莫言：《什么气味最美好》，194页，海口，南海出版公司，2002。

三、莫言写梦

中国文学素有写梦的传统：从"庄生梦蝶"到李白的名诗《梦游天姥吟留别》、唐传奇《枕中记》中的"黄粱美梦"，再到宋代辛弃疾的名句"醉里挑灯看剑，梦回吹角连营"、陆游的《异梦》中"山中有异梦，重铠奋雕戈"的情怀，还有明代汤显祖的"临川四梦"、清代曹雪芹的《红楼梦》，可谓洋洋大观，琳琅满目。梦，在中国的文化词典中，时而意味着美好的"梦想"，时而也象征"魂牵梦绕"的痴迷情感，还常常有"幻灭"的含义。

而莫言，也在写梦方面有过多角度的探讨。

他的中篇小说《梦境与杂种》写梦的灵验与神奇。一个乡村孩子柳树根就像"一个通晓巫术的小妖精一样"，在五岁时梦见水缸破，水缸果然就破了。"所有的景象与我梦中的景象相同。"可见梦的不可思议。而他因此受到祖父祖母的指责、父母的怒打，则写出了那梦的悲剧结果。后来，这个孩子用梦为母亲洗刷委屈，又写出了梦的奇迹。只是接着相继梦见老师、神父死亡，也一一果然应验！这样的恐怖使孩子十分烦恼，可他仍然还是做了一个个不祥的梦：母亲在饥荒年代里因为偷粮食被抓，最后是妹妹死于非命。作家因此写出了苦难的记忆："好事梦不见，尽梦见坏事，又不能改变"，因此，才有这样的想法："我想让我的做梦的本领消失掉。"整篇小说写贫困年代里噩梦连连，在控诉那个黑暗的年代的众多作品中显得独具一格。

莫言的长篇小说《食草家族》由六个梦组成。第一梦《红蝗》讲述了"家族丑闻"："淫风炽烈，扒灰盗嫂，父子聚磨、兄弟阋墙、妇姑勃！——表面上却是仁义道德、亲爱友善、严明方正、无欲无念。"这样的丑闻却是在五光十色、如梦如幻的氛围中展开的："赤红的天""孳生色欲的红色沼泽""万亩高粱'红成汪洋的血海'""红色蝗虫"遮天蔽日，这些，与四老爷、九老爷兄弟的淫欲形成了强烈的激荡，连那个与四老爷、九老爷兄弟发生了性关系的小媳妇也"喜欢穿红色上衣"，而她淫荡的原因也与"女人在春天多半犯的是血热血郁的毛病"有关。小说中关于"食草家族"喜欢咀嚼茅草的描写与蝗虫、毛驴喜欢吃草的描写也写出了"食草家族"的邪恶与兽性："人，其实都跟畜生差不多，最坏的畜生也坏不过人"。"被欲望尤其是被性欲毁掉的男女有千千万万，什么样的道德训诫，什么样的酷刑峻法，都无法阻止人类跳进欲望的红色沼泽被红色淤泥灌死，犹如飞蛾扑火。这是人类本身的缺陷。"那些富有魔幻色彩的故事浸透了作家对于人性与兽性（包括虫性）、欲望与代价、仇恨与悲悯的深刻理解。第二梦《玫瑰玫瑰香气扑鼻》以扑朔迷离的风格讲述了一个复仇的故事：马！黄胡子在梦幻般的氛围中邂逅一位美丽如玫瑰的少妇，她竟然也有"暗红色的皮肤"，没想到在晦暗不明的阴差阳错中，她怀上了支队长的孩子。因此，在支队长与高司令争夺玫瑰的赛马中，黄胡子在自己精心照料的红马身上做了手脚，使支队长落败，也使少妇玫瑰被高司令夺去，最后，是饱受屈辱的黄胡子与怒不可遏的支队长之间爆发了一次殊死搏斗。一切，仍然是围绕着淫欲与仇恨展开。第三梦《生蹼的祖先们》仍然是充满魔幻色彩的一幕幕往事："红树林""红色的小线虫"，还有祖先手指之间那层"粉红色的、半透明的蹼膜"，都十分诡异。而前辈关于"活人万万不可进"红树林的告诫和通往红树林的旅程是一次"错误的旅程"的点染也都给红树林涂上一层危险色彩。那里"放出各种各样的气味，使探险者的精神很快就处于一种虚幻状态中，于是所有雄心勃勃的地理学考察都变化为走火入魔的、毫无意义的精神漫游"。少年青狗儿的天性残暴、红树林中女考察队员的妖艳、"我"的色欲与见异思迁都充满神秘意味。还有皮团长下达阉割所有生蹼者的命令与四百名被阉割过的男孩成人以后向皮团长复仇、结果却不堪一击的情节也耐人寻味。小说的结尾点明主题："人与兽之间藕断丝连。生与死之间藕断丝连。爱与恨之间藕断丝连。人在无数的对立两极之间犹豫徘徊"，体现出作家对人性的悲悯。第四梦《复仇记》讲述了一个复仇的故事：做父亲的对阮书记奴颜婢膝，因此换来养猪的肥缺；恶贯满盈的阮书记却还是强奸了他的妻子。他因此仇恨阮，也恨自己的妻子和两个儿子，因为儿子竟然也是阮书记的种！他一方面虐待儿子，同时命儿子为阮书记舔脚，以此发泄被扭曲的仇恨情绪。他临终遗言，要两个儿子为他复仇。儿子们复仇受挫。阮书记则因为作恶多端丢了官职。人们这才实现了复仇的愿望。小说写出了强势恶人与弱势恶人的较量，写出了恶人变态兽欲的难以理喻。同时，小说中"我们做了许多梦。许多丢人的梦"的叹息，关于"我"的亡灵"眷恋着地上的风景，想看看被灵魂抛弃的我的肉体是什么样子"的魔幻笔法，关于阮书记倒台后自己砍断两条腿给复仇的儿子的梦幻情景，还有那头"会说人话、能直立行走的小母猪"，都如噩梦般匪夷所思。第五梦《二姑随后就到》也是一个复仇的故事，"一个充满刺激和恐怖、最大限度地发挥着人类恶的幻想能力"的故事。二姑因为生下来双手长蹼，气死了奶奶，因此被遗弃。却大难不死，被陌生人救下。她"是个吃狗奶长大的孩子"，"从小就会咬人，牙齿锋利，像荒草丛中的小狼"。十岁时枪杀了父亲，然后逃之夭夭。二十年后，她的两个儿子回来复仇，用各种酷刑折磨亲戚们，从剜眼、剁手到沸水浇头、剪刀剪皮肉、油炸十指、赤脚走二十面烧红的鏊子等惨绝人寰的"四十八种刑法"，如地狱一般触目惊心。此梦写出了人性恶的难以理喻，也写出了历史上、生活中并不少见的亲人反目成仇、"窝里斗"、手足相残的人间惨剧。此梦与后来的《檀香刑》一起，写出了中国酷刑的残忍，也写出了恶人"吃人"的变态心理。第六梦《马驹横穿沼泽》仍然是以如梦如幻的风格讲述了代代相传的故事：在"沼泽深处的红色灌木丛"里，有苍狼的怪叫声，它是一只神鸟，象征着幸福与长寿；一个小男孩身陷暗红色淤泥中，红马驹将他救出来，一起走向有着金黄色龙香木的村庄；小红马驹变作一个有金红色长发的姑娘，与小男孩结为夫妇……这是"食草家族"代代相传的梦想。然而，一个美好的传说突然转变为一场悲剧：他们的孩子之间发生了乱伦，男人怒而开枪射击妻子，妻子变成红马，用仇恨的目光射向他，使他一天之内就变成了活死尸。从此人口不昌、手脚生蹼、人驴同房——至此，《红高粱》中已经凸显的"人种退化"的主题再次响起。

六个梦中，有五个的主题是复仇。而那复仇，又都与人性的邪恶、淫荡、算计、兽性、变态密切相关。"食草家族"，这个说法本来就暗示着"兽性"。显然，一部《食草家族》道出了作家对于故乡的深长叹息、对故乡人性缺陷的思考反思。而这一主题显然与《红高粱》对故乡的礼赞形成了鲜明的对照。虽然，在此之前，作家已经在《枯河》《筑路》《草鞋窨子》等篇中暴露了故乡的黑暗、故乡人的心理缺陷，但《食草家族》梦幻般的风格仍然写出了新的气象：那些充满荒诞意味的场景、扑朔迷离的情节，以及影影绰绰的人与事，光怪陆离的景与物，都写出了"人生如梦"、而且多噩梦的残酷意味。

关于梦，虽然弗洛伊德的《释梦》问世以来，为人类打开了窥探自身的"潜意识"的一扇大门，但梦的千奇百怪、梦的匪夷所思，常常仍在云遮雾罩之中。中国自古以来也多有解梦之书。《周公解梦》在民间一直流传。其中虽不乏迷信说法，但能长期流传，就表明有相当的可信度。《庄子·齐物论》中曾言："梦饮酒者旦而哭泣，梦哭泣者旦而田猎。"说的是梦境往往与现实相反的情况：梦里饮酒作乐的人，白天醒来可能哭泣；而梦中哭泣的人，醒来后又可能在快乐地打猎。这便是所谓"反梦"。这样的释梦与"日有所思，夜有所梦"的释梦截然不同，却都非常流行，昭示着梦境的诡异与玄机。正所谓："天意从来高难问"啊！钱锺书《管锥编》引《列子》中"将阴梦火，将疾梦食，饮酒者忧，歌舞者哭"等语，也可见"反梦"一说源远流长。[1] 而王符《潜夫论梦列》论及"十梦"时有"感梦""时梦""病梦"之说，指出了梦有生理病理的原因，还有"精梦""想梦""性梦"之论，又指出了梦有精神心理之因，更远早于弗洛伊德的《释梦》。此外更有"人梦"，认为做梦与梦者的地位、智能、性别、年龄有关。[2] 如此说来，"释梦"须因人而异，而难有一概之论了。难怪王充在《论衡·论死篇》中断言："梦者之义疑。"说的是做梦的道理是说不清楚的，梦常常难以理喻。有意思的是，"在中国古代梦书中，绝大多数的占辞条目均为吉梦，凶梦的比例较少。介于吉凶之间的占辞，占梦家也先断之为吉，以迎合占梦者的心理。"[3]由此可见国人的求吉心理。只是，现实生活中，"黄粱美梦"破灭的悲剧却并不因为求吉心理的普遍而减少。

从这个角度看莫言的《梦境与杂种》《食草家族》，就会发现，他笔下的梦多为噩梦。即使有美梦(如《马驹横穿沼泽》中的传说)，结尾也是急转直下的悲剧。这一现象令人产

---

① 钱锺书：《管锥编》第二册，494页，北京，中华书局，1979。

② 姚伟钧：《神秘的占梦》，55页，桂林，广西人民出版社，2004。

③ 姚伟钧：《神秘的占梦》，36页，桂林，广西人民出版社，2004。

生了这样的猜想：也许，童年时代的苦难在莫言心中打下了太深的烙印，以至于他的梦境也常常充满了惊恐与绝望？而这样的噩梦不也正好是中国的底层社会、乡土天地多灾多难的文学写照吗？

四、其他山东作家的神秘故事

神话的回归，是当代文坛的一股浪潮。① 卡夫卡的《变形记》与古罗马诗篇《变形记》的如出一辙，乔伊斯的《尤利西斯》与荷马史诗《奥德赛》的神奇对应，福克纳的《押沙龙！押沙龙！》与《圣经》的深刻联系，艾特玛托夫的《风雪小站》与"曼库特"传说的深刻关联，都显示了神话主题在揭示人生的相似性、宿命性方面的永恒力量。而莫言小说也显示了他与神话的丰富联系，就如同季红真曾经指出过的那样："莫言的艺术世界，无疑是经验世界与神话世界水乳交融的内在统一……颇合于中国古代'神话的历史化和历史的传奇化（人格神话）'（谢选骏）的规律"。②

当代山东作家中，矫健、王润滋、张炜也都曾在作品中表达过对神秘现象的敬畏。矫健的长篇小说《河魂》写一种古老精神的常在："我感到自己身上确实流淌着祖先的血液，那种动荡、自由的天性时时发生着作用……人类竟这般地奇妙，一代一代的人被一种看不见的东西联系起来，无论时代如何变化，文化教养如何差异，它总是潜伏在你的心灵里，暗中规定着你的行为。家族就是这样组成的，民族也是这样组成的……""这个古老的灵魂，从我们的祖先传下来，由历史的精气凝结而成，在南河畔、在山岭间、在村子里来回游荡……它总是那样沉重，总是那样痛苦；当现代文明的潮流向它袭来时，它开始脱颖，但过程依然是那样沉重、那样痛苦……"由此想到"精气神""民族魂""国魂""军魂""民气""士气"这样一些词，它们好像看不见摸不着，却又像空气一样弥漫在历史的记忆、现实的氛围中，像元素一样跃动在人们的心里、血液里。

到了讲述一个当代"官逼民反"的故事的中篇小说《天良》中，矫健也不断强化着悲剧的神秘意味：开篇写主人公天良祖祖辈辈头上有"反骨"的宿命，写"人会记仇。仇带在血里，一代一代往下传……庄稼人的血里都带着仇"，而乡村中那些狐狸精、黄鼠狼精的故事使"他们相信这是不祥之兆，将来必有大凶大灾"，这一切都给主人公以深刻的影响，使他一旦遭遇不公，就铤而走险，与命运决斗。小说是根据一件真实事件写成的。在当代许多写"官逼民反"的故事中，此篇凸显了悲剧的命定性，并因此令人喟叹。与此同时，他也在一系列短篇小说中一再点化着"世上的事情讲到最后，谁也猜不透！"的奥

---

① 马小朝：《神话的复活》，载《文艺研究》，1987(5)。
② 季红真：《现代人的民族民间神话》，载《当代作家评论》，1988(1)。

秘:《死谜》中的乔干为什么"醉了想死,醒了想活?⋯⋯要么,他醉了是醒,醒了是醉?"《海猿》写"我的预感是准确的⋯⋯我身上有些古怪的东西,与地下的秘密丝丝缕缕地牵连着。"那是"祖先的灵魂在地下呼唤我!"由此有了这样的顿悟:"有些秘密人是不能知道的。所以有迷信产生,总是人感到了超出他智力范围的学问。"由此也发现科学知识"太实际,全没有想象与神秘。"《预兆》写"人死前,会有预兆",那似乎是早就深埋在意识底层的恐惧?而渔民对水的恐惧是否与"远古时代,当一切生物还在海中进化的时候,不知道有没有某种遗传机制存留下来"有关?"海是博大的、神秘的。人也与海一样博大、一样神秘。"《紫花褂》则写预兆的神奇应验:"有时候,生活会显示某种预兆,就像流星划破夜空,倏地一亮又消失。你信不是,不信又不是,冥冥中总有什么东西使你惶惑。"一司机梦见出车祸,压死穿紫花褂女子,后果然。"有些事真没法解释。""当许多倘若凑在一起,我们又将怎么生活。"还有《圆环》,写一怪人对世界的感悟:"世界是一个圆环。⋯⋯一物活一物,一物解一物,正好一个圈。土生草,羊吃草,人杀羊,人肥土⋯⋯转过来转过去,都脱不了一个圆环!⋯⋯人生在世,跟着圆环转就是了。不老实,就生邪。"也就是顺其自然的古老训诫,却别出心裁。

王润滋的《小说三题》也颇有神秘意味:《三个渔人》写渔民发财以后的苦闷,出事后猜想:"这是报应。咱不该钓那么多鱼,挣那么多钱!""报应",又是那个似有若无、说无又有的词,在人们心中根深蒂固;《海祭》也写渔民发财以后的奇事:先是有了灾难的兆头,后是招人嫉恨的阮老七大船沉没,而且奇怪的是,整个船队,独独他的大船出了事!"那么好的天气,怎么就会来了一场大风暴?那么多船在海上,小舢板都闯过了,怎么就翻了阮老七的大机帆船?⋯⋯老人们说得对,这是报应!世间没有报应怎么行?那不好人管多会都要倒霉、坏人管多会得势?"这是"报应说"根深蒂固的心理需要:"恶有恶报,善有善报",是世人行善抑恶的信念所系,也显然寄托了作家劝善的淳朴信念。

张炜的长篇小说《古船》则是一部深刻揭示了大搞"阶级斗争"的年代里人性恶猖獗的力作。赵家对隋家的嫉妒、残忍引出了这样的思考:"人要好好寻思人⋯⋯他的凶狠、残忍、惨绝人寰,都是哪个地方,哪个部位出了毛病?"这样的思考将对于历史悲剧的反思引导到人性恶的深处,从而不同于"反思文学"对于历史悲剧的政治根源的寻觅与反思。而小说中老中医郭运有关"世事玄妙莫测,也真是一言难尽了。我一辈子信'吃亏是福',信'能忍自安',现在看也不尽然。恶人一得再得,已成自然的感慨又足以质疑"恶有恶报,善有善报"的传统信念。隋家的一忍再忍与赵家的为非作歹最后终于了结,是因为时代发生了天翻地覆的变化。如此说来,"人间正道是沧桑"。而"人间正道"在冥冥中的存在不是也可以作为"恶有恶报,善有善报"的另一种证明吗?

莫言、矫健、王润滋、张炜都是胶东人。那里因为近海,因此产生了富于幻想色彩的"滨海文化"，"不仅巫风仙气浓郁，而且妖异故事也广为流传。"[①]在上述山东作家的作品中，都弥漫着神秘的氛围，令人想起山东悠久的神秘文化。也许，那是比儒家文化更古老、更深厚、更具有民间性的文化。

（原载《百家评论》2015 年第 4 期）

---

① 徐北文：《齐地文学与民俗》，载《文史知识》，1989(3)。

《蛙》："生育疑案"中的"含混"与清晰

刘江凯

自从《蛙》问世以来，关于其寓意的评论已有不少，但在笔者看来，这部小说中的知识分子主题，其中作为知识者的自我反思的主题，并未得到充分的认识和阐释。而这正是莫言小说近年来一个值得注意的动向，即，他更多地从批判社会反思文化指向了主体自身，或者至少，他是在表达对于社会、历史与文化的忧思的同时，也开始了对于批判者主体的反省。假如说一个作家的精神与思想轨迹是不断变化的话，那么这个变化对于莫言来说，对于中国当代文学来说，都具有十分重要的意义。这意味着，从鲁迅开始的怀疑与反思一切的精神在当代作家身上，有了新的传承和延伸。

本文试图从《蛙》的叙事中的一桩"生育疑案"入手，来谈谈这个视角中所包含的当代知识分子的自省主题，其中所包含的清晰的意识与含混的姿态，其中所暗含的种种现实的与精神的困境。无论如何，这对于充分认识莫言，认识《蛙》这部作品，认识当代文学的精神走势，都是有意义的。

一、《蛙》的"生育疑案"及其叙事表现

《蛙》中这桩非常有趣且耐人寻味的"生育疑案"是①：蝌蚪新生儿金娃的生母究竟是谁？一个孩子的亲生母亲应该是唯一确定的，作为父亲的蝌蚪却对这样重大的事情在叙述上表现出多重的"含混不清"。一方面，经过仔细辨读后可以认定孩子的生母应该是代孕者陈眉；另一方面，为什么文中又有如此多的信息直接或间接地把生母指向小狮子

---

① 莫言：《蛙》，北京，作家出版社，2012。本文所有页码都采用这一版本。

呢？蝌蚪或者说《蛙》的含混表述背后到底表达了什么？相对于姑姑，我们认为蝌蚪这一形象在这种"含混"的叙述中表现出了更加丰富的意味，莫言让一个美学叙述问题和当代中国知识分子的精神特征构成了丰富的艺术关系。

《蛙》的生育疑案主要集中于第四、五两个部分。有很多叙述指出金娃的生母其实是代孕者陈眉，如蝌蚪写给杉谷义人的信中直接讲到"既然我已经意识到，那个名叫陈眉的姑娘的子宫里已经孕育着我的婴儿，一种沉重的犯罪感就如绳索般捆住了我"，"小狮子终于承认，她的确偷采了我的小蝌蚪，使陈眉怀上了我的婴儿"，"我把陈眉所生的孩子想象为那个夭折婴儿的投胎转世，不过是自我安慰"。另外还有一些表述从反面证明了这一事实："像小狮子这样年近六旬、从未怀过孕的女性，是不会产生这样的奇迹的。如果发生了，那就不是奇迹，而是神迹"，"我承认，姑姑的心理，确实发生了一些问题，我太太因为盼子心切，神经也有些不太正常，但我希望您能谅解她们，理解她们。"在这些表述中，蝌蚪保持着清醒的头脑，对陈眉怀上自己的孩子而感到罪孽深重，以一种忏悔赎罪的口吻向杉谷义人倾诉。

然而令人困惑的是，相对于以上陈眉是生母的确切表述，小说也有很多叙述把生母指向了小狮子。如"最近，她几乎每晚都要我与她做爱。她由一个糠萝卜变成一个水蜜桃。这已经接近奇迹，令我惊喜万分"。类似的描写还有"每次事后，她都会让我将手放在她的腹部，说：你试试，他在踹我呢。"以及对家人的公布消息，其中尤以向远在西班牙读书的女儿报喜写的最为逼真。"燕燕，实在是惭愧，但却是喜讯，你妈妈怀孕了，你很快就要有一个弟弟啦！"为使女儿相信还举网上丹麦六十二岁的妇女生育的例子加以证明。而且在接下来的一节中，蝌蚪写给杉谷义人的信中更是直接出现了这样的表述，"先生，大喜！我的儿子，昨天凌晨诞生。因为我妻子小狮子是高龄产妇，所以，连中美合资家宝妇婴医院里那些据说是留学英美归来的博士们也不敢承接。"我们知道，蝌蚪把杉谷义人作为自我忏悔的倾听者，对于杉谷，他既无必要也不应该隐瞒事实真相。如果这些表述是真实的，那么金娃的生母究竟是谁就成了一个问题。而且，莫言为什么要采用这样一种含混不清的叙述策略？这样的叙述有何文学效果或意义也成了我们应该思考的问题。

这样的"含混"叙述同样也在最后的九幕话剧中出现。比如陈眉说"万兴，那个老妖婆，把我的孩子接下来，只让我看了一眼……（痛苦地）不……她一眼都没让我看"。姑姑说"蝌蚪，你和小狮子年过半百，竟然生了个大胖小子……但在我五十多年的妇科生涯中，还是第一次碰到"。小狮子说"主要是年龄大了，怕生不出健康孩子，二是怕生不下来动刀切'瓜'。"陈鼻说"女儿为你代孕（怒指蝌蚪），赚钱为我偿还住院费，可是你们，……竟然编造谎言，说她的孩子生下来就死了"。蝌蚪在话剧前写给杉谷义人的信首内容说："剧本中的故事尽管没在现实生活中发生过，但在我的心里发生了。因此，我认为它是真的。"这里的表述模糊了"生活"和"心里"的界限，让我们对陈眉和小狮子、姑姑和蝌蚪的话语真假几乎无从判断。作为小说组成部分的话剧《蛙》中的这些"含混叙事"，和小说主体形成了更为复杂的复调对话张力,而对这一疑问的思考必然会带起读者对作品更多的理解。

"含混"作为一种语言现象指语言的多重阐释性、不确定性、模糊性或暗示性。威廉·燕卜逊在《含混七型》中指的是任何会给同一段语言造成不同反应的细微语词差别,在小说中则可以理解为由小说"事件"或"情节"引发读者的多种阐释或多种反应。小说的"含混"使得"事件"或"情节"具有多重阐释性,其意义则在于增加阅读障碍,引起读者对作者意图的猜测,从而加深对作品的理解。《蛙》中生育疑案的"含混"叙事引发了我们对作者写作意图的猜测:莫言为什么把金娃的生母叙述的如此模棱两可、含混不清?

按照莫言自己的说法[①],他写《蛙》时变得很谦卑,已经没有一点傲的感觉。在小说《蛙》中,蝌蚪对自己过去行为的认识上升到了一种新的高度:他人有罪,我亦有罪。莫言说早期小说是向外看的,很少回头来想自己,总在借小说炫技,现在开始降低调门,回到最朴素的状态,把自己当罪人写。这可能也代表了莫言创作的一个新阶段—作为"罪人"写作。《蛙》就是这样一个开端,通过蝌蚪这个有很多莫言自己情感和精神投射的人物,用一种"含混叙事"表现并批判了当代知识分子价值观念与精神信仰的"含混"问题,通过这部小说反思我们这一代知识分子的复杂心态。

莫言的夫子自道在《蛙》第四部分开头给杉谷义人的信中也有明确表现:"至于我自己,确实是想用这种向您诉说的方式,忏悔自己犯下的罪,并希望能找到一种减轻罪过的方法。……既然真诚的写作能赎罪,那我在写作时一定保持真诚……十几年前我就说过,写作时要触及心中最痛的地方,要写人生中最不堪回首的记忆。现在,我觉得还应该写人生中最尴尬的事,写人生中最狼狈的境地。要把自己放在解剖台上,放在显微镜下。"这段话在小说外讲是一种创作谈,在小说里则有相当明确和具体的艺术呈现。细细读《蛙》,就会发现小说正是围绕着蝌蚪(包括姑姑)人生中"最痛""最不堪""最尴尬""最狼狈"的故事展开,用"真诚写作"的态度去"忏悔"和"赎罪",并表现出一种对罪人也应该宽容的悲悯情怀,显示出一种宽广仁厚的精神哲学。

根据以上分析,我们认为《蛙》正是通过对"生育疑案"的"含混叙事",表达了莫言对当代人,或者说知识分子精神信仰问题的批判态度。难得的是,莫言同时把自己也当作"罪人"进行了无情的批判。比如蝌蚪在最初得知陈眉代孕之后的态度是十分坚定地反对,并无含混。后来碍于舆论并和李手的一番交谈后,又经历一次"生命的逃亡",内心才真正接受了这个孩子,也开始了叙事上的"含混"(同时也是信仰的"含混")。在和李手的谈话中,蝌蚪一直不能释怀的是"如何向组织交代?""如何见了陈鼻叫岳父?"李手说"你太把自己当成个人物了吧?组织没那么多闲心管你这事。你以为你是谁?不就是写过几部没人看的破

---

① 根据以下两篇文章整理:佚名:《著名作家莫言谈新作〈蛙〉的创作感受》,载《检察日报》,2009-12-18。莫言、傅小平:《谁都有自己的高密东北乡——关于长篇小说〈蛙〉的对话》,载《黄河文学》,2010(7)。

话剧吗？你以为你是皇亲国戚？生了儿子就要举国同庆？"而当蝌蚪在被人追打，倒在医院门口时，深切地体味到李手话的内涵："我的身体，仿佛一条被图钉钉住了尾巴的虫子，无法移动。我想起了自己的童年时，甚至在成年之后还玩过的恶作剧……对虫子来说，我就是制造一切灾难的神秘力量。"这种"制造一切灾难的神秘力量"让蝌蚪对自身有了重新的定位，也对生命有了重新认识，叙事的含混也正式启动。

二、"含混"：作为叙述和知识分子的信仰特征

对个体生命基于事实教训的全新理解，以及对社会现实的重新认识，使蝌蚪观念改变、信仰倾斜，并导致在言行上慢慢趋向于有利于自己的实践选择。人类"趋利避害"的本能强有力地模糊了每个人在公共理想和个人利益的之间的底线选择。向左一步，是利益立竿见影的个人兑现，并且几乎不承担什么破坏公义的压力；向右一步，是为了公义无人知晓的坚持，甚至努力谦让的利益很快就被他人取代。这样的一种社会现实会从根本上决定包括知识分子在内当代人的基本精神结构——"含混"，只是知识分子在这个过程中会表现出更多的反思和忏悔。摆脱"罪感"并获得"无罪感"是普通人和知识分子获得心理平衡、心灵宁静的基本方式，这既需要忏悔、救赎，也需要理解和宽容。小说中蝌蚪在对杉谷义人的诉说中，祈求别人要有理解姑姑的悲悯情怀，表现了一个有罪之人对另外一个有罪之人的宽恕与包容。但这也很大程度上减轻了自己对于陈眉的罪感，使蝌蚪有为自己开脱的嫌疑。小说中的蝌蚪也试图通过文学来救赎，但其结果仍是失败的，某种程度上表达了莫言对文学改造人们精神信仰的怀疑态度。在信的结尾蝌蚪把判决权交给了杉谷义人。"先生，我期待着你的回答"。杉谷义人可以理解成广大读者的化身，因此这个问题也是抛给所有读者尤其是中国当代知识分子的。

要指出的是：不论小说如何"含混"叙事，都掩盖不了以蝌蚪为代表，甚至包括莫言自己在内当代知识分子信仰上的危机。什么是信仰？我们觉得信仰其实就是个体生命在面对深度矛盾冲突和利害关系时决定取舍的内心依据。信仰最终会表现为一种实践选择，会在个人和公共之间形成一种紧张关系。如果用一个词来概括中国当代知识分子价值观念和精神信仰的基本特征，窃以为正是"含混"。其核心表现是：所谓知识分子多数是以利益为中心，在公共良知的真理与个人利害的实践之间摇摆浮动。虽然作家方方曾表示伪知识分子多以对自己有利无利为标准，真知识分子则站在一个健康社会共同认定的价值标准上进行判断①，但当代知识分子更普遍的状态应该在"真伪"之间，即使那些

---

① 钟瑜婷：《方方：知识分子从未像现在这样堕落》，载《新周刊》，2015-06-01。

内心渴望修身成仁甚至舍生取义的知识分子在面临实际利益的深度压力时，也会"程度"不同地产生"含混"。糟糕的是，在这个"含混"的天平上，当代知识分子的实践似乎更多倒向了堕落的一面。《蛙》正是通过这桩"生育疑案"的"含混叙事"，让我们看到一个知识分子如何审视内心的善与恶及无望的挣扎，体现出一种悲剧式的美学境界。

《蛙》作为莫言截至目前最后出版的长篇小说，是否理所当然地是莫言最成熟的小说呢？这正如对《蛙》的各种评论一样是一个见仁见智的答案了①。如何评价《蛙》艺术成就并非一个简单地肯定或否定问题，重要的是应该呈现出角度不同、新鲜有力的意见。《蛙》虽然是计划生育题材，但从整部小说的思想艺术来看，更像一部知识分子小说。莫言对当代知识分子一直有精准的艺术刻画，比如《酒国》。不论是作家莫言，还是渴望写小说成名不断与作家莫言写信的酒博士李一斗，抑或李一斗酿造大学的教授岳父，烹饪学院岳母，莫言利用丰富的文体变化对知识分子和文坛现象都进行了生动形象的批判。通过莫言这部最新力作，我们认为《蛙》很好地表现了莫言创作的成熟与丰厚：不论是题材选择、文体创新，还是内容主旨与思想批判，甚至小说内外的精神价值都体现了一个良知未泯者的公共关怀。

从"作为作家写作"到"作为百姓写作"再到"作为罪人写作"，莫言继承了巴金《随想录》、韦君宜《思痛录》的忏悔精神以及鲁迅的自我剖析精神，对于中国当代知识分子的人格构建有着十分重要的意义。陈思和说"我们一没有宗教，二没有文学，这个时代人人都为追逐私人利益而去盲目奔波，像被掐了脑袋的苍蝇，这个时代是一个死亡的时代。你要救活这个时代就要有文学为武器。②"虽然《蛙》中蝌蚪的文学自我救赎没有完成而陷于精神困境之中，但其中真诚的自我解剖及忏悔意识，莫言对待历史、忏悔者的理性、怜悯、宽容之心，都是当代人极其缺乏的宝贵精神财富。在这个信仰混乱的时代，首先需要的就是真诚地剖析自我，然后努力生成重建信仰的勇气与决心③。就自我解剖及忏悔精神而言，莫言为我们开了一个好头。《蛙》发出的声音，也许会引发暗夜中行走的路人们一些共鸣，但不要乐观地以为能呼唤出一个黎明来。因此最后不得不指出：即使我们感同身受地去理解《蛙》所表现的当代知识分子在价值观念和个人信仰方面的"含混"特征——我们依然坚持和莫言一起更加明确地批判这种看似可以被理解和宽容的表现。

（原载《小说评论》2015 年第 5 期）

---

① 如持批评态度的李建军：《〈蛙〉：写的什么？写得如何？》，载《文学报》，2011-10-20。唐小林：《能否减少作品的"穿帮"？》，载《文学报》，2011-12-15。持肯定意见的栾梅健：《面对历史纠结时的精准与老到——再论莫言〈蛙〉的文学贡献》，载《当代作家评论》，2012(6)。

② 陈思和：《知识分子的岗位意识和人文情怀》，载《甘肃社会科学》，2007(2)。

③ 刘江凯：《发现并重建"善良"：论余华〈第七天〉的"经典"与"当代"问题》，载《南方文坛》，2014(2)。

论"无后"意象在莫言创作中的出现

李 一

　　在以贾平凹《秦腔》等为代表的新世纪文学中，出现一种"无后"的意象。[①] 所谓的"无后"，简单来说即小说创造了一个类似怪婴等表示生命承继出现问题的意象，并以此生成某种对文化、理想、现实的焦虑、恐惧、绝望之感。莫言在近年作品中，也呈现了这一特殊的文学意象。可这一意象所依赖的诸如婴儿隐喻等，在莫言的创作中，并不像其他作家那样突兀。一方面相似的意象，在莫言这里，并不一定具有"无后"的情感指向。他的作品善用婴儿等看似有意味的隐喻，如 80 年代的《金发婴儿》，诸如此类修辞虽多，但并未在一条线索上历史性地呈现作家与现实的精神关系。与当代其他作家不同，莫言发现了一个我们概念之外的"民间"，这个民间充满了各种感觉的方式，是一个被打开的文学世界。得于这一世界丰富的感知方式，莫言对现实的书写一直以来较为轻盈。但另一方面，在以《蛙》为代表的近期作品中，莫言世界里的民间似乎不足以包容和解释他笔下的现实经验。他在这里遭遇了某种情感困境，更为重要的是，它似乎正在涨破莫言原有的文学世界。得于这一判断，从世纪之交的《丰乳肥臀》开始，莫言的创作进入了另一个阶段。一种类似"中年之境"的人生情感进入到他独特的文学世界中，以此生成《生死疲劳》和《蛙》中蓝千岁等"无后"的文学意象。

一、文学世界

　　莫言在当代中国文坛最具有讲故事的气质和能力：

---

　　① 有关"无后"参见笔者《新世纪文学"无后"意象的来源》一文，载《新文学评论》，2012(2)。

还是在高密，由此说到"文革笑话"，莫言也讲了一段：收购优种长毛兔，要带着母兔一起去，以证明其是纯种的，一老农便带着兔母兔子到收购站，收购者问，"你这兔都没有病吧?"答曰：大的万寿无疆，小的身体健康。"妙语惊四座，我们哄堂大笑，笑毕，莫言补充说，这个老头当时便被活活打死。众皆无言，哑然良久。①

八六年夏天我和莫言在辽宁大连，他讲起有一次回家乡山东高密，晚上近到村子，村前有个芦苇荡，于是卷起裤腿涉水过去。不料人一搅动，水中立起无数小红孩儿，连说吵死了，莫言只好退回岸上，水里复归平静。但这水总要过的，否则如何回家？家又近在眼前，于是再趟到水里，小红孩儿则又从水中立起，连说吵死了吵死了。反复几次之后，莫言只好在岸上蹲了一夜，天亮才涉水回家。

这是我自小以来听到的最好的一个鬼故事，因此高兴了很久，好像将童年的恐怖洗净，重为天真。②

这种气质演化在《透明的红萝卜》里，逐渐形成了他的文学世界。从《透明的红萝卜》开始，以"红高粱家族"系列为主，莫言的写作找到了一个虚构的自由境地，在那里历史与现实交割演化，写作自由于现实世界，它在虚构的世界中用比现实生活更加严密的逻辑演绎、解释了我们的一种存在。与莫言这种虚构的自由和力量相抗衡和对立的是他近年来对于现实的处理。对一些像莫言一样虚构能力较强的中国当代作家如迟子建、苏童，虚构与现实的关系近年来越来越进入写作的核心命题，也即如何理解和解释现实生活。如果我们用几个同心圆来描述这里所谓的虚构与现实：圆心地带的想象力最为自由，书写相对轻松，它是作家在处理虚构与现实关系时的自在状态，这里虚构与现实生活之间的关系比较抽象；圆心与小圆圈之间是作家较为自如地用艺术的手段书写现实、表达自我的地带；小圆圆周地带是作家现实处理最为紧张关系区域，这里所反映的是作家的自由虚构和自足世界因触碰精神上更为强大的现实世界摩擦抑或打滑，它预示着作家在处理虚构与现实的关系上遇到了难题。如图：

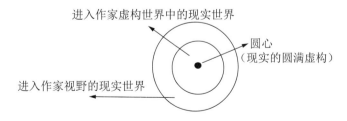

———————————
① 张志忠：《感觉莫言》，见林建法、傅任选编：《中国当代作家面面观》，上海，华东师范大学出版社，2002。
② 阿城：《鬼怪与莫言小说》，见《闲话闲说》，北京，作家出版社，1997。

事实上莫言的创作从未躲避过具体的现实处境和现实问题。如1988年的《天堂蒜薹之歌》，尽管有批评家认为它在处理现实上表现得疲软和无力①，但这部小说在虚构与现实生活之间仍然展示了莫言的自如和自由，更为重要的是，这部作品对于现实生活具有显见的情感批判维度。在它之后的《酒国》《檀香刑》等作品中，莫言总是可以找到这种思考和批判的维度，以保证他书写的自由和顺畅。太过顺畅，甚至造成语言的不节制和故事的不耐读。如前文所述，与同时代的其他作家相比，莫言在处理现实题材上的这种顺畅能力，与他的想象力关系密切。莫言一直有个更大的世界去消化和理解他所面对的现实社会，他将历史演化为传奇，从而用一种传奇笔法继续将现实推进历史。相关这种"顺畅"，有批评家曾指出莫言语言的"打滑"②问题，且认为"打滑"是新世纪创作中诸多作家都存在的一个问题。伴随这种所谓表面语言"打滑"背后，其实是作家与现实生活的"摩擦"。某种意义上"摩擦"就是"打滑"，它们所关涉的是作家对现实生活的切入问题。在这个问题上，莫言近年来一直在调试和找寻。莫言遭逢的困难几乎是当代中国所有写作者的困难。阎连科曾坦言："就长篇小说创作而言，我所遇到的最尴尬无奈的写作景况之一是，面对现实对把握现实无能为力的尴尬。"③莫言恣肆想象力可以不断为其"感觉世界"着色，但现实的摩擦不是仅仅来自"民间"的想象力可以解决，它要求作家对"此在"作出有力的解释。

二、中年之境

诗人作为"文化修辞"的主要承担者，长期以来支配着我们的那些东西在今天不能不受到检验，这就像"知识分子"在今天所扮演的是一个愈加困难和暧昧的角色一样。但是如果我们不想和一个"过去的时代"一起结束的话，就不能不反省自身，不能不置身于现今的各种文化冲突与历史性困境之中，置身于与时代生活的深刻摩擦及各种话语的交汇作用中。躲是躲不开的，"边缘"也不能边缘到哪里去。也许只有

---

① 批评家王干曾质疑过《天堂蒜薹之歌》，参见王干：《反文化的失败——莫言近期小说的批判》，原载《读书》，1988(10)，转引自杨扬主编：《莫言研究资料》，天津，天津人民出版社，2005。"且不论三十几天的时间是否适合于一部长篇的写作，也不论莫言在下坡时写作这部小说，即令早两年莫言写作这部小说也不会超过其他作家。概括刚刚发生的政治事件来组织小说非但不是莫言感应世界的方式，也不是正常应有的态度。莫言也许是太过于信赖自我的感觉，其结果便是处在社会性、新闻性非但弥补不了内在精气的虚弱，更加重他情感和感觉的疲软。"

② "打滑"为谢有顺语。2010年6月复旦大学召开了莫言作品研讨会，会上谢有顺针对莫言的《蛙》等的作品谈开去，指出21世纪以来当代文学的不少作品中存在语言"打滑"的问题。

③ 阎连科：《长篇小说创作的几种尴尬》，载《当代作家评论》，2006(1)。

　　这样，我们才能再一次获得活力，获得一种"海德格尔"意义上的拯救。① （1996 年）

——王家新

　　诗歌界 20 世纪 80 年代后期开始的有关写作与时代的"摩擦"问题，新世纪左右出现在小说界。莫言近期几乎所有的作品都不同程度地自觉、不自觉地在这个问题上缠绕、挣扎和探索。这种自觉和不自觉集中在作品里中年人的视角上。当很多同代的作家在写作中模糊和故意隐去自己的中年价值视角时，莫言以《蛙》为代表，将一个中年人赤裸裸地推到复杂的历史—现实问题中。这个中年人多少有点受伤，有点胆颤，他将自己放置在很低的位置，刻意寻找边缘，"看"当下的时代。安置在这样的位置和视角，这个中年人很难在虚构的文学世界逻辑中过得正常，比如《风雅颂》里的杨科"疯"了，《兄弟》（下）中的李光头、宋平凡、林红没有一个能活得理直气壮、完完整整。

　　在莫言这里，中年人开始返乡。《蛙》看似在讲姑姑的故事，有意无意中，莫言真正呈现的是时至中年蝌蚪的人生现实。"我与太太即将退休，退休之后，我们想回到故乡居住。在北京，我们始终感到自己是异乡人。最近在人民剧场附近，被两个据说是'发小在北京胡同里长大的'女人无端地骂了两个小时，更坚定了我们回故乡定居的决心。那里的人，也许不会像大城市的人这样欺负人；那里，也许距离文学更近。"②20 世纪中国文学有意思的是，先是青年离家进城，再是青年从城市主动和被迫下乡，再是返城之后的诸种历史反思。曾经被离开、被忘记、被想象的故乡此时所呈现的绝非是鲁迅《故乡》等作品中的凋敝，它空前混乱、恐怖，人类似乎正在失去文明的秩序。从生物的角度来看，如红螯蛛食母，母螳螂吃公螳螂等，这些都是建立在生存和繁衍的意义上，且有史为证，如果人类陷入了前所未有的大饥荒，人吃人的事情就可能发生。《蛙》的问题在于，这里的混乱和恐怖不是来自生存这一最基本、最根本的生物竞争。此情此景，莫言在他已有的文学世界里，终于无法安放和解释这部分混乱，他不再具有轻盈的虚构能力，而是笨拙地以一个中年人的身份，站在故乡的门口。

　　当他从城市回到阔别已久的故乡，这个中年人无法进入。在贾平凹在用家族作主线写百年现代中国乡土的今天的时候，莫言借同学的历史身份，写乡土建国以来的三代人。在对人的书写兴趣上，莫言写出比时间更加残忍的一种对于生命的巨大损耗和剥削方式。对此他有两个小说《变》和《倒立》可作为《蛙》的对照解读。

　　《变》中的"我"和《蛙》中的"蝌蚪"同为 1955 年生，包括成长境遇在内的诸多外在因素，两人基本相似，更为重要的是真正煽动情感的"变"在这里不是自然时间对生命能量

---

　　①　王家新：《夜莺在它自己的时代——关于当代诗学》，载《诗探索》，1996(1)。
　　②　莫言：《蛙》，146 页，上海，上海文艺出版社，2009。

的"拿走"，而是这些元气十足的生灵如何在时代的波澜中实践"命"和遭逢"运"，在这一点上，两处都将笔墨落在了 20 世纪的 90 年代①。

莫言向来"怪力乱神"，他笔下的人天然带有三分"恶气"，像是"生灵"。他可以将于生命沉重的东西写得激情澎湃，他只需要做的是如何分配、使用和决定这些"生灵"从落地就具有的元气。尤其是他笔下的女性，她们就像其生活的胶东土地：旺盛、肥沃。命运跟一个男人的斗争远不如女人对它的回应感人。如小说里，每一个青春期的男孩心中都有一个"鲁文莉"，她是男孩能够想象和感知到的最直接的，也是最美的未来人生。起起伏伏很多年之后，"我"与何志武两个男人，无论有怎样的沧桑或成功，都不及"我们"年幼时所珍惜的那个女孩如今的被损害令人心痛：

> 她哽咽着说：谢谢……谢谢……我说：你谢谁啊？是你女儿条件好，发挥好，考得好！她说如今的事，我明白……谢谢，老同学……她从包里摸出一个纸袋，说：老同学，这是一万元，您别嫌少，您替我请陆局长他们喝杯酒吧……
>
> 我想了想，说：好吧，老同学，我收下了。②

2001 年发表的短篇小说《倒立》：

> "放屁"谢兰英骂着，拉开架势，双臂高高举起来，身体往前一扑，一条腿抢起来，接着落了地。"真不行了。"但没有停止，她咬着下唇，鼓足了劲头，双臂往地下一扑，沉重的双腿终于举了起来。她腿上的裙子就像剥开的香蕉皮一样没了下去，遮住了她的上身，露出了她的两条丰满的大腿和鲜红的短裤，大家热烈地鼓起掌来。谢兰英马上觉悟了，她慌忙站起来，双手捂着脸，歪歪斜斜地跑出了房间。包了皮革的房门在她的身后自动地关上了。③

"我"从谢兰英在席间遇到的所有尴尬中，看到的不全是她的尴尬和另外一些人身上的趋炎附势、权势骄淫，还有好比是最后一块"遮羞布"一样的人无论如何都拿不去的尊严：最后谢兰英跑出了房间。这里，尊严同样成为造物者赋予个体的本能，到了这个临

---

① 20 世纪 90 年代在"无后"的意象问题上非常重视。笔者在论述贾平凹创作中的这一意象时，发现贾平凹与现实情感关系的拐点就在于 1990 年中篇小说《废都》这里。莫言在 90 年代的创作中，这一问题可能是得于他特有的文学气质和文学世界而不明显，有意味的是在其出现本文所讨论的"无后"意象的这几篇新世纪长篇中，他将问题也点在小说情境中的 90 年代上。

② 莫言：《变》，载《人民文学》，2009（10）。

③ 莫言：《倒立》，载《山花》，2001（1）。

界点上，它会跳出来。谢兰英和鲁文莉相同的是她们都曾经是这些男同学情窦初开时心中暗恋的对象，那么在这个意义上讲，两篇小说都是拿一个男人心中最为珍视的对象（其珍视的情感中当然很大一部分是在珍视自己已经逝去并且无法挽回的青涩、纯真年代），侮辱给他看，从而激发他因日常生活而麻痹了的内心，最终侮辱产生的羞愧感是来自这里的男性的。可是在两篇小说中，中年人叙述者"我"流露了一种仰天长叹的无奈之感。显然，作家将这种无奈推之于时代。问题就在这里。

就《蛙》来看，整部小说中一种言说上的紧张，它不是来自姑姑的传奇一生，也不再是来自国家历史，而是来自如上所讨论的两篇小说中的"我"。"我"这个中年人，在讲述姑姑的故事和那个年代时候，浸透的是一种"我"很难找到言说方式的"中年"生命的恐慌和失落。这种特殊的情感在 20 世纪 80 年代谌容《人到中年》里根本看不到。《蛙》的"中年"之感绝非自然生命行进到中间时段里在社会关系如家庭、工作、伦理等方面遭遇的"烦恼"，它不简单地是一种自然生命发展阶段如青春期的躁动等等的身心感受，尽管它的产生不能说与其人到中年的生命状态无关。相较于《人到中年》，这里的感受要超越于具体的个体，而是面向空洞的时代、历史、未来。一旦如此，个体在那么样的宇宙洪荒的衬托下，一种无力之感随之流出，可是到底是什么支撑了作家发出如此之感的呢？

在真正计划生育的年代，"我"还有那么多人性里温暖的一面，有人之为人天然地、本能地维护生命的那种行动书写[1]，可是到了"今天"我和疯狂的小狮子参与进入了一场"制造"婴儿的生意中，所有秩序都坏了。姑姑的时代一切都可以找出原因，有所解释，可是到了"今天"什么是原因呢？这种精神上无所依靠而随之的"无力"与中篇《变》中最后一句透露的悲凉同出一辙。最后：

> 二嫂揭开襁褓一角，让父亲观看这个迟来的孙子。父亲热泪盈眶，嘴里连声叫好。我看到这个头发乌黑面色红润的婴儿，心中百感交集，眼泪也夺眶而出。
>
> 先生，这个孩子，使我恢复了青春也给我带来了灵感。他的孕育与出生，尽管比一般的孩子要艰难曲折，而且今后，围绕着他的身份确认，很可能还会产生诸多棘手的问题；但正如我姑姑所说：只要出了"锅门"，就是一条生命，他必将成为这个国家的一个合法的公民，并享受这个国家给予儿童的一切福利和权利，如果有麻烦，那是归我们这些让他出世的人来承担的，我们给予他的，除了爱，没有别的。[2]

---

[1] 莫言：《蛙》，162~163 页、60 页，上海，上海文艺出版社，2009。"他的哭声沉痛，令趴在他家院墙上、围在他家大门口看热闹的人们也跟着心中难过。"

[2] 莫言：《蛙》，276~277 页，上海，上海文艺出版社，2009。

三、"无后"的象喻

中年情境的出现，某种意义上挣破了莫言原有的相对自足的文学世界。在这个写作背景中，莫言的小说中的"无后"以生育之象出现，它是作家对于那个中年人其复杂历史、现实情感的一个艺术化表达。它在《丰乳肥臀》中的上官金童开始出现，到《生死疲劳》里的蓝千岁最终形成，《蛙》中的历史和现实书写则是这一意象的又一次展示。

整体来看莫言创作中存在着"分裂"：历史和现实。从"红高粱家族"开始，莫言在相关的历史创作中，向来以我们想象不到的生命能量涂抹前辈和那些在我们看来"苦难"的年代。在另外一些（主要是近期）触及当下时代的作品中，如此擅长书写生命能量的莫言却总是陷入"无言"，如《变》。当代中国大部分小说但凡涉及从禁欲时代走来的"今天"，它们的判断同一：对人非但没有提供任何滋养的东西，相反剥夺的凶横和蛮横程度却是前所未有的。在"我"记忆中的时代里，虽然外部要求严格限制生育，但是整个村庄的气质是活跃的、热烈的，人们对于生育的热情背后是人们对于生活和未来的信仰。这部分内容是莫言之前书写中熟悉的，它张扬、壮烈、色彩鲜艳。而到"我"回乡欲求一子的今天，代孕公司里培育的一片青蛙所发出的却是腐烂的、死亡的声音，乡土呈现出被污染之后对于生命的禁闭。这样的整体性书写与贾平凹《秦腔》中对于清风街的情感判定几乎一致。那些在曾经被我们讨论过、批评过的历史化了的老年人们，此时正在为沦落的乡土招魂引魄，而年轻人正在经历诸种可怕的失去。时代以极其混乱的面目走向未知的蛮荒。

《蛙》的第四部分集中写到万小跑，即蝌蚪的昔日同学们，他们从不同的角度与当下的各种现实相关。在莫言的创作中，即便具有再大生命能量的人也从来都在有限的历史时空中活动——与阎连科和张炜的精神气质不同，莫言笔下的人物都是在一个他们无法左右的大政治、时代环境中的小民。以往的创作中，这些时代里为生存挣扎的普通人时，往往能够在莫言的笔下呈现出"英雄"的气势。这可能就是莫言创作中"民间"的魅力：作为个体的人的先天的创造性和破坏性可以就一个有特殊限制的时代里盎然动人，并且在有限制的具体时代里，这些元气十足的"生灵"从来没有流露宿命之感。可是在《蛙》中，方向变了，邪恶的力量疯狂生长。虽然最终来了一个婴儿，但他又显得相当可疑。

就在莫言在《蛙》中艰难地缠绕于现实泥淖时，他近期的另一些作品则通过历史象喻相对轻松地切入当下时代，可是在不一样的切入之后，寻到的解释和得出的结论却是互相应和的。《丰乳肥臀》和《生死疲劳》两部小说就其历史意识和书写手法来说非常相像：《丰乳肥臀》是"众生相"，在上官鲁氏和上官金童之间拉开了一幕生生死死的家族历史命运书写；而《生死疲劳》是：从西门闹到西门驴→西门牛→西门猪→西门狗→猴，最后以

"世纪婴儿"这样一个天然贫血、无法生长的大头怪婴，由一个家族折射了历史的近百年。其精神气质体现在书写的文辞、语句以及结构和修辞上，都基本上一样。最为重要，也是本文非常感兴趣的地方在它们的结局设置上：一个奇怪的恋乳癖者上官金童和一个贫血难以存活的"世纪婴儿"蓝千岁。这两个"怪物"的前史，在作品中已经非常清晰，那是一个苦难中国的现代史，奇怪的是，小说末尾来自一个"新"时代的莫名的恐惧要比历史的"苦难"更为令人胆寒。

> 四顾远望，上官金童心中张然，不知何去何从。他看到张牙舞爪的大栏市正像个恶性肿瘤一样迅速扩张着，一栋栋霸道蛮狠的建筑物疯狂地吞噬着村庄和耕地。母亲寄居过数十年的塔前草屋已自行倒塌，那座七层宝塔也摇摇欲坠。太阳出来，喧闹的市声像潮水般追逐着涌过来。沼泽地雾气蒙蒙，沼泽地西侧的槐树林里一片鸟声，槐花的香气彤云般往四处膨胀。①

这两部时间相近的作品，对比其中暗含的某种情感隐喻，其正是"无后"意象的出现和形成。更为重要的在于，莫言继《丰乳肥臀》之后的包括《檀香刑》在内的长篇，回环往复一再地在其文化隐喻的地方展开虚构："作家为何安排主人公们死去，世界唯余荒凉与颓败？为何安排上官金童终生恋乳，永远长不大？这位叙事人，与后来的《四十一炮》里成人身体、孩童心智的罗小通，《生死疲劳》里孩童身体、历经数次轮回的大头儿蓝千岁一样，都在'不成型的童性'与'衰败的历史性'之间怪异不详地游荡，都在小说的终局，成为一个荒凉凋败世界中的孤独诉说者。这是作家自觉的设计，还是无意识使然？无论如何，在狂欢之后的寂寥，怪诞之下的衰败，实可看作是对'遍被华林'的'悲凉之雾'神秘的'呼吸与感应'。"②王德威指出："从文体到身体、从身体到（历史）主体，谈笑之间，莫言已展现世纪末中国作家的独特怀抱。"③而这样的文化历史隐喻在《生死疲劳》中继续着："叙事者的最后一个转世形象世纪婴儿蓝千岁，回到了乡土，并且由先辈的头发治疗血液疾病，延续着先天不足的幼小生命。这无疑也是一个文化寓言，失血的乡村只剩下记忆和话语的延续，只有靠自身的活力才能完成救赎。"④

它到底是不是"世纪末和世纪初中国作家的独特情怀"呢？我们看到上官金童先天恋乳的"缺"的一面时，也应该看到他身上先天具有的历史能量。莫言笔下的"感觉世界"，

---

① 莫言：《丰乳肥臀》，593 页，北京，当代世界出版社，2004。
② 李静：《不驯的孩子——论莫言》，载《当代作家评论》，2006(6)。
③ 王德威：《千言万语何若莫言》，载《读书》，1999(3)。
④ 季红真：《神话结构的自由置换——试论莫言长篇小说的文体创新》，载《当代作家评论》，2006(6)。

那里万物生长旺盛，"丰乳肥臀"不过是这种旺盛的一个具体写照。仔细看上官金童的一个个姐姐们，以及姐姐之上的生父们，"土匪"气中带有的土地肥沃的能量与《红高粱家族》中的一片红色一样。上官鲁氏的生育场景与萧红《生死场》也有相合的地方，但是莫言的历史叙述在描述"生的艰难"时带有了超越我们民族苦难的"民间"自在的东西，所以上官鲁氏一共生了9个孩子，抚养大了那么多孩子，经历了那么长的历史时代，这里面有我们在萧红作品中找不到的"民间"的欢乐。上官金童，某种意义上，是《丰乳肥臀》中所有人生命能量最后羽化而成的硕果。他的母亲是寻觅了多少个男人之后，才从一位西洋的牧师身上得到了他的种子。而他一个又一个姐姐的出生，都仿佛是在为他做准备。最后那跟他一起在子宫中成长10月的小姐姐直接将生命天然的部分东西给了他（八姐上官玉女天然目瞎）。有了以上的铺垫之后，上官金童的恋乳才真正成为巨大的奇迹。按理说，他应该是以一个能量极大的存在成长，而后有一番历史作为的。但是他的家族似乎所有人都比他对历史有力量。可结果是，上官金童送走了所有的人，他的生命能量得以了被动的保全，而后走到了一个"新"的时代。小说的真正的隐喻意义在这里，即在结果，而非过程。但难题在于，"结果"仍然是空白的，充满了想象的空间。这是莫言在对历史观照中出现的"午后"意象。

《生死疲劳》中的蓝千岁，"他是唯一由于爱情受胎的婴儿。"①从地主西门闹开始的五次动物轮回，如此再托以人形时，按理他应该积蓄了超常的能量：他见识了最真实、鲜活的百年历史，他对于人性的体验和观察即便在数量上也大大超过自然对一般人的限制，再者轮回于动物之身，动物的局限回馈给人大脑的生物能量势必对它有巨大的激发，等等。所以"世纪婴儿"的怪相和怪病带来的问题是，如果他真的在轮回转世中积蓄了我们难以想象的巨大能量，那么人的身形是有可能无法承受这种能量，以至造成那样一副无法存活的病态。如果转世轮回并没有积蓄这样的能量呢？而单单是在最后以爱情＋乱伦造出这么一个怪物，是否意味着它是一个对时代的判定？两者都有可能。这里的可疑与上官金童的可疑面对的是共同的问题，只不过与历史对比，它更加切近现实的审视，最终在现实时代的问题上，形成莫言笔下的"无后"意象。

而忧虑和疑问在接下来的《蛙》中解决了吗？显然没有。《蛙》告诉读者，这个时代仍然不乏桑丘，但是却没有使桑丘成其意义的唐·吉诃德。

（原载《小说评论》2015年第5期）

---

① 毕光明：《〈生死疲劳〉：对历史的深度把握》，载《小说评论》，2006(5)。

论莫言"抗战"书写的论争及其内涵

丛新强

如果把莫言作品中的"时间"线索加以梳理的话，不难发现其创作所贯穿的正是20世纪中国现代性的历史。其间的"抗战"书写同样极为醒目，而这又主要体现于两部备受争议的文本，即《红高粱家族》和《丰乳肥臀》。前者是其创作风格"知名度最高"的作品，后者是其创作命运"最为沉重"的作品，二者均以"抗战"开篇，进而铺陈出历史的转换与伦理的嬗变。也恰恰在"抗战"这一基点上，两部相距十年的作品呈现出内在的联系和差异。《丰乳肥臀》中的上官鲁氏在1939年日本人的侵略和杀戮中的艰难生育，正是接续了《红高粱》的故事背景。而《红高粱家族》中那个复杂多面的余占鳌，似乎已经转化为《丰乳肥臀》中备受莫言和上官鲁氏推崇的司马库。墨水河桥的对日伏击战和"火烧"日军的场景以及日本侵略者对于平民百姓的蹂躏与屠杀，两部作品也是基本如出一辙。可以说，正是通过《红高粱家族》和《丰乳肥臀》，莫言书写了中国现代史上无法绕过的"抗战"，哪怕主要的是承载历史转折和人物命运的"抗战"背景。

一、围绕《红高粱家族》的"抗战"论争

《红高粱》在1986年第3期的《人民文学》一经发表即引起热议，与此后的四个中篇《高粱酒》(《解放军文艺》1986年第7期)、《狗道》(《十月》1986年第4期)、《高粱殡》(《北京文学》1986年第8期)、《奇死》(《昆仑》1986年第6期)一起构成长篇小说《红高粱家族》。"虽是少作，技术上有诸多粗疏之处，但文中那股子英雄豪杰加流氓的气魄，却正

是借助了那股子初生牛犊之蛮劲儿才喷发出来。"①在 20 世纪 80 年代中期文学观念反思和解放的思潮中，针对老作家提出的不亲历战争如何反映战争的问题，莫言提出文学创作不是复制历史，小说家写战争"所要表现的是战争对人的灵魂扭曲或者人性在战争中的变异。从这个意义上讲，即便没有经历过战争的人，也可以写战争"。②

与传统的"战争文学"注重对战争过程的再现完全不同，《红高粱家族》所借用的则是战争环境和战争背景。这一对此前的"战争文学"乃至"军事文学"传统的根本超越，同步带来了文学界的观念论争。尤其其中的"抗战"书写，更是激发出针锋相对的观点。李清泉在《赞赏与不赞赏都说——关于〈红高粱〉的话》③一文中，充分肯定了作品强悍的民风和凛然的民族正气，而且针对"我们过去的工业题材演化为车间文学，军事题材演化为军营文学或火线文学，是由于思想阻塞而形成封闭所造成的结果。是对相因相成相联相通的社会生活，进行人为的宰割"的状况，指出《红高粱》具备的是开放型新观念。同时，文章作者以其亲身的敌后经历对余占鳌和他的队伍进行的抗击日军和伏击战的取胜表示明显的质疑。相对于党所领导的进步力量在敌后所取得的绝对优势，作品对余司令的尊颂激扬欠些理智，在人物活动的历史环境的翻检审视中有所疏漏。而且尤其不能接受的是对罗汉大爷之死的具体细致的过程描写，认为超越了美学限度，并且是发生在对群众产生挫伤的群众场面。蔡毅的文章《在美丑之间——读〈红高粱〉致立三同志》④认为作品在对战争题材的具体处理上采用自然主义倾向，脱离生活不足取。尤其对罗汉大爷遭遇的细致描写，违背了美感的要求。在人物塑造上由于强调性格的复杂性，而使得是非不分、美丑难辨。特别是对共产党领导的队伍进行抗战的描写不能让人相信，不符合历史实际。直到目前对《红高粱家族》的批判，还是聚焦于其人物评价和抗战历史：尽管不应该抹杀"余占鳌们"打鬼子的一面，但把他美化为抗日英雄显然不恰当，因为他是为了自身的生存而去抵抗；同样把戴凤莲美化为"抗日的先锋，民族的英雄"也不切合实际；更为突出的是，"作者却完全置历史事实于不顾，歪曲了历史的本来面目，对共产党所领导的八路军进行了令人不能容忍的丑化"，尤其是歪曲了抗日民族解放战争中的八路军形象，甚至在作者眼中的八路军只不过是一些"亢奋的狗群"。⑤ 显然，这样的批评正在溢出文本，也正在产生新的"歪曲"。

与否定性声音同步，对《红高粱家族》的肯定性话语同样引人注目。老作家丛维熙认

---

① 莫言：《人老了，书还年轻一代后记》，《红高粱家族》，364 页，上海，上海文艺出版社，2012。

② 莫言：《我为什么要写〈红高粱家族〉》，杨扬编《莫言研究资料》，26 页，天津，天津人民出版社，2005。

③ 李清泉：《赞赏与不赞赏都说——关于〈红高粱〉的话》，载《文艺报》，1986-08-30。

④ 蔡毅：《在美丑之间——读〈红高粱〉致立三同志》，载《作品与争鸣》，1986(10)。

⑤ 甘藻芝：《倒错的"丰碑"——评〈红高粱家族〉》，见李斌、程桂婷编：《莫言批判》，26 页，北京，北京理工大学出版社，2013。

为莫言及其《红高粱》的写作是"'五老峰'下荡轻舟",相对于同类题材作品还停留在醉心于描写战争的过程(包括发动群众,瓦解敌人,内外配合,攻下碉堡),莫言用重彩描绘的是战争中的活人。与苏联描写卫国战争的第三、第四代作家相比,和我们的作家作品明显拉开了距离。"他们已把描写战争的胜负得失推到了次要地位,而把战争的严酷真实,特别是战争中人的全景摄像,推到了第一位置。因而,当我们读到这些作品时,感到灵魂的震撼。"①针对蔡毅的质疑式书信,冯立三在复信中表达了不同的意见。对于活剥罗汉大叔的细节描写,冯立三认为这是大残暴、大痛苦、大紧张、大悲愤,用于表现帝国主义者的惨无人道未为不可,也能造成文学上的强刺激。而且对于后续的余占鳌割下日本兵生殖器放于其口的细节描写、豆官不忍砍杀负伤落马的日本兵时遭到余占鳌训斥的细节描写,都具有前提性意义。"《红高粱》描写罗汉大叔之死于前,展开伏击战役于后,并借豆官于战前战中对罗汉大叔的缅怀以突现民族仇恨,更是在利用结构的力量强化罗汉大叔的形象。如果活剥罗汉大叔的场面只是轻描淡写,上述的描写都将无所附丽。由残暴的敌人、高贵的受难者、受到英雄激励而复活和强化了民族意识的人民所构成的这个立体画面,我认为有很高的文学价值。"②对于难以评论的余占鳌,冯立三认为,杀人放火的土匪可以不经过脱胎换骨的改造而能够和抗日民族英雄连到一起。况且在那个官匪不分、匪民难辨的时代,余占鳌究竟是怎样的一个土匪,其性质如何,都需要具体分析而不是概念式划分。而且自抗日之后,连他本人也不再认为自己是土匪:"谁是土匪?谁不是土匪?能打日本就是中国的大英雄。老子去年摸了三个日本岗哨,得了三支大盖子枪。你冷支队不是土匪,杀了几个鬼子?鬼子毛也没揪下一根"。③由于孤军奋战而全军覆没,余占鳌朴素的民族意识和悲壮的抗战情怀得以充分表现。在同期的评论中,黄国柱则进一步从"军事文学"角度对《红高粱家族》做出整体性阐释。他认为莫言笔下的战争,一方面表现为一种民族间的仇恨和对立,另一方面又具有某种抽象的寓义,是一种被虚化了的氛围。莫言所瞩目的,是"人在战争中"的种种被激化乃至被扭曲了的情感和心态。有人批评作品中看不到党的领导、看不到党对农民武装的改造引导、看不到农民由自发到自觉的转变过程,实际上是沿用了衡量过去战争文学的标准和尺度,而没有看到这些标准和尺度更多地应该用在历史学著作里。战争文学应该展示生命个体在战争条件下的存在方式,而不应该去追踪、显示赤裸裸的"历史规律"。"墨水河边的伏击战,以及日军的报复性的血洗村庄,不过是历史背景的依托。侵略军与各种

① 丛维熙:《"五老峰"下荡轻舟——读〈红高粱〉有感》,载《文艺报》,1986-04-12。"五老峰":"老题材、老故事、老人物、老观念、老方法"——笔者注。

② 冯立三:《祭奠的也应该是能复活的——读〈红高粱〉复蔡毅同志》,载《作品与争鸣》,1986(11)。

③ 莫言:《红高粱家族》,25 页,上海,上海文艺出版社,2012。

抗日势力之间的对峙及胜败，并未构成旗鼓相当的文学角色，而始终占据在这幕历史活剧中心的显然是余占鳌及一系列和他命运攸关的人物。对于他们，重要的不是最终谁胜谁负——这个历史的定论早已人人皆知，重要的是他们当时怎样地活着或死去。①文学是以人为中心，战争文学更是如此，以"人"的视角来理解《红高粱家族》，诸多争议也就趋于平静了。

二、围绕《丰乳肥臀》的"抗战"论争

如果说围绕《红高粱家族》的论争还是属于学理层面的话，那么《丰乳肥臀》面对的更多是政治批判。作品出版后，一方面受到好评并获得《大家》文学奖，另一方面遭遇到强烈的批评。1996年，以《中流》月刊为代表陆续发表多篇旗帜鲜明的批判文章。部队老作家彭荆风的文章《莫言的枪投向哪里》，较为集中地说明了问题之所在："过去国民党反动派诬蔑共产党是共产共妻，灭绝人伦，也只是流于空洞的叫嚣，难以有文学作品具体地描述，想不到几十年后，却有莫言的《丰乳肥臀》横空出世，填补了这一空白。"②或许正是由于非文学性的批评，除了莫言承受巨大的压力外，学界并未发生反响性回应，也就逐渐冷却而不了了之。或许意犹未尽，1997年第9期的《中流》又发一文，试图对此作一总结和延伸，认为"不了了之"并不是问题的真正解决。"《丰乳肥臀》的错误倾向，留在白纸黑字间，不因当事人的缄默而消解。同样，对《丰乳肥臀》的批评，也可谓言之凿凿，更不会随时间的流逝而淡化。"于是，在论争冷却下来之后，作者反倒思绪难平："《丰乳肥臀》的出现，难道是一种偶然吗？一个身为共产党员的作家，竟然在自己的小说中，肆无忌惮地丑化共产党领导下的抗日武装，美化国民党还乡团，这究竟是为了什么？一个国家的出版社，竟肯将《丰乳肥臀》这样有严重的政治错误的作品出版，并大张旗鼓地发给十万元的重奖，这又是为了什么？对《丰乳肥臀》的错误，长期无人觉察，无人批评，一旦批评起来，又处处掣肘，这到底为什么？"更进一步，作者似乎找到了答案，那就是文艺界出现的"告别革命""消解主流意识"的思潮使然。"《丰乳肥臀》也和这股思潮一样，在鼓动人们'告别革命'，在'消解'人们对共产党的信赖，'消解'人们对抗日的正义性的确信。"因此，它既是这一思潮影响下创造出来的艺术标本，也是对这股思潮的一种艺术化的诠释。③时至今日反观来看，这何尝不是另一种错位的过度的诠释呢？

对《丰乳肥臀》面对的"政治批判"做出学术回应，应该是到2000年9月。易竹贤、陈

---

① 黄国柱：《莫言对军事文学的激扬和催化》，载《文艺报》，1988-6-4。

② 彭荆风：《莫言的枪投向哪里》，载《求是·内部文稿》，1996(12)。

③ 李丛中：《批评〈丰乳肥臀〉之后的感慨》，载《中流》，1997(9)。

国恩的文章《〈丰乳肥臀〉是一部"近乎反动的作品"吗?》通过商榷何国瑞先生的论断,进而评价其文学批评中的观念与方法。文章认为即便作品中存在问题,都是可以探讨的,"但不能重复历史的错误,用政治批判代替学术讨论,扣一顶'反动'的政治帽子把作家和作品一棍子打死。如果只允许存在一种战争题材的创作模式,即使它绝对的'正确',我们认为也是要不得的。因为历史经验已经证明,一花独放只能断送社会主义文艺的前途"。[1] 文中总结出发生"政治批判"的表现和原因:"一是主观性:把具体的人当作某种类型的抽象符号,用先验的标准要求作品里的人物,而不是从作品所揭示的客观实际社会关系出发分析人,研究人物塑造的成败得失。二是片面性:只根据自己的需要,截取作品里人物的某一阶段的表现,把他们与特定的环境割裂开来,与他们的整个人生道路割裂开来,加以曲解。三是教条化:抱着一套 20 多年前曾经流行的理论,用政治批判代替实事求是的学术批评,甚至上纲上线,把问题简单化、绝对化。这三个方面的问题又是相互联系的,其总的思想根源不外乎一种流行过的文学观念。这种观念把人当作实现某种政治目的的手段,抹杀了人的具体性、丰富性和复杂性;同时把文学当作为具体的政治任务服务的工具,抹杀了文学自身的价值和特点。"[2]这虽是针对何国瑞先生的批评和判断而言,其实同样适合上述所有对《丰乳肥臀》的言辞激烈的"政治批判"模式,也进一步从理论上厘清了争论的焦点问题之所在。某种程度上,也为《丰乳肥臀》的重新进入"文学研究"开启了基础。

三、群众"抗战"与"文学"书写

总体而言,就莫言在《红高粱家族》和《丰乳肥臀》中的"抗战"书写所发生的论争,基本围绕三个问题:抗战的主体是谁,主体人物的塑造如何,以及具体的细节描写。再具体而言,事实上是把土匪"抗战"和群众"抗战"、把"历史"书写和"文学"书写混淆在一起进行谈论。

在《红高粱家族》和《丰乳肥臀》中,面对日本侵略者,是共产党抗战,还是国民党抗战,抑或是土匪抗战往往纠缠不清,也是诸多论争的焦点。其实,莫言的立场并非上述三者,尤其是面对主导评论所谓的土匪抗战,其实抗战的主体应该是自发的群众。上述三种力量往往具有自觉性,而唯有群众是自发的,呈现于文本中的又恰恰是这一自发性的存在。当然可以说这三种力量的构成都是群众,但问题的关键在于,"抗战"中的群众

---

① 易竹贤、陈国恩:《〈丰乳肥臀〉是一部货"近乎反动的作品"吗? ——评何国瑞先生文学批评中的观念与方法》,载《武汉大学学报》,2000(5)。

② 同上。

并没有明确地接受其中哪种力量的领导，也没有表现出明确的政治立场，而完全是非自觉性的甚至是本能性的求生意识在起作用。

《红高粱家族》中的反日行动并非始自余占鳌，而是从刘罗汉开始的。罗汉大爷被日本兵和伪军抓民夫修路时遭遇凌辱和虐打，于是萌生逃跑的念头。本来顺利的行为却因为自己熟悉的骡子叫声而重新返回，又因为骡子的暴躁而怒铲骡腿。也就被日军重新抓获，进而当众惨遭剥皮，"面无惧色，骂不绝口，至死方休"。刘罗汉之死，成为余占鳌发动伏击战的导火索。又恰巧从冷支队处获得鬼子汽车路过此地的情报，所谓的"抗战"也就顺理成章。当冷支队前来联合或者说收编余司令而发生激烈对峙之时，爷爷的反应是：不管是不是土匪，"能打日本就是中国的大英雄"。奶奶的反应是："买卖不成仁义在么，这不是动刀动枪的地方，有本事对着日本人使去。"继而以酒为誓，奶奶说："这酒里有罗汉大叔的血，是男人就喝了。后日一起把鬼子打了，然后你们就鸡走鸡道，狗走狗道，井水不犯河水"。[1] 尽管冷支队并未配合而致使余占鳌几近覆没，但不能否认后者的抗日行动正是源自自发的复仇动机和求生存的本能意识。

《红高粱家族》中的任副官虽着墨不多，但他教唱的"抗日"歌曲却异常响亮而绵延不绝："高粱熟了，高粱红了，东洋鬼子来了，东洋鬼子来了。国破了，家亡了，同胞们快起来，拿起刀拿起枪，打鬼子保家乡……"[2]正因如此，不管面临什么情境，"抗日优先"都会成为共识。当豆官因恼羞成怒而开枪之时，余司令说："好样的！枪子儿先向日本人身上打，打完日本人，谁要是再敢说要和你娘困觉，你就对着他的小肚子开枪。别打他的头，也别打他的胸。记住，打他的小肚子。"[3]当余占鳌因任副官的坚持而大义灭亲之时，是为了"千军易得，一将难求"，而余大牙被执刑前仍然是高唱着任副官的抗日歌曲，任副官则明知余占鳌的愤怒却全然不顾地高唱着抗日歌曲而准备接受后者的报复。一担沉重的！饼把奶奶的肩膀压出一道深深的紫印，也成为奶奶英勇抗日的光荣标志。当奶奶弥留之际想要见爷爷时，爷爷说的是先去"把那些狗娘养的杀光"，依然是"抗日优先"。此外还有王文义的"夫妻抗战"、方六的"兄弟抗战"、哑巴与刘大号的"特殊抗战"，等等。当余占鳌因为伤亡惨重而向众乡亲跪地谢罪之时，那个黑脸白胡子老头高声叫道："哭什么？这不是大胜仗吗？中国有四万万人，一个对一个，小日本弹丸之地，能有多少人跟咱对？豁出去一万万，对他个灭种灭族，我们还有三万万，这不是大胜仗吗？余司令，大胜仗啊！"[4]这种并不少见的朴素言论，传达出的正是"群众抗战"

---

① 莫言：《红高粱家族》，25 页，上海，上海文艺出版社，2012。

② 莫言：《红高粱家族》，50 页，上海，上海文艺出版社，2012。

③ 莫言：《红高粱家族》，27 页，上海，上海文艺出版社，2012。

④ 莫言：《红高粱家族》，123 页，上海，上海文艺出版社，2012。

的观念和现实，其实也是作家"抗战"历史观的流露。

与《红高粱家族》中的"伏击鬼子"异曲同工，《丰乳肥臀》以司马亭向高密东北乡发出"日本鬼子就要来了"的警告为开篇。接下来的"抗日"，便是司马库的火烧墨水桥和沙月亮的伏击日本马队。就在日本马队闯入大栏镇之时，上官家的院子里正在等待新生命的降临。先是上官福禄和上官寿喜的无辜被杀，接着是孙大姑的连打日本兵耳光后被枪杀。与死亡同时，挽救也在进行，"在日本军医救治产妇和婴儿的过程中，一位日军战地记者从不同的角度进行了拍照。一个月后，这些照片作为中日亲善的证明，刊登在日本国的报纸上"。① 有批评者指责作品中的日本军医救治中国生命的混淆是非现象，殊不知作者已经点明这一事件背后的侵略阴谋。其实，这也侧面显示了"抗战"的复杂性、艰巨性和长期性的一个因素。当受伤的司马库指责司马亭做维持会长是"日本人的狗"时，司马亭满腹委屈地说，"王八羔子才稀罕这差事。日本兵用刺刀顶着我的肚子，日本官儿通过马金龙马翻译官对我说，'你弟弟司马库勾结乱匪沙月亮，放火烧桥打埋伏，使皇军蒙受重大损失，皇军本想把福生堂一把火烧了，念你是个老实人，放你一马。'我这个维持会长，有一半是你替我挣来的。"②这里体现出的，依然是民众的求生存意识。至少，此时的司马亭、司马库、沙月亮等并没有明确的政治性立场。与《红高粱家族》中遭到伏击的日军一样，《丰乳肥臀》中遭受伏击的日军也进行了疯狂报复。延续而来的，便是各方势力的以"抗日"为名义的陆续登场。当然，这仅仅是构成作品中的历史丰富性和关系复杂性的开端，而此后的展开也与所谓的"抗战"书写基本无关了。

在关于莫言的"抗战"书写中，批评者大多没有注意到其间并不回避的国民性的另一面的展示。比如《红高粱家族》中，在日军威逼下对罗汉大爷进行剥皮的孙五，带着日军轰炸村里草窨子的成麻子。他们的命运结局也是令人觉醒，孙五精神错乱，成麻子虽是战斗英雄却也上吊自杀。当日本人占据高密城时，成麻子的话是有代表性的，"你们怕什么？愁什么？谁当官咱也是为民。咱一不抗皇粮，二不抗国税，让躺着就躺着，让跪着就跪着，谁好意思治咱的罪？你说，谁好意思治咱的罪？"③同样的言论也在《丰乳肥臀》中，因为日本人到来而司马亭号召乡亲逃跑之时，上官吕氏说，"跑，跑到哪里去？！""上官家打铁种地为生，一不欠皇粮，二不欠国税，谁当官，咱都为民。日本人不也是人吗？日本人占了东北乡，还不是要依靠咱老百姓给他们种地交租子？"④"你们也不想想，日本人不是爹生娘养的？他们跟咱这些老百姓无仇无怨，能怎么样咱？跑得再快

---

① 莫言：《丰乳肥臀》，48 页，北京，作家出版社，2012。

② 莫言：《丰乳肥臀》，69 页，北京，作家出版社，2012。

③ 莫言：《红高粱家族》，312 页，上海，上海文艺出版社，2012。

④ 莫言：《丰乳肥臀》，10 页，北京，作家出版社，2012。

能跑过枪子儿？藏，藏到哪天是个头？"①如果延伸开来，也就不难理解沙月亮所代表的"有奶便是娘，先投日本吧，好就好，不好再拉出来"的生存方式。如此原生态的"群众"心理或者说蒙昧状态的"群众"观念，也不能不说是"抗战"史的一个侧面。或者说，也是作家的民族批判、文化批判与人性批判的一个侧面。

《红高粱家族》和《丰乳肥臀》中的对日墨水桥伏击战以及日军的随后报复，都有其故事原型。那就是发生在 1938 年 3 月 15 日的孙家口伏击战，此战歼灭日军 39 名，内有日军中将中岗弥高。后驻胶县日军至孙家口邻村公婆庙报复，杀害群众 136 人，烧民房 800 余间，造成"公婆庙惨案"。②然而，文学创作并非"历史"书写。如果说历史是书写"事件"，那么文学则是表现事件背景下的"人"。"我觉得写战争不必非要写真实的战争过程，那是拼战争史料。我根本不是写历史，只是把我自己的感情找个寄托的地方。小说根本没有界限，历史小说、现代小说、军事题材小说、农村题材小说，都没有界限，完全可以打通。干嘛非要熟悉当时的环境？按你心中的战争去写就行了。……我就要达到这个目的，反映人类的某种生存状态。哪怕是地球上过去和现在从来没有人那样生存过，那更好，那才是创造，才是贡献。"③对照两部作品，确实是打破界限，描写的是"心中的战争"，其实也正是超越了战争，从而达至对战争环境中的人的生存状态的关注。

莫言曾提到在写作《红高粱》时就已经认识到的问题，他说："官方编写的历史教科书固然不可信，民间口口相传的历史同样不可信。官方歪曲历史是政治的需要，民间把历史传奇化、神秘化是心灵的需要，对于一个作家来说，我当然更愿意向民间的历史传奇靠拢并从那里汲取营养。因为一部作品要想激动人心，必须讲述出惊心动魄的故事，必须在讲述这惊心动魄的故事的过程中塑造出性格鲜明、非同一般的人物。"④在这个意义上说，《红高粱家族》乃至《丰乳肥臀》不仅仅是改变了此前的对于抗日战争的写法，更为重要的是塑造了具有鲜明个性的人物形象。在莫言的"抗战"书写中，不是通过人去反映"抗战"历史，而恰恰是努力揭示出"抗战"背景中的人的生存选择和命运走向。这是作家主体意识的表现，也是文学主体性的表现。

（原载《百家评论》2015 年第 5 期）

---

① 莫言：《丰乳肥臀》，28 页，北京，作家出版社，2012。

② 贺立华、杨守森编：《莫言研究资料》，30 页，济南，山东大学出版社，1992。

③ 贺立华、杨守森编：《莫言研究资料》，405 页，济南，山东大学出版社，1992。

④ 莫言：《用耳朵阅读》，57 页，北京，作家出版社，2012。

冒犯的美学及其正名
——重读莫言的《欢乐》《红蝗》及其批评

曹　霞

　　"冒犯"一词在近年才作为一个美学判断标准被引入文学批评，它被当成"褒义"使用，用来标示一些作家反抗常规叙事、反抗社会规范、揭橥庸常生活表象的叙事特征。在今天，追寻"冒犯"美学的源起，探讨由此带来的当代文学在表达维度与精神伦理上的"变形"，并非完全没有必要。如果要在80年代文学中寻找一个具有"冒犯性"的标志人物的话，那应该非莫言莫属。如果不从这个角度进入莫言，就很难理解他那些对惯常阅读和传统秩序形成挑战的文本元素，并超越性地领悟其中的文学新质与美学建构。

　　莫言80年代早期发表的《春夜雨霏霏》《售棉大道》和《民间音乐》等小说虽然在技巧上还不成熟，但出现了一些让人印象深刻的新意。《售棉大道》在现实主义风格中弥漫着带有节制的诗意，对主人公杜秋妹的心理描写也颇为含蓄。《民间音乐》讲述的是酒店女老板花茉莉收留盲乐师的故事，在关于乡村琐屑生活和朦胧情感的叙述中，升腾起"净化"的抽象意义。这两篇小说涉及乡村题材，但如果将它们与当时的《陈奂生上城》《乡场上》《黑娃照相》等农村小说相比，其"冒犯性"是很明显的。它们简化节制的叙述方式、人物之间偏重精神交流的关系、带有悲剧色彩的结局，都显示出与以光明乐观为终极指向的主流叙事迥异的气质。孙犁读过这两篇小说后觉得不错，一方面认为它们"基本上是现实主义的"，同时抑制不住发现作品传递出来的"艺术至上"和"不同一般"的惊喜①。

---

　　① 孙犁：《读小说札记》，见《老荒集》，87页，天津，百花文艺出版社，2012。

在莫言的创作历程中，《售棉大道》和《民间音乐》是一个过渡和转折。如果说在这之前他还处于模仿、借鉴和探索阶段的话，那么在这之后，随着他1984年考入解放军艺术学院文学系以及所受到的拉美文学的启发，他构筑起了"高密东北乡"这一文学故乡，逐渐形成了自己稳定的美学风格。从1985年到1987年，他先后发表了《透明的红萝卜》《红高粱家族》《金发婴儿》《白狗千秋架》《球状闪电》《枯河》《秋水》《爆炸》等中短篇小说。批评家从中辨认出了全新的风格和叙事方式，以"感觉""写意""意象""童年视角""魔幻现实"等为之命名，将莫言称为"小说新潮的前锋"①，表达了对作家新的写作风格和美学价值的认同。

一、莫言"冒犯"了什么？

1987年，莫言分别在《人民文学》和《收获》发表了中篇小说《欢乐》和《红蝗》。《欢乐》讲述二十三岁的农村青年齐文栋（小名永乐）高考屡次失败，饱受家人和乡人的嘲讽，最后心灰意冷，喝农药自杀。《红蝗》以"我"（"莫言"）为"城市—乡村"的叙事纽结，通过不同人称和视角的交织，将家族传说、人伦失常、蝗灾人祸、权色交易等充满生机、欲望和恐惧的故事展现在我们面前。它们没有给莫言带来如《透明的红萝卜》和《红高粱》那样的赞誉之词，反而引发了种种诟病和质疑。据莫言自己的回忆，小说一发表马上有人批评，"很多老作家感到惋惜，说这个作家太可惜了，写这个东西。"骂声很多，几家报纸整版批判，甚至进行人身攻击，"说这是一个戴着桂冠的坏人啊，说小说在亵渎母亲啊。"②《欢乐》和《红蝗》在叙事上的冒险性创新和"僭越"带给莫言前所未有的压力。他到底"冒犯"了什么？三十年后的今天，在经过大大小小的文学思潮、论争和转型之后，在某些文学问题沉淀积累后重读《欢乐》和《红蝗》与当时的批评文本，可以看到莫言的"冒犯"行为更多地涉及个人化与公共性、文学性与道德化、艺术想象与生活真实等两难困境。

在《透明的红萝卜》和《红高粱》中，黑孩交织着丰富视觉、触觉、嗅觉、听觉多种感官的斑斓世界、"我爷爷"和"我奶奶"在野地里蓬勃绽放的生命激情，都改变了人们对于"乡村"的认知。人们第一次发现，这个色彩瑰丽、感觉丰盈的乡村改写了以鲁迅、台静农、彭家煌、蹇先艾等人为代表的现代文学里那个被鄙弃的灰蒙蒙的乡村，也不同于赵树理、孙犁、周立波、浩然等人笔下那个在革命话语谱系里纠结尴尬或以"历史假象"示

① 朱向前：《莫言小说"写意"散论》，载《当代作家评论》，1986(4)。
② 莫言、王尧：《在文学种种现象的背后》，见《莫言对话新录》，77~78页，北京，文化艺术出版社，2010。

人的乡村。但是在《欢乐》和《红蝗》中，这种野性优雅和绚丽丰富消失了。莫言仿佛要执意地走向另一个极端——书写丑陋的、阴郁的、卑下的、腐烂的、道德失范、毫无希望的乡村。在《欢乐》中，齐文栋连考五次不中，在家人和乡人充满希望又不断失望和鄙视的轮回里，在考不上大学只能重回农村的恐惧想象里，他感受到的乡村不可能是美丽的、可爱的，就连为乡村提供生命力的"绿"在他那里也与种种恶心的事物和挫败的感觉紧密相连。莫言赋予了齐文栋并不亚于黑孩的感受能力，但他眼中的乡村不再童话和魔幻，而是充满了恶心和死亡的气息。在《红蝗》中，遭遇可怕蝗灾之后片甲不留、寸草不生、"人吃人""人非人"的乡村更是令人惊悚不已。面对这样的乡村，那些曾经惊异于、感动于黑孩眼中活泼泼亮闪闪世界的读者目瞪口呆。为这样的乡村命名并进行美学上的阐释，在批评家那里成了一道难题。有人以红色意象为轴心，将《透明的红萝卜》《红高粱》和《红蝗》放在一起进行比较，看到了莫言笔下乡村发生的变化：从"野性的圣洁"到"野性的悲亢"再到"野性的发泄"，曾经"玲珑剔透"的红色世界最后"腥臊污浊，涂满秽垢"[1]。事实上，这种"滑移"显示出莫言对于乡村经验的"正视"与"直面"。当他将个人命运置于古老乡村的伦理和谱系之中，当他在历史的灾难和暴力中重新观察乡村时，他发现那里正发酵着、涌动着、奔突着无穷的苦难与绝望。他曾经在80年代早期创作中刻意回避过这样的乡村，以抒情、诗意、空灵取而代之。现在，他才是回到了"真正的"故乡。他将被自己颠倒过的乡村又重新颠倒了回来。

在《欢乐》和《红蝗》中，莫言对大便、母亲的私处、经血等"禁忌"都进行了书写。在传统美学里，"丑"的事物是不能进入文学的。但是，《红蝗》将大便描写得如"香蕉"般"美丽"，还有与此相关的"高密东北乡人大便时一般都能体验到磨砺粘膜的幸福感"和九老爷对一年四季"拉野屎"的讲究，作者似乎将"排泄生理学"当作了"乡村志"和"乡村幸福生活"的重要内容，这足以让不少"优雅"人士掩鼻而过。在80年代，人们对这些"禁忌书写"进行猛烈批判显示出这个文学的"黄金时代"其实还有许多被遮蔽的思维暗角，如果将它放在世界文学史中，便不会显得突兀，比如拉伯雷的《巨人传》。与之相比，人们对《红蝗》"冒犯性"的认知仅仅停留在表层。有人将《红蝗》中的禁忌描写称为"大便情结"和"负文化"，认为莫言对"龌龊、丑陋、邪恶"的负文化进行了"神圣化"和"文化化"，干的是"反文化"的勾当[2]。所谓的"反文化"和"禁忌符号"都同样暴露了人为规定的限度，什么是"文化"？什么是"反文化"？什么"美"？什么是"丑"？当我们对这些固若金汤的规定和界限熟视无睹时，莫言却不能忍受它们对于文学创造性和想象力的拘囿与桎梏。他就像是顽童做游戏，像孙悟空捣乱威严天庭，通过书写"禁忌"而对"禁忌"进行了解构，

---

① 夏志厚：《红色的变异——从〈透明的红萝卜〉〈红高粱〉到〈红蝗〉》，载《上海文论》，1988(1)。

② 王干：《反文化的失败》，载《读书》，1988(10)。

而每一次解构都是对文学成规和文化秩序的重构。

与"禁忌"书写相关的是莫言的写作姿态。如果说在《白狗秋千架》《枯河》《爆炸》等小说中，我们还能拨去情节、语言、感觉、意象的缠绕枝蔓触及作者的情感取向的话，那么在《红蝗》中，这种取向消失了，模糊了，或者与传统指向相悖离。《红蝗》中有许多在"美/丑""城/乡""现实/历史""高大/卑琐""美丽/丑陋"等二元转换之间的反差描写，莫言对它们的模糊和矛盾态度恰好构成了小说的独特性和丰富性。他的"去主体化"既给批评家带来了阐释和判断的难度，也在不断地撞击着、修改着叙事经验的边界与疆域。这给小说带来了恍惚不定、难以捉摸的品质，这种"不确定性"本身就是对简化的历史观和道德观的弃置，是对传统叙事"二元对立""非此即彼"的质疑与反叛。值得注意的是，莫言并非全无判断，在那些怪诞、荒谬、奇异、变态、血腥描写的背后，有莫言的整体历史观和价值观。《红蝗》通过对城市文明和乡村生态的对比书写，表达了作者对"历史进步论"的深刻质疑，《欢乐》则对中国发展过程中古老乡村的生存状态进行了省思，这些都涉及现代性中国的重要命题。而那些局限于对局部书写进行道德剖析的人只会被表面的"禁忌"书写所迷惑，所困扰。

张大春在《小说稗类》的《有序而不乱乎——一则小说的体系解》中指出，"小说体系的第一块可以确定下来的拼图是另类知识"，围绕这块"拼图"，小说不仅"冒犯了正确知识、主流知识、真实知识"，还有可能"冒犯道德、人伦、风俗、礼教、正义、政治、法律……"。从莫言80年代的中短篇小说来看，他的"冒犯性"一以贯之、一脉相承，《欢乐》和《红蝗》的出现也并非偶然。但是，由于他对叙事成规的冲决不断强化和扩大，甚至挑战了人们的审美、道德、人伦、传统认知的极限而导致了批评界的失语或批判。从这一点来看，人们并不能容忍超越"安全"和"成规"范畴的"冒犯性"。这也可以用来解释莫言迄今为止在形式探索上走得最远的小说《酒国》所遭遇的批评的"冷场"。

二、《红蝗》的"亵渎"美学

人们对于莫言小说的歧异性解释来自于如何看待他超越传统边界的叙事。对于《红蝗》中大量的"禁忌"描写和具有反差性的情感转换，批判者认为这是"毫无节制地让心理变态，毫无节制地滥用想象，毫无节制地表现主观的意图"[1]。赞同者认为这表现了莫言"敢于超常越轨的独创性"，其目的是为了"确切地传达他对历史、现实、人生的深沉思考"，揭示出人类文明史中"人性战胜兽性"的艰难历程[2]。"人性战胜兽性"这一说法更多

---

[1] 贺绍俊、潘凯雄：《毫无节制的〈红蝗〉》，载《文学自由谈》，1988(1)。
[2] 封秋昌：《人性战胜兽性的艰难历程——评莫言的〈红蝗〉》，载《文论报》，1987-09-11。

地着眼于对"蝗灾"与人之间的关系的考察，这固然道出了小说的题中之一义，但并未提炼出小说与众不同的美学特质，即我们应该如何阐释《红蝗》中那些充满"冒犯"和"僭越"意味的描写。

丁帆较早认识到了莫言的美学价值，他以"亵渎"一词为莫言的文学行为进行了命名①。他不讳言小说中有许多"丑"甚至是"极丑"的描写，它们往往与"美"同在。从"审丑"的世界文学谱系来看，波德莱尔的《恶之花》堪称代表，发表之初饱受批判和争议，其美学价值和经典意义在多年后才得以确认。丁帆认为问题并不在于"极美的词句与极丑的词句的排列组合"，而在于莫言没有明确的意向和指引，"作者似乎很不经心地切割了形象与阐释之间的逻辑联系"，"叙述者变得诡计多端，不偏不倚又似偏似倚，漫不经心中又偶冒出惊人之语。总之，你压根就找不到主题学意义上的'脉搏'。"在 80 年代，人们显然还不能接受这种"切割"。习惯了传统的"社会－历史学""主题学"阅读方式的读者一旦失去了作者意向的引导，就会感受到进入文本和阐释文本的困难。的确，小说中那些冒着邪气的华美、庄重的戏谑、古怪的联想、真挚的嘲讽、混杂的赞颂等种种不确定的描写都让人陷入了一片茫然。

事实上，在《红高粱》等作品中，莫言就已经开始了这种"切割"，对于既杀人越货又精忠报国的"我爷爷"，对于"我奶奶"有违人伦道德的情爱选择，莫言的态度都与传统规范相悖离。对于《复仇记》中的弱者和强者，作者都没有明确的道德偏向，只是通过血腥和变态的细节写出他们对各自施暴对象的施暴过程，这样做的目的是能够让他们同样显示出人类杀戮成性的兽性，无论是强者还是弱者都不配获得同情或好感。或许也可以说，莫言正是以"去主体化"拒绝了那些只想以现成的、简单的审美判断切入他、进入他文本的那些"懒惰"的读者。他希望"棋逢对手"，能够遇到颇具慧眼和等值精神的人在他设置的复杂"迷宫"中读出真正的意图。在主体的模糊性中，丁帆提取出了小说的美学目的，并将之与"亵渎"的建构性联系起来。他指出作者对"丑的堆砌"、对"美与丑的落差"并不做任何的"补白"和注释，这正是《红蝗》的意义，它"打破了传统的审美定势，企图以一种亵渎的姿态，来促使人们审美心理的演变递嬗"，只有这种不断的"演变递嬗"才能构筑起新的精神结构和美学思维。

如此看来，莫言的"亵渎"有着积极的意义，它意味着拆除现存的成规、判断和引导，抛弃旧有的审美标准，促成新的美学的诞生。在这个过程中，种种新与旧、传统与创新、保守与先锋的冲突不可避免。丁帆指出，在本该进入常人的审美判断的轨迹时，莫言偏偏毫不犹豫地脱离，这是对"传统的审美情趣的范畴"的"超越"；各类不分高下、

---

① 丁帆：《亵渎的神话：〈红蝗〉的意义》，载《文学评论》，1989(1)。该节中所引文字如无特别说明，均出于这一篇文章。

美丑、庄谐的话语掺和组成的独特语言风格不完全是一种发泄欲，可能是作者对于"道貌岸然的犹抱琵琶半遮面式创作风度"的"反叛"；《红蝗》对丑进行热烈的礼赞意在"向传统的审美观念挑战，打破审美趋向的单一性和同一性"。"超越""反叛""挑战""打破"，这些具有创新性和破坏性语义的词汇共同构成了对"亵渎"的总体说明。或者是出于对读者固执的审美惯性的担忧，或者是强烈地意识到了莫言具有"冒犯性"的文本对人们形成了多么大的挑战，丁帆一再提醒读者需要从"反义"视角才能认识《红蝗》美的品质。他指出如果读者能够自行完成"丑的转换"的话，那么就可以超越原有的经验，"走上一个新的飞跃"，同时也可以超越"作品本身"和"作者所提供的形象与意象的范畴"。今天，当我们再来回顾《红蝗》的时候，可以看到丁帆对莫言"亵渎"美学的阐释依然有效。这个批评案例呈现出了批评家之于作家作品最为理想的状态：有思考、有存疑、有谨慎的判断，也有乐观的期待。

有意思的是，从当时的批评文章来看，批判者和赞同者都不约而同地使用了"亵渎"这个词。当然批判者是就其本义而用的，他们指责莫言亵渎了"理性"和"文化"，结果是导致了"既无理性又无感性，既不能反掉传统文化反而更加深了传统文化对自身的束缚"①。这种评价只看到莫言的"解构性"，却遮蔽了他的"建构性"。可以看出这些批评者虽然辨认出了小说中的"异质"成分，但由于知识结构、美学谱系和精神气象的拘囿，无法将其放置于更具文学性和整体性的链条中做出评判，从而造成了"误读"。赞同者将"亵渎"这个贬义词进行了反否，"反词正用"，"贬词褒用"。在他们那里，"亵渎"意味着作家"对于存在世界的富有审美意味的精神态度"，那就是"不满"：对世界不满，对现实不满，对历史不满，这实际上是"一种社会对抗精神的感觉体验，一种小说审美的挑战"②。这与丁帆解释的指向是同一的。莫言自己也说过《红蝗》和《欢乐》是"对整个社会上很多看不惯的虚伪的东西的一种挑战"③。在这里，必须从"冒犯"角度来理解《红蝗》才能把握莫言的核心精神。

对于《红蝗》"亵渎"的争议不是一个单纯的文学问题，而是涉及20世纪80年代文艺和美学观念的嬗变，涉及长期以来浸淫在意识形态和传统秩序中的人们如何及时更新才能契合社会深刻转型的问题。如果我们认同丁帆等人对"亵渎"的美学反否的话，那么可以说，《红蝗》是莫言一次意蕴复杂、富有预见性的"冒犯"，它比《白狗秋千架》《枯河》《爆炸》《金发婴儿》中对传统叙事模式、人生困境、国家政策等问题的思考和冲击展现出了更为宽广的对于历史和未来的忧思。因为在80年代中后期，《红蝗》中某些母题所包

---

① 王干：《反文化的失败》，载《读书》，1988(10)。
② 周政保，韩子勇：《莫言小说的"亵渎意识"》，载《小说评论》，1989(1)。
③ 莫言，孙郁：《说不尽的鲁迅》，载《莫言对话新录》，207 页，北京，文化艺术出版社，2010。

蕴的故事还远未成形或未被暴露或未受到重视，比如"乡下人进城"的痛楚与绝望、城市"文明"对个体尊严的损伤和戕害、古老乡村的权力交换与人伦失序、蝗灾导致的"人吃人"喻示着中国文化传统与社会的"人吃人""人非人"。它们作为莫言和当代文学重要的文本资源，一直到新世纪还在被不断地书写着，呈现着。

三、《欢乐》：对叙事成规的"冒犯"

虽然《红蝗》并未获得批评界的普遍肯定，但由于有了丁帆等人的阐释，人们对莫言富有"冒犯性"的写法得以了重新认知和矫正。与之相比，《欢乐》就没那么"幸运"了。从1987年到90年代前期，除了《人民文学》当时的主编刘心武在发表小说当月向海外积极推介①，批评对这篇小说基本采取了沉默态度。从故事内容和历史背景来看，《欢乐》都远较《红蝗》更明晰。那为什么批评家会对它难以言说呢？到底是《欢乐》的"冒犯性"太强还是批评家太"无能"呢？

1996年，余华在《天涯》上发表了《谁是我们共同的母亲》②，为《欢乐》中受到"猛烈攻击""有违"叙事成规的描写进行了申辩。即使放在今天，余华这篇文章依然具有其启发性和文学性，它有效地解释了《欢乐》备受争议的核心原因，那就是小说到底"冒犯"了哪些成规？这种"冒犯"有何文学意义？由一个作家而不是批评家来写这样的文章，一是在此之前还未有批评家"正面"回应和合理阐释过《欢乐》，这可能让颇富阅读经验且一再被小说"打动"和"流下了眼泪"的余华按捺不住了；二是余华这时已经出版了20世纪90年代最重要的两部作品《活着》和《许三观卖血记》，与批评界也形成了良好的互动和回应。应该说，此时的余华正处于对创作、文学观念和写作规范等问题的思考最为成熟的时期。和他形成鲜明对比的是，莫言不仅在80年代重要的小说没有得到相应的反响，他最看重的长篇小说《丰乳肥臀》还给他带来了"上纲上线"等政治化批判的麻烦③。在这种情形下，余华对《欢乐》的解读既表达了同行之间的声援和理解，也对20世纪八九十年代某些故步自封的叙事成规发起了强烈的质询。

在《谁是我们共同的母亲》中，余华正式使用了"冒犯"这个词语。他认为人们之所以对《欢乐》"乱箭齐发"，首先是因为它冒犯了"叙述的连续性和流动性"。从传统的叙事成规来看，读者习惯了具有内在逻辑性和因果性的叙事方式。但《欢乐》采用的是意

---

① 刘心武：《痛苦地寻求欢乐——莫言的"欢乐"介绍》，载《人民日报》(海外版)，1987-01-13。

② 余华：《谁是我们共同的母亲》，载《天涯》，1996(4)。该节中所引文字如无特别说明，均出于此文。

③ 《丰乳肥臀》虽然于1995年发表于《大家》并获得了"大家·红河文学奖"，但这部作品可谓毁誉参半，从政治角度进行批判的文章不少。

识流和穿插叙事，在主人公走向黄麻地、掏出药瓶和喝下毒药的时间节点中，充塞着他走向死亡之途中的"人"和"风景"：白肉老头饱含讥讽和怜悯的一声"永乐皇帝"、一次次复读的痛苦和巨大压力、同学之间的比较和分数线带来的迥异命运、青春期性爱的诱惑与煎熬、兄嫂的冷嘲热讽、母亲不无苦涩的期待，它们交织着缠绕着，一步步将齐文栋推向了自杀。这样一来，小说的时间就不仅仅只是单向度的而是多维的，小说的叙述也不可能流畅无碍。就像余华所说，《欢乐》是"以不断的中断来完成叙述"的，这是阅读者所不能忍受的。如果将《欢乐》和《蝴蝶》《春之声》《我是谁》等作品相比，可以看到它们都运用了意识流手法。但在王蒙和宗璞那里，无论情绪如何变化，文本都是以反思"文革""走向未来"等宏大叙事和乐观姿态作为指向的。而《欢乐》讲述是个体生命的悲剧遭遇，其节奏和情绪都显示出这是一个断然拒绝"乐观"、拒绝"光明"的叙事。莫言没有给主人公留下一丁点可以继续活下去的理由，这种否定、绝望、孤立无援正是被代表着优裕自由和美好生活的城市所抛弃的乡村青年的真实写照。因此，给读者带来障碍的不仅仅是"叙述的中断"，可能还有义无反顾向着死亡深渊坠落的黑暗。

今天重读《欢乐》，我们会发现对它的进入确实需要阅读的耐性与毅力，这不仅仅是由于它冒犯了叙事的"连续性"，还有叙事人称的问题，这是余华没有论及的。一般而言，作家会对第二人称叙事避之不及，因为它会造成阅读的障碍，不利于小说的接受与传播——转述者必须进行人称的转换才能顺利对其进行表述。新小说派代表作家米歇尔·布托尔的长篇小说《变》就是用第二人称写成的，这种人称不重故事和情节而重在心理探索，因此会带来阅读的单调、倦怠和松懈。它最大的好处是能够不断拉近读者走入文本，引领读者深入主人公的心理层面，这与莫言的表达意图甚为贴合。这使阅读不再是愉悦和消遣而成为对人性、心理、现实困境等问题的严肃探索。对于习惯了第一人称或第三人称叙事的读者来说，第二人称视角使他们与主人公之间失去了舒适和谐的审美距离，从而被迫直面主人公惨淡的心绪和惨烈的人生。尤其是当齐文栋喝下农药后，读者在"你"的引领下进入了"临终者"的世界，和主人公一起感受剧烈而缓慢的芬芳的流溢，感受"大汗淋漓，四肢柔软，瞳孔紧密收缩"的朝向死亡的倒计时。这种在延长的物理时间里、跟着主人公一起缓慢"死亡"的阅读方式着实令人感到极度的不适。对这类现实性题材，莫言完全可以采用传统的"现实主义"方式，但这种"安全"和重复显然是莫言不屑为之的。在整个 20 世纪 80 年代，他和他的同龄人们被那么多丰富的、现代的、精神自由、修辞瑰丽的文学资源所滋养着，稍有文学追求的人都会以自己的方式和面相去呈现、去反哺这种滋养。

　　《欢乐》最令人诟病的是"母亲"的形象，尤其是关于"跳蚤"与"母亲"的叙述①，不少人批评这段描写是对母亲形象的"亵渎"。这里有两个地方值得注意：1. 它出现在齐文栋"1984年8月12日"的日记里。这是齐文栋在埋葬了"旧日相好"鱼翠翠之后的闷热多雨的夏日中午，目睹母亲在跳蚤的包围中打盹时而写下的。可以说，他是写实性地记录下了母亲的形象。这也是余华所说的人们之所以拒绝这个形象，很大程度上是因为她"过于真实"。2. 批评者只注意到了小说对母亲的"亵渎"，却没有注意到后面连着三句"不是我亵渎母亲"的强调，"我痛恨人类般的跳蚤"这句话更是突出了一个老高中生无处宣泄的郁邑痛苦以及对世人的厌憎和绝望心理。

　　余华用了大量篇幅为"母亲"形象进行申辩。他指出人们拒绝和批判《欢乐》的原因是小说侵犯了对"母亲"的公共想象，在传统叙事中，母亲是"温暖的、慈祥的、得体的、干净的、伟大的"，但是否每个人的母亲都是这样呢？显然不是，丑陋的、肮脏的、贫穷的、罪恶的母亲也不在少数。可是对于阅读者来说，他们可以接受现实中不那么美好的母亲，却难以接受文学作品中属于主人公齐文栋个人的、真实的母亲，他们以"愿望"和"虚构"代替了"事实"。这里涉及"生活真实"与"艺术想象"的问题。文学作品固然不能直接"复刻"现实生活——即使是报告文学、非虚构都有它们的主观成分，但如果作品只依凭公共话语的逻辑和想象从而与故事的背景、人物、情节相冲突，那么这种叙事方式就既悖离了"生活真实"也悖离了"艺术想象"。余华认为，这种公共认知其实是一种成规，它凌驾于读者的具体认知之上，以对规则的预设和就范代替了真实的阅读感受。所以人们认为《欢乐》亵渎了母亲的形象，"事实上是在对一种叙述方式的拒绝"；人们认为莫言"冒犯"了"母亲"形象，其实是在指责他"冒犯"了人们集体建构的、无可撼动的美学成规。这个论点是对《欢乐》的"冒犯性"最为精简和一针见血的分析。

　　虽然余华没有用到具有反叛性的词语和相关的文学理论，但他通过朴素的逻辑和辩证的思维表明：《欢乐》用"真实"的、"个人"的关于"母亲"的叙述"冒犯"了公共话语和叙事规范，这恰恰是莫言"对现实所具有的卓越的洞察能力"和"卓越的叙述"之所在。这种从写作技术出发的阐释有效地保护了文学的"个人性"而避免使之沦入庸常，与之相比，那些道德政治的批判和攻击显现出了它们的空洞和苍白。今天，当我们回顾莫言的创作历程的时候，我们会为这个作家在受到猛烈批判和攻击时还一直保持并不断砥砺自己的

---

　　①　关于《欢乐》，我读了两个版本，一个是最早发表于《人民文学》1987年第1、2期合刊的原文，一个是上海文艺出版社2012年10月出版的中篇小说集《欢乐》。有意味的是，在这段描写中，莫言删去了"母亲嘴里吹出来的绿色气流使爬行的跳蚤站立不稳，脚步趔趄，步伐跟跄；使飞行的跳蚤仄了翅膀，翻着筋斗，有的偏离了飞行方向，有的像飞机跌入气涡，进入螺旋。跳蚤在母亲金红色的阴毛中爬，爬！"这几句话，使"母亲"形象更为"洁净"。这也从另外一个侧面说明了当时的批判和争议还是对莫言有所影响。

美学风格而感到庆幸，因为这种砥砺不仅为后来的作家提供了重要的写作资源，也深刻地影响和引导了当代文学重要的美学转型。

丁帆和余华等人为莫言进行的美学正名虽然在二十世纪八九十年代并未形成普遍认知，但它至少为作家提供了一个"外在"于文学规范的且具有持续生长性的文学空间，这不仅对莫言很重要，对中国当代文学的"异类"写作同样是有效的。多年以后，在关于《红蝗》和《欢乐》的回顾中，莫言将批评家提出的"亵渎"（褒义）、"挑战""冒犯"等词汇转化为更具有时代普泛认同感的说法——"抵抗式写作"[①]。这种"抵抗性"在他的长篇小说《酒国》《四十一炮》《檀香刑》《生死疲劳》《蛙》中得到了更为典型的体现。与此同时，随着他 21 世纪以来在国内外屡获各种奖项，直到 2012 年的诺贝尔文学奖，针对他的"抵抗性"的批判之声越来越弱，其实这对文学的良性循环来说并非好事，因为有些声音的弱化未必是辨认出了莫言文本中的"原创性"和"陌生化"而是出自对某些奖项的敬畏和心理预设。批评的"江湖"和"秀场"不是我们所需要的，但批评声音的单一化也同样无益于当代文学的发展。从这一点来看，无论是对 80 年代以来重要文本的重读，还是与此相应的富有建设性的文学批评的开展，都有待于批评家未来的努力和工作。

（原载《小说评论》第 6 期）

---

① 莫言、夏榆：《茂腔大戏》，见《莫言对话新录》，317 页，北京，文化艺术出版社，2010；莫言、石一龙：《故乡·梦幻·传说·现实》，见《莫言对话新录》，427 页，北京，文化艺术出版社，2010。

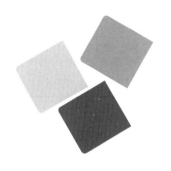

四、 媒体声音

莫言小说：感觉之外皆游戏

何　英

　　我觉得莫言对当代文学最大的贡献在于，他达到了一个作家打通各种感官并夸张呈现感觉的文字极限。但一旦想要建立某种超越性的宏大理性的时候，就是他捉襟见肘、气虚神散的时候。

　　作为价值观念的生产者和传播者，为理念贫困时代提供理念是人们对人文领域，尤其是文学的一种理想主义期待。而莫言的民间性"复魅"，无疑已将自己的剩余价值榨取最大化了，它们最终所可能达到的极限也已到了它的时限。只是可怜了中国民间经验被如此低价值地在世界范围里大大超出本国人想象的可悲塑形。

一

　　一次突发奇想的火车旅行让我家一本有两块砖头厚的《莫言全集》派上了用场。我用来体味 4 小时和 40 小时的旅程在时间长度上的那些不同。当家人兴致勃勃拿回来这两块砖头厚的全集时，我不失时机地表达了某种程度的对跟风的鄙视：人没得奖时你咋不买。4 小时的旅程可能没有欲望看不进去的，在 40 小时的旅程中成了不错的消遣，并且也有了想说说莫言小说的欲望。

　　我觉得莫言对当代文学最大的贡献在于，他达到了一个作家打通各种感官并夸张呈现感觉的文字极限。仅就这一部分而言，莫言的表现也不是没有问题的。美国作家厄普代克在《纽约时报》上发文说，"中国小说或许由于缺乏维多利亚全盛期的熏陶，没有学会端庄得体。因此，苏童和莫言兴高采烈地自由表现生理细节，其中往往伴随着性、出生、疾病及暴死"。话又说回来了，莫言要是学会端庄得体，就没有莫言了。有时候，一个作家仅凭这种天才的能力就有可能立于某种特定文学场域中的不败之地。莫言很好地证明了这一点。

从《丰乳肥臀》开始，莫言的思想或理性有什么过人之处呢？他一旦想要建立某种超越性的宏大理性的时候，就是他捉襟见肘、气虚神散的时候。种的退化？生命强力？渎神并张扬自我意识？女性崇拜？如果说，《红高粱》系列站在西方现代生命哲学和"民间性"的价值立场上，对20世纪八九十年代文学被"文学现代化"思维控制，难以突破某种政治观念和儒学观念的现状是具有革命性的创新发动，之后的莫言小说的思想路径也无非是如鲁迅《在酒楼上》"轮回的悲哀"般隐喻了民族历史的"巨大的轮回"。即使是莫言小说的核心理念：生命强力，也是当时不少作家如张炜《九月寓言》的价值立场。"文学生命热"历经30年，其理念光芒早已褪色。民间故事型构的传奇或寓言，用作思想的载体几乎无一例外地显得过于粗陋。"在我的心中，没有什么历史，只有传奇。"当一个又一个合目的论的传奇故事被炮制出来的时候，莫言反要怪评论家没把他当正宗的现实主义看。他的人物为着传奇的好看与刺激，不死就疯，死也一定要死得够野蛮够变态。这些极度夸张的修辞格以及大面积泛滥的感官感觉就是莫言小说的实质。他还真没有办法取得现实主义在描述刻画现实上的可信度——极度夸张的修辞格自我取消了这一功能。带有极强烈的主观随意性的状物描写：狗也有红、绿、蓝，太阳也可以是绿的，血也可以是金黄的、蓝色的……也许在某种特定意识时刻里，狗、血、太阳都可以变成莫言描绘的颜色，但当这些本来常态化的事物被经常性地极端夸张地处理了，常态反而不见了，与夸张对立的对比面不见了。当夸张成了常态，现实就消失了。这是为什么莫言就算有很深刻的思想，表现出来的时候也像秃子头上的虱子那么一目了然了无理趣。

二

韦勒克认为："叙述性小说的两个主要模式在英语中分别称为'传奇'和'小说'。……小说是现实主义的；传奇则是诗的或史诗的。这句话放在中国的文化语境里也算斯言诚哉。莫言不管这一套。他一再强调自己的小说是现实主义的，好像现实主义是块金字腰牌，谁拿着谁就可以自由出入皇宫大院。当代文学的一个可悲景观就是，反智主义倾向成了某种对抗的替代品或泻药。谁敢于搞出当代中国的拉伯雷式狂欢，粗俗粗鄙粗糙粗硬的推土机大胆蛮横地往前推他的叙事，谁在思想上就高人一筹，谁就有思想。扪心自问，一百年来，不，几千年来，底层老百姓活得还不够水深火热，还不够悲惨凄凉，我们需要的也许不是对自我苦难的狂欢化的消费，也不是通过极度夸张的修辞格来讽刺挖苦让人灭绝希望的，更不是连自我同情的能力都丧失的永恒的蒙昧，我们希望在我们视为有光的人那里不仅仅看到一个'本然'的世界，更应看到一种'应然'的可能。用清明的理性精神、用爱、用一切崇高的理念照亮我们混沌愚昧的民间，照亮我们的心灵，这是我们渴望看到的，也是伟大文学的力量所在。"

莫言小说中举不胜举的非理性情节设置真的令人目瞪口呆。"水质偏酸，酒生涩难以下咽，撒上一泡健康的童子尿，变成一坛香气馥郁的，饮后有蜂蜜一样的甘饴回味的高级名酒'十八里红'，没有任何的荒谬，童子尿是地球上最神圣最神秘的液体，里面含有不少宝贝元素，鬼都搞不清楚，日本首相为了身体健康、精神愉快，每天早晨都要喝一杯尿，我们酒国市委蒋书记用童便熬莲子粥吃，治愈了多年的失眠症，尿神着哩，尿是人类最美好的象征。""那个兵嗓子里哼了一声就把头扎到毛驴背上，如果四老妈要撒尿恰好呲着他的脸，温柔的碱性丰富的尿液恰好冲洗掉他满脸的黑血和白脑浆，冲刷净他那颗金牙上的血丝……他就一头栽在驴肚皮下去了。假如这不是匹母驴而是匹公驴，假如公驴正好撒尿，那么黏稠的、泡沫丰富的驴尿恰好冲激着他痉直的脖颈，这种冲激能起到热敷和按摩的作用，你偏偏逢着一匹母驴，你这个倒霉蛋！""每当四老爷跟我讲起野外拉屎时的种种美妙感受时，我就联想到印度的瑜伽功和中国高僧们的静坐参禅，只要心有灵犀，俱是一点即通。什么都是神圣的，什么都是庄严的，什么活动都可以超出外在的形式，达到宗教的、哲学的、佛的高度。"至于《欢乐》中对母体生殖的露骨描写；《球状闪电》中对披着肮脏羽翅的疯子的大段赘述；《檀香刑》中对"凌迟""阎王栓"的以强烈感官刺激为目的的叙写……你很难相信他在亵渎谁。这些作家的文字写出来要是他自己不愿意再三修改锤炼，出版之后到读者手中的就是目今看到的这副尊容。于是，任性随意的倾泻被当作了先锋，凌空蹈虚的嫁接被炫耀成珍品。

莫言早期的奇异化叙述，某种程度上达到了奇异化效果，但中后期硬性追求奇异化的结果是带来叙事的不可信。一百年的启蒙白启了，中国民间社会的混沌蒙昧藏污纳垢似乎百年不变铁板一块。莫言个人化的历史想象力，他硬性返回历史的民间性视角，成功地令民间从从前的沉默的无言的底层变成了沸腾的狂欢的生命主体。可这个生命主体大多数时候接近动物本能，接近各种器官。莫言似乎有着很强的女性崇拜意识，可是看完他的小说，作为女性，大概很少有人会领他这份情。他笔下的女性似乎只有器官和生殖欲望，是作为男性的对立面而被强化出来的男性的陪衬。她们的存在只是更增加了莫言小说文本的传奇性和刺激性，如巴赫金所说："猥亵以女人及其出现为对象，哪怕是想象的对象，它试图让女人来进行性刺激。……猥亵的对象的名称常常是些幻象、呈象的替代物。猥亵披上俏皮话的外衣，就更隐蔽了自己的意图，使它更能为文化意识所接受。"莫言的小说有时披上俏皮话的外衣，为的是更为文化意识接受，绝大多数时候，他对此是完全无所顾忌的。他笔下的女性无脑或脑残级地受尽人间的苦难和折磨最终被神化为乡间的某个动物神，引起人们对她邪恶力量的敬畏和膜拜。儒家文化的庙堂里怎么会允许女性神的存在，连观音都能变成受尽人间磨难的凡女最后死去成仙作为人们对她的一种补偿心理和奖掖。《丰乳肥臀》里上官家的女儿们，老大老三都是性欲没满足就成了花痴。上官金童青春期性想象也成为过一段花痴。原来成为花痴可以传染成一种惯性。原来在民间花痴的比例是如此之高。

作者书中对乳房连篇累牍不厌其烦的物质主义描写，每个女人出场的第一笔必是她的乳房，生命结束最后一笔也必是乳房。这些夸张的疯狂文字除了将小说拖向彻底的无聊和恋物癖想象（这一点倒也许能使小说大卖有望）之外，于小说的整体有何必要意义？把女人降到动物器官层面于男人又有什么好处？他要是动用如此多的篇幅也不厌其烦地写写男性的生殖器官，不知男人们会不会觉得冒犯了他们？不知葛浩文是怎么翻译莫言小说中那些让女性主义者看来太有亵渎女性嫌疑的章节细节的，据说西方自女性主义发轫以来就有着严格的关于对女性描写的禁忌审查。我为老外可怜，他们根本无缘看到莫言小说中毫无禁忌为所欲为的污名化女性的那些精彩表现。

三

大概从《丰乳肥臀》开始，甚至更早，莫言对"身体"的观照就变得肆无忌惮起来，成为一种有意为之的叙述意图。如果说在《檀香刑》里，莫言有意识地将暴力与身体捆绑来了一次人类极限的感官刺激体验，到《四十一炮》，莫言直接动用对"肉"的想象力，又进行了一次在"概念的统治"下的极性发挥，罗小通对"肉"的渴望，将村长兰老大、父亲、母亲之间围绕着"肉"而产生的恩怨关系敷演成了一部动物性全面大胜人性的形而下饥饿史。

莫言非常擅于用他一支打通各种感官的笔，将语言的可视性发挥到极致。譬如《民间音乐》中对于盲人乐师新奏乐曲的大段视觉化感受的文字，以及在后面的《丰乳肥臀》以及《生死疲劳》等中，此一技巧的使用已成惯例。"矛盾在于作者独特的心理关联域组成的语码系统与时代规范基本的语言系统之间的冲突。后者毕竟是阅读接受的基础。特别是恐怕很少有人可能阅读他的全部作品。这就使单篇作品的破译接受会遇到作品语码的障碍。譬如《欢乐》《红蝗》这样的作品若不是放在特殊的心理关联域的语码系统中，极容易产生恨世的歧义。此外，过分地夸张感觉，特别是不加节制地追求视觉化的效果会导致艺术的浮华？终不免"七宝楼台眩人眼目，拆开了不成片断的形式主义弊端"。（季红真）

可视性的语言风格成为当代文学的技术指数及辉煌景观？文化史学家赫伊津哈在《中世纪的衰落》中说，衰败的中世纪心性的最基本特征之一是，视觉感受的突出，这一突出与思想的萎缩密切相关，思想带上了视觉图像的形式，真正赋予思想一个概念就要首先有一个可见的形状。"当代文化的感官性或生活意义的感官主义、视觉主义和身体经验的多重感官刺激，成为几个世纪之后此一衰败的轮回？幻想的激情宣泄、多重感官崇拜"（波德莱尔）在当代又有了进一步的发展与变形？

莫言的小说也经常令人感到细节可能具有的意义被湮没在细节的海洋里。如果不是故事的传奇性要求情节持续地推高下去，细节会永久沉溺于细节而见不到整体。越写到后来的《生死疲劳》，放纵语言的快感，显摆冥想的奢侈与华丽，描述性语言的过剩，都令这部长篇臃肿饶舌。炫技式的被浪费的语言和修辞，与所描述对象的浅显、事物存在本身的简朴构成反讽。

本来，给予意义是叙述的动机。但莫言的小说却令人深刻体会了观念创造历史的终结。作为价值观念的生产者和传播者，为理念贫困时代提供理念是人们对人文领域，尤其是文学的一种理想主义期待。莫言的小说给我们提供了哪些有价值的理念呢？当一个几乎是陌生的人获得诺贝尔奖后，我们需要为他贴上标签。2012年诺贝尔文学奖得主莫言最近一次访问西班牙时，他的标签是中国的"新卡夫卡"（西班牙《消息报》）。格里高尔变甲虫之后仍然想的是如何克服爬得慢去公司上班、为父亲还债。这是卡夫卡为世界贡献的关于荒诞、关于"异化"的理念。《生死疲劳》在西门闹生硬地变成驴、猪、猴什么的之后，并没有为读者创造出一个像"异化"这样最终震撼全世界心灵的理念，动物们不过是在"概念的统治"下又一次狂欢地讲了一些各种力量相互抵消的故事。

四

莫言的小说似乎讽刺了中国人生存的动物式景观，预言了历史理性的虚无：《生死疲劳》里生出来的没肛门的世纪婴儿、《檀香刑》里最残酷的刑罚与最狂欢的猫腔表演同时达到高潮；他用狂欢体来抒写民间苦难，造成一种哭笑不得的阅读心理，小说的张力达到撑破的边缘，但也因此模糊了自己的价值召唤。从莫言的小说中完全看不到更高层面的人类社会应建立在某种希冀之上的召唤，只是低层次低循环地返身民间性寻求一种价值。有时候基于其农民身份及视野，甚至还召唤出对某种拥有生命强力的个人人格的迷信和膜拜。社会理念人格化是早就应该破产的价值理性。道德或社会正义的化身在现代社会应更多地体现为制度理性，而非某个神格化的人。韦伯说：那种非理性的先知灵气，是人类狂热、偏执和集体倒退的根源。我们这个爱听故事爱讲故事的古老民族的历史宿命，似乎就是生产一轮又一轮的神格化理念，而现代社会呼唤建立在理性之上的公约精神。希求的是一种能把内心的伤害，创伤性的经验变成一种理性反映的能力，一种指向更高层面的诘难的能力。也许莫言也曾想激起读者的激动人心的道德情感反映，但民间故事本来具有的嬉戏性倾向，总是能毫不费劲地将痛苦变成了喜剧，意义不足感当然是最后的结局了。读者期待的更新的人文思想遁形了，人文精神也最终瓦解了。

也许文学正在日益变成游戏。资本世界中无足轻重的知识或情感的游戏。关心存在问题，生死和灵魂的拯救问题变得不可能。道德关切都时尚地转向了审美趣味。人们在书中进行的模拟是一种游戏，是精神、思想与观念的游戏，而非精神和思想本身。但人不能放弃以观念塑造现实的意图及努力。理性已经成为人类自觉的历史命运，而文学艺术在塑造感知方式，思想风格和情感形式方面，在成为改革社会的理想主义策源地，成为美好生活的社会学理念的源泉，成为社会伦理学的生动表达上将永不泯灭它的生命力。它那作为乌托邦的批判力量正是它的生命力所在，文学应该是一种启蒙的力量与形式。是对人的理解力和感受力的无限启蒙，培养我们的敏感性，对观念细致入微的辨析力，对他者经验的感同身受的想象力和同情感，最重要的是，把混沌不清的经验体验为意义的形式的能力。（耿占春）

而莫言的民间性"复魅"，无疑已将自己的剩余价值榨取最大化了，它们最终所可能达到的极限也已到了它的时限：全面工业化时代的到来，将使野蛮蒙昧的民间性经验成为古老的传说从而不再具有现实生命力。而民间性的美学价值转变成市场价值也将自然终结，不再有更多读者能欣赏这锈迹斑斑被莫言变质变形的古董是其一，而其贩卖中国民间生活经验的奇观化书写也将成为不能为继的游戏，越来越多的有识之士会看透这套游戏背后的那点动因及其一贯的操作手法，只是可怜了中国民间经验被如此低价值地在世界范围里大大超出本国人想象的可悲塑形。

（原载《文学报》2015 年 1 月 29 日）

论莫言小说的电影改编

张永洁

　　改革开放以来，中国电影改编进入了繁荣发展的历史时期，许多优秀文学作品陆续被改编成电影，比如，《黄土地》《孩子王》《大红灯笼高高挂》《归来》《红高粱》等都在中国电影史上占据重要地位。莫言是我国当代作家的杰出代表，其小说数量众多，有11部长篇小说，97部中短篇小说，但是根据莫言小说改编的电影却非常少，仅有《红高粱》《幸福时光》《白狗秋千架》等作品被搬上银屏。因而，应深入探讨莫言小说的电影改编，将莫言的优秀作品转化为电影艺术。

一、莫言小说的艺术特征

　　莫言小说以传奇化的历史、儿童化的叙事视角、高密东北乡等为主要特色，融巧合性、荒诞性、震撼性、开放性于一体，小说语言带有强烈的主观情感色彩，故事情节带有浓重的主观创造精神，小说风格有着魔幻现实主义色彩。莫言擅长用文字为读者构造真实可感的画面，用鲜艳的色彩吸引观众的眼球，比如，小说《红树林》《黑沙滩》《金翅鲤鱼》《金发婴儿》等都是以"色彩词汇＋名词"为小说的标题，使读者根据篇名就能推断出小说的思想内容。小说《天堂蒜薹之歌》中"她眼前飞舞着绿色的光点……爹的脸是绿的，娘的脸是黑的"，绿色、枣红、紫红、黑色等色彩词汇构成了色彩斑斓的世界，使小说意象变得真实可感、形象动人。《透明的红萝卜》中，"一白一黑两个扭在一起"，"深红色的菊子和淡黄色的小石匠"，"透明的、金色的外壳里孕育着活泼的银色液体"，黑白、深红、淡黄、金色、银色等色彩词汇使人物形象简洁明了、个性鲜明。在莫言色彩世界中，"红色"是高频词汇，比如，《红高粱家族》中有浸满血色的红高粱、热烈的红色轿子、鲜红的嫁衣等，这些红色展现出一种原始的生命欲望和激情澎湃的生命热情。①

此外，莫言擅长细节描写，常用独具匠心的场面描写强化影片的画面感。比如，小说《爆炸》中，"我"被父亲打了一巴掌，"落到我脸上，发出重浊的声音……我感到一股释发的狂欢般的痛苦感情在胸中郁积"，在这段描写中莫言把味觉、听觉、视觉、触觉等都用了起来，带给读者丰富的视听感受。小说《球状闪电》中，"大火球从树上滚下来……鼻子里嗅到一股浓烈的火药味……"莫言通过视觉、听觉、味觉等描写将火球的形状、滚动等表现得淋漓尽致。

莫言小说多以空间结构为主，故事时间跳动性强，有着较强的镜头感，比如，《红高粱》中"打埋伏""余占鳌抢亲""罗汉大叔被杀"等故事情节并未按照时间顺序排列，而是以倒叙、插叙等方式穿插于一起，这种打破时间顺序的叙事手法为电影改编提供了便利。莫言小说中的人物与故事都非常鲜活，他常用章回体小说的手法讲故事，使故事情节曲折动人、耐人寻味。比如，《檀香刑》中，莫言用民间语言虚构了一个传奇性的故事，将"个体性宏大叙事"发挥到了极致。

二、莫言小说的电影改编

电影是一种集绘画、舞蹈、雕塑、音乐、戏剧等于一体的视听艺术形式，它突破了文字艺术在传播信息、表达思想上的视听限制，能够带给观众强烈的视觉震撼力。小说是依靠语言文字引发读者联想、通过想象构筑画面和意境的艺术形式，其形象表达方式与电影有着本质差异。因而，从小说到电影的艺术形式转换必然会遇到许多障碍。在对莫言小说进行电影改编时，编导往往会选择《师傅越来越幽默》《白狗秋千架》《白棉花》等中短篇小说，在较短时间内完整表述小说的主题思想和叙事结构，塑造鲜明的艺术形象。

第一，主题变通。小说改编电影时，应考虑艺术形式、商业效益、受众心理等因素，需要通过复杂主题通俗化、忠实并深化原主题、重新创造主题等形式，将小说主题变成通俗易懂的电影主题。例如，小说《红高粱家族》思想深刻，耐人寻味，包含了生命、历史、人性、情爱等多种主题原型。小说开篇之处，"高密东北乡是……最能喝酒最能爱的地方……让子孙们感到种的退化"，包含了作家对人类进化的历史反思，表达了作家对家乡的复杂情感，体现了人性观、文化原型、生命观等思想观念。但是，电影《红高粱》仅有九十多分钟的片长，很难表达这种复杂而深邃的主题思想，所以编导对主题进行简化与浓缩，舍弃了战争、人性、历史等思想主题，从爱情、死亡两方面揭示了

---

① 李贺：《浅谈莫言小说的电影改编》，载《黄冈师范学院学报》，2014(02)。

绚丽多姿的生命；用仪式化的场面、热烈浓艳的色彩、独特的造型手段等渲染了生命的热情与原始的欲望，张扬了顽强不息的生命意志。

第二，结构变动。电影与小说是两种截然相反的艺术媒介，要将小说改编成电影，需要将时间叙事结构转化为空间叙事结构，"每部影片都是完整的文本，编导应通过电影的结构、语言构成、表达方式等因素共同完成意义表达……电影艺术风格要完整统一"。莫言小说多以抽象的文字符号叙述故事情节、组织文本结构，在进行电影改编时，需要对原小说的结构进行调整。比如，《白棉花》按照回忆叙事的方式，对某些故事情节进行了修改；《暖》则用时空交错的叙事方式呈现故事情节；影片《红高粱》中，张艺谋以土匪余占鳌率领地方武装与日本人进行战斗为线索，穿插着"我爷爷""我奶奶"的爱情故事，并运用戏剧化手法对故事情节进行修改和重构，符合了观众的审美心理。同时，张艺谋用《妹妹你大胆地往前走》等民俗音乐烘托故事场景，创造出震撼人心的艺术效果。[1]

第三，人物形象变异。无论是小说还是电影都是为了塑造人物形象、表现社会生活，只不过小说是用语言文字来塑造人，而电影是用镜头画面构造视觉形象。莫言小说中的人物形象身份各异、个性鲜明、形象突出，老实忠厚的长工、可怕的麻风病人、有勇有谋的戴凤莲、杀人越货的余占鳌等，这些人物并非完美无缺的，往往有着人性的缺陷，"他们是一群融丑行和浪漫气质于一身的逾她人，一群惊世骇俗的怪诞的人"。在莫言小说电影改编时，应当充分考虑观众的即时性观赏，删除过多的人物形象，并根据情节需要对人物性格进行简化，比如，《红高粱》中"我奶奶"成了电影中的女主人公，罗汉成了红高粱精神的典型代表，曹县长、江小脚、仁副官等人物统统被删掉了。

三、莫言小说对电影改编的影响

不同小说经过不同导演的改编会呈现出不同的表现风格和思想内涵。莫言曾申明他的作品任由导演增删，这不仅极大地激发了导演的创造欲望和主动性，而且还为导演提供了耐人寻味的故事。但莫言小说作为电影改编的原材料，依然在叙事特征和主题思想等方面对改编后的电影造成一定的影响，从而使影片呈现出独特的莫言风格。

第一，莫言小说对电影叙事的影响。小说语言与电影语言存在很大的差异，将文字语言翻译成电影语言是小说电影改编的关键性问题。莫言的小说有着鲜明的叙事特色，他的小说在思想、美学容量以及空间张力上达到了最大的极限叙述程度，这使得他的小说产生了一种独特的画面感与镜头感，这种先锋式的叙事方式使得导演在改编他的小说

---

[1]　李刚：《论中国第五代导演文化精神》，北京，中国社会科学出版社，2008。

时必须考虑叙事角度、叙事时间和叙事结构的调整。① 传统上的视角主要有用于被叙述事件的结构感知角度和通过文字表达流露出来的立场观点、间接作用于事件的视角，但莫言小说在叙事时常采用叙述者兼转述人的双重视角，如《红高粱》中，莫言以"我爷爷""我奶奶"这个独特的视角成功地将历史与现在整合在一起，打通了历史与现代间的障碍。同时，莫言常依托本人经验，在作品中采用第一人称叙述，这种人称特别钟意于对往事的勾陈，有利于作家表达主观感受，但却无法深入到作品人物的内心，这时莫言常在第一人称叙述的内部设置由故事中的人物担当的转述人，向读者泄露作品中人物的秘密，并预示人物的命运走向，这也是造成改编莫言小说多采用画外音电影叙事方式的重要原因。如《红高粱》中的画外音起着提供欣赏角度、串联故事、整合视角的作用；《暖》中的画外音起着交代故事情节、提供进入人物内心世界的机会等。②

第二，莫言小说电影改编的受众期待。文学名著的电影改编不仅能为影片提供完整而成熟的故事情节框架，而且还能在激烈的市场竞争中吸引观众目光，增加票房收入。莫言擅长写人写事，他小说中的人物是丑行与浪漫的结合体，男人粗犷豪迈、野蛮暴戾，女人美丽泼辣，挣扎在伦理道德边缘；他的故事是饱含飘逸灵气和幽深鬼魅之气的乡间传奇，角色怪诞，象征意义繁复。莫言小说中遥远野蛮充满生命力的乡间、带着血性和灵性的对生命力的张扬为精血枯竭、灵魂浮躁的现代人提供了一个遐想的跑马场，而他作品中的感觉体验、乡土叙事和传奇建构既是带给读者震撼的因素，也是造成观众对改编影片产生期待的重要原因。2012年，莫言获得诺贝尔文学奖，这为世界读者熟识莫言小说提供了平台，同时也展开了对莫言小说影视改编权的争夺，引发了文学作品影视改编的热潮。根据莫言小说改编的《红高粱》《暖》《白棉花》等都曾获得多项大奖，执导的都是国内知名导演，而诺贝尔文学奖的桂冠更使莫言小说电影改编攒足了关注度。

莫言小说具有传奇化的乡村故事、民间化的历史视角、强烈的视觉画面感和镜头切换的影像化特征，尤其是他在创作时有意加重影像因素，使得他的小说产生了一种视觉审美倾向，便于导演的改编和电影拍摄，因而，吸引了张艺谋、霍建起等国内许多知名导演的关注。但并不是所有优秀的文学作品都适合被改编成电影，如何将小说文本转化为可视的电影文本是影视界值得深思的问题。因而，在改编莫言小说时，导演们既要以小说文本为根本，又要不断挖掘文本中的"影视"因素，这样才能拍摄出高水平的影视艺术作品。

（原载《芒种》2015年第4期）

① 张闳：《感官的王国——莫言笔下的经验形态及功能》，载《当代作家评论》，2000(05)。
② 刘江凯：《本土性、民族性的世界写作——莫言的海外传播与接受》，载《当代作家评论》，2011(07)。

莫言和被他虚构的过去

章乐天

    近读美国推理小说名家劳伦斯·布洛克谈写作的书，中译作《小说学堂》，原书名 *Telling Lies for Funand Profit*，说破了写作的真相：撒撒谎，找乐又赚钱。正在这当口，孔庆东发出一张莫言的老照片，阐释了几句，说相片里的莫言穿得很好，表情满足，可他在文章里却讲自己小时候很穷。意思是，莫言撒谎了。

    这件事很小，当时就有很多人质疑孔是别有用心，一个穷孩子就不能穿次好的、脸上挂着笑？没什么可多说的，但我想到了莫言自 2012 年年末以来，就卷在各种批判之中（当然也有很多赞美）的事实，这些批判言明或不言明的一个关键词，是"良知"。

    对莫言的道德要求，水位线很高，这个道德上至"大节"，下至是否能诚实地讲述自己的过去。特殊的国情造就了他这种以某种眼光衡量，属"大节有亏"的作家。孔庆东，尽管他的一贯立场众所周知，可叮咬莫言这一下是够凶险，因为他叮到的这个部位击中了贫穷这一中国人的集体创痛。如果一个人明明家里很阔，却讨好贫下中农，把自己包装得励志一点，低微一点，引起的愤恨，恐怕要比一个穷人装富引起的愤怒大得多了。不管你是发达后才信口雌黄，还是干脆就靠信口雌黄换来了你的发达，你都不干净。

    不过，如果莫言不虚构自己的过去，就写不出讨读者欢心的小说，也就谈不上国内国际的最高荣誉了吗？当然不是，"虚构过去"和写出能大卖的小说，之间没有必然的因果。要注意的是孔的用意，他把大众的注意力引向了莫言的良知：一个不诚实交代过去的人，能称得上有良心吗？他大概还想刺激一些心理承受力脆弱的人，这些人尚处在灾后重建阶段，看不得别人比自己饱暖。

    越爱提倡遵守交通规则的地方，交通秩序越混乱，同样，中国的舆论历来是最爱谈，也最爱提倡良知的，些微小事都会上升到良知的高度，反证了良知的缺少。即使孔庆东不明说，媒体也会从这个角度推敲他的意图。莫言撒谎了，这是多么严重的一个罪名啊！良心大大的坏了。

莫言可以这样抗辩：小说家可不就是 telling lies 吗？关键是撒得好不好。不过，我很怀疑，像莫言这么一批写"苦难"的中国小说家，有谁敢公开这么说。虚构和非虚构粘连在一起，讲故事的技巧和为民伸命的良知粘连在一起，而知识分子同行还会提出更高的要求，关于良心、"大节"的要求。

看很多国外文化人的类似情况，我发现，他们的幸运在于，国人一般用一码归一码的态度来谈事，较少鸡同鸭讲，导致话语四分五裂的现象发生。比如上月逝世的君特·格拉斯，一直是"良心"级别的德国作家，到了晚年，他在自传《剥洋葱》里承认自己曾是党卫军的一员，可以说，之前一直隐瞒了自己的黑历史。舆论"一片哗然"从诚实、从良知的角度批评他的人为数甚众，甚至一些一直支持他的批评家，也表示遗憾。

但人们不会随便否定他之前的创作：格拉斯仍是最出色的描写 20 世纪 30 年代德国的讽刺艺术家。人们还理解一个事实，即他那一辈人，能在青少年阶段不受纳粹诱惑的寥寥无几，不宜苛求他扮演众人皆醉我独醒的先知。因此，"良心"是相对而言的，"良心"不代表一个人处处完美，形如圣人。

还有许霍·克劳斯，这位比利时的弗莱芒语作家，写过小说，尖锐地揭开比利时当局在第二次世界大战时勾结德国人的黑幕。他领取了来自政府的嘉奖，可没有人说他有良知上的问题，因为人们知道，此政府非彼政府，此比利时非彼比利时。

但中国人就不这么看了，我遇到过一个学者，他嘲笑说，莫言的《蛙》不是很批判现实吗？

他应该拒绝任何官方奖项，以证其批判的良知。他认为，一个批判型的作家必须做到言行一致，此乃真诚的写照。这就见出中国的特殊性了，格拉斯也批判他的国家的现实，但是，德国走出了制造二战灾难的那个时代，嘉奖他意味着告别过去，相反，在中国，批判现实的知识分子接受来自上边的肯定和奖掖，会被认为他很虚伪。

因为缺良心，就总在找良心，就要求文化人能尽量表现出自己心目中的良知风范，最好还能如鲁迅说的，能用肉身去"肩起黑暗的闸门"。孔庆东以前赞颂莫言是"良心"的言论，就被媒体掘了出来，但这不是"打脸"，"打脸"是一个很恶心的词——任何人都有权修正过去的看法，哪怕他的看法依然荒唐。

Don't judge me——虽然公众人物的隐私权比一般人要弱，但在一个有共识、当然也更有理性的社会，人们允许他或她用这句话来为自己辩护。而在共识缺少的情况下，很多人就会陷于分裂，一面宽恕自己的不完美和做不了什么，一面要求别人完美，尽量多做点。活着的人会承受越来越苛严的道德要求，除非你死了，而且是如海子一样的死，那么恭喜你，你将得到最高程度的赞美和怀念。

丝绒乐队主唱、前年去世的娄·里德，有记者问他，那会儿"地下丝绒"分裂，你又回去跟你父亲一起干活，当时，你是否觉得自己的职业生涯结束了？里德冷笑着反问：你从哪儿听来的传说？这些都是真事吗？关于过去，我撒了太多谎了，我甚至说不清到底有哪些是真的。——这种凶悍，这份洒脱，也是我们中国文坛的成功者莫言先生所无福享受的。

（原载《第一财经日报》2015 年 5 月 15 日）

"莫言热"的正常退烧

魏沛娜

还记得 2012 年，莫言获得诺奖后，各地瞬时"莫言纸贵"。每年的诺奖揭晓时刻，总会引起一场图书销售大战，何况这是中国作家，还是莫言。专门印制莫言的图书海报，加快莫言小说的采购和上架进度，眼看着有出版社推出的《莫言文集》，仅仅三天订单就达到 10 万套，总价超过 6000 万元；眼看着莫言小说的影视改编权随时掀起一场抢夺大战……很多人不由得欢呼：中国文学迎来了黄金时代。这种"百万雄师过大江"的心情，如果改用阿基米德的一句话，好像也是"给我一本莫言书，我将撬动整个地球"。

时至近日，这种"莫言热""文学热"却被一条消息浇了冷水。报道上写着，2014 年年底，某出版社在与各家书店结单时，发现其出版的莫言多部小说遭到退货，退货量高达 950 万元码洋，占总印数的百分之十。影视取文学而代之这消息让一些文学界人士又感忧起来，因为连顶着诺贝尔文学奖光环的莫言作品都卖不出去，在图书市场滞销，这可是大事啊！从这样的事实出发，似乎要赶快正视"文学正面临危机"的境况。

事实上，如此之虑未免显得杞人忧天了。我们仔细看，"退货量高达 950 万元码洋，占总印数的百分之十"，那么，也就是说还有百分之九十的销售量，对于一位文学作家，在如今这个众声喧哗的社会，已经是难能可贵了。假如莫言的小说现在仍然在市场保持"一抢而空"的现象，那才叫"不正常"。相比之后加拿大的门罗、法国的莫迪亚诺，莫言作品在图书市场有这样的成绩，也许应该满足了，并不能称有什么"危机"。

但是，对于真正爱读书的人来说，他们从来不关心所谓的畅不畅销。周立民先生说得好："退多退少，莫言都是莫言；印多印少，印或不印，才是出版社的智商。补充一句：一哄而上抱大腿，出版社活该。"所谓的"莫言热""文学热"，只要有"热"，就有

"冷"，距离莫言获得诺奖也已经过去了几年，当时很多在"诺奖效应"影响下的应时阅读，正在慢慢转化成认真品读和欣赏。我们不能一味拿图书市场的畅销数据来判断文学究竟处于"黄金时代"还是"危机四伏"。就像那种年度作家富豪榜，乍看以为中国作家都好有钱，果然一字值千金，殊不知，那也只是几个幸运作家的口袋饱满而已。

想起此前与哈佛大学的王德威先生交流时，他谈到现在国内出版这么热络，每个作家都络绎于途，但真正在海外，至少在英语世界能够达到轰动畅销的程度，似乎还没看到。他认为诺贝尔文学奖是很特殊的文学现象，在美国街上问谁是获得诺奖的作家，几乎没几个人知道的。虽然诺贝尔文学奖是一个很崇高的奖项，但大家不会太关心。对于海外文学，无论日本还是其他国家的文学，至少在美国市场上所占有的影响都不是很明显。

有时候，对于一些作家而言，他们甚至认为自己的名字跟作品整天挂在畅销榜单上是一种"羞耻"。在我看来，莫言终究是莫言，文学终究是文学，对于作家及其作品，我们还是保持平常心吧。好的作品终归会"青山不老，绿水长流"，给文学创造源源不断的生机。

（原载《深圳商报》2015 年 1 月 15 日）

"莫言必须去"到底是谁的悲哀

王传涛

    2015 年 10 月 25 日上午,两位诺贝尔奖得主——莫言和理查德·罗伯茨,相聚在无锡。他们受邀出席了第四届世界佛教论坛一个主题为"生命的相遇"电视分论坛。在论坛上,莫言说,"我的第一反应是'我不去''我不去'。有关部门找到我们领导",领导批示"必须去"。

    自 2012 年获得诺贝尔文学奖以来,莫言一直都很忙。每隔一段时间,我们就能看到莫言出席一些活动的新闻。这说明,莫言现在就像是娱乐明星,经常游走串场于一些活动之中。而对于到底愿不愿意出席这些活动,参加这些看似高端的活动有什么意义,现在莫言终于吐露了自己的心声——是被领导命令来的。

    莫言,是一位职业作家。按理说,作家应该有相当大的自由。如果一位作家不能自由创作,或者做自己想做的事,则将成为最大的痛苦。可悲剧就在于此,莫言作为世界一流的作家,却仍然要面对这样那样的权力约束,仍然要执行这个领导那个领导的命令,这着实让人为莫言的遭遇产生同情。

    对于领导的命令,莫言似乎不敢不从。需要明确的是,莫言是有单位的,也是有领导的。前几年,他从某报社调到了某艺术研究院;之前,莫言早已是中国作协成员,且身居副主席高位。此外,莫言还有许多的兼职,是许多大学的兼职教授、客座教授。而许多头衔也都是他获得诺奖之后得来的。应该说,莫言太多的社会职务,很难让他有自己的时间,在获得诺奖之后,就更难了。

    莫言也曾坦言,自己参加活动太多不是什么好事。他曾称,获奖之后很多大型活动、颁奖典礼邀请他,但大部分活动他都拒绝了,十次邀请他顶多答应一次,这还是让读者觉得他露脸太多了。"很多活动我不愿去,但是又愧对一些人。我很希望回到自己的写作状态，我什么活动都不愿意参加，但是没有办法。”应该说，莫言对于出席或参加活动，还是有一些反感。对于“莫言必须去”的领导指示，我们当然可以责怪莫言的单位以及上级领导，这种行政命令与权力施压和真正的文学创作并没有多少关系，相反还可能让作家身不由己。但是，莫言作为我国最成功的作家之一，被名声所累，也应该进行自我反思——作家首先是自己在乎体制内的利益，才可能长期待在一个并不属于真正文学家的体制之中。因此，与其说莫言受到了体制内的一言堂压制，倒不如说莫言已经把自己推向了一个巨大的名利场。

（原载《新文化报》2015 年 10 月 28 日）

两位诺贝尔奖获得者的诗意交流

——莫言与勒·克莱齐奥对话中国文学

鲁博林

"最是那一低头的温柔"，这一句诗，徐志摩曾经用来形容娇羞如"水莲花"的女性之美。而身为诺奖得主的小说家莫言，则不吝把它放在同侪兼朋友的勒·克莱齐奥的身上。

2014 年的冬天，法国作家勒·克莱齐奥从济南坐车去山东高密参观莫言旧居，同时也看望了莫言的老父亲。在通过莫言家低矮的房门时，弯腰低头的勒·克莱齐奥被一名摄影师拍了下来，并命名为"法国人低下了高贵的头颅"。后来知晓此事的莫言置之一笑，又把题目改为"最是那一低头的温柔"。

如此微妙而又灵动的文字之交，大概也只能发生在同为诺贝尔文学奖得主的两人之间。2008 年，勒·克莱齐奥摘得诺奖；四年之后，莫言折桂。算起来，勒·克莱齐奥还称得上是莫言的"前辈"。两人之间的惺惺相惜，大约也始自这一举世瞩目的桂冠。

得闻高山流水处，正是金声玉振时。2015 年 10 月 19 日，勒·克莱齐奥应"北师大国际写作中心主任"莫言之邀，赴北京发表"相遇中国文学"的主题演讲。一人演讲，另一人主持，两位大师以文学为媒，将彼此的君子之交与文学创见融入酣畅的谈笑之间。

说起莫言，大江南北无人不知。然而，勒·克莱齐奥的名字于国人却仍显陌生。很少人知道，勒·克莱齐奥与中国文化界一直保持着千丝万缕的联系。至今还身兼南京大学教授职位的他，对中国的情结可追溯到数十年前。

1967 年，当勒·克莱齐奥还在服兵役之时，法国就赶在美国之前向新中国敞开了外交之门。那时，27 岁的勒·克莱齐奥参加戴高乐将军发起的名士合作项目，有机会以教师的身份来中国教法语。"虽然那个时候我对中国了解得非常少，但是中国一开始就成为我选定的目的地。"回忆当年，勒·克莱齐奥用诗性的语言描述了出发前的情形，"那一年尼斯的夏天特别热，傍晚天空上一片橙色，我觉得这一定是中国天空的颜色。"然而可惜的是，勒·克莱齐奥的中国之行最终未能如愿，他被派往了泰国。作为中国的邻邦，有不少中国留学生也在泰国求学。他由此结交了一位中国学生，并打开了通往中国文化的"曲径"。在曼谷，他接触到传统京剧折子戏和现代京剧《白毛女》，也习得了汉字的基础。"这成为我认识中国文化的一条途径，虽不完美但却让我着迷。"勒·克莱齐奥说。

"我跟勒·克莱齐奥先生是老朋友了。"谈起勒·克莱齐奥，莫言如是说。这时他就坐在离勒·克莱齐奥不远的地方，气定神闲，如同一位款待贵宾的大家之主。2014 年 8 月，莫言同勒·克莱齐奥在西安第一次见面。"我记得我们在大唐西市一个据说是丝绸之路起点的地方会面。我捧着一个青瓷，勒·克莱齐奥先生捧着一个别的东西，从不同方向走到这个起点握手。"莫言回忆道。几个月之后，两人在山东大学再次聚首，便已渐渐熟络起来。"我从勒·克莱齐奥先生小说的细节，想到了我的童年。"莫言说，"在文学的创作当中，这是一种非常美妙的奇遇。"从"一带一路"到中国文化，从文学的邂逅到现实的对谈，这两位诺贝尔奖得主，如今已是第三次在公开场合展开交流与碰撞。

勒·克莱齐奥的中国文学之旅始于 20 世纪 70 年代——那时他正在世界另一端的墨西哥，最早接触的书籍是先秦经典《孔子》《孟子》和《道德经》。紧接着，他又阅读了法译本的《红梦楼》和《水浒传》，并从内心生发起对中国文化的强烈兴趣。"无论怎样，阅读都比坐飞机、坐火车更能助我探索中国思想。"然而让他遗憾的是，无论这些古代著作如何精彩，谈论的却非当代中国。这个空白直到他几年后读到老舍的作品，才得到填补。在勒·克莱齐奥看来，出身满族的老舍，既拥有莫泊桑短篇小说中的现实主义神韵，也流淌着普鲁斯特式的忧伤。他与世界文学比较有代表性的作家一样，面对"我们写作之时已不复存在的世界"满怀惆怅。

"我了解老舍的那种忧伤，因为我也属于正在消失的族群，作为法国裔的毛里求斯人，我们在很长一段时间里有过骄傲的历史，最终却被现代性的浪潮吞没。"对老舍的浓烈兴趣，也促成他后来专程去拜访老舍的夫人和旧址。

演讲当天，北大教授、文学批评家陈晓明也慕名前来。他以台下观众的身份对勒·克莱齐奥发表了自己的看法："我想在语言的意义上，你们有极大的相同，又有极大的相异。莫言和你的语言都有一种自由和任性。但是他的语言是追求快乐的极致，只有一直放纵表达到快乐才会停止。而你的语言是一直在追求痛苦忧伤，直到痛苦到极致你才停止。"

陈晓明的一席话，让勒·克莱齐奥引为知己，兴奋不已。投桃报李，勒·克莱齐奥也谈起了自己对语言的理解。"每一种语言都有一种自己内在的美，都会对人类的文化有自己的贡献。而每一位作家的独特创造又会为他使用的语言提供养料。"在他看来，中国所具有的丰富的语言文化多样性，着实让他羡慕不已。

谈起自己早年的写作，勒·克莱齐奥似乎并不十分满意。"我那时候特别焦虑，很不安分，也不知道自己到底是什么。"按照他的说法，正是写作帮助他重获安宁，寻觅到新的平衡。如今的勒·克莱齐奥在写作上产生了很大的变化，"不仅要写自己，还要为别人写作"。

所谓"为别人写作"，其实颇近似于在中国有着深厚传统的现实主义创作。从个人气质浓厚的实验性写作转向现实主义意味的创作，不仅是勒·克莱齐奥的夫子自道，对莫言来说也是如此。从20世纪80年代的先锋写作起家，莫言数十年的蜕变有目共睹。如今的他，也更加强调生活经历和个人经验的重要性。

"如何把一部虚构的作品写得真切、感人？首先要求作家必须有足够丰富的生活经历和个人体验，积累大量的生活细节。"莫言谈起自己曾经在新疆北部农场劳动时的经历，讲到那里蚊虫叮咬的厉害，竟然让小鸟在天上飞着飞着就掉了下来。"这样的细节我怎么都想象不出来，却是老战士们亲眼所见。一旦写进小说，就会非常有说服力。"莫言说。

俗话说，一千个读者心中有一千个哈姆雷特。同样，作家的写作之道也必定是参差有别的。在莫言看来，法国文学自由浪漫的精神内涵，对当代中国文学曾产生了巨大的影响，而勒·克莱齐奥却另辟蹊径，走了一条"与全世界小说家完全不同的实践道路"——他对中国诗歌的偏爱，就仿佛是一条从西方指向东方的冒险之途。

"中国的诗人无论古今大多工于营造意境而非铺陈与描写，这更像是一场凭借想象展开的诗性冒险。"而7年前荣获诺奖时，勒·克莱齐奥的颁奖词正是"集背叛、诗意、冒险和感性迷狂于一身"。

（原载《光明日报》2015年10月31日）

附录：莫言访谈

关于文学与文学翻译

——莫言访谈录

许 钧 莫 言

　　2014 年 8 月中旬与 12 月中旬，我有机会陪同 2008 年诺贝尔文学奖得主勒·克莱齐奥先生访问古城西安和山东大学，勒·克莱齐奥先生与 2012 年获得诺贝尔文学奖的莫言先生分别就"丝绸之路与东西方交流"和"文学与人生"这两个重大主题展开了对话和深入的交流。他们谈文学，谈文化，谈社会，谈人类存在与精神交流，真诚而深刻，引起了巨大反响。在对话前后一起相处的时间里，我也有机会和莫言先生就翻译问题展开讨论。在我的感觉中，莫言先生对翻译工作特别尊重，对翻译家心存感激。出于一个翻译研究者的本能，我很想就中国文学的对外译介问题与莫言先生做个深入的交谈，但知道莫言先生很忙，怕过分打扰他。2015 年新年第一天，带着心里始终放不下的问题，我写信问候莫言先生，向他提出一些文学与文学翻译的问题，他很快给我回信，并就我提出的问题一一给予解答，对文学翻译的重要性、翻译家的品格、翻译的障碍、翻译的原则等问题阐明了自己的看法。在此访谈发表之际，我向莫言先生表达深深的谢意。

——许钧记

　　许钧：莫言先生，这次有机会陪同勒·克莱齐奥先生来您家乡，看望您老父亲，也看了您的旧居和莫言文学馆。我们对您和夫人的细心接待特别感谢。勒·克莱齐奥先生跟我说，这次来高密，有三个难忘的记忆。一是见到您 92 岁高龄的父亲如此健朗，他非常高兴；二是看到您出生、成长、成家的那间土屋，说让他理解了文学的力量，看到了人的希望，他特别感动；三是参观文学馆，看到您小时候和后来读的那些书，他深有感触，说您阅读的书，很杂很丰富，有小人书，有杂志，也有经典杰作，有文学的，也有政治的。他还特别注意到您阅读的那些外国文学名著，有俄苏的、法国的、英国的、美国的、日本的、拉丁美洲国家的，特别丰富。莫言先生，我想知道这些外国文学作品对您的成长与写作起到了哪些关键性的作用呢？

莫言：你们能到我的故乡，我非常高兴。勒·克莱齐奥先生朴实、谦逊，那么大的学问，那么平易近人，我的朋友都很感动。我父亲对我说：这个人很善良啊！我的所谓"旧居"，现在看确实有点寒酸，但在21世纪70年代，那是农村房子的标准样式，并不算差。我童年时，确实很爱读书，其实也不仅仅是我，我的那些小伙伴们也都爱读书。那时农村读物很少，一本书传来传去，像宝贝一样。碰到什么读什么，没有选择。我的班主任老师是个文学青年，他有很多本书，知道我爱读书，就借给我看。后来他还让我父亲做了几个木头盒子，钉在教室的墙壁上，起了个名字叫"图书角"，然后把他自己的书和班里同学的书放进去，让同学们借阅。那时学校经常组织学生出去干活，挣来的一点钱，学校留一部分，分给各班一部分，名曰"班费"，我记得老师用"班费"买回一批书，补充进"图书角"。这样的童年读书经历，对我的影响很大。当时我感到，多读一本书，就仿佛多了一分底气，是一种骄傲的资本，当我在劳动方面不如同伴们出色受到批评和讥讽时，我心里就想："我比你们读书多！"

我比较多的读书，还是当兵之后。先是在黄县，我的一个战友的未婚妻是县图书馆的管理员，这个战友每次进县城看未婚妻，都会带回好几本书，多数是外国名著，有高尔基的小说，莎士比亚的剧本，等等。这些书他都借给我读了。后来我到一个单位当教员，兼任图书管理员。这个单位的小图书馆里有几千本书，多数是技术方面的，文学类的书只有几百本，这几百本文学书我大概都翻看了。再后来就是到解放军艺术学院读书后，读了拉美的魔幻现实主义，欧洲、美国的现代文学等。

我最早读到的外国文学，应该是俄苏文学。苏联时期的战争文学，对我影响很大，因为那时我在解放军艺术学院文学系读书，对战争文学很感兴趣。法国文学，对我的影响也很大，我比较喜欢气势磅礴、视野宽阔的那一类作家。其他还读过美国、德国、日本等国作品，都对我的写作有帮助。对我这样不懂外语的作家来说，每一本被翻译成中文的外国小说，都是一扇观察外部世界的窗户。从这样的窗户里，我看到了不一样的风景，了解了不一样的人情，当然，我也看到了写作者不一样的风格并从中猜想到了他们的个性。

许钧：我有机会两次听您和勒·克莱齐奥对话，发现您在讲话中多次提到蒲松龄的作品，也特别多地提到了俄苏作家。就此而言，一方面文学有根，故土的文脉在您作品中流淌，另一方面，文学有天地，一直朝向远方的目光，带给您的是越来越广阔的天地。您说作家有两类，一类是目光向内，专写自己的故土故人，讲生育自己的那片土地的故事；另一类是目光向外，写外面的世界，写他者的灵魂。勒·克莱齐奥说，高密这方肥沃的土地展现了您作品强大的美学力量。就您整个创作而言，您是如何看待我与他者，故土与他乡的关系的呢？

莫言：我曾写过一首打油诗，其中有两句："问我师从哪一个？淄川爷爷蒲松龄。"其实我读蒲松龄的书很晚，但一读就有强烈的心灵感应，我自认为能够读懂他的书，知道他真正想说的是什么，也似乎能够感受到他灵魂深处的痛苦。蒲松龄是天才，也是时代和独特的乡土文化的产物。我所生活的时代与他生活的时代自然不同，但乡土文化犹如地下流淌的暗河，从来没有断流过。乡土文化对一个作家的影响是潜移默化的，想摆脱也很难。

其实，把作家分成两类是很勉强的，写乡土的作家，大都生活在城市，城市的文化，城市的生活，会影响到作家的写作，也就是说，即便像我这样的专写故乡的作家，笔下的故乡，其实也是天南海北的混合。而像勒·克莱齐奥先生，小说视野非常辽阔，但也有他自己的出发点，或者是立足点。这个出发点就是他的童年，他童年生活的记忆，从某种意义上说，童年就是故乡。

许钧：参观您的文学馆，我确实有一种强烈的感觉，您心系故土，但您的目光一直投向外面的世界。从您在 20 世纪 80 年代初发表作品开始，您的影响越来越大，从中国走向了世界。就您作品的外译历程看，我发现您的作品在法国译介起了特别的作用。有三点特别值得关注，一是您的作品在法国译介很早，而且一直持续不断，从 20 世纪 90 年代初至今，已经有二十多部作品被译成法语。二是您的作品在法国由主流的出版社出版，传播途径畅通，读者越来越多，作品也产生了越来越重要的影响。三是您的作品的法译也影响了其他语种的译介，有的语种的译介是参考了法译本的。我想请您谈谈，在您与法国翻译界与翻译出版界的交往中，您发现哪些因素对您作品的译介与传播起到了重要的作用，比如译者的因素、文学传统的因素等。

莫言：法国是全世界译介中国当代文学最多的国家，仅我一人，就有二十多种译本。必须承认，张艺谋等人的电影走向世界之后，引发了西方阅读电影背后的小说原著的兴趣，但这种推力是有限的。持续的翻译出版，还是靠小说自身具备的吸引力。我不懂外语，无法选择翻译家，但我很幸运，我遇到的翻译家都是很好的，而一直在出版我的小说的瑟伊出版社，也是翻译家帮我找的。出版社里那位专门负责我的书的编辑，又是一位具有丰富经验、认真勤勉、忠厚善良的好人。我从来没有想到去迎合西方图书市场的口味，更没有为了让翻译家省事而降低写作的难度，我相信优秀的翻译家有办法克服困难。也许是因为我的"难译"，反而让翻译家"知难而上"。当然，最根本的，还是我的运气好。

许钧：在您获得诺贝尔文学奖之后，似乎学术界与文学界都不约而同地将目光投向了翻译，围绕着您的创作与翻译的关系，国内文学评论界与翻译界有不少评说，有些观点甚至非常偏激，过分夸大了翻译的作用。我曾就此问题在不同场合强调了创作的根本性地位以及翻译在您的作品在异域的传播与重生中所起到的实际作用。我特别想听到您本人的一些想法。能否请您谈一谈您是怎么看待翻译在文学传播与世界文学交流中所起的作用的。

莫言：我敬重、感谢翻译家，这其中包括将外国文学翻译成中文的翻译家，也包括将中国文学翻译成外文的翻译家。没有他们的劳动，像我这样的作家，就没法了解外国文学，中国文学也没法让外国读者了解。文学的世界性传播依赖翻译家的劳动，当然，翻译过来或翻译出去，仅仅是第一步，要感动不同国家的读者，最终还依赖文学自身所具备的本质，也就是关于人的本质。至于在翻译过程中，翻译家如何处理作家的独特风格，这要看译者对作家文化背景的了解和对作家个性的理解。如果翻译家能够与作家心心相印，那自然会更加忠实于原著。

许钧：您在"第三次汉学家文学翻译国际研讨会"上讲过，中国文学是世界文学的重要组成部分。中国文学若不经过汉学家、翻译家的努力，那么它作为世界文学的构成部分就很难实现。在您作品的海外传播过程中，除了葛浩文、陈安娜，法国汉学家杜特莱也起到了很大的作用，您能简单谈谈这三位不同国度的译者，在翻译您作品的过程中，与您的交往和合作有哪些共同点？又有哪些不同的做法呢？

莫言：您提到的这三位翻译家，都是与我合作多年的朋友。他们共同的特点，一是汉语水平高，二是对中国文化有深刻的理解，三是十分尊重原作者。他们在翻译过程中，经常与我交流，有一些技术调整，都是与我反复磋商过的。

许钧：事实上，我们注意到，作为汉学研究重镇的法国在中国现当代文学"走出去"的进程中，似乎一直以来都扮演着一个相当重要的枢纽和中转角色。您的《红高粱家族》、苏童的《妻妾成群》、毕飞宇的《青衣》和《玉米》等，都是首先经由法国汉学家的译介而后才引起英语世界的关注和翻译的。对于这种现象，您认为是巧合还是其他什么原因呢？您的作品在法国的译介与在美国的译介有什么关系吗？

莫言：我觉得在世界各国翻译当代文学过程中，其实不存在谁影响谁的问题。各国的翻译家，都有自己的选择和判断。当然有的早一点，有的晚一点。至于有的语种翻译的数量多一点，有的少一点，我觉得这主要是出版商的原因。

许钧：对于中国当代作家作品的外译，有研究者分析认为，某些作家是倚靠特殊的事件、敏感的话题、离奇的情节和禁书的身份赢得西方读者的青睐；而另有些作家凭借的却是对于普遍人性的反映以及独具匠心的叙事技巧和对人物形象的细腻描摹。陈思和先生对您作品的评价，我个人非常赞同。他说"莫言在当代文学史上确实是具有开创性的。一部《透明的红萝卜》开创了先锋文学，一部《红高粱》开创了民间写作，后来就出现了新历史小说"。您在域外的文学声誉，来自于您作品中的"文学性"、"历史性"以及"高密东北乡"的"乡土中国叙事"这些文学本身的东西，而不是那些政治性的因素或商业性的因素。在您看来，您在创作中，最在意的是什么呢？

莫言：您所说的那些情况，客观地说是存在的。不但在中译外时存在，外译中时也存在。但这是支流，主流还是靠文学作品的思想性、普遍性、艺术性。我在写作时，从来就没有想过外国读者，甚至我曾经夸张地说过不考虑所有的读者。这不是瞧不起读者的意思，因为一部小说最终还是要有人阅读，即便是不希望现在的人阅读，那么也还是希望将来有人来阅读。我之所以这样说，主要是想保持写作时对流行的故事模式的一种对抗的态度，希望能够有所创新。

许钧：在今年8月的国际汉学家研讨会上，您有个讲话，是专门讨论翻译的，您特别强调翻译的基本原则还是"信、达、雅"。有人说翻译家是"暴徒"，或是"叛徒"，您认为翻译家要做"信徒"。"信徒"符合翻译最基本的原则，就是准确、可信。可在翻译界，有不少译家追求翻译文本的"可读性"和"可接受性"而牺牲文本的准确性。事实上，您的老朋友葛浩文却认为"'意译'派在出版方面更胜一筹，因为无论是商业出版社还是大学出版社都推崇意译派的译著。对此无论我们是庆幸也好，悲伤也罢，事实依旧是，在那些'可译的'小说里，'可读性好'的译作才能出版"。对翻译认识的不同，在你们作为作者和译者的实际合作中，是否出现过冲突或观点不一致的情况？

莫言：文学翻译的确是很复杂的劳动，这里边有情感问题，也有技术问题。情感就是指翻译过程中，译者与作者之间就某部作品的情感一致，也就是说，译者对作品的理解，符合作者的本意。翻译家如果真的喜欢一部作品，就必定会与作家建立某种情感的共鸣，与书中人物建立情感的共鸣。翻译中情感投入应该取得与作家情感的一致性，取得与作品中人物情感的一致性，其难点在于各种社会背景与语言的差别。而技术问题，到底该逐字逐句的硬译，还是可以局部的意译，这个问题似乎争论了很多年了。

许钧：长期以来，中国本土翻译家更多专注于翻译的准确性，而西方翻译家的译作更多关注的是译本的可接受性问题。但很多时候，对于可接受性问题的过多关注，势必会造成某些中国本土读者所担忧的"不忠实"和"曲解"中国语言和文化的现象，很多人甚至担心这种被"改写"后的中国形象与我们文学、文化想"走出去"的初衷背道而驰，对此，您是怎么看的？

莫言：从某种意义上说，翻译的准确性，建立在译者对原作者国家历史和文化了解的程度上。否则就可能出现将"八路"翻译成"第八大道"的笑话。但这个事我们也没有办法，我们也不可能对每个翻译中国当代文学的人进行摸底考试。这几年我在国外，经常会遇到汉语非常好、对中国非常了解的年轻人，这些年轻人有的已经开始翻译中国当代文学，他们的加入，让我们充满希望。

许钧：您曾经说：我们要将读者当作上帝、当作朋友，但在某种意义上，我们要将翻译家当作"对手"，当作"敌人"，就是要给他们制造难题，就是要让他们翻来覆去地斟酌、思虑。您能结合具体实例谈谈您的这一观点吗？

莫言：我的意思是作者在写作时，不能为了方便翻译而牺牲自己的风格，降低写作的难度。至于"制造难题"，是一句调侃意味的话，其实，有些确实无法翻译的句子，或者必须让译者加注释的句子，也没有必要非用不可。比如"狗撵鸭子——呱呱叫"，"外甥打灯笼——照（旧）舅"之类，即便用了，也应该同意译者"意译"。但有的是应该坚持的，譬如在我的家乡方言中，说一个女子很美丽，会说她"奇俊"，说天气很冷会说"怪冷"，"奇"和"怪"的用法，跟普通话不一样，但读者会理解，我相信译者在他的母语中，肯定可以找到这样的用法。

许钧：对于中国文学的域外传播，王安忆曾经说，有一种假象，好像全世界都爱我们，但事实却不是这样的。尽管有那么多年的力推，但西方读者对中国文学的兴趣仍然是少而又少。毕飞宇也说："汉语作为小语种的命运格局，没有改变"。他甚至认为："中国文学所谓走出去，需要相当长的时间，需要耐心，可能需要几十年时间"。麦家不久前也说："我在文学圈这30多年，看到我们文学的兴盛繁荣，但是还没有波及世界。海外确实不太了解我们，他们真正了解中国文学是从莫言开始"。您个人怎么看待中国文学"走出去"的现状与未来？

莫言：我同意王安忆和毕飞宇的看法，但不同意麦家的看法。至于如何让中国文学走出去，我想还是不要着急，踏踏实实的，一步步往前走吧。

许钧：莫言先生，非常感谢您抽出宝贵时间，细心回答我提出的问题。最后，想请您给翻译界的朋友送几句话。

莫言：我是外行，不敢多说，只有两个字：感谢！

（原载《外语教学与研究》2015年第4期）

丝绸之路与东西方交流^①

莫言　勒·克莱齐奥

一

莫言： 今天这个活动的主题，第一是庆祝中法建交 50 周年。这个活动我之所以非常乐意来参加，是因为我跟法国文学有非常密切的联系。我们当年读了大量法国作家的作品，然后才开拓了我们的眼界，提高了我们文学的鉴赏力，当然也陶冶了我们的性情，提高了我们的人品。还有一点，我曾经在 2004 年获得过法兰西文化与艺术骑士勋章，我想这也是法国文化界给我的荣誉，说明我的文学作品，也影响到了一些法国的读者。当然我想勒·克莱齐奥先生对中国读者也是不陌生的，他也曾经获得过我们中国的人民文学出版社颁发的一个很重要的奖项，最佳外国小说奖。所以我们两个人，在没有获得诺贝尔文学奖之前，都各自获得了对方国家的奖项，那今天我们又一起会聚，我觉得我们非常的有缘，有缘千里来相会。关于丝路这个主题实际上可以讲很多很多。丝绸之路这个建设，从来都不是一项纯粹的经济建设。丝绸之路上的交流，从来也不是单纯的经济交流，它是思想之路、文化之路，也是友谊之路，也是和平之路。我们读历史上的探险，看一些探险家的传记，好多探险家发现了一片土地，他马上就要征服，就要占有。但是我们中国的祖先们，他们向西方运送丝绸和青瓷，进行贸易的时候，没有想到去别的国家占一片土地，也没有想到把自己的东西强加给别人，他们只带回了西方各国

---

① 2014 年 8 月 17 日，应陕西卫视之邀，2008 年诺贝尔文学奖得主、法国作家勒·克莱齐奥与 2012 年诺贝尔文学奖得主、中国作家莫言在西安共同参与了"长安与丝路的对话"特别活动。

优秀的物质产品和文化产品。据说郑和当年下西洋的时候，带回了一只长颈鹿，这也是很有意义的一件事，他不带金银财宝，他带回了一只长颈鹿。我们现在所享受的食品，很多都是通过丝绸之路传过来的。我们现在能吃西瓜，能吃西红柿，我们现在能演奏胡琴，演奏琵琶，这都是文化交流的硕果。

勒·克莱齐奥：我特别同意莫言先生的说法，丝绸之路是一条从东方通向西方的路，也是一条西方通向东方的路，这一条路就是交流。人类就是在东西南北的交流当中，才有了希望。在人类的交流当中，文学起什么作用呢？我想说，如果没有文学，这种交流将变得更为困难。我不是中国人，也不是满族人，但是当我一读老舍的书，我马上就能感觉到满族人的生活，我就成了一个中国人。我也通过鲁迅了解了中国，鲁迅写的不仅仅是他故乡的地区，他还写了中国。我也不是山东人，但是当我读莫言的作品，我与他发生了共鸣，就好像莫言先生邀请我进入了他的家。因此对我来说，文学是了解我们自己、了解他人的最好的交流方法。我们通过交流，可以对别人有所了解，也可以把自己的一部分卸给别人。我是在战争中出生的人，我知道战争的苦，我也经受过饥饿，所以当我读莫言作品的时候，我就能够非常理解他所描写的战争，以及在动乱的年代那些痛苦。战争是非常可怕的，刚才莫言先生说西安的城墙也有些毁于战火，这一切都是因为战争。和平非常重要，文学可以给人类巨大的希望，包括交流对和平的希望。时至今日，交通非常方便，我们有飞机可以很便捷地走动，有因特网可以进行交流，又不需要穿什么丝绸衣服，还有其他，比如说尼龙，等等。新的丝绸之路，我们交流的不仅仅是香料和丝绸，我们要交流的是新的珍贵的东西，那就是我们的思想和精神。

二

莫言：战争、灾难、饥饿，这些人类的痛苦记忆，我想每个国家、每个民族都有，而且现在我们中国、法国或者世界上的大多数国家和地区，都基本上还是和平的，但是局部的战争、局部的灾难依然存在。我们也通过电视画面看到正在发生很多令人触目惊心的痛苦事件。我想这就是表明我们的社会确实是进步了，但是进步还不够，我们的人性确实是在逐渐地走向完善，但还是有很多的缺陷，我想在这样一种情况下，文学的作用、艺术的作用，包括宗教的作用，都非常的重要。文学主要是研究人类情感的，它不仅仅能够揭示人的真善美，也会揭示人性当中的假恶丑。它会赞美人的正当的欲望、美好的情感，也会批判人的邪恶的欲望。战争就是人为的灾难，大多数与人的贪欲有关，所以我想文学，应该有这么一种疗治人心，或者批判人性当中的贪欲和丑恶的功能。当下，我们的小说实际上是越来越类型化，各种各样的小说，像职场小说、情感小说、穿越小说。可以说五花八门，无奇不有，我们确实没有必要，也没有权利否定任何一个门类的文学，但是我想只要说文学，它都有个基本点，都是描写人的，刻画人的心灵的、塑造人物形象的。它描写人，研究人的情感，那肯定还是要遵循我刚才说的这个，对人性方面的剖析，赞美好的，批评不好的。

勒·克莱齐奥：我想就莫言先生的话来做点补充，就我个人，文学就是一种情感的体验。我读莫言的小说，发现莫言先生的小说当中，有很大的一部分，他书写的是一种灾难，书写的是一些黑暗的部分。在小说当中，也有一些残暴的，或者暴力的东西，这种暴力是历史的，或者政治的，也有我们内心人类情感当中的一些部分。在我看来，即使在和平的年代，也并不是所有人都有和平，因为在今天有人还遭受到一些苦难。所以在莫言的作品当中，我觉得战争还没有结束。我通过读他的作品，觉得这种战争不仅仅是历史的战争，还有人与人之间的战争，这些战争都是非常可怕的，但是我觉得这里面还是充满着希望。我读他的小说当中，特别小说当中写到母亲生孩子那一段，对于我来说，真的是让我心里非常的难受，让我感到震撼。我看到了其中的真实，这恰恰是一个作家所要表现的。

三

莫言：勒·克莱齐奥的文笔非常的优雅，尽管我读的是中文，当然我相信像我们中国杰出的翻译家，应该是非常准确地传达了，或者转译过来了这个勒克莱齐奥先生文本的风格。另外，我觉得他写小说，实际上刚开始是从一个很小的地方入手，比如他写自己的家庭，写自己的父亲，写自己的母亲，然后他很快地就会扩展开来。由一个小的切入点扩展到一个广阔的世界。再一点，我觉得他对这些感觉写得特别好，细节写得特别好。我前天晚上还在读他的《非洲人》这个小说，里边他描写到了蚂蚁，成群结队的蚂蚁入侵到一个人家的居室里，这样一种恐怖的场面，看得我浑身发痒。当年我读过卡尔维诺，他写过一部小说叫《阿根廷蚂蚁》，也是看得我浑身发痒。我还读过英国的一个女作家的小说，也是写一群蚂蚁，把一个梅花鹿瞬间吃成了一架白骨。当然还有勒·克莱齐奥先生对饥饿的描写，以及他在小说里边所塑造的富有哲理性的人物。它确实是非常有特点的，我认为它应该是在法国新小说运动的基础上，又往前跨了一大步的作家。他对我们中国作家的写作，应该有很多的启发。像我这种作家，往往都喜欢写比较宏大的场面，写历史场景，写众多的人物，写战争，写饥饿，写灾难。勒·克莱齐奥先生他就是从小处入手、感觉入手、感情入手、家庭入手，然后给我们展现的是丰富的人性和广阔的人生，所以应该好好向他学习。

勒·克莱齐奥：特别感谢莫言。我读他的作品的时候，感到一种缺憾，这种缺憾就是，我是一个没有故乡的人。所以我能够进入到莫言的家里，我感到非常的激动。

莫言：我觉得勒·克莱齐奥先生，他也是有故乡的。他对非洲的描写，对毛里求斯的描写，实际上跟我对我的家乡的描写是一样的。

勒·克莱齐奥：对我来说，毛里求斯在我的小说当中，还是一个想象中的，因为我不是在那里出生的。莫言的作品，他对于大地的那种写作，实际上是从大地上出来的，生长出来的那些东西。我读莫言的作品，可能还有一个最重要的方面，就是说我们人类，要求会和大地、和自然相处。特别是对于年轻人，他的作品非常重要，因为在我们的大地上，植物、动物、人，应该和平地相处。在整个世界上，没有哪一个种类是优越于别人的。

四

莫言：我上学很少，上了五年级就辍学了。辍学以后，因为是个孩子，当时还是生产队，无法参加沉重劳动。有一段时间确实是无所事事，那个时候唯一做的，兴趣最大的，就是到处搜集村子里存的书来看。每个村庄里边，大概都会有那么十几本书，《三国演义》《封神演义》《水浒传》《聊斋》这些书。当时我的父母反对我读，这叫闲书，认为这是没用的书，学生应该学他的课本，你做医生的要读医书，你做工匠要读工具书。文学的书，在这个农民眼里边，是没有用的闲书。但我那会儿又干不了别的活，我就读，就偷着读了。当然有时候，我们家也会让我去放牛放羊，但是放牛放羊，实际上可以跟读书兼顾的。当然有时候，也会读书入神，让牛跑到人家地里去，把人家的禾苗吃了，那回家就挨骂。

勒·克莱齐奥：实际上我不是世界的公民，我是书的孩子。我出生于战争期间，战争期间不能出门，我就看辞典，就那一个个词，一个个字，就让我慢慢了解了世界。正是这个东西，让我们接触了大地，从大地当中又生长了别的。对于一个孩子来说，应该没有什么禁书。我家里有个书架，放到最高一层的，是奶奶不给看的，结果我就偷偷地爬上去拿，那本书是莫泊桑的《一生》。里头的小说，讲一个男的对一个女的怎么残酷。虽然我看了不是很懂，但是我就是被它吸引了，慢慢就喜欢了。所以对于孩子来说，是没有什么禁书的。我现在在毛里求斯有一个协会，我也做一些事情，比如说我经常给孩子送去一些书。我下次回去，可能会把莫言的《丰乳肥臀》给孩子们看，这本书里头也有很多东西。对于孩子来说，他看完会有自己的感觉，对于某一些东西的依恋，也会有感到非常高兴的地方。

五

莫言：刚才主持人问出名之后，是不是有困扰问题。人怕出名猪怕壮，都是一样的。没出名的时候是千方百计想出名，但是出了名以后，第一感觉是出名也就那么回事，第二感觉是出了名会给个人的生活带来一些影响。比如说活动不自由，平常如果我在大街小巷光着膀子走路，没人理我，如果今天下午我在西安街头光着膀子走一圈，哪一个有心人就很可能用手机拍张照片，说我在西安街头赤膊行走，就是一条蛮搞笑的新闻了。总而言之就是，自己要对出名有正确的认识。因为所有的名，实际上我认为都是虚名。所有的名，尤其是作家的名，对作品的质量没有任何提高。我得了诺贝尔奖，我的作品质量也没有提高。我不得这个奖，作品质量也没有降低。能够获得这个奖项并不代表着你就是百里挑一、你就是最棒的了，这个奖都是相对的。我自己也非常清楚，即便是在中国的范围之内、在西安这个范围之内，比我写得好的作家有很多，他们也都有资格获得诺贝尔文学奖，或者其他的文学奖项。我想只要心里面有这么一个清楚的认识，处理其他的问题都不会出现太大的偏差吧。

勒·克莱齐奥：我特别赞成莫言说的话。一个作家再出名，也是有限度的。文学不是一切，只是社会生活中的一部分。作为一个作家，一定不要忘记自己的责任。作为一个作家，越有名的时候，坟墓也会离你越近。真正要记住的，不是名声，而是对别人的责任。

（原载《江南》2015 年第 1 期）

"中国现在的反腐力度超过了我的想象" [①]

莫言等

问：2014 年 10 月 15 日，您参加了习近平总书记主持召开的文艺工作座谈会。总书记对新时期文艺的作用、文艺工作的方向等问题作了重要论述。让您感触最深的是什么？

莫言：当时我正在老家山东高密，查阅一些资料，做一些创作上的准备。接到通知就赶了回来。习主席主持的这次会议跟我们以往参加的类似会议的气氛不太一样，很随意，很平和，甚至有点像聊天拉家常，很亲切。习主席即兴发挥，脱稿讲了很多话，出口成章。我听了报告后，印象比较深的有几点。

第一，他说文艺工作者应该牢记创作是自己的中心任务，作品是自己的立身之本。作为一个作家，我感觉到确实要静下心来，踏踏实实地写作，用作品来说话。第二，他说创新是艺术的生命，要把创新的精神贯穿到文艺创作的全过程，增强文艺原创能力。我是一个写小说的，我想应该写出具有原创性质的、具有个性的、具有中国特色的小说，应该把这个作为自己的奋斗目标。第三，习主席特别强调艺术的一切创新，归根到底就是直接地和间接地来源于人民、来源于生活。艺术当然要放飞想象的翅膀，但一定要脚踩坚实的大地。我想这就要求作家、艺术家必须扎根生活，跟人民同呼吸、共命运，真正了解老百姓的所思所想，知道老百姓生活的艰苦。就是要接地气，跟老百姓打成一片。

[①] 本文为"聆听大家"系列访谈之一，由中央纪委监察部组织，曾先后推出对著名京剧演员尚长荣，著名作家陈忠实、冯骥才、二月河等人的专访。2015 年 1 月 1 日在其官方网站"中纪委网站"上推出著名作家莫言专访。

我有两个基本判断。一个就是中国共产党比世界上任何国家的政党都更加希望中国富强；第二个就是中国的国家主席习近平，比世界上任何一个国家的元首，都更希望中国人民过上好日子。

问：2012 年 12 月 8 日，您在诺贝尔文学奖颁奖典礼上，以"讲故事的人"为主题发表了演讲。正是通过您的一个个故事，让世界各地的人越来越多地了解了中国。今天如何"讲好中国故事"，让中国故事愈来愈精彩，让中国声音愈来愈洪亮，您有什么建议？

莫言：关于讲中国故事，我觉得很惭愧，其实很多故事可以讲得更精彩。我想文学艺术或者说这个故事，核心还是关于人的，讲的还是人的故事。理论家是以理服人，文艺家是以情动人。只有真理才能服人，也只有真情才能动人。所以我想要讲好中国的故事，就是要把我们的真情实感灌注到我们的故事里。

改革开放三十多年了，中国社会发生了翻天覆地的变化，取得了巨大的成绩，这是谁也无法否认的事实。当然中国社会也还存在很多问题，这也是无法否认的事实。讲述中国故事，当然要理直气壮地赞美我们的进步、我们的成就，同时也不应该回避存在的问题。

在国外常有记者问我关于中国道路的问题，这个问题比较大，确实一时很难说。我就说两句最好懂的，这也是我这些年来的两个基本判断。一个判断就是中国共产党比世界上任何国家的政党都更加希望中国富强；第二个就是中国的国家主席习近平，比世界上任何一个国家的元首，都更希望中国人民过上好日子。我想我这样一种说法，他们也没法否认，而且这确实是说的真话。

只要真抓实管，无论多么顽劣的歪风邪气都可以得到遏制、得到整治。

问：这两年来，全党上下落实中央八项规定精神，坚决纠正"四风"，在这方面，让您感受最深的有哪些？您认为在哪些方面还有待加强？

莫言：八项规定，反对"四风"，这个确实是非常及时。我也想到，前些年实际上也有类似一些规定，类似一些口号。但是那个时候多数都是一阵风就吹过去，或者说经常被强调，但落实的程度比较差，所以有一些口号就是挂在嘴上，有一些规定就是挂在墙上。这次我觉得确实是动了真格儿，效果大家有目共睹。过去我曾经也认为有很多东西不可逆转。比如公款吃喝，铺张浪费，我觉得这些东西好像是禁止不了，也制止不了。现在看来只要真抓实管，无论多么顽劣的歪风邪气都可以得到遏制、得到整治。

问：有一些这方面的具体体会吗？

莫言：首先现在一些豪华的场所、饭店、酒店很难见到公款吃喝，很难一眼看到公务用车。再一个，过去公务接待不管两个人、三个人，都上很多很多菜，现在都非常注意节约，因为干部们也都高度警惕。我想这样的情况会让老百姓很高兴。当然我想也有人不高兴，很多高档消费场所的老板就不会高兴，但老百姓高兴就是最高的追求。除了表面的，其他变化也很深刻，表现在各个方面。尤其是在很多领导干部心里，他们过去不以为然的东西，现在他们都很重视。这样一来提高了他们对自律的警惕这种内心深处的变化，我想可能是最可贵的。

问：我看您在《酒国》这本小说里，对 20 世纪 90 年代的公款吃喝等不正之风进行了深刻的批判，对禁绝这种歪风也感到无奈无助，是这样的吗？

莫言：当时我也觉得这个好像根本制止不了，怎么可能制止呢？但现在看来，只要真管真抓还是管得住的，事实证明，这，不，才两年时间就基本管住了。可以这样说，中国现在的反腐力度超过了我的想象。干部应该树立一个最根本的观念，就是你的工作首先是对老百姓负责，对人民负责。

问：对进一步纠正"四风"，您还有什么建议？

莫言：实际上任何一种治理，都应该从上到下，从官员到百姓，从中央到地方，一级一级做出榜样。上面搞形式主义，你要下面不搞，怎么可能呢？我觉得这两年相对少一些了。前些年我也经常下去，一些基层干部也是怨声载道，说形式主义的大检查、大评比，实际上都是搞表面文章。一个领导干部下乡，下边的干部都在演戏，甚至要预先排练。先找一个人扮演要下来视察的领导，然后大家对着这个领导背诵自己要说的话，甚至连怎么样给他端茶倒水，都要演练到。这样的检查有什么意思呢？不是劳民伤财吗？所以这种东西我想应该在逐渐减少。

我想干部应该树立一个最根本的观念，就是你的工作首先是对老百姓负责，对人民负责。领导干部也应该具备一种慧眼，要看破表演，看破表面文章，应该能够善于发现问题的本质。如果你知道下面有人演戏给你看，你就应该跳出这个舞台，不要扮演人家早就预先设定的这个角色。这样一种不配合，对纠正"四风"，对搞表面文章，也会是一个制止。

不能把腐败的原因完全归结为体制和社会，我想第一个理由就是说古今中外都有贪腐。

问：您一直十分关注现实，您的《天堂蒜薹之歌》《酒国》等小说都对腐败现象和官僚主义进行了深刻的批判。您曾谈到，腐败问题对国家来讲是严肃的政治问题，对作家来讲还是人的问题，要分析人的欲望跟法律、道德、制度之间的矛盾。请您具体谈一谈。

莫言：我曾经在最高人民检察院所属的检察日报社工作了十年，采访过一些基层检察院，了解过一些案件，也写过这方面的小说和电视连续剧。反腐题材的文学作品要涉及一些案件，但是不应该满足于用文学的语言来讲述一个反腐败的故事，而是要写人，要塑造典型人物，要把写人、塑造人物当作最根本的目的。

贪官当然是人人痛恶，但是我们也应该把贪官当人来写。贪官并不是我们在戏曲舞台上看到的那种抹着白脸的小丑，他们确实有一些共同的特征，共同的特征就是贪。但是他们一个个性格鲜明，都是活生生的人，甚至有些贪官还具有很大的欺骗性。他一出事，大家都在说，他怎么可能出事呢？有一些贪官甚至人际关系很好，口碑很好。也就是说很多贪官都具有两面性。对贪官确实不能是概念化、脸谱化的。我们的文学如果要写这样的一种人物，确实要写出他们的丰富性，要写他们的心理，写他们内心的矛盾、他们的恐惧、他们的后悔，甚至也可以写他们的无奈和善良。当然也要写他们的贪婪，写他们的愚蠢。犯这样的错误不是非常愚蠢吗？我们曾经常议论，实际上即便是一个县处级干部，如果不犯错误，你的后半生肯定没有任何问题，没有衣食之忧、住房之忧。一切安排很好了，为什么还要那么贪婪，捞取不义之财，所以我想他们也是愚蠢的。

我也说过不能把腐败的原因完全归结为体制和社会，我想第一个理由就是说古今中外都有贪腐，都有贪官，都有清官。另外一个就是说，在同样的体制下，同样的社会制度里，有的人贪，有的人就不贪。有的人有比较正确的世界观，他就可以做到不贪不腐，有的人世界观比较低劣，人生观比较扭曲，他就顶不住诱惑，堕入深渊。社会制度方面确实有它的原因，制度的不严密，制度设计的缺陷，但是个人的道德水平、文明程度，他的世界观、人生观的不一样，也导致在同样的环境下，有些人就是拒腐蚀而不沾，有的人就是自己往深渊里跳，这些都是客观存在的事实。

腐败不仅仅是官场的事，当然社会风气坏了，官员应该负首责。"官风不正，民风必歪"。

问：最可怕的腐败是社会价值观的腐蚀堕落。在扭曲价值观的笼罩下，人人都是受害者，人人又都裹挟其中。要使掌权者真正做到从不敢腐、不能腐到不想腐，您有哪些建议？您认为我们应该怎样构建"以廉为荣、以贪为耻"的社会文化？

莫言：我讲两个亲身经历的故事。

第一个，我的一个亲戚，他平常谈到社会，是义愤填膺；提到腐败，是痛心疾首。去年正好他的一个孩子中考，缺5分才能进我们县里的重点中学。他找到我，说这个你一定要帮忙，就差5分，无论如何得让孩子上重点中学，我们不怕花钱，该送就送。我就刺儿他，我说你每次见到我，都痛骂腐败，痛骂贪官，你让我送钱，我如果送了，人家接受了，那不就制造了一个贪官，我去送，我就是在行贿，这不是跟你平常说的不一样了？他说，这是两码事，我的孩子要上学了。

第二个，前不久搭我朋友的车，车子停在路边。我们要走时，来了个看车的要收20块钱。我的朋友很有经验，给他10块钱，说不要发票，那个看车的人很平静地把钱揣到兜里。这个看车的人也有一点小权力。本来20块钱，那么不要发票10块钱，这10块钱肯定进了他自己的腰包了。

我想讲这两个故事，没有丝毫标榜我比他们高尚的意思。如果处在同样的境遇里面，我是不是也跟他们一样呢？确实我不敢保证我不像他们那样做，也不敢保证能比他们做得更好。所以我想从某种意义上来说，腐败不仅仅是官场的事，当然社会风气坏了，官员应该负首责。"官风不正，民风必歪"。"上有所好，下必甚焉"。至于如何让掌权者从不敢贪到不能贪到不想贪，我想一个最根本的认识，就是要认识到人性的弱点，然后根据人性的弱点来建设防范的制度。

至于廉洁光荣、贪腐耻辱的观念，实际上早就有了，我们传统文化里一直有这个，我们传统戏曲也一直把它当作很重要的内容，反复地表演。这种长期的熏陶和教育，自然会发挥巨大的作用。但是我想教育必须和制度建设相配合。因为教育对部分人确实会发挥作用，但是不可能对所有的人都发挥作用。对廉洁光荣、贪腐耻辱这类传统文化的训诫和教化作用，当然可以大搞这种宣传，但必须把这种宣传建立在制度建设的前提之上，建立在对人性弱点制约制度的前提之上，这样双管齐下，效果才更好。

我坚信千百万人的善念，会形成一种巨大的道德力量。这种道德力量会使很多丑恶现象得到限制，使很多不正确的东西得到校正。

问：确实我们很多人说起不正之风都很痛恨，但是涉及本人，却又要把自己置身于外。这种风气的改变，是一个渐进的过程，必须久久为功。

莫言：不是一朝一夕能奏效，而且确实人们都应该有点反思精神，不能光拿眼睛盯着别人，盯着官员，光看到贪腐的这种黑暗面，也应该换位思考一下，如果把我放到这样一个位置上，我能不能把握住自己。人实际上经常需要一种外力来观照自我，借一种外部的正确的向上的精神力量，不断地校正自己内心的东西，最终达到对自己欲望的克制。优秀文学作品对人就有这种潜移默化的影响，让人们看到善的力量、正义的力量，最终会战胜丑恶。我坚信千百万人的善念，会形成一种巨大的道德力量。这种道德力量会使很多丑恶现象得到限制，使很多不正确的东西得到校正。这样坚持下去，社会的整个风气就会变得越来越好。

现在党中央办的事情，就是老百姓心里想的。党中央对下面各方面的情况是洞若观火。

问：您如何评价党的十八大以来的反腐败形势？

莫言：这也是大家现在议论的热点，人们坐在一起谈，话题都转到这方面来了。反腐败是一门科学，是一场没有硝烟的战斗。党的十八大以后，这个很明显。首先惩治的力度加大了。移送司法机关、依法处置的官员数量增多了。这个事实让大家感受到，现在的反腐败，用老百姓的话，就是动真格了。大家都感觉到中央对惩治腐败、预防腐败，是有着严密的设计和周密的部署。再一个，各方面的制度建设、理论研究，很多很多具体的措施，大家也都觉得非常及时、非常有力、非常准确。我还了解到纪委本身内部的建设也出台了好多强有力的举措。比如派驻纪检组的开支都是列入专项，不跟地方部门财政捆绑在一起，这个就是从根本上解决问题。

总之，党的十八大以来一系列的重拳出击，党风廉政建设和反腐败深得民心，震撼官心，官场风气确实明显好转。官场风气清正，人心自然就向好的方面转化。现在党中央办的事情，就是老百姓心里想的。就是我心里本来有，但是我没有太想清楚，他一下子出台了，让人感到这正是我心里想说的。过去我们对上面实际上有一种不太正确的认识，认为下面在蒙骗上面，上面不了解下面到底什么情况，不了解腐败的方式、腐败的关节。党的十八大以后一系列的动作，一系列政策的出台，一系列反腐败政策的落实，让我们感觉到党中央对下面各方面的情况是洞若观火，非常了解。我想这对普通的党员，对老百姓来讲就有了底气。

问：对于反腐败您还有什么期待？

莫言：我想还是综合前面我讲的一些认识。第一就是说这个制度设计、党内的纪律、各种各样法律的设置和建设，应该考虑到人性的缺陷和弱点，人的共同点，然后再考虑到权力的运行过程当中容易出现的一些漏洞，把各种各样的法规建设得非常完善、非常严密，然后再狠抓教育、狠抓落实。我相信中央做的，就是我们老百姓想的，我们能想到的，中央全都做到了，或者正在做。

将来反腐败是一种常态。建立健全防腐败、反腐败的体制机制，肯定可以使风气得到巨大改变，使坏的现象得到根本遏制。

问：谈到反腐败，您对哪方面的问题尤为关注呢？

莫言：我此前也常常跟朋友讨论，我们说实际上最严重的腐败，大家都认为是组织腐败和司法腐败。组织腐败的后果就是让品行不端、水平不高的蠢材、庸才进入官员队伍。这样的一些人来管理社会、行使权力、管理财政，带来的后果肯定是非常可怕的。司法腐败这个问题也非常大。司法是社会最后的底线。道德教化无用的情况下付诸司法。道德层面还解决不了的问题，搬到法律面前来解决。如果司法也腐败了，最后的底线崩溃了，整个社会肯定是人心不古。现在我想越来越严密、越来越科学的干部任命和考核制度，实际上就是法治中国建设的前提和保证。我想随着法治中国的建设，一切都会向好的方面发展。或者可以说，反腐败实际上是法治中国建设的重要组成部分，它不是一场运动，而是法治建设的重要内容。将来反腐败是一种常态。建立健全防腐败、反腐败的体制机制，肯定可以使风气得到巨大改变，使坏的现象得到根本遏制。

一直有创作反腐题材小说的想法，目前正在认真构思准备。

问：当年您花了三十多天写了《天堂蒜薹之歌》，现在反腐败火热的实践，是否会激发您创作反腐小说的愿望？

莫言：一直有创作反腐题材小说的想法，目前正在认真构思准备。当然是用戏剧的形式来写，还是用小说的形式来写，还没有完全想好。但毫无疑问是在写人的。这个题材为什么非要写这样一些人物？因为在这样一种题材里面，应该是对人性能够挖掘得比较深。面对权力，面对金钱，面对这样那样的诱惑，对每个人都是一种考验，对每个人的灵魂都是一块试金石。把人物放在这样一种激烈的矛盾冲突当中去考虑，把人物灵魂放在道德、法律的这么一种显微镜下来研究，确实容易写得比较深刻。迟迟没有动笔，就是希望写出来让我自己首先满意，而且希望写得深一点。

毫无疑问，忠厚、勤奋、善良这些中国传统文化的核心内容，构成了我们的家风，然后由无数个家风构成了整个社会的风气，也就是我们的民风。

问： 请您谈谈家风对一个人成长成才的影响？家风对于社会风气、党风政风的影响？

莫言： 实际上家家都有家风，每个家庭里面都有自己的一些追求、希望和一些道德的标准。父母长辈实际上也都是在用自己的行为给后代做榜样。假如父母人生观、世界观本身有问题，那么他对子女的影响肯定是负面的，这样一种家庭的风气肯定是不好的。家风最终的体现，是体现在子女进入社会以后，会成为什么样的人。你说你家风再好，但是你的儿子成了贪官，那家风也有问题。当然也有孩子在未进入社会前并不坏，进入社会后，他自我约束放松，渐渐蜕变，这也是有可能的。

我们中国人的家风，很大一部分就是从传统文化继承过来的。我们春节看家家户户的对联就知道："忠厚传家久，诗书继世长。"毫无疑问，忠厚、勤奋、善良这些中国传统文化的核心内容，构成了我们的家风，然后由无数个家风构成了整个社会的风气，也就是我们的民风。这个根我觉得一直没有断过。现在应该传承我们传统文化最宝贵的这一部分，然后与时俱进。应该把教育子女当成最重要的事情，在社会风气不太好的情况下，引导自己的子女向最优秀的那部分看齐。

中国梦需要千百万的人共同努力。每个人都要把自己的本职工作做好，干好自己的事，然后这个集体的梦想才有可能实现。

问： 您曾谈到，对于每个中国人来说，中国梦都非常具体。要实现中国梦，每个人首先要从自己做起，做好本职工作。请您谈一谈您对中国梦的理解，以及您心中的中国梦。

莫言： 我觉得中国梦实际上是建立在中国人民个人梦想的基础之上，每个人都有梦想，而且都很具体。学生想考上大学，工作的人想多发奖金，某一个青年希望某一个漂亮的姑娘成为自己的妻子，等等。在这些具体的个性化的梦里，实际上也有很多共同的部分。所谓梦想实际上就是希望。大家实际上都希望我们国家富强，社会安定和平，家庭美满幸福，都希望健康愉快，我想这是中国梦主要的内容。但是梦想要变成现实必须埋头苦干，要踏踏实实一步一步往前走。

前不久我在火车站看到了一幅巨大的用丝线刺绣而成的壁画。据说是由三十多个女工用三年多的时间千针万线绣成的。我想假如把我们的中国梦比喻成这么一幅巨大的彩丝线绣成的美丽壁画的话，那么就需要有人栽桑树，有人采桑叶，有人喂蚕，有人缫丝，有人染色，有人设计，有人刺绣，等等，需要千百万的人共同努力。每个人都要把自己的本职工作做好，干好自己的事，然后这个集体的梦想才有可能实现。

松树和梅花，不仅仅是一种树、一种花，它也是精神人格的象征。

问：最后请您为广大党员领导干部题写一段寄语。

莫言：这个寄语，我也想过。比如反腐倡廉，大快人心。可以写一些直指这个问题的词儿，但我想还是艺术化一点，所以写了"松树风格，梅花精神"。我记得早年的课本里选过老一辈革命家陶铸的一篇文章，就叫《松树的风格》。松树大家知道，树干是正直的，风吹雨打，严寒酷暑，任何一种恶劣的自然条件下都不会弯腰的，宁折勿弯。梅花精神，梅花香自苦寒来，越是在寒冬腊月，它傲霜斗雪盛开了。梅花也是我们古代的士大夫经常自喻的，把自己比喻成梅花，傲霜斗雪，不怕严寒。总而言之，我认为松树和梅花在画家的笔下，在诗人的诗歌里面，在文人的文章里面，在老百姓的心目中，不仅仅是一种树、一种花，它也是精神人格的象征。所以我就写了这八个字，作为对我们广大党员干部的寄语。

（原载中纪委网站 2015 年 1 月 1 日）

相遇中国文学[①]

莫言　勒·克莱齐奥

（主题演讲部分略）

提问：克莱齐奥先生您好，莫言老师您好！首先我想请问克莱齐奥先生一个问题，我也听了昨天您和余华先生的那一场对谈讲座，在这儿我有两个问题想请问您，第一个问题是您说您曾经到过很多地方，也会很多语言，那么我想请问您一下您觉得语言在表达文学之美的时候，各个语言会有它的优势或劣势吗？打一个比方说中国有很多的方言，我们就会觉得方言有自己独特的表现力或者是有自己独特的词汇能展示出一种独特的即视感或者是视听的感觉，中文和法语之间也各自语言才能展示的美吗？第二个问题是您写了很多的小说，我曾经在一个散文里看到写小说人的感受，他认为最高的境界是让小说具有生命，但这取决于自己的发展的成长轨迹，到后来的情节发展不像是作者自己能控制，而是作者自己阐述自己小说本身想表达的意志，就感觉这个文章必须是这样的结局，我只是把它表达出来，您会有这样的感觉吗？您所创作的小说到后期由自己的意志来决定它的发展轨迹。

勒·克莱齐奥：第一个问题我只是回答一下关于语言的多样性，也就是说不同的语言是有不同的表达的，我认为语言之间从来没有一种比另一种语言更高，每一种语言都有一种自己内在的美，所以每一个语言都会对人类的文化有自己的贡献，在这个意义上一定要维护语言的多样性。中国不是一个只有一门语言的国家，而有很多的语言，这点

---

① 2015年10月19日，受北京师范大学国际写作中心莫言主任邀请，法国著名作家、2008年诺贝尔文学奖获得者勒·克莱齐奥在英东会堂作题为"相遇中国文学"的主题演讲。演讲结束后，莫言与勒·克莱齐奥一同回答现场观众提问。

非常重要，所以现在大家都说整个世界的语言被英语所统治了，如果真正要是这样非常遗憾。因此我们现在应该像中国这样能建立一种语言的多样性，因为中国是有多元文化的，而不是单一的文化。

第二部分是关于讲到作家的写作，每一个作家都会有一种语言来写作。但即使使用的是同一种语言，每个作家写出来的语言是不同的，他们有自己的创造，比如说我读莫言和余华的作品，你就看到他们差不多是同代人，但莫言的语言就完全不同于余华，在同一个时期用的是同一种语言，但两者在写作中创造出来已经是具有个性化的语言，有自己的节奏，有自己的美，无论是小说还是诗歌的创作，个人的创造这份独立的追求是非常重要的，一门语言这是有这种独特个人的创造才提供了营养，得益于这些。

提问：今天很高兴看到各位老师，特别是勒·克莱齐奥先生，您是我最喜欢的当代作家，还有许钧老师您的译笔十分流畅，让我感觉非常美。我发现勒·克莱齐奥先生您的小说中很多的人物都渴求着逃离，有的人在逃离中都迷失了自我，有的人却在逃离中找回了自我，有的人在逃离中回不去了，有的人却在逃离中找到了新的家乡，我觉得这些人物身上都有您自己的影子，因为您刚才也说您一直在旅行中感受各个地方的文化，那么我想问相比这些人物您在经历了几十年的旅行后，现在的心境又是如何的？是处在什么样的状态？谢谢！

勒·克莱齐奥：特别感谢你的问题，你刚才提到了《逃亡之书》，可以说那本书是那个时代的我写的产物，现在我不会再写这样的书，因为在那个时候我确实也受到了很多那个时代的作家的影响，他们特别地焦虑，他们一直在问世界为什么，就像那个时代之前的一些伟大的作家比如说卡夫卡、兰波，我那时候确实很不安分，我也不知道自己到底是什么，所以我以一种独特的感觉，这样的一种写作中慢慢给了我一份安宁，也让我通过写作感受到了平衡。经过了这么多年之后，我现在有了很大的变化，我觉得我不仅仅要写自己，我还要写别人。谢谢！

提问：很感谢莫言先生给我提问的机会，也非常感谢勒·克莱齐奥先生刚才讲述的和中国文学相遇的激情，和对中国文学的肯定和尊重。我也是在理解你对中国文学的感情和你和莫言先生的深厚的友情的时候，我也在想你和莫言先生两个人的文学风格其实差异很大，但是是什么在你们的文学作品中有某种相同又有极大的相异，这是困扰我两年的问题，因为你在一年多前访问过莫言先生的家乡，我想在语言的意义上你们是有极大的相同和相异的，你们两个都是语言大师，莫言先生的语言和您的语言都有一种自由和任性，那么莫言先生的语言也是以自由挥洒的方式来讲述中国故事。那么他的语言是追求快乐的极致，他只有语言一直放纵表达到快乐的时候才会停止。但你的语言是一直在追求忧伤、痛苦，直到痛苦极致的时候你才停止，就像许先生谈到您的《逃亡之书》的几个判断，我感到在船上的一家人的那种生命的极度的痛苦和火光燃烧起来的时候，你的语言在那个时刻才停止。《逃亡之书》里面逃亡的战士在极度濒临死亡几乎要把自己埋葬的时候您才停下来。包括《飙车》的时候两个少女到最后直到最后我们知道有一个人是死了，另一个人其实被车撞得粉碎，所以我感到您一直在追求叙述的极致，在那个时候停下来了。但莫言的语言一直在追求欢乐，我举一个很极端的例子，他的《檀香刑》写极度的困苦的时候他要去纠正，所以我想请您评价一下你们两个人的语言和我们观点的看法。

勒·克莱齐奥：我很幸福因为今天有您这样的评论家，您有强烈的感情和一种强有力的思想。我以前遇到这些批评家都是很冰冷的，有时候甚至带有恶意的，所以遇到他们的时候我就一个字想逃，但今天遇到了陈先生，我也被他感动，我想成为他的朋友。昨天和余华的对话中我们说了不少批评家的坏话，今天有了陈晓明先生我发现所有的批评家并不是都一样的，所以我今天要在这里做自我批评。

提问：很高兴参加这次演讲，我想问莫言老师一个问题，在您的作品里我能感觉到有一种很新奇的感觉，是一种感觉主义的作品，莫言老师在现实生活中是怎么捕捉和想象丰富的感觉的，而且又怎么确定这种感觉的真实性和准确性？

莫言：我来回答这个问题，让勒·克莱齐奥先生歇一会儿，你知道每一个作家在创作的过程中的感受是不太一样的，有的作家比较偏重于理性，他的小说可能是把一切包括细节都设计好了然后开始行动，我们有的作家的写作比较感性，可能有一个大概的故事的梗概或者是有一个画面，有一个感受甚至有了小说里的人物的一句话可以拿出来写作，有很多丰富的、生动的细节是在写作的过程中产生的。至于如何把一个虚构的故事，一部虚构的作品写得真切、感人，让人相信这确实有个方面的因素，第一，作家必须有足够丰富的个人体验，有足够丰富的生活经验，或者说你必须掌握大量的生活细节进行积累，你的头脑中也应该有很多个活灵活现的人物形象，你的头脑中应该有很多幅像画面一样清晰的场面，包括风景、包括建筑。另外还应该有很多非常松动的、独特的让人叹服的细节。这些东西有时候可以用想象来虚构一些，但很多特别精彩的细节实际上是虚构不出来的，因为昨天晚上我刚刚从新疆回来，在新疆期间跟一些50年代到新疆去参加建设的老同志在一块儿聊天吃饭的时候，他们讲到了当年在新疆北部的农场里的时候的一些劳动的细节，讲到了那个地方的蚊子的厉害，我们如果想象的话，蚊子一口就可以把人叮出血来。他们说有很多小鸟在天上飞着飞着就掉到了地下，为什么？因为被蚊子咬了一口。这样的细节我都想象不出来，鸟身上有羽毛，而且鸟飞得那么高，蚊子怎么可能叮着他们呢？但老战士们这些新疆最早的建设者们亲眼地看到了细节，确实一看这个鸟全身完好，在它的头上、脚上叮着一只肥大的蚊子，这样的细节我写到小说里非常有说服力。

另外，除了丰富的生活经验，作家当然是要有足够的想象力，你应该善于把别人的经验，自己的经验融合在一起，你应该善于把你听到和看到的别人的故事，和你自己的体验结合在一起这样才能让创作之源源源不断，你才能让小说无论写多少，还能让人感觉到身临其境。

提问：我是非常感谢各位的，我希望能够请勒·克莱齐奥先生今天借这个机会告诉大家他的名字叫勒·克莱齐奥。我希望通过他自己的嘴告诉媒体的人他叫勒·克莱齐奥。我也希望也许勒·克莱齐奥先生可以解释一下为什么他中间虽然是法语中有空格，可是为什么要连在一起的？我想作为一个伟大的作家，如果连自己的姓都叫人叫错，我觉得挺难受的，所以我希望中国人以后叫他勒·克莱齐奥先生，这相当于中国人叫欧阳的你叫他阳，那是不行的，我希望能借这个机会让勒·克莱齐奥先生给大家以正其名。

勒·克莱齐奥：因为这个勒不是法国的名字而是布雷塔尼的名字，它不是一个冠词而是一个复姓。

莫言：我记得我刚才说的都是叫勒·克莱齐奥。

提问：两位老师好，我们知道从汉朝以来儒家思想就成为中国的正统思想，几千年来一向影响中国人的思想，包括影响我们为人处事以及对整个民族的性格都有比较大的影响，我不知道能不能这样说我们现在每个人都可能或多或少地接触过儒家的经典比如说《论语》，但我敢肯定的是并不是每一个人都一定读过墨家的经典，比如说我就没有读过，刚才您在演讲中看来在您看来墨子的思想比孔孟更深刻、更接近自然的，您从法国人的角度是怎样看待儒家和墨家的思想对中国文化的影响？地位又是怎样的？

勒·克莱齐奥：我不是中国传统思想的专家，因为在孔子的祖国让我来说孔子、孟子、庄子给大家，肯定是不行的，我是来学习的。但我想说所有的这些学术呈现的是一种相互补充的关系，无论是儒家也就是说孔子还有孟子或者是佛教，少了其中一种就不是整个中国文化的整体。所以在现在世界中，就我的理解，比如说儒家强调的是仁，人本真的东西；老子强调的是自然以及跟世界和宇宙的关系；佛教是一种精神的超越，是一种怜悯，是一种爱。所以在中国非常好，有关人间以及和超越人间的结合就构成了一切。所以中国文化的品质在我看来有的时候可以成为一种未来的模式，就是一种人类社会的平衡。谢谢！

提问：两位老师好很高兴今天到现场参与到这个讲座中来，不好意思莫言老师我想问您一个问题，我是初二的时候就读了您的《生死疲劳》一书，这本书我非常喜欢，您开篇的时候用了一句话就用佛语点题。您在里面还有蓝脸的心理活动，他说天下乌鸦一般黑为什么不能有一只白的，我就是那只白乌鸦，这样的冲突在小说里非常多非常有意思，我想问一下您在创作这本书的时候是怎么样写的？还有您的人生态度是更趋于蓝脸那样的还是像佛那样少欲无为的？

莫言：我以为读《生死疲劳》这样的书都是老年人，但没有想到年轻人还有人读。在扉页上写了佛教里面的经典的一句话，小说里面蓝脸这个人物在当时的社会里确实是非常独特的，非常有个性的，这样一个人物也是有原型的，并不是我凭空想象出来的。至于我自己，我想我永远是乌鸦里面的多数的一只，我不愿意做白色的乌鸦，我不愿意引人注意。小时候我母亲每次给我做一件新衣服我都不愿意穿，因为太引人注目了，在农村里像我这样的人真的是为数不少。我的一个堂叔更加有意思，我的婶婶给他缝了一件新褂子，他为了不引人注目把这个褂子放在地上踩，旧了才穿上去。这个行为在当今的年轻人可能是很难理解的，可是我们当时的时代里是不奇怪的。你们有哪个同学买了新裙子先放在地上搓一搓，要么她在设计新的服装品牌，要么她的心理真的是有问题。

提问：有一句话说悲剧赢得隽永，喜剧安慰人心，大多数人都认为悲剧比喜剧更容易打动人，更引人深思或者是难以忘怀，两位老师对悲剧和喜剧有怎样的看法？

勒·克莱齐奥：你刚才说得非常重要，因为悲剧是赢得隽永的，喜剧安慰人心，在生活中两者都很需要。

莫言：悲剧、喜剧这两个概念太大，有一万个剧作家，肯定有一万种悲剧和喜剧的定义。是不是鲁迅说过悲剧是把人生的价值撕毁给人看，喜剧是把人生没有价值的东西呈现给人看。我觉得这是很机智也很有概括性的。

提问环节到此结束，我做一个总结。

莫言：老师们，同学们时间过得非常快，不知不觉已经超过了预定的时间5分钟，勒·克莱齐奥先生给我们做了一个非常精彩的演讲，刚才我们提问的问答的环节也很有意思，我想大家想继续把所有的时间延续下去，但因为明天勒·克莱齐奥先生要回南京去，所以我们让他早一点回去休息。

我和勒·克莱齐奥先生第二次见面是我们在西安的时候约好的，去年的年底非常寒冷的时候，和勒·克莱齐奥先生在许钧教授的陪同下到山东大学演讲，我也参与了这个活动，勒·克莱齐奥先生专门从济南坐了动车，到我的家乡高密去看了我的老父亲，也参观了所谓的莫言旧居，刚才先生也提到了他参观所谓的莫言旧居的一些印象和感受。我当时也没有注意到勒·克莱齐奥先生是怎么样走进我们家的大门的，后来把勒·克莱齐奥先生送走之后，我又回到了老家，当时县里面很有艺术水平的摄影师送给我一张照片，这张照片是勒·克莱齐奥先生弯腰低头走进我们家房门的照片。这个摄影师是很出名的，他也知道勒克莱齐奥先生是一个大个子，他也看到了我们家的门口很矮，他预先端着相机埋伏在我们家的门里面手按着快门，等待着勒·克莱齐奥先生弯腰低头到我们家里来，他选了一张自己很得意的，他把这张照片命名为"法国人低下了高贵的头颅"。我说这不好，这影响中国作家和法国作家的友谊。他说，你说叫什么名字，我说叫"最是那一低头的温柔"。我们的笑声和掌声说明了翻译是多么不容易，因为我想大家笑和鼓掌是因为徐志摩，他的著名的诗里面有这么一句著名的诗，所以我们心领神会，但如果许钧教授仅仅把"最是一低头的温柔"翻译过去远远没有传达这句话的意思。在我们的小说中，在我们的诗歌中肯定存在着很多这样的语言现象，翻译家如何处理这个问题？我相信像许钧教授都有自己的办法，会不会在这个过程中加了自己的理解。由此可见翻译工作多方面不容易，翻译家需要具备多么广博的知识，需要具备多么高超的语言技巧，不仅仅翻译字面上的意思，而且把潜台词，把语言背后的东西，把语言背后的文化现象翻译出来，一句话要加几百字的长长的脚注。

勒·克莱齐奥先生去年年底到我的故乡高密之行，给我留下了很深刻的印象，他确实是很温柔的、很和善的人，甚至有一份害羞和腼腆。因为我父亲是一个 90 多岁的老农民，他这么一个法国的大作家，亲自冒着严寒来看望他，让他非常感动，我父亲的耳朵有一点背，听力已经衰退得很厉害了，但他似乎能够听懂我们说的每一句话，后来我父亲也单独跟我说，向这个大个子的法国人问好，感谢他到高密来看我。

当然，我想一个作家的人格跟他的作品有内在的联系，勒·克莱齐奥先生对中国读者来讲现在已经是非常熟悉的作家了，他的作品我看起码有 20 本翻译成中文，我们都通过翻译了解到他的作品，也深深地感受到他构思故事的能力，人生经验的丰富，观察生活的准确以及翻译成中文的语言的优美和优雅。我不知道该感谢翻译家还是该感谢作家，我想两人是兼而有之，因为作家的语言基础非常好，翻译家的功力非常到位，才能把一种语言比较准确、比较传神地表达出来，我想我们在座的勒·克莱齐奥先生的读者，都应该向以许钧等教授为首的法国文学翻译家表示敬意。

勒·克莱齐奥先生也是一位非常有趣的人，我记得前不久看过一个媒体的采访，瑞典学院前常任秘书恩格道尔的采访，他说他在南京非常幸运地遇到了勒·克莱齐奥先生，他说你怎么在这里呢？勒·克莱齐奥先生说我在南京大学教书，他就问你教什么呢？这位先生说我教美术，但是我不懂美术。霍拉斯说这就是典型的勒·克莱齐奥，我教美术但我不懂美术，这个含义很丰富，很有意味。我也经常看到有一些老师说我教文学不写小说，我们也经常看到"我在恋爱但我不懂爱情"的年轻人，或者是我在教美术但我不会画画的老师。那些看起来很悖论的话里面包含了很丰富的信息，和很深刻的人生的意义。我想也许是因为我不懂美术，我才可以更好地教美术，也许是因为我不会写小说我才有可能更好地教小说，也许我不懂爱情才可以更投入地谈恋爱，等等依此类推。我想勒克莱齐奥先生是一个非常丰富的人，通过我们今天晚上聆听他的演讲，可以看到或者是初步地领略到他丰富的侧面，我们希望今后还有机会再次来聆听勒克莱齐奥先生的演讲。

再次为他给我们这么好的一个晚上而表示感谢。特别感谢许钧教授精彩的翻译。今天晚上的演讲会到此结束，感谢大家！

（本文由北京师范大学国际写作中心提供）

2015 年莫言研究资料索引

1 月

1. 王娇娇. 从禅宗修辞角度谈莫言《生死疲劳》的宗教情怀[J]. 淮海工学院学报(人文社会科学版),2015(01):34-37.

2. 姜玉琴. 启蒙主义传统与"食色性也者"传统——论莫言与鲁迅创作思想之不同[J]. 中国文学研究,2015(01):102-106+126.

3. 郑玲华. 汉英词化过程对比研究——以《讲故事的人》为例[J]. 兰州教育学院学报,2015(01):100-101+122.

4. 王金辉. 汉译英中主题向主语转换——以莫言的"诺贝尔奖讲座"英译文为例[J]. 英语广场(学术研究),2015(02):40-41.

5. 付璇. 论莫言"诺贝尔奖讲座"汉英翻译中的视角转换[J]. 英语广场(学术研究),2015(02):42-43.

6. 丛海霞. 莫言小说《牛》的隐喻分析[J]. 牡丹江大学学报,2015(01):43-45.

7. 黄俐. 从莫言之诺奖看中西文化交融——《盛典——诺奖之行》评介[J]. 时代文学(下半月),2015(01):159-160.

8. 周晓梅. 试论中国文学译介的价值问题[J]. 小说评论,2015(01):78-85.

9. 程光炜. 作家与故乡[J]. 小说评论,2015(01):63-67.

10. 郜元宝. 中国小说最大的"本钱"[J]. 小说评论,2015(01):68-72.

11. 张清华. 细读《透明的红萝卜》:"童年的爱情"何以合法[J]. 小说评论,2015(01):96-102.

12. 张莉.重读《生死疲劳》:"发生过的事情都是历史"[J].小说评论,2015(01):103-112.

13. 赵云洁.别无选择的命运——解析莫言《蛙》中姑姑跌宕起伏的人生[J].襄阳职业技术学院学报,2015(01):59-61+75.王妍引.狂欢与变形——论《蛙》中的话剧因素[J].襄阳职业技术学院学报,2015(01):62-64.

14. 朱旭晨.折得"金枝"话轮回——读莫言的《生死疲劳》[J].南京晓庄学院学报,2015(01):57-60+62.

15. 莫言作品被退货引探讨业内人士:退货率10%属正常[J].出版参考,2015(02):5.

16. 梁琳.从《丰乳肥臀》人物结局探究"生命宗教"[J].榆林学院学报,2015(01):105-110.

17. 康建伟.莫言长篇小说《蛙》中的中国形象解读[J].成都理工大学学报(社会科学版),2015(01):74-78.

18. 张志忠.莫言与中国当代文学的理想性之三思[J].山西大学学报(哲学社会科学版),2015(01):1-9.

19. 栾梅健.从"启蒙"到"作为老百姓写作"——莫言对鲁迅文学传统的继承与创新[J].南京社会科学,2015(01):6-12.

20. 姜智芹.当代文学对外传播中的中国形象建构——以莫言作品为个案[J].人文杂志,2015(01):63-68.

21. 徐爱芳.传播学视角下贾平凹、莫言小说海外传播对比分析[J].陕西教育(高教),2015(01):7-8.

22. 张卫中.新世纪中国小说语言取向[J].文艺评论,2015(01):4-8.

23. 苏沙丽.论乡土现代派——以莫言、刘震云、阎连科为考察中心[J].文艺评论,2015(01):18-25.

24. 贾平凹.我说莫言[J].东吴学术,2015(01):43-48.

25. 莫言.莫言·作品欣赏[J].陶瓷科学与艺术,2015(01):79.

26. 鲍晓英.从莫言英译作品译介效果看中国文学"走出去"[J].中国翻译,2015(01):13-17+126.

27. 朱振武,杨世祥.文化"走出去"语境下中国文学英译的误读与重构——以莫言小说《师傅越来越幽默》的英译为例[J].中国翻译,2015(01):77-80.

28. 尹明福.莫言《丰乳肥臀》中示现的英译[J].中外企业家,2015(02):249.

29. 瞿华兵.莫言小说艺术特征及其对当下文学创作的启示[J].井冈山大学学报(社会科学版),2015(01):95-100.

30. 滕爱云.民间视阈下的《红高粱》与《还乡》的女性叙事[J].天津大学学报(社会科

学版），2015(01)：73-76.

31. 谭若冰. 浅谈莫言《蛙》出版的文化意义[J]. 传播与版权，2015(01)：145-146.

32. 陈高峰，黄周. 大众文学的代表者——莫言与村上春树[J]. 哈尔滨师范大学社会科学学报，2015(01)：123-125.

33. 周灿美，严丽. 亦真亦幻——莫言《蛙》中的魔幻现实性[J]. 语文建设，2015(02)：5-6.

34. 左文燕. 莫言《红高粱》的语言艺术特色分析[J]. 语文建设，2015(02)：39-40.

35. 米丽娟. 莫言小说《四十一炮》的复调特征剖析[J]. 重庆文理学院学报（社会科学版），2015(01)：68-71.

36. 张洪顺. 莫言小说浅析[J]. 戏剧之家，2015(01)：170-171.

37. 祝东江. 从莫言获奖看中国文学翻译[J]. 文学教育（上），2015(01)：101-103.

38. 刘文果. 文学性与政治性的有机关联——理解莫言作品的新视角[J]. 名作欣赏，2015(02)：104-105.

39. 曹培. 痛楚而倔强的生命意识——评莫言的《蛙》[J]. 名作欣赏，2015(03)：5-7.

40. 宋晓英. 论英美文学评论对莫言女性形象的误读[J]. 贵州社会科学，2015(01)：48-53.

41. 郑泽宏. 用中国人的方式讲中国人的故事——评莫言小说《普通话》[J]. 职大学报，2015(01)：36-45.

42. 李丽. 福克纳与莫言乡土情结之比较研究[J]. 淮海工学院学报（人文社会科学版），2015(02)：47-49.

43. 靳莹雪. 遥远异邦难以了解？——从德国媒体报道莫言获奖一事探讨其对中国的认识[J]. 呼伦贝尔学院学报，2015(01)：8-12＋7.

44. 鲍仁. 莫言谈《红高粱》背后的故事[J]. 文学教育（下），2015(02)：11-13.

45. 刘文婷. 建构新世纪文学经典——深入挖掘《生死疲劳》之经典性因素[J]. 成都师范学院学报，2015,31(02)：70-72.

46. 王娟. 从《檀香刑》看莫言的民间化叙述[J]. 才智，2015(06)：306.

47. 徐英. 莫言《丰乳肥臀》翻译中的儿童视角情景[J]. 语文建设，2015(06)：63-64.

48. 肖进. 莫言在中东欧的译介、传播与接受[J]. 华文文学，2015(01)：37-43.

49. 莫言在澳门大学主讲"汉语文学的成就与前途"[J]. 华文文学，2015(01)：2.

50. 刘再复. 莫言成功的三个密码——2014年12月2日在香港公开大学与莫言的对谈引言[J]. 华文文学，2015(01)：5-6.

51. 李亚莎. 浅析《丰乳肥臀》法译本的俗语翻译策略[J]. 鸡西大学学报，2015(02)：88-90.

52. 杜慧琦. 人性与世俗的博弈——从《怀抱鲜花的女人》看莫言创作的人性抒写[J]. 商洛学院学报,2015(01):41-43+60.

53. 彭茜,彭在钦. 论莫言《蛙》中女性生命的张力[J]. 当代教育理论与实践,2015,7(02):181-184.

54. 段乃琳,姜波. 莫言《酒国》对鲁迅《狂人日记》"吃人"主题的继承和发展[J]. 理论观察,2015(02):103-104.

55. 徐姗姗. 从后殖民主义观点看莫言与诺贝尔奖的"双向选择"[J]. 牡丹江教育学院学报,2015(02):10-11.

56. 宋学清,朱智琳. 从恐惧到温情:莫言文学故乡的影视转换——从《白狗秋千架》到《暖》的影视改编[J]. 电影文学,2015(04):86-88.

57. 王燕玲.《红高粱》的空间叙事艺术分析[J]. 电子制作,2015(03):267.

58. 张慧敏. 辨莫言《丰乳肥臀》之"爱欲"与"道德"[J]. 景德镇学院学报,2015(01):1-8.

59. 吴世奇. 论鲁迅与莫言小说创作中的民间资源[J]. 甘肃广播电视大学学报,2015,25(01):42-47.

60. 彭维锋. 消解与颠覆:莫言《丰乳肥臀》的叙事策略[J]. 江西科技师范大学学报,2015(01):118-122.

61. 许丙泉."天地之大德曰生"——论莫言小说《生死疲劳》的思想内涵[J]. 廊坊师范学院学报(社会科学版),2015(01):25-29.

62. 许丙泉. 论莫言小说中的动物与人性——以长篇小说《生死疲劳》为中心[J]. 汕头大学学报(人文社会科学版),2015(01):18-22+95.

63. 张雪飞. 莫言小说中的动物速写[J]. 汕头大学学报(人文社会科学版),2015(01):11-17+95.

64. 胡庆. 浅析莫言小说中的民间文艺思想[J]. 四川职业技术学院学报,2015(01):40-43.

65. 张宇. 语言游戏说中生活形式的实证研究——以莫言小说《白狗秋千架》为分析对象[J]. 边疆经济与文化,2015(02):130-132.

66. 王娇娇. 从摹色修辞角度谈莫言《生死疲劳》的宗教思想[J]. 四川职业技术学院学报,2015(01):44-47.

67. 翟雪姣. 浅谈"红高粱"精神——莫言《红高粱》文本细读[J]. 长春教育学院学报,2015(03):5-6.

68. 尹建民. 莫言的寓言化写作及其对福克纳的接受[J]. 潍坊学院学报,2015(01):6-10.

69. 王洪岳. 莫言小说：现代主义文学中国化实现的标志[J]. 潍坊学院学报，2015(01):1-5.

70. 周婧. 莫言文学创作的叙事风格解读[J]. 语文建设，2015(05):1-2.

71. 王洪岳. 莫言长篇小说叙事与女性化思维之隐在关系论[J]. 山东女子学院学报，2015(01):62-67.

72. 宁明. 从"女人"到"人"——论莫言作品中的女性形象[J]. 山东女子学院学报，2015(01):68-72.

73. 张相宽. 男权意识下的突围与困境——莫言小说女性形象再解读[J]. 山东女子学院学报，2015(01):73-77.

74. 陈亮. 重复与隐喻架构与节奏——浅谈莫言长篇小说《蛙》的写作技法[J]. 山东女子学院学报，2015(01):78-83.

75. 王喆. 斯坦纳阐释论视角下《生死疲劳》英译本译者主体性分析[J]. 宁波教育学院学报，2015,17(01):51-54.

76. 王洪岳. 文学家莫言对当代中国美学的拓展与启示[J]. 贵州师范大学学报（社会科学版），2015(01):36-46.

77. 缪建维. 葛浩文翻译观试析——以《生死疲劳》英译本为例[J]. 湖北民族学院学报（哲学社会科学版），2015,33(01):176-179.

2月

78. 郭伟平. 论《丰乳肥臀》对古代志怪类文学的传承[J]. 现代语文（学术综合版），2015(02):53-54.

79. 周少英. 出版物的语言功力之所在——从莫言笔下的"狗"说起[J]. 编辑之友，2015(02):1

80. 剑锋. 从莫言的感慨说开去[J]. 党的生活（黑龙江），2015(02):58.

81. 冯雪燕. 莫言《檀香刑》中各人物形象分析[J]. 商，2015(05):116.

82. 王雪颖. 人性局限的内审——论莫言小说中的人性反思[J]. 名作欣赏，2015(05):19-20＋44.

83. 胡雪，周春英. 无边的忏悔，无力的救赎——论莫言长篇小说《蛙》[J]. 名作欣赏，2015(05):67-69.

84. 杨海燕，周春英. 从重男轻女思想到女性自我认知——分析莫言作品《蛙》[J]. 名作欣赏，2015(05):70-71.

85. 骆敏霞，周春英. 论莫言《蛙》中"蝌蚪"形象的内涵及意义[J]. 名作欣赏，2015

(05):72-73.

86. 隋清娥.由文字到影像的变异:小说《红高粱家族》的电视剧改编探究[J].齐鲁师范学院学报,2015(01):80-89.

87. 张相宽.故事·讲故事的人·听故事的人——论莫言小说与传统说书艺术的联系[J].东岳论丛,2015(02):86-90.

88. 储诚意.正面人物反写反面人物正写——莫言小说主人公形象的书写策略[J].宿州学院学报,2015(02):56-58+76.

89. 刘洪强.莫言《檀香刑》的本事与母题[J].蒲松龄研究,2015(01):90-98.

3 月

90. 张智慧.《生死疲劳》小说中的词语变异修辞[J].淮海工学院学报(人文社会科学版),2015(03):37-40.

91. 毛菁菁.翻译转换理论在汉英翻译中的应用——以莫言《红高粱》英译本为例[J].兰州教育学院学报,2015(03):145-146+164.

92. 陈新瑶.论莫言小说的"言说策略"[J].湖北理工学院学报(人文社会科学版),2015(02):68-73.

93. 李慧.莫言作品中罪感与救赎论——对《蛙》的解读[J].淄博师专学报,2015(01):48-50.

94. 闫玉洁.德莱赛《嘉莉妹妹》与莫言《红高粱》中新女性形象之比较[J].湖北函授大学学报,2015(06):186-187.

95. 李洒茜.汉英并列结构对比分析——以莫言的《师傅越来越幽默》及其译本为例[J].赤峰学院学报(汉文哲学社会科学版),2015(03):133-134.

96. 白鹏.现代化进程的悖论式书写——试论莫言长篇小说《蛙》[J].牡丹江大学学报,2015(03):79-80+95.

97. 王丽峰.文学伦理学视角下的《透明的红萝卜》[J].安徽文学(下半月),2015(03):72-73.

98. 程光炜.劳动生涯——莫言家世考证之四[J].当代作家评论,2015(02):71-78.

99. 刘崇华.《生死疲劳》解析莫言小说的魔幻现实主义色彩[J].语文建设,2015(09):31-32.

100. 尚一鸥.《透明的红萝卜》与《且听风吟》的文学起点——莫言与村上春树的小说艺术比较研究[J].学术研究,2015(03):148-152.

101. 彭在钦,段晓磊.论现代性视域下的莫言"乡土文学"观[J].小说评论,2015(02):

92-96.

102. 李占伟.莫言小说的叙事现代性[J].小说评论,2015(02):97-101.

103. 管笑笑.当时间化为肉身——关于《四十一炮》的解读[J].小说评论,2015(02):102-109.

104. 李琳琳.从传播学角度看电视剧《红高粱》热播[J].青年记者,2015(08):46.

105. 彭正生,方维保.对话·狂欢·多元意识:莫言小说的复调叙事艺术[J].江淮论坛,2015(02):162-167.

106. 程光炜.生平述略——莫言家世考证之一[J].南方文坛,2015(02):67-71.

107. 冯能锋.加西亚·马尔克斯对莫言文学创作的影响[J].艺术科技,2015,28(03):113+271.

108. 严婧琨.政治话语和权力关系:对《蛙》的解读[J].湖北文理学院学报,2015(03):61-65.

109. 曹庆珠.译者身份再思考——小议莫言获奖背后的翻译问题[J].佳木斯职业学院学报,2015(03):301-302.

110. 王文强,刘婷婷.莫言小说"前景化"语言的英译思考——以《红高粱家族》中超常规搭配色彩词英译为例[J].外文研究,2015(01):89-93+108.

111. 冯岭.视觉文化冲击下莫言作品影视化改编之得失刍议[J].传播与版权,2015(03):90-91.

112. 郭瑞萍.论阿克罗伊德与莫言作品的民族关怀[J].语文建设,2015(08):1-2.

113. 舒姚.论汉英文本的句式结构中意合与形合现象的对比研究——以莫言的"诺贝尔演讲"为例[J].英语广场,2015(03):33-34.

114. 蒙启.文以三问,纲举目张——职高语文读写教学的"三问三环节"模式[J].现代语文(学术综合版),2015(03):114-115.

115. 叶巧巧.文本类型与翻译策略——论莫言的"诺贝尔奖讲座"演讲词英德译文[J].现代语文(学术综合版),2015(03):158-160.

116. 张淑卿.鲁迅、莫言与麦家:中国文学海外传播启示录[J].学术交流,2015(03):203-208.

117. 刘彬,戈玲玲,庄雅黎.论莫言小说文本中本源概念翻译模式——基于汉英双语平行语料库的研究[J].外语学刊,2015(02):93-97.

118. 陈俐,李家富.莫言笔下跨性别视点的女性形象解读——以戴凤莲、上官鲁氏、孙眉娘为例[J].名作欣赏,2015(09):7-8+11.

119. 李杰俊.莫言"文革"书写中的权力、性和怨恨[J].名作欣赏,2015(07):68-71.

120. 王澄霞.骨鲠在喉难莫言——莫言获诺奖所引发的中国当代文学的隐忧[J].暨

南学报(哲学社会科学版),2015,37(02):147-153.

121. 王雪颖.欲海中的澄明探寻——论莫言小说中的消费时代生存救赎[J].名作欣赏,2015(09):5-6＋21.

122. 曹帅.80 年代作家的世界文学观念——以莫言、北岛、王安忆等作家为例[J].职大学报,2015(02):42-45＋73.

123. 董外平.莫言的暴力观念及其文学呈现[J].中国文学研究,2015(02):100-104.

124. 芦娟.论《白狗秋千架》的"等待"主题[J].常州工学院学报(社科版),2015(02):43-46＋57.

125. 张真真.改写理论诗学视角下《丰乳肥臀》英译本研究[J].赤峰学院学报(汉文哲学社会科学版),2015(04):193-195.

126. 巩飞.翻译质量评估的系统功能语言学路径——以莫言《红高粱》英译本为例[J].现代语文(语言研究版),2015(04):158-160.

127. 王悦,王文君,宋学清.《蛙》:在饥饿与恐惧中成长的文本[J].赤峰学院学报(汉文哲学社会科学版),2015(04):135-136.

128. 鹿鸣昱.《蛙》中的"物哀"美[J].赤峰学院学报(汉文哲学社会科学版),2015(04):144-145.

129. 朱翠.从生命的拯救、毁灭、救赎中反思人性——对莫言《蛙》中姑姑一生的解读[J].牡丹江大学学报,2015(04):67-69.

130. 程光炜.家庭——莫言家世考证之二[J].文艺争鸣,2015(04):27-33.

131. 李莒莒.莫言文学的民间视野[J].安庆师范学院学报(社会科学版),2015(02):57-60.

132. 谢小文.论魔幻现实主义在莫言作品中的流变——以《透明的胡萝卜》《生死疲劳》为例[J].海外英语,2015(08):185-186.

133. 辛静.熟悉的陌生人:美国新闻媒体中被他者化的中国作家莫言[J].国际新闻界,2015(04):27-38.

134. 范新娟,阮红梅.斯坦纳阐释学视角下的译者主体性微探——以《丰乳肥臀》为例[J].安康学院学报,2015(02):68-71＋96.

135. 邵霞.莫言作品传播的译者模式和翻译策略[J].渭南师范学院学报,2015(08):47-52.

136. 张灵.艺术的盛宴灵魂的棒喝——论《酒国》的艺术与思想创造[J].上海文化,2015(04):112-121＋127.

137. 程光炜.莫言与高密东北乡[J].暨南学报(哲学社会科学版),2015(03):6-10.

4月

138. 张中锋.《丰乳肥臀》创作中的俄罗斯文学"意蕴"[J].百家评论,2015(02)：22-30.

139. 张雪飞.人类兽性：动物性的沉疴——莫言小说中人类暴行的文化阐释[J].聊城大学学报(社会科学版),2015(02)：42-49.

140. 尹椰.葛浩文的翻译观在《酒国》英译中的体现[J].读与写(教育教学刊),2015(04)：26-27＋55.

141. 韦月洲.基于生态翻译学的"译者中心"——以葛浩文英译《生死疲劳》为例[J].湖北函授大学学报,2015(07)：139-140.

142. 彭丽娟.《丰乳肥臀》中"文化负载词"的日译方法研究[J].现代交际,2015(04)：41-42.

143. 曹伟.关于莫言小说魔幻现实主义风格的研究[J].淮北职业技术学院学报,2015(02)：45-46.

144. 王娇娇.浅谈莫言《生死疲劳》的变异修辞[J].淮北职业技术学院学报,2015(02)：67-69.

145. 阳海燕,唐红卫.从启蒙文学的残酷人生到怀旧电影的感伤成长——论电影《暖》对小说《白狗秋千架》的改编[J].衡阳师范学院学报,2015(02)：97-102.

146. 何元媛,张冬梅.葛浩文英译莫言小说的历程分析[J].湖南工业大学学报(社会科学版),2015(02)：112-116.

147. 王艳文.莫言小说创作中的"弑父情结"[J].理论月刊,2015(04)：69-72.

148. 孟繁华.中国当代文学经典化的国际化语境——以莫言为例[J].文艺研究,2015(04)：17-25.

149. 樊星.写出中国普通女性的强悍民风——莫言小说中女性形象的文化意义[J].山东女子学院学报,2015(02)：76-80.

150. 曹霞.从政治批判到性别话语——莫言《丰乳肥臀》的批评研究[J].山东女子学院学报,2015(02)：81-87.

151. 赵坤.民间的凋敝与隐匿——以《丰乳肥臀》中的"女儿们"为中心[J].山东女子学院学报,2015(02)：88-91.

152. 赵丽丽,成汹涌.《生死疲劳》的互文性解读[J].文学教育(上),2015(04)：41-43.

153. 郑铃于.叙事批评视角下的《红高粱》[J].文学教育(上),2015(04)：48-49.

154. 张慧敏.中国民间话语再生论——读解莫言《生死疲劳》[J].海南师范大学学报

（社会科学版），2015（05）：32-38.

155. 麻伟涛.《红高粱》中的野性美［J］.赤峰学院学报（汉文哲学社会科学版），2015（05）：160-162.

156. 杨倩.从词汇角度看《丰乳肥臀》的变异修辞［J］.现代语文（语言研究版），2015（05）：91-93.

157. 李国.民间的苦难与文化的涅槃——试论莫言小说的乡土世界［J］.内江师范学院学报，2015,30（05）：46-50.

158. 郑英魁.简论莫言在俄罗斯的译介与传播［J］.当代作家评论，2015（03）：180-183.

159. 张晶.框架理论视野下美国主流报刊对莫言小说的传播与接受［J］.当代作家评论，2015（03）：166-179.

160. 王文强,汪田田.苏童小说海外传播研究——以英法世界为例［J］.当代作家评论，2015（03）：184-190.

161. 吴世奇.论莫言小说的悲剧意识——以《白狗秋千架》为例［J］.天水师范学院学报，2015（03）：38-41.

162. 田家隆.莫言《蛙》中姑姑故事的叙事逻辑分析［J］.天水师范学院学报，2015（03）：42-47.

163. 张婷.浅析莫言小说《红高粱》中颜色词翻译的语义差异［J］.商，2015（09）：114.

164. 张英,杨丽萍,刘玉宝.《酒国》俄译本中的语用改译策略及语用等值效果［J］.东北师大学报（哲学社会科学版），2015（03）：158-162.

165. 王琰瑾,车瑞.《丰乳肥臀》中上官鲁氏的形象［J］.襄阳职业技术学院学报，2015（03）：69-71.

166. 黄俏.乡土与准则：莫言与海明威作品中英雄形象比较［J］.小说评论，2015（03）：105-109.

167. 藤井省三,林敏洁.莫言与鲁迅之间的归乡故事系谱——以托尔斯泰《安娜·卡列尼娜》为辅助线来研究［J］.小说评论，2015（03）：93-104.

168. 王晓平."美学信念"与"道德感"——论欧美汉学界对莫言获奖反应的文艺评判标准［J］.烟台大学学报（哲学社会科学版），2015（03）：37-48.

169. 周春霞.莫言小说在西班牙的译介——以《酒国》和《檀香刑》的西语译本为例［J］.南方文坛，2015（03）：32-35＋52.

170. 薛贵青.对孩童世界的观照——莫言短篇小说浅论［J］.吉林广播电视大学学报，2015（05）：157-158.

171. 莫优媚.关联理论视角下汉语言语礼貌的解读——以莫言的小说《蛙》为例［J］.

佳木斯职业学院学报,2015(05):295+297.

172. 潘华.高密东北乡的生命文化秘境——莫言《蛙》中人名的象征内涵[J].文艺评论,2015(05):103-107.

173. 张越.中国文化海外传播:问题与反思——以《师傅越来越幽默》葛浩文英译本为范例[J].乐山师范学院学报,2015(05):66-70+140.

174. 郭伟平.论莫言"梦幻现实主义"小说与志怪类文学的关系[J].漯河职业技术学院学报,2015(03):47-48.

175. 宋庆伟.葛译莫言小说方言误译探析[J].中国翻译,2015(03):95-98.

176. 孙艳.繁复多元意象万千——莫言《丰乳肥臀》的风格表征[J].哈尔滨师范大学社会科学学报,2015(03):121-123.

177. 姜德成.《丰乳肥臀》的历史叙事研究[J].宁波大学学报(人文科学版),2015(03):19-23.

178. 安丽荣.人的异化与异化的人——莫言长篇小说《蛙》中的姑姑[J].黑龙江史志,2015(09):207+209.

179. 张玉,吴晓棠.莫言小说中高密方言的时代性特点——以《檀香刑》和《蛙》为例[J].现代语文(学术综合版),2015(05):153-154.

180. 李婷.试论空间视域下莫言《丰乳肥臀》中的"母亲"形象[J].名作欣赏,2015(14):47-48.

181. 李扬葳,周春英.文明与生命的冲撞——论《蛙》中的历史理性与人文关怀[J].名作欣赏,2015(14):51-52.

182. 朱娴,周春英.难辨真假——浅谈《蛙》之第五部[J].名作欣赏,2015(14):53-54.

183. 毛瑶瑶,周春英.孤独的另类书写——论莫言的《蛙》[J].名作欣赏,2015(14):55-56.

184. 沈宗厚,周春英.论姑姑人生中的五个男人——浅谈莫言《蛙》[J].名作欣赏,2015(14):57-58.

185. 罗思琪,周春英.爱的缺失与失真的世界——论莫言小说《透明的红萝卜》的人物形象[J].名作欣赏,2015(14):59-60.

186. 曾钰雯.从"民间叙事"谈莫言的《民间音乐》[J].名作欣赏,2015(15):79-81+107.

187. 程光炜.参军——莫言家世考证之五[J].当代文坛,2015(03):12-20.

5 月

188. 宁明.莫言作品中的高密民间信仰[J].东岳论丛,2015(05):46-50.

6 月

189. 阳海燕.论《白狗秋千架》的复调[J].职大学报,2015(03):33-35.

190. 郭艳秋.《生死疲劳》文化因素翻译策略初探[J].扬州教育学院学报,2015(02):32-37.

191. 刘维肖.论莫言《蛙》中主观性与客观性的交织[J].扬州教育学院学报,2015(02):12-15.

192. 查道虎.基于传播学视角的译者主体性研究——以莫言《生死疲劳》英译本为例[J].淮海工学院学报(人文社会科学版),2015(06):56-59.

193. 王岩,潘卫民.莫言《生死疲劳》英译的格式塔诠释[J].邵阳学院学报(社会科学版),2015(03):105-108.

194. 蒋骁华.《红高粱家族》葛浩文英译特点研究[J].外语与翻译,2015(02):3-11.

195. 刘青,周维东.民间智慧与莫言小说的中国经验[J].成都大学学报(社会科学版),2015(03):52-56.

196. 齐金花.殊途同归的喧嚣与孤独——莫言的《生死疲劳》与马尔克斯的《百年孤独》主题呈现[J].语文建设,2015(18):72-74.

197. 杜庆龙.诺奖前莫言作品在日韩的译介及影响[J].华文文学,2015(03):31-36.

198. 于沛佳.莫言演讲的再读——有感于文字背后的力量[J].品牌(下半月),2015(06):137.

199. 田敏.浅议莫言作品中的乡土情结[J].湖北科技学院学报,2015(04):62-63.

200. 赵玉梅.论莫言小说中民间故事言说与魔幻现实主义的融合[J].浙江工商职业技术学院学报,2015(02):39-41.

201. 王海燕.论鲁迅与莫言鬼魅叙事的不同形态[J].武汉理工大学学报(社会科学版),2015(03):569-573.

202. 刘权.论《白狗秋千架》与《黑骏马》的归乡模式[J].攀枝花学院学报,2015,32(03):71-73.

203. 李卫国.从生态批评视角解读《丰乳肥臀》[J].湖北经济学院学报(人文社会科学版),2015(06):108-109.

204. 危阜军.莫言的风趣[J].吉林劳动保护,2015(06):46.

205. 张娅萍.浅谈莫言对日本的认知[J].延安职业技术学院学报,2015(03):85-86.

206. 陈艳.《红高粱》英译本的生态翻译三维转换[J].乐山师范学院学报,2015(06):58-61.

207. 王恒升.论莫言长篇小说《酒国》的先锋艺术[J].潍坊学院学报,2015,15(03):8-13.

208. 孙洛中.论莫言早期小说创作中的意识形态暗示[J].潍坊学院学报,2015(03):14-17.

209. 王济洲.莫言小说实体隐喻初探[J].德州学院学报,2015(03):74-78.

210. 余莉莉.试论创伤经验在莫言小说创作中的体现——以小说《丰乳肥臀》《拇指铐》为例[J].广西职业技术学院学报,2015(03):52-56.

211. 王焕玲.莫言小说语言的创新与变异[J].语文建设,2015(17):4-5.

212. 曹家琴.共同的乡土情结不同的异域书写——莫言与哈代乡土情结的互文性探析[J].吉林省教育学院学报(上旬),2015(06):127-128.

213. 翟瑞青.灾难背景下莫言的女性观[J].山东女子学院学报,2015(03):61-65.

214. 王美春.女性主义视野下莫言小说中的女性形象研究[J].山东女子学院学报,2015(03):66-72.

215. 李晓丽.男性叙事中的女性"默言"——谈莫言中短篇小说中的女性声音[J].山东女子学院学报,2015(03):73-77.

216. 于红珍.被召唤的主体之痛——解读莫言长篇小说《蛙》中的女性形象[J].山东女子学院学报,2015(03):78-82.

7月

217. 黄立华.论门罗与莫言小说叙事风格的相似性[J].求索,2015(07):131-135.

218. 于晶.魔幻现实主义"中国化"——接地气的"乡土"作家[J].赤峰学院学报(汉文哲学社会科学版),2015(07):115-117.

218. 王树福.天才的与独特的:叶果夫与其眼中的莫言形象[J].世界文学,2015(04):297-309.

219. 隋英霞.《蛙》的人名隐喻——以"万心"和"万足"为例[J].安徽农业大学学报(社会科学版),2015(04):102-106.

220. 姜智芹.当代文学在西方的影响力要素解析——以莫言作品为例[J].甘肃社会科学,2015(04):124-128.

221. 季红真.历史叙事的血肉标记——莫言小说女性身体的多重表义功能[J].山东女子学院学报,2015(04):63-71.

222. 丛新强.论莫言创作的女性主体意识[J].山东女子学院学报,2015(04):72-75.

223. 赵思奇.论莫言小说中的母亲形象[J].山东女子学院学报,2015(04):80-84.

224. 王鑫.论莫言的女性话语——以《红高粱家族》为中心[J].山东女子学院学报,2015(04):85-88.

225. 卢巧丹.莫言小说《檀香刑》在英语世界的文化行旅[J].小说评论,2015(04):48-55.

226. 刘霞云.论莫言长篇小说的"跨"体书写[J].小说评论,2015(04):56-63.

227. 张恒君.莫言小说语言风格论[J].小说评论,2015(04):64-70.

228. 吕燕.当作家遇上了"微时代"——由莫言的博客及微博说开去[J].学理论,2015(21):78-80.

229. 许钧,莫言.关于文学与文学翻译——莫言访谈录[J].外语教学与研究,2015(04):611-616.

230. 王婷婷.莫言作品中的环境化意象探析[J].钦州学院学报,2015(07):19-24.

231. 丛新强."女性文化视野下的莫言创作研究"学术研讨会综述[J].中国现代文学研究丛刊,2015(07):209-213.

232. 马跃成.莫言《红高粱》与二人转叙述视角的异同——论跳进跳出叙述视角的独特性[J].戏剧文学,2015(07):140-145.

233. 钱谷融.《胡适·鲁迅·莫言:自由思想与新文学传统》序[J].东吴学术,2015(04):31.

234. 靳亚利.莫言小说《蛙》的陌生化分析[J].大众文艺,2015(13):28-29.

235. 李夏茹.语言符号任意性原则视角下的辞格应用——以莫言《蛙》为例[J].长沙大学学报,2015(04):98-100.

236. 申慧芳.论《生死疲劳》对传统文化的承续与超越[J].六盘水师范学院学报,2015(03):34-37.

237. 段宇晖.莫言的小说笔法——《丰乳肥臀》人物叙事论[J].重庆文理学院学报(社会科学版),2015(04):44-47.

238. 刘晓萌,石兴泽.莫言小说创作鄙俗怪诞的杂语现象简析[J].时代文学(上半月),2015(07):202-205.

239. 廖宇婷.从《丰乳肥臀》看莫言的女性观[J].名作欣赏,2015(21):7-9.

240. 刘洪强.如何向古典章回小说致敬——莫言《生死疲劳》本事略考[J].名作欣赏,2015(19):39-42.

8 月

241. 胡良桂.莫言创作的世界性与人类性[J].求索,2015(08):110-116.

242. 王鹰.莫言作品中红高粱文学意象研究[J].文学教育(下),2015(08):28-30.

243. 钟雪,王金凤.从关联理论翻译观看莫言《酒国》俄译本中文化意象的释意手法[J].牡丹江大学学报,2015(08):107-109.

244. 楚恒叶.荒诞下的真实——论莫言《酒国》虚实互写下的意象传达[J].牡丹江大学学报,2015(08):39-41.

245. 张玉,吴晓棠.莫言小说中高密方言的延续性特点及其独特魅力——以《檀香刑》和《蛙》为例[J].牡丹江大学学报,2015(08):130-132.

246. 楚恒叶.于困境中看莫言《酒国》的人性反思[J].赤峰学院学报(汉文哲学社会科学版),2015(08):169-171.

247. 丁万武,李进学.把家乡安放在世界文学的版图上——试论莫言小说创作的艺术特征[J].语文教学通讯·D刊(学术刊),2015(08):67-69.

248. 程光炜.创作——莫言家世考证[J].新文学史料,2015(03):4-17.

249. 刘权.压抑境遇下的人性诉求——论莫言与乔叶小说中的女性书写[J].阴山学刊,2015(04):72-74.

250. 张玲.论莫言小说《蛙》中姑姑的人格结构[J].安康学院学报,2015(04):91-94.

251. 赵鑫.《喧哗与骚动》和《丰乳肥臀》的家族叙事比较研究[J].重庆科技学院学报(社会科学版),2015(08):115-117.

252. 程光炜.教育——莫言家世考证之三[J].中国现代文学研究丛刊,2015(08):1-11.

253. 程旸.莫言的文学阅读[J].中国现代文学研究丛刊,2015(08):12-19.

254. 原帅.莫言小说人物原型考[J].中国现代文学研究丛刊,2015(08):20-30.

255. 洪治纲.论莫言小说的混杂性美学追求[J].中国现代文学研究丛刊,2015(08):31-45.

256. 毛莹.莫言在法国的传播与接受[J].佳木斯职业学院学报,2015(08):79-80

257. 方警春.论莫言小说与神魔小说的同质性文化构成[J].佳木斯大学社会科学学报,2015(04):101-103.

258. 王娇娇.从比喻视角分析莫言小说中的修辞幻象[J].佳木斯大学社会科学学报,2015(04):104-107.

259. 余立祥,梁燕华.概念整合视阈下的文学文本创造性翻译理据——以莫言《蛙》英译本为例[J].江西理工大学学报,2015(04):92-96.

260. 张文诺.20 世纪 80 年代中国农村的个人化书写——再读莫言的长篇小说《天堂蒜薹之歌》[J].延安大学学报(社会科学版),2015(04):71-77.

261. 庄伟杰.莫言的字与当代作家的所谓"书法"[J].粤海风,2015(04):91-97.

262. 杜秀莲.跨越时空的笔锋交汇——莫言与兰姆的散文创作比较[J].学术界,2015(08):140-149+327.

263. 樊星.莫言与山东神秘文化——兼论当代山东作家与神秘文化[J].百家评论,2015(04):95-104.

264. 杨新刚.取今复古别立新宗——西方现代主义与中国古典主义对莫言文学创作的影响辨析[J].潍坊学院学报,2015(04):9-14.

265. 陈黎明.莫言小说中的魔幻及其复杂构成[J].学术界,2015(08):132-139+327.

266. 张智庭.莫言闪小说《狼》的符号学解读[J].文艺研究,2015(08):14-21.

267. 李仕华.《丰乳肥臀》与文学媚世[J].湖北社会科学,2015(08):124-127.

268. 刘伊玲.莫言小说中的影视化元素[J].文学教育(上),2015(08):42-43.

269. 张文彬.莫言《蛙》的画面视觉动力分析[J].文学教育(上),2015(08):46-49.

270. 宁明.生命伦理与社会伦理的角力——《蛙》中的伦理困境与救赎[J].山东社会科学,2015(08):106-110.

271. 周欢.《丰乳肥臀》的原型解读——以生殖崇拜、命运难违、征兆显现为例[J].现代语文(学术综合版),2015(08):44-46.

272. 綦天柱,胡铁生.文学疆界中的社会变迁与人的心理结构——以诺贝尔文学奖获得者福克纳和莫言的文学疆界为例[J].社会科学家,2015(08):126-131.

273. 王新惠.《透明的红萝卜》主题的多重意蕴[J].语文建设,2015(22):42-44+47.

274. 胡铁生,孙宇.莫言魔幻现实主义的是非曲直[J].社会科学战线,2015(08):166-175

9 月

275. 朱峥琳.论福克纳与莫言的酒神精神[J].太原大学学报,2015,16(03):102-108.

276. 李征.从民俗视角看莫言小说改编成电影的审美特色[J].大众文艺,2015(18):192-193.

277. 赵丽丽.莫言《生死疲劳》中的民族特色[J].山西高等学校社会科学学报,2015,27(09):109-111.

278. 李莹波.坚强的生命意识和倔强的民族精神——评莫言小说《红高粱家族》[J].

科技进步与对策，2015(18)：161-162.

279. 张晓娟，苏新连.莫言英译作品译介研究[J].海外英语，2015(18)：125-126.

280. 周国良.莫言小说创作的民间姿态研究[J].戏剧之家，2015(18)：235.

281. 李妍.血腥背后的深刻——浅谈《檀香刑》中的刑场描写[J].时代文学(下半月)，2015(09)：245-246.

282. 刘欣玥."在场者"与"后来者"的对话——重读《创业史》与《生死疲劳》中的农业合作化书写[J].创作与评论，2015(18)：46-53.

283. 张舸.时代的摹写人性的关照——试论莫言《蛙》中姑姑人性的异化[J].阿坝师范高等专科学校学报，2015,32(03)：73-74＋94.

284. 吴景禄.论《生死疲劳》的民间资源[J].赤子(上中旬)，2015(18)：89-90.

285. 王玮，胡丹.浅析小说翻译中的译者主体性——以莫言小说《生死疲劳》葛浩文英译本为例[J].亚太教育，2015(26)：237.

286. 赵婷，王宁.地域文化的审美意蕴——以莫言、苏童和福克纳的作品为例[J].伊犁师范学院学报(社会科学版)，2015(03)：102-105.

287. 王娇娇.浅谈莫言小说中比喻使用的"新变"[J].九江学院学报(社会科学版)，2015(03)：91-94.

288. 覃治华.莫言小说中的鬼魅形象[J].文化学刊，2015(09)：159-160.

289. 张文诺.论莫言对20世纪80年代中国农村的解构与再构[J].大理学院学报，2015(09)：22-27.

290. 黄海燕.莫言小说中的生命意识探究[J].产业与科技论坛，2015(17)：195-196.

291. 郭群.自卑与超越——莫言创作心理探微[J].闽南师范大学学报(哲学社会科学版)，2015(03)：100-104.

292. 吕洁.莫言长篇小说的主题与叙事评析[J].语文建设，2015(26)：34-35.

293. 陈思.《红高粱》叙事视角研究[J].文学教育(上)，2015(09)：52-53.

294. 毛晶晶.认知视域下莫言作品《蛙》的隐喻研究[J].现代语文(学术综合版)，2015(09)：40-41.

295. 燕淑梅.阎连科与莫言作品对比阅读[J].现代语文(学术综合版)，2015(09)：42-44＋2.

296. 朱妍，陈少锋.莫言《蛙》生命意识的建构策略[J].宿州学院学报，2015(09)：63-66.

10 月

297. 陈丽萍,李圣民.浅议莫言笔下的悲悯[J].萍乡学院学报,2015(05):42-45.

298. 刘骥."在地性"的文化异同——莫言和福克纳叙事模式比较研究[J].东北农业大学学报(社会科学版),2015(05):82-86.

299. 谢秀娟.福克纳与莫言笔下扭曲的父亲与子女关系[J].济宁学院学报,2015(05):34-38.

300. 申明秀.莫言创作思想刍议[J].华文文学,2015(05):69-76.

301. 张月.由死往生的朝气与向死而生的静默——对比莫言的《蛙》与阎连科的《丁庄梦》[J].广州广播电视大学学报,2015(05):85-90+111-112.

302. 李小凡.影响莫言小说中色彩运用的因素[J].岭南师范学院学报,2015(05):18-27.

303. 王欣.莫言小说中的魔幻现实主义与本土化表达[J].潍坊学院学报,2015(05):11-15.

304. 丛新强.论莫言"抗战"书写的论争及其内涵[J].百家评论,2015(05):38-43.

305. 徐晓阳.深谋远虑的"刺杀秀"导演——解读莫言剧作《我们的荆轲》燕姬形象之复杂性[J].新世纪剧坛,2015(05):41-46.

306. 吴博.坚强的女性,不朽的人生——福克纳和莫言代表作之女性主义比较[J].齐齐哈尔师范高等专科学校学报,2015(05):39-41.

307. 吴玉英,刘文斌.别有用心的借题发挥——评刘再复关于诺贝尔文学奖的言论[J].文艺理论与批评,2015(05):110-117.

308. 赵启鹏.论莫言创作中身体伦理的叙事呈现与重释现代性的历史化书写[J].山东女子学院学报,2015(05):56-65.

309. 王西强,张笛声.悲剧命运的苦难承受者——莫言小说中"被压抑"的女性形象解析[J].山东女子学院学报,2015(05):66-70.

310. 李晓燕.齐文化对莫言笔下女性人物创作的影响研究[J].山东女子学院学报,2015(05):71-74.

311. 李一.论"无后"意象在莫言创作中的出现[J].小说评论,2015(05):55-62.

312. 刘江凯.《蛙》:"生育疑案"中的"含混"与清晰[J].小说评论,2015(05):63-67.

313. 凤卓,彭正生.历史的突围与超越——论莫言《檀香刑》狂欢化叙事美学[J].阜阳师范学院学报(社会科学版),2015(05):86-88.

314. 龙慧萍,蔡静.莫言小说与中国形象——以英语世界中的传播情况为例[J].湘潭大学学报（哲学社会科学版），2015,39(05):105-108+112.

315. 石竹青.莫言创作的民间经验与文化审美精神[J].辽宁师范大学学报（社会科学版），2015(05):665-670.

316. 李盛涛.莫言小说《蛙》叙事策略背后的意义迷思[J].成都理工大学学报（社会科学版），2015(05):90-96.

317. 杨红梅.《檀香刑》的民间叙事及其英译[J].宁夏社会科学，2015(05):188-192.

318. 王洪岳.红高粱美学:从小说到电影到电视剧[J].淮阴师范学院学报（哲学社会科学版），2015(05):636-641+700.

319. 齐金花.从文学与政治的关系看莫言作品中的权力母题[J].当代文坛，2015(05):165-167.

320. 旷新年.诺贝尔文学奖·现代主义·纯文学·垃圾——新时期文学的几个关键词[J].文艺争鸣，2015(10):93-101.

321. 赵雨佳.心慕笔追:莫言对鲁迅短篇小说的模仿与继承[J].文艺争鸣，2015(10):181-184.

322. 赵微.框架理论视阈下外媒对"莫言获奖"事件报道分析[J].东南传播，2015(10):62-65.

323. 张舸.魔幻与现实的糅合——解析莫言《生死疲劳》魔幻的民间叙事[J].绵阳师范学院学报，2015(10):77-80.

324. 苑亚楠.翻译补偿理论下莫言小说《蛙》的日文译本研究[J].现代交际，2015(10):84.

325. 代柯洋.论莫言小说中生命意识的文化内涵——以《丰乳肥臀》为例[J].长春理工大学学报（社会科学版），2015(10):107-110.

326. 全玲玲.浅析《生死疲劳》的摹声修辞[J].贵州工程应用技术学院学报，2015(05):22-27.

327. 韩辉.中国文学"走出去":翻译模式与出版宣传——以莫言作品英译为例[J].出版广角，2015(10):36-37.

328. 赵丽丽.译者主体性视角下莫言《生死疲劳》英译本评析[J].名作欣赏，2015(30):160-162.

329. 杨敏.道是无情却有情——试论《拇指铐》中的看客形象[J].名作欣赏，2015(30):18-20.

11 月

330. 王开志,周洪林.论莫言小说创作中的故乡书写[J].当代文坛,2015(06):42-44.

331. 程春梅.从乡土文明的逻辑出发论莫言小说的贞节观——《丰乳肥臀》解读[J].山东女子学院学报,2015(06):73-77.

332. 齐林泉.莫言小说中女性形象的电影表达策略探寻[J].山东女子学院学报,2015(06):78-81.

333. 杨娜.莫言小说中革命女性形象的苏俄文化镜像——以《丰乳肥臀》为中心[J].山东女子学院学报,2015(06):86-89.

334. 梁思睿.女性在招魂仪式中文化功能的演变——《楚辞·招魂》与《红高粱家族》之比较[J].山东女子学院学报,2015(06):82-85.

335. 童莉芬.《红高粱》中叙述的险恶环境思考[J].大众文艺,2015(22):27.

336. 黄道玉.透过莫言看中国文学民族性与世界性的双重自觉[J].湖北函授大学学报,2015(22):177-179.

337. 刘成才."文学中国"、亚洲叙事与想象性阅读:日本学者的莫言研究[J].南京师大学报(社会科学版),2015(06):143-149.

338. 王宁.诺贝尔文学奖、世界文学与中国当代文学[J].当代作家评论,2015(06):4-18.

339. 李晓燕.存在的苦痛与灵魂的救赎——《蛙》中姑姑形象创作原型探源[J].当代作家评论,2015(06):141-151.

340. 张雪飞.莫言小说狂欢人物的动物性诉说——从《檀香刑》与《蛙》说起[J].当代作家评论,2015(06):152-159.

341. 宋学清,张丽军.论莫言"高密东北乡"的方志体叙事策略[J].当代作家评论,2015(06):160-169.

342. 王学谦.《红高粱家族》与莫言小说的基本结构[J].当代作家评论,2015(06):170-176.

343. 于桢桢.英语世界莫言作品研究的女性主义视角[J].当代作家评论,2015(06):177-180+191.

344. 方敏惠.福克纳和莫言作品中的"审父"范式[J].闽江学院学报,2015,36(06):52-56.

345. 綦珊."声音"里的多重叙事——以莫言《檀香刑》与严歌苓《雌性的草地》中的声音分析为例[J].时代文学(下半月),2015(11):229-232.

346. 张智慧,王娇娇.从堆叠角度看《生死疲劳》小说的"繁丰"风格[J].牡丹江教育学院学报,2015(11):8-9.

347. 曹霞.冒犯的美学及其正名——重读莫言的《欢乐》《红蝗》及其批评[J].小说评论,2015(06):53-60.

348. 侯业智.莫言《丰乳肥臀》再解读[J].小说评论,2015(06):61-65.

349. 高欣.民间文化与当代乡土小说写作——以莫言的《蛙》为例[J].楚雄师范学院学报,2015(11):46-50.

350. 王金胜.历史暴力与生命审美乌托邦——《红高粱家族》与莫言文学的历史意识[J].东方论坛,2015(05):70-77.

351. 蔡华,卞钰涵.从葛浩文英译莫言小说看中国文学翻译重述现象[J].语言教育,2015(04):80-88+97.

352. 杜惠芳,刘建鹏.从概念元功能的角度释解《生死疲劳》作者的体验及体验重塑——以语料库介入的方式释解小说语料的意义构建[J].长江大学学报(社科版),2015(11):34-38.

353. 林敏洁.莫言文学在日本的接受与传播——兼论其与获诺贝尔文学奖的关系[J].文学评论,2015(06):98-109.

354. 曾芳园,贾德江.生态翻译学视角下《红高粱家族》的方言英译[J].河北联合大学学报(社会科学版),2015(06):107-109.

355. 邬文静.莫言作品中的女性形象探究[J].吉林广播电视大学学报,2015(11):153-154.

356. 王雅萍.莫言小说的多元化叙事[J].佳木斯职业学院学报,2015(11):88+90.

357. 张媛媛.浅析葛浩文《红高粱家族》英译本[J].读与写(教育教学刊),2015(11):31-32+4.

358. 孙云霏.生命的狂欢——莫言《蛙》中故事层、话语层和象征层的建构与意义[J].大众文艺,2015(21):26.

359. 唐绪华.莫言中短篇小说的英语译介——以《中国文学》(英文版)为例[J].乐山师范学院学报,2015(11):44-49.

360. 郭群.逃离与回归——论莫言的乡土情结[J].齐鲁学刊,2015(06):149-152.

361. 唐莉.简论莫言小说中的亲缘叙述视角——以《红高粱》《蛙》《丰乳肥臀》为视点[J].甘肃高师学报,2015(06):9-12.

362. 李冰.爱丽丝·门罗与莫言文学的比较研究——以生态女性主义视角为中心视阈[J].语文建设,2015(32):68-69.

363. 张立群,吴繁.从本地到本土——论莫言对《聊斋志异》传统的继承与创新[J].南都学坛,2015(06):43-46.

364. 张相宽.文摊文学家与当代说书人——论赵树理和莫言的小说创作与说书传统的承继和发展[J].内蒙古社会科学(汉文版),2015(06):117-122.

365. 夏世龙.也谈"莫言对司马迁的承续与对话"[J].中国图书评论,2015(11):108-112.

366. 郭瑞.母性雄性人性——莫言《丰乳肥臀》中人物命运的现实思考[J].鄂州大学学报,2015(11):47-49.

367. 张相宽.莫言小说叙事视角多元化探微[J].名作欣赏,2015(33):40-42.

12 月

368. 马亚丽,王亚荣,李静莹.美国翻译家葛浩文翻译思想探究[J].新西部(理论版),2015(24):172+159.

369. 林玲.向下·向上·向内——论莫言的作家观[J].太原大学学报,2015(04):81-84.

370. 沈梦媛.从《学习蒲松龄》中探寻莫言小说的民间性元素[J].商,2015(52):116+108.

371. 杨文波.莫言小说的语言艺术[J].扬子江评论,2015(06):86-91.

372. 张立群,杨洋.论莫言对鲁迅传统的继承与创新[J].河北科技大学学报(社会科学版),2015(04):62-66.

373. 韩西苗.从《红高粱家族》英译本析译者葛浩文的翻译观[J].语文学刊(外语教育教学),2015(12):34-35.

374. 祝敏青.时空越位:莫言小说"魔幻"策略[J].平顶山学院学报,2015(06):101-106.

375. 江南.莫言小说比喻的"陌生化"[J].平顶山学院学报,2015(06):107-110+126.

376. 朱永富.莫言对英雄的认同及其根源[J].遵义师范学院学报,2015(06):58-61.

377. 刘飞.论莫言小说中的生命意识与人性关怀[J].美与时代(下),2015(12):92-94.

378. 张伟华.语境参数视角下主题词范畴的翻译机制——以莫言代表作《生死疲劳》的主题词"死"为例[J].外国语文,2015(06):127-133.

379. 付佳.论莫言作品中的原始美学[J].语文建设,2015(36):53-54.

380. 康建伟."回归传统"后的"讲故事"——从叙事视角解读 2000 年以来莫言长篇小说[J].创作与评论,2015(24):27-30.

381. 宋婷.解读历史品味当下——论莫言长篇小说《蛙》的贡献[J].牡丹江教育学院学报,2015(12):1+20.

382. 杨书云.美学上的精神相遇:莫言与高更[J].广东开放大学学报,201(06):73-77.

383. 袁秀萍,李晓燕.福克纳莫言比较研究[J].楚雄师范学院学报,2015(12):10-14.

384. 宋学清,陈紫越.莫言乡土文学中的乡村叙事与城镇叙事[J].百家评论,2015(06):105-110.

385. 陈彪.我国当代文学对外传播中的形象构建——以莫言作品为例[J].山东农业工程学院学报,2015(09):189-190.

386. 杨婧.从《檀香刑》的酷刑描写看莫言的人文关怀[J].大众文艺,2015(23):22.

387. 黄道玉.论莫言《蛙》文体互渗中的多视角叙事[J].黑龙江教育学院学报,2015(12):103-104.

388. 王丽敏."叙事圈套"下的荒诞——论莫言《生死疲劳》的叙事艺术[J].闽南师范大学学报(哲学社会科学版),2015(04):103-108.

389. 李晓宏.人生与文学的双重传奇——莫言的传奇人生和他创造的"文学共和国"[J].长治学院学报,2015(06):30-34.

390. 赵蕾.身体感性与历史理性的超验呈现——莫言《丰乳肥臀》的现代性气质[J].长治学院学报,2015(06):45-48.

391. 高露洋.论莫言小说中的家庭结构[J].河南科技大学学报(社会科学版),2015(06):55-61.

392. 庄冬文,唐文.《蛙》:生育史隐喻下的文学书写[J].临沂大学学报,2015(06):79-84.

393. 祝敏青.被颠覆的文本语境——莫言小说语言的错位链接[J].北华大学学报(社会科学版),2015(06):47-53.

394. 郝青,贺华丽.从关联理论视角看莫言英译作品中的隐喻翻译策略[J].英语教师,2015(23):35-36.

395. 杨帆帆.试析由小说到影视剧的改编及其变异的原因——以电视剧《红高粱》为例[J].江西广播电视大学学报,2015(04):78-82.

396. 鞠志婧.浅析《红高粱》文学作品改编电视剧的成功之处[J].戏剧之家,2015(23):228.

397. 祖洁,李睿.基于生态翻译视角下的葛浩文《生死疲劳》英译本研究[J].时代文学(上半月),2015(12):95-97.

398. 张晓彤.莫言作品《檀香刑》的艺术特色赏析[J].时代文学(上半月),2015(12):

299-300.

399. 齐菲. 黑暗世界的烛照——以柏拉图"洞喻"理论阐释莫言《檀香刑》[J]. 现代语文(学术综合版),2015(12):37-39.

400. 赵雪媛. 白痴或是圣愚——论莫言《檀香刑》与福克纳《喧哗与骚动》文本中白痴形象的异同[J]. 名作欣赏,2015(36):101-102.

401. 王楠. 浅析《酒国》中的主题意蕴及叙事模式[J]. 名作欣赏,2015(35):62-63.

402. 周琳琳. 从《生死疲劳》看新历史主义思潮的特征[J]. 名作欣赏,2015(35):64-65.

403. 田苗. 论《红高粱家族》意象的生命意识与酒神精神[J]. 名作欣赏,2015(35):140-142.

404. 卢顽梅. 论莫言小说《生死疲劳》中的蓝脸与洪泰岳形象[J]. 湖南科技学院学报,2015(12):18-20.

405. 袁泓. 时代的烙印——论莫言《蛙》中姑姑的悲剧[J]. 名作欣赏,2015(36):25-26.

406. 李茂民. 论莫言小说的苦难叙事——以《丰乳肥臀》和《蛙》为中心[J]. 东岳论丛,2015(12):93-99.

407. 吴景禄. 论《生死疲劳》的民间资源[J]. 赤子(上中旬),2015(18):89-90.

图书在版编目（CIP）数据

莫言研究年编 . 2015 / 张清华，赵坤主编 . —北京：
北京师范大学出版社，2021.1
（莫言研究年编丛书）
ISBN 978-7-303-25742-3

Ⅰ . ①莫…　Ⅱ . ①张… ②赵…　Ⅲ . ①莫言－文学研
究－文集－ 2015　Ⅳ . ① I206.7-53

中国版本图书馆 CIP 数据核字（2020）第 032288 号

莫言研究年编 . 2015
MOYAN YANJIU NIANBIAN. 2015

策划编辑：禹明超　　责任编辑：唐志辉
美术编辑：王齐云　　装帧设计：王齐云
责任校对：陈　民　　责任印制：陈　涛

出版发行：北京师范大学出版社	开本：787mm×1092mm　1/16	版次：2021 年 1 月第 1 版
印刷：北京玺诚印务有限公司	印张：19.25	印次：2021 年 1 月第 1 次印刷
经销：全国新华书店	字数：400 千字	定价：76.00 元

北京师范大学出版社　　　　　　　　版权所有·侵权必究

http://www.bnup.com　　　　　　　　反盗版、侵权举报电话：010-58800697
北京市西城区新街口外大街 12-3 号　　北京读者服务部电话：010-58808104
邮政编码：100088　　　　　　　　　　外埠邮购电话：010-58808083
营销中心电话：010-58805602　　　　　本书如有印装质量问题，请与印制管理部联系调换。
主题出版与重大项目策划部：010-58805385　印制管理部电话：010-58808284